KB146818

나혜석, 운명의 캉캉

나혜석, 운명의 캉캉

박정윤 장편소설

푸른역사

차례

프롤로그

　아버지는 나혜석 때문에 집안이 몰락했다고 했다. 명동 최고의 양장점이 변두리 동네 양장점으로 전락한 게 나혜석 때문이라는 거였다. 그렇게 말하면서도 나혜석과 엘리제 마담이 함께 찍은 사진을 양장점 벽에서 떼어내지는 않았다. 가게를 몇 번 옮겼지만 아버지는 사진을 고스란히 다시 걸어두었다. 엘리제양장점이 화려하고 번창했던 때가 있었다는 것은 사진만으로 확인되었다.

　내가 태어나기도 전에 고인이 된 외증조모는 사진만으로도 카리스마가 넘쳤다. 팔꿈치까지 오는 검정 비로드* 장갑을 끼고 가늘고 긴 궐련**용 물부리를 들고 있는 엘리제 마담은 은퇴한 서양 여배우 같았다.

---

* 거죽에 곱고 짧은 털이 촘촘히 돋게 짠 비단. 벨벳이라고도 한다.
** 얇은 종이로 말아놓은 담배.

나는 운명을 믿지 않았다. 운명이라는 것이 있더라도 아버지처럼 그것에 순응하고 싶지 않았다. 보란 듯이 운명을 조롱하며 살고 싶었다. 21세기를 통과한 스물일곱 살의 내게 운명이라는 말은 혁명, 사랑, 인연 이런 단어들과 마찬가지로 낡은 거였다. 그러나 운명은 어찌해볼 수 없을 정도로 삶에 깊이 개입되었을 때야 휘감겨 있다는 것을 깨닫게 되었다. 촌스럽지만 어쩔 수 없었다.

H은행에서 문자를 보내 왔을 때, 나는 출판사 대기실에 앉아 면접 수순을 기다리는 중이었다. 흔한 스팸 문자인가 싶어 핸드폰 전원을 끄고 면접실로 들어갔다. 세 명의 면접관은 서류를 넘기다 내가 자리에 앉는 것을 지켜보았다. 지방대 국문과 졸업, 초등학생 상대로 글짓기 학원에서 1년 강사 생활, 그것이 내 이력의 전부였다. 그럼에도 출판사에 지원했다. 선배에게 청소년을 위한 근대인물전 편찬을 기획하고 있다는 소식을 들어서였다. 김구, 안창호에서 시작하는 근대인물전은 대부분 독립 운동가였고, 최남선, 이광수, 이상 등 문인들이 몇 명 섞여 있었다.

내가 관심을 가진 것은 나혜석이었다. 나혜석을 근대인물전에 포함시킨다는 것이 이례적이었다. 면접관은 학원에서 근무한 기간 외에는 무얼 했는지 물으며 볼펜을 돌렸다. 양장점에서 옷을 만들었다고 답했다. 순간 면접장에 침묵이 흘렀다. 그들은 눈짓으로 의견을 교환하고는 이틀 후에 면접 결과를 통보하겠다고 말했다. 나는 자리에서 일어나기 전에 출판사에서 기획하고 있는 근대인물전을 우연히 알게 되었고, 특히 나혜석에 관심이 크다고 했다. 자신들의 기획에 대해 알고 있다는 사실이 불쾌했는지 그들이 동시에 헛기침을 했다. 한 면접관이 손으로 입술을 쓸었다.

"나혜석? 우리 기획에 나혜석은 포함되지 않았습니다."

목례만 하고 뒤돌아서 나왔다. 이틀 후의 통보를 기다릴 필요도 없다는 건 쉬 짐작할 수 있었다. 엘리베이터 앞에서 핸드폰 전원을 켰다. 낯선 번호로 부재중 전화가 한 통 와 있었다. 엘리제양장점 번호도 두 번 찍혀 있었다. H은행에서 온 문자를 다시 확인했다.

'H은행입니다. 중요하게 처리해야 할 일이 있습니다. 전화주세요.'

나는 H은행의 통장을 개설하지 않았고 H은행에 가본 적도 없었다. 누군가 나를 보증으로 돈거래를 했거나 요즘 유행하는 보이스피싱 같은 것에 연루되었을지도 몰랐다.

엘리제양장점 전화번호부터 눌렀다. 한참 있다가 전화를 받은 아버지는 오히려 왜 이제야 전화를 하냐며 역정부터 냈다. 다리미에서 뿜어 나오는 스팀 소리가 과도하게 들렸다. 아버지는 일단 H은행에 연락해보라며 전화를 끊었다. 부재중 전화는 H은행 본부장 비서실에서 온 것이었다. 비서에게 문자 내용을 말하자 이삼 분 후 본부장과 전화 연결이 되었다. 자신을 본부장이라고 소개한 사람은 독고진이라는 이름 때문에 남자일 거라 여겼다며 신원 확인을 했다. 신원 확인이 끝나자 H은행에서 보관하고 있는 물건이 있으니 찾아가라고 했다. 나는 물건을 맡긴 적이 없었다. 그는 내 조부의 성함을 물었고 나는 대답했다. 물건은 김화련이라는 사람이 맡긴 거라고 했다. 본부장은 보관물품을 찾아가는 데 호적초본과 가족관계 증명서가 필요하다며 그걸 가지고 H은행 영등포지점으로 오라고 했다. 이달 내로 물품을 찾아가지 않을 경우 추가 보관료를 지불해야 한다는 말도 덧붙였다.

H은행 본부장은 내가 내민 서류를 확인하고 탁자 위에 놓인 상자를 가리켰다. 가로세로 1미터, 높이 30센티미터 정도 되는 나무상자였다. 본부장은 위탁보관물품 인수증을 내밀며 서명을 하라고 했다. 물품은 1954년 12월 24일에 독고완의 직계손에게 전해달라며 맡긴 것이었다. 위탁자인 김화련에 관한 정보는 없었다. 최대 보관 기간인 60년 보관비는 선불로 지급한 상태였다. 물품 인수는 직계가족이 1순위였고, 직계가족을 찾지 못할 경우 2순위가 일간지 문화부 기자였다. 보관 기간이 지체되는 경우에는 인계자가 추가 보관료를 지급하고, 2순위인 일간지 문화부에서 인수를 거부한다면 H은행에 기증하는 것으로 되어 있었다.

서류에 사인했다. 신분증을 복사한 비서가 신분증을 내밀었다. 본부장은 서류를 검토하며 식은 차를 권했다. 물품은 2대 총재가 직접 맡았고 총재가 바뀔 때마다 중요한 물품으로 분류되어 PB센터 제일 깊숙한 금고에서 철저히 보관되었다고 했다. 1975년 딱 한 번 남대문본점에서 영등포지점으로 옮겨진 이후로는 이동하지 않았다고 했다. 자신이 입사하기 전 일이라 이유와 과정은 알 수 없다고 했다. 원칙적으로 금고에는 계좌가 개설된 통장, 채권, 현금 외에는 보관할 수 없지만 총재와 위탁자의 관계가 친밀했을 거라 추측했다. 위탁물품의 내용은 총재도 모른다고 했다. 나무상자를 못으로 봉한 후 한 번도 뜯지 않았다고 했다.

그는 봉합 부분을 손으로 가리켰다. 못 부분 위에 한지가 붙어 있었고 한지에 김화련의 서명이 보였다. 그의 지시에 따라 한지를 뜯어냈다. 그는 못으로 고정한 부분에 돋보기를 밀착시켜 접합 부분을 보여주었다. 못과 나무 주변에서 어떤 스크래치도 발견할 수 없었다. 그는 상자를 운반할 방법을 물었다. 차가 없다고 하자 인터폰으로 비서에게 차를 대기시키라고 했다. 잠시 후 양복을 입은 남자가 들어와 상자를 들었다. 본부장이 오랫동안 미뤄두었던 숙제를 해결한 양 후련한 표정으로 악수를 청했다. 나는 그의 손을 잡았다. 비대한 체구에 비해 작고 얄팍한 손이었다.

운전기사가 엘리제양장점 앞에 차를 세우고 트렁크에서 상자를 꺼냈다. 양장점 문을 열고 상자를 건네받았다. 나무상자는 팔이 늘어질 정도로 묵직했다. 상자 안에는 유화그림이 석 점, 붉은 끈으로 고정된 타자용지와 원고지 뭉치가 있었다. 김화련이라는 사람이 적어놓은 낱장의 메모 아래 녹색 공단 보자기로 감싸놓은 두툼한 더미가 잡혔다. 녹색 보자기를 펼쳐보니 놀랍게도 나혜석의 사진이었다. 아버지는 양장점 문을 닫아걸었다.

그래서 아버지와 나는 다시, 나혜석을 만났다. 엘리제양장점 벽에는 사진이 많이 붙어 있었다. 대부분 외증조모인 엘리제 마담의 사진이었다. 당대의 배우들이 엘리제 마담의 옷을 입고 찍은 사진, 호텔에서 패션쇼를 개최한 사진도 있었다. 나혜석과 엘리제 마담이 함께 찍은 사진은 딱 한 장이었다. 엘리제양장점 간판 아래에 서서 찍은 사진으로, 오른쪽 아래에는 '1932년, 나혜석과 함께 의상 엘리제'라는 흰색 글씨가 적혀 있었다. 나는 기억이 나기도 전인 어린 시절부터 그 사진에 매료되었다. 득의양양한 엘리제 마담과는 반대로 묵직한 비애를 뒤집어쓰고 있는 듯한 나혜석의 표정이 자꾸 시선을 잡아끌었다. 그녀의 넋이 내 눈을 통과해 머릿속으로 파고드는 것 같아 뒷목이 뻣뻣해졌다.

독고완과 윤초이. 아버지의 아버지와 어머니. 그러니까 내게는 할아버지와 할머니. 아버지는 월북한 그들을 증오했다. 월북의 원인이 무엇이었든 그들의 월북으로 아버지는 엘리제 마담에게 키워졌으며 중앙정보부로부터 감시와 관리를 받았다. 엘리제양장점은 단골이 생길 만하면 정보원의 감시와 간섭으로 이전을 해야 했다. 정권이 바뀔 때마다 마음 졸여야 했다. 양장점의 규모는 절로 줄어들었고 아버지의 신경줄에는 녹이 슬었다. 아버지는 인근 지역 학생들의 교복을 저렴한 가격에 만들었다. 손님들은 양장점이 아닌 옷을 수선하는 집으로 알았다. 벽에 걸린 엘리제양장점의 화려한 시절 사진에는 그다지 관심이 없었다. 그저 옷을 맡기고 찾아가기에 급급했다.

"그래 세월이 이만큼 변했으니 그림을 팔아보자."

아버지는 직접 지은 양복을 입고 미술업계 사람들을 만나러 다녔다. 중개인을 통해 미술관장들을 만났고 미술평론가, 큐레이터, 미술사학자, 나혜석 연구 학자들을 만났다. 화랑협회의 권유로 한국화랑협회 산하 감정평가단에 감정을 의뢰했다. 1, 2차 감정 결과 진품 판정을 받았다. 아버지는 〈수원서호〉라는 작품을 중개인을 통해 팔았다. 그러다 나혜석 연구 학자들에게서 같은 제목의 그림이 이미 개인 소유로 등록되어 있다는 연락을 받았다. 〈수원서호〉라는 작품은 붓의 터치 방법과 채색, 그림자까지 정확히 똑같았지만 작품이 두 개였다. 그림을 구입한 화랑 관계자는 아버지에게 민사소송을 걸었다. 아버지는 그림을 얻게 된 경로, 함께 들어 있던 나혜석의 사진과 그녀에 관한 원고의 일부 복사본과 60년이라는 긴 세월 동안 보관료를 지불했던 위탁 서류를 증거자료로 법원에 제출했다.

지루한 소송이 몇 차례 진행되자 아버지는 3차 과학 감정을 하기로 결정했다. 과학 감정에 들어가는 엄청난 비용은 의뢰자 부담이었다. 과학 감정은 엑스레이, 가시광선 등을 이용해 작품에 사용된 물감의 성분 분석으로 진위를 가렸다. 물감 입자를 절단해 절단면을 촬영, 분석한 결과 우리가 소유하고 있는 〈수원

서호〉에서 산화티탄피복운모*를 소재로 한 물감이 사용되었다고 했다. 이 물감은 1984년 독일 머크사에서 자동차용 도료로 시판되기 시작해 미술용품으로 쓰인 것이었다. 1984년에 시판된 도료를 1930년대의 나혜석이 만들어서 쓸 수는 없었다. 감정평가단은 위작으로 판명된 박수근, 이중섭 화가의 그림에서도 이 물감이 사용되었다고 했다. 결정적인 단서는 그 작품 하나였지만 함께 들어 있던 작품도 의심을 받았다. '위작혐의 있음'이라는 3차 감정 결과가 주요 일간지 톱기사로 발표되었다.

아버지는 H은행 본부장을 찾아갔다. 아버지는 은행에서 누군가 진품을 교체했다고 주장했다. 본부장은 단 한 번을 제외하고 아버지를 만나주지 않았다. 얼마 지나지 않아 H은행으로부터 명예훼손과 업무방해에 관한 내용증명서가 등기로 배달되었다. 아버지는 법이라면 질겁했고 당할 만큼 당했기에 본부장에게 전화를 해 사과까지 했다. 〈수원서호〉 위작 판매 소송이 진행되는 중에 H은행에서 내용증명서를 받은 아버지는 내 계좌에 넣었던 돈을 찾아 지불하고 위작으로 판명된 〈수원서호〉를 찾아왔다. 3차 과학 감정 의뢰비는 고스란히 빚으로 남았다.

---

* 운모에 산화티타늄을 코팅한 것으로, 반짝이는 색을 내는 재료다. 산화티타늄의 주성분인 티타늄과 운모의 주성분인 규소가 동시에 검출된다면 높은 확률로 산화티탄피복운모가 존재한다고 추정된다. 그런데 운모에 산화티타늄을 코팅하는 기술은 1980년대에 처음 세상에 나왔다. 따라서 만약 위작 의혹을 받는 그림에서 이 성분이 검출된다면 진품이 아니라는 결론을 내릴 수 있다.

아버지는 나혜석의 작품을 벽을 향해 돌려놓는 것으로 헛된 희망과 관심을 접었다. 나혜석기념사업회라는 단체에서 연락이 왔다. 아버지가 보관중인 나혜석의 사진과 원고에 관심을 보이며 만나자고 제안했다. 아버지는 모든 만남을 거절했다. 그는 예전보다 더 견고한 달팽이집을 만들었다. 그 안에 재봉틀 하나를 들여놓고 하루 종일 재봉틀만 돌렸다.

나는 붉은 실로 묶어놓은 타자용지와 원고지 뭉치를 나무상자에서 꺼내 정리했다. 원고지는 2400자(24×100) 빨간 줄 원고지였다. 먼저 타자용지에 적힌 것들을 컴퓨터에 옮겼다. 한자로 된 것을 가급적 한글로 바꾸고 개정된 한글 맞춤법에 따라 수정했다. 동경東京, 경도京都, 횡빈横浜 등의 지명은 도쿄, 교토, 요코하마로 바꿨다. 예자藝者, 가무기歌舞伎 같은 용어도 게이샤, 가부키로 수정했다. 원고 중간에 붉은 잉크와 파란 잉크로 그어놓은 줄이 있었는데 일단 그대로 옮겼다. 원고지 뭉치를 읽다가 타자용지의 붉은 줄은 수정하거나 삭제할 내용이라는 것, 파란 잉크로 문단을 뭉텅이째 동그랗게 쳐놓은 것은 한 인물에 대한 글이라는 것을 알게 되었다. 그 인물이 나올 때마다 인물을 둘러싼 문장이 파란 원 안에 갇혔다. 원고지 뭉치에서 둘의 대화를 참조해 붉은 줄이 그어진 부분에서 삭제할 것은 과감하게 삭제했다. 파란 원 안에 갇힌 인물에 관한 것은 그대로 두었다. 2400자 원고지 백장 남짓 원고를 정리하자 타자용지에 써진 원고에서 이해되는 부분이 있었다. 그래서 두 개의 글을 새끼 꼬듯 꼬아놓고 뒤섞었다. 나선형으로 뒤엉킨 글은 어느 순간, 내 손을 벗어나 회오리처럼 휘감겨 걷잡을 수 없이 흘러갔다.

인형의 가

1

　춥고 혹독한 밤이 지났다. 깨끗한 새벽이 시작되었다. 그녀는 몸을 일으켜 젖은 채 얼어붙은 이불을 펼쳤다가 다시 감았다. 광장을 가로질러 걸었다. 이불에서 서걱거리는 소리가 났다. 언제 입 속으로 음식을 넘겼는지 그녀는 알 수 없었다. 내장이 말라비틀어진 듯 깊은 곳에서 통증이 느껴졌지만 정신은 맑고 또렷했다. 그녀는 분명치 않은 희망을 버리고 단단한 적의를 품었다. 적의를 품고라도 죽기 전까지는 명료하게 깨어 있어야 했다. 바람이 앙칼지게 불었다. 그녀의 뺨은 살갗이 터졌고 푸르스름한 핏줄이 바람에 긁혀 얽혔다. 바람이 그녀의 살과 내장을 발라먹고 하얗게 부서지는 뼈만 광장에 내던져 놓았다. 헛것인 양 진눈깨비가 눈앞에서 흩날렸다. 젖은 이불에 진눈깨비가 차곡차곡 쌓였다. 등골에 축축한 냉기가 달라붙었다. 아무도 없는, 흩어지는 눈만 가득한 적막 사이로 누군가에게 말하듯 나직이는 그녀의 중얼거림이 퍼졌다. 아주 오래전, 얼어붙은 저수지에 빠져 죽은 처녀 얘기를 들은 적이 있었어요. 얼음 덩어리를 깨서 녹색 저고리에 붉은 치마를 입은 처녀의 주검을 파냈다고 했어요. 그 처녀의 주검을 본 적은 없었지만 직접 본 듯 생생했어요. 그녀는 자리에 웅크리고 앉아 떨어지자마자 녹아내리던 눈이 흙을 적시다가 마침내 흙을 다 덮어버리고 희게 쌓이는 것을 홀린 듯 바라보았다. 이리저리 흩날리던 눈이 방향을 정해 곧게 떨어져 소복하게 쌓였다. 눈 위로 두 명의 소녀들이 보였다.

소녀들은 서낭당을 향해 달려갔다. 옥당목 저고리에 검은 광목 통치마를 입은 소녀들의 한 갈래로 길게 땋은 머리타래가 뛰어올랐다. 서낭당에서 새벽까지 저수지에 빠져 죽은 처녀의 진오귀굿을 했다. 앞서 뛰어가던 미순이 뒤를 돌아보곤 소녀를 향해 서두르라 손짓했다. 혼을 빼는 긴 굿을 한 후 당골네들은 굿청 정리를 하지 않고 큰 무당네에 몰려가 쪽잠을 자고 있을 거라고 미순이 말했다. 숱한 사람들이 비손을 하며 올려두었을 돌무더기를 지났다. 오색 헝겊이 빈 나뭇가지와 뒤엉켜 바람에 휘날리고 있는 서당나무 아래 서서 소녀들은 숨을 돌렸다. 당집 나무문 걸쇠를 풀고 어두컴컴한 안으로 들어가자 짙은 향내가 훅 끼쳤다. 커다란 칼을 차고 숱 많은 눈썹과 눈을 부릅뜨고 있는 최영 장군의 탱화 아래 제단에는 미처 치우지 않은 종이꽃만 놓여 있었다. 미순의 예상대로 제단에 올렸던 과일과 떡, 과자는 없었다. 소녀가 붉은 종이꽃을 향해 손을 뻗었을 때, 나무문이 삐걱거렸다. 나무문 밖에서 키득거리는 미순의 웃음소리가 들렸다. 밖에서 걸쇠로 잠궜는지 문은 열리지 않았다. 곧 열어줄 거라 여겼지만 나무 문틈으로 미순이 돌무더기를 지나 언덕 아래를 향해 내려가는 것이 보였다. 어둑한 당집에 혼자 갇히자 무서운 생각이 발목을 잡아당겼다. 허공에서 얼어붙은 처녀의 손이 불쑥 나타나 머리채를 휘어잡을 것 같았다. 소녀는 몸을 움직이지 못하고 한참을 서 있다가 고개를 들었다. 높고 비좁은 천장의 나무 서까래 틈 사이로 빛이 들어왔다. 빛은 가늘었지만 강렬했다. 소녀는 그 빛을 향해 손을 뻗었다. 빛이 손에 닿았을 때 두려움이, 죽은 자에 대한 공포가 사라졌다.

그녀는 가느다란 겨울 아침의 햇살을 향해 젖은 이불 사이에서 손을 뻗었다. 햇빛 사이로 흩날리는 눈처럼 죽음이 눈앞에 와 있었다. 그녀는 그 빛을 움켜쥐었다. 죽음에 대한 공포가 서서히 사라졌다. 그녀는 더듬더듬 입을 움직여 말했다. 얼음처럼 차가웠지만 맑은 목소리였다. 제 삶은 실패했지만 정신은 실패하지 않았습니다.

그녀는 김우영이 보낸 전보를 들고 기와집이 다닥다닥 붙은 대화정의 골목을 헤맸다. 전보에 적힌 주소를 찾아 대문 안으로 들어섰다. 야트막한 기와집이었다. 어느새 기왓골에 쌓였던 어둠이 흙바닥으로 내려앉았다. 방 두 칸짜리 바깥채에 세 들어 살고 있는 김우영은 집에 없었다. 혜석이 문을 두드리자 여자가 방문을 열었다. 쪽마루를 중심으로 온돌방이 좌우에 각각 하나씩 두 칸 있었다. 여자를 따라 들어간 온돌방은 다시 장지문으로 칸이 나뉘어 있었다. 열려진 장지문 안쪽 윗목에 김우영의 모자와 두루마기가 걸려 있었다. 신식 화장대에 김우영의 안경과 책, 만년필이 놓여 있었다. 화장대에는 여자의 것으로 보이는 화장품이 푸짐했다. 모두 일제였고 양이 많은 것으로 봐선 이곳으로 오면서 새로 들여놓은 것 같았다. 동래 혜석의 화장대에는 빈 병만 놓여 있었다. 일본에 다녀온 지인으로부터 선물 받은 크림은 두세 번 쓰면 사라졌다. 시누이 화장대에서 봤지만 내놓으라는 말을 할 수 없었다.

"김우영 씨는 언제 오나요?"

여자는 곧 올 시간이라 대답하며 김우영의 양복바지 밑단을 감침질하고는 이빨로 실을 끊었다. 바지를 펼쳐 다리 쓰다듬듯 바지 먼지를 손으로 쓸어냈다. 혜석은 자신의 존재를 무시하고 김우영의 바지를 쓰다듬는 여자의 행동을 보니 갑갑했다. 지금은 애정이 넘쳐 한치 앞도 내다보지 못하고 애틋하겠지만 시간이 흐른 뒤 변해버린 애정과 권태를 무엇으로 채울지 묻고 싶었다.

대문 밖에서 기침 소리가 들렸다. 김우영은 혜석을 보자마자 들고 온 과일 보따리를 내려놓고 나오라고 말했다.

"김우영 씨가 이리 들어오세요. 김우영 씨가 세 얻은 집이 아니었던가요?"

김우영이 방으로 들어오자 여자는 양복저고리를 벗겨 장지문 안쪽 윗목에 걸었다. 손질한 바지도 옷걸이에 걸어두고는 김우영이 내려놓은 과일 보따리를 들고 부엌으로 나갔다.

"기별도 없이 어인 일이오. 이혼장에 도장 찍어 왔소?"

"당신은 새로운 여인을 욕망할 때마다 이혼할 작정인가요? 어린아이처럼 굴지 마세요."

"적반하장이군. 내 문제가 아니고 당신 문제요. 당신 파리에서 최와 연애를 했지 않소?"

"그 일이라면 파리에서 정리했잖아요."

"최에게 다시 연락을 했다면서? 내 인생을 그대에게 바치겠다고. 그러고 무슨 할 말이 남았소?"

"김우영 씨, 당신은 귀국 후 동래에서 제가 건이를 낳을 때, 수원에서 전시회할 때, 이미 저분을 사귀었어요. 전 문제 삼지 않았어요. 쾌락에 발을 디뎠지만 가정을 위해 곧 다시 돌아올 것을 알고 있으니까. 제가 최에게 편지를 보낸 것은 금전적인 도움을 받아 장사라도 시작할까 했던 거였어요. 쾌락과 가정을 혼동하지 마세요."

"여전히 똑똑하고 잘났군. 가르치려 들지 마시오. 이제 남은 건 이혼뿐이오."

"정이 시들 때까지 같이 지내세요. 하지만 가정은 지킵시다. 아이들 장래를 생각해야지요."

"불행한 가정에서 크는 아이들보다는 부부가 이혼하고 화목한 가정에서 키우는 아이들이 더 행복하다고 말한 건 천재화가 나혜석, 당신 아니었소?"

김우영은 쟁반에 과일을 담아 들고 들어온 여자를 쳐다보며 말했다.

"옆방에 이불 깔아드리고 과일은 그쪽으로 가져다 줘라."

"전 이 방에서 자겠어요. 저분을 옆방으로 보내세요."

혜석은 방바닥에 앉아 버선을 벗으며 여자에게 말했다.

"아직도 천지분간을 못하는군."

김우영은 장지문 안쪽에 개켜놓은 이불을 끌어당겨 펼치고 이불 위에 누워 눈을 감았다. 혜석은 방문 앞에서 여자가 들고 있는 과일 쟁반을 받아 방바닥에 내팽개쳤다.

"씨의 심사는 참 이상하군요. 자신의 정조는 반성하지 않고 아녀자의 정조만 주장하네요. 뜻대로 이혼해주지 않을 겁니다. 아이들을 위해서도 그냥 당하고만 있지 않을 거예요."

"당신이 아이들을 그리 소중히 여기는지 몰랐소. 언제는 아기가 모체의 살점을 떼어먹는 악마라고 했던 것 같은데. 뭐, 아이들을 그리 소중히 여긴다면 당신은 동래에 내려가 아이들을 키우며 살아도 좋소. 허나 난 당신과 애정 없는 거짓 동침은 하지 않을 것이오."

김우영의 말에 과일을 주워 담던 여자가 키득 웃었다. 혜석은 옆방으로 건너갔다. 풀어헤친 볏단처럼 몸이 후룩 쓰러졌다. 벽을 타고 넘어오는 김우영 특유의 낮고 다정한 목소리가 그녀의 얼굴을 할퀴었다. 여자는 조심스러운 기색 없이 호호거렸다. 이것이 십 년을 같이 부부로 살아온 사람에게, 네 남매를 낳은 아내에게 할 수 있는 행동인가. 본처를 옆방에 둔 채 기생을 안고 한 이불에 드는 것이 가능한 일인가. 제 아내에 대한, 아니 인간에 대한 최소한의 예의를 지켜줘야 한다. 돌이킬 수 없을 바닥까지 보여줄 필요는 없었다.

혜석은 어둠 속에 무릎을 세우고 앉았다. 이럴 줄 알았다면 파리에 남아야 했다는 후회가 밀려왔다. 그림 공부를 마치고 거기에서 죽었어야 했다. 김우영에게 재산의 반을 받아낸 다음 여봐란 듯이 파리로 가 성공할 궁리하다가 김우영이 그림 한 장 값도 안 되는 땅문서 한 장만 던져준 것이 떠올랐다. 명치가 꽉 막혀 가슴이 저렸다. 곰곰 생각해보니 진심으로 이혼을 할 작정이라면 그의 성정으로 봐선 재산의 반은 아니더라도 살아갈 기반은 마련해줬을 거라는 생각이 들었다. 어쩌면 그는 이혼을 원하는 것이 아니라 혜석 자신이 눈물을 흘리며 그에게 엎드려 빌기를 바라는 것인지도 몰랐다. 그녀는 당장 무릎을 꿇을 결심을 했다가 고개를 저었다. 그가 에스파냐에서, 독일과 미국에서, 거리를 두고 경직된 채 행동했던 태도가 마음에 걸렸다. 조선으로 돌아와 한 이불 속에 든 적이 없었다. 김우영의 결심은 단호했다. 그러나 일방적인 이혼을 당하고만 있을 수 없었다. 피차 경험이 있는 부부가 한쪽의 정조를 문제 삼아 이혼을 요구하는 것은 야만이었다. 그녀는 두 손으로 명치를 누르고 천천히 숨을 내쉬었다. 타오르는 정념을 경험했다. 감출 수 없는 기분을 억누르지 않고 맘껏 탐닉했다. 그러나 붉게 달궈진 쇠가 찬물에 식어버리듯 욕망은 금세 사그라들었다 정념과 욕망은 결코 채워질 수 없는, 지글거리는 예술혼을 뛰어넘지는 못했다. 도토리 같은 네 명의 아이들을 떼어놓고 살 수도 없었다. 그녀는 겪어보지 못했던 이 강력한 슬픔을 감당할 자신이 없었다.

골목 밖에서 메밀묵 장수 소리가 들렸다. 창문으로 스며든 희부연 달빛에 이끌려 그녀는 몸을 일으켰다. 김우영이 있는 방안은 조용했다. 흙마당에는 달빛이 서걱거렸다. 어둡고 좁은 골목길을 뛰다시피 내려갔다. 본정1정목* 대로로 걸어 나와서야 웅크린 가슴을 폈다. 숨을 들이키자 눈물이 얼굴 줄기를 타고 흘러내렸다. 한 더미 사람들이 극장에서 몰려나왔다. 그녀는 사람의 무리를 피해 골목으로 들어섰다. 껌 파는 소녀가 혜석의 소맷부리를 잡았다가 눈물로 번들거리는 얼굴을 보고는 껌 내밀던 손을 도로 거두며 측은한 듯이 바라봤다.

혜석은 박문서관을 지나 낙원회관 앞에서 멕시코다방 쪽으로 길을 건넜다. 커다란 주전자가 매달린 멕시코다방은 평소와 달리 문이 닫혀 있었다. 유리문을 통해 안쪽에서 빛이 새어나왔다. 그녀는 출입문을 두드렸다. 마담은 잠이 묻은 얼굴로 문을 열었다가 혜석을 보고 손을 잡아당겼다. 무슨 일 있느냐는 마담의 물음에 혜석은 말없이 다방을 둘러보았다. 이제는 이곳도 예전처럼 편안히 드나들 수 없을 거란 생각이 들었다. 벽에 걸린 사진 한 장조차 애틋했다.

〈모나리자의 실종〉, 〈서반아광상곡〉. 선정적인 영화 포스터가 나란히 걸려 있는 입구를 지나 가죽 소파에 앉지 않고 벽에 걸린

---

* 본정1정목本町1丁目은 현 중구 충무로1가의 일제강점기 명칭이다. 1914년 4월 1일 경성부 구역 획정에 따라 명동, 대룡동, 낙동, 장동, 회동의 일부를 병합하여 본정1정목으로 했다.

사진 앞에 섰다. 구본웅이 장식한 다방에는 그가 찍은 사진이 여기저기 걸려 있었다. 조각상에 기대 서 있는 김복진의 사진 앞에 서자 무릎이 접히고 맥이 빠졌다. 몇 해 전 파티장에서 그와 한바탕 싸웠다. 그가 쓴 자신의 그림에 대한 평들을 떠올렸다. 자신의 이혼 사실을 알게 되면 화단과 문단에서 어떻게 비난하고 냉대하며 비아냥거리는 글을 써댈 것인지 알고 있었다. 절대 이혼은 안 된다. 정신이 바짝 났다. 무릎이 부러져도 쓰러질 수 없었다.

김복진의 사진을 지나쳐 안으로 들어갔다. 벽 정면에 못 보던 최승희의 반나체 사진이 걸려 있었다. 짧은 단발에서는 세련미와 차가움이 느껴졌고, 바람 한 자락을 잘라 휘감은 듯 얇은 천 사이로 내비치는 근육에서는 생생한 바람이 느껴졌다. 피사체와 사진을 찍은 사람의 혼이 농밀했다. 예술에 대한 서로의 넋이 뒤섞여 정지된 한 순간, 예술적인 파동이 통해야만 저런 사진이 나온다. 혜석은 자신도 예술에 대한 혼을 바닥까지 퍼내고 싶은 열정으로 애가 끓었다.

마담이 커피 잔을 내려놓으며 구본웅이 최근에 찍은 사진이라고 말했다. 김복진 밑에서 조각을 배우던 구본웅은 혜석에게 일본으로 가 본격적인 공부를 하겠다는 편지를 보내왔었다.

"여전히 여인의 나체에 집착하는구나. 구 씨는 지금 일본에 가 있지요?"

마담은 그렇다고 답하고는 유성기에 음반을 걸었다. 흐느끼는 것 같은 고가 마사오*의 엔카**가 흘러나왔다. 혜석은 가방에서 필기도구를 꺼내 메모를 썼다.

'긴히 상의할 일이 있으니 내일, 퇴근 시간에 이곳에서 만납시다. 저는 정신을 깨우고 한 여자의 삶을 연구하고 도모할 예정입니다. 오빠의 지혜가 필요해요. 정월.'

마담에게 메모를 이광수에게 전해달라고 부탁하고 자리에서 일어섰다. 이광수는 하루에 한 번은 꼭 멕시코다방에 들렀다. 마담은 손님의 메모를 관리하는 종업원이 따로 있는데 자기가 일단 맡아두겠다 했다. 야식 냉면을 말 테니 같이 먹자고 권했다. 혜석은 뒤를 돌아 웃어 보이고 거리로 나왔다. 막상 거리로 나왔지만 갈 곳이 없었다. 기다리는 사람이라도 있는 것처럼 종롯길 한복판에 멈춰 섰다. 사람들이 스쳐지나가며 힐긋거렸다.

골목 모퉁이마다 뚜쟁이들이 서서 신사복 입은 남자의 소매를 잡았다. 얌전한 여학생 있어요, 학비 벌려고 애쓰는 색시인데 안 갈라우. 술 취한 양복쟁이 하나가 순진하게 뚜쟁이를 따라 골목으로 들어갔다. 기생을 태운 자동차가 빠른 속도로 지나쳐갔다. 종로 거리와 사람들은 모두 그대로인데 자신만 골목에 파여 있

---

* 고가 마사오古賀政男는 〈술은 눈물일까 탄식일까〉, 〈지원병의 어머니〉 등을 작곡한 일본의 대중가요 작곡가다. 소년시절을 한국에서 보내 한국 민요의 영향을 많이 받았다.

** 엔카演歌는 일본대중음악의 대표적 장르로서, 엔제츠카演說歌, 즉 연설을 노래로 만든 것이다. 이별, 체념, 미련, 사랑 등을 애절한 심정으로 노래해 한국의 대중가요와도 유사한 정서를 가진다.

는 함정에 빠진 기분이 들었다. 화려했던 파리 생활이 꿈만 같았다. 아니, 김우영의 이혼 독촉이 독한 꿈 같았다. YMCA 건물까지 걸었을 때는 걸을 힘도 없고 어디든 쓰러져 잠들고 싶은 생각뿐이었다.

인력거를 타고 다방골로 가자고 말했다. 다방골 입구에서 내려 도톰한 언덕길을 오를 때 눈물이 왈칵, 쏟아졌다. 미순의 곁에 잠들어 있을 딸을 생각하니 동래의 방에 웅크려 잠들어 있을 아이들이 떠올랐다. 쓰러져 자고 일어나면 꿈 같던 일들이 아침 햇살에 부서지고 화구 상자를 들고 파리 거리에 있는 현실이 시작될 것 같았다.

미순의 집 대문을 두들겼다. 한참 있다 대문이 열렸다. 할멈은 혜석의 얼굴을 보고는 허깨비를 본 듯 놀랐다. 혜석은 옷소매를 당겨 눈물로 번들거리는 얼굴을 아무렇게나 문지르고 미순의 방으로 들어갔다. 딸아이와 누워 자던 미순이 일어났다.

"나는 절대로 이혼할 수 없어."

"기어이 이혼을 해야겠대? 그 여자랑 같이 있디?"

"보란 듯이 한방에 들어갔어."

"일이 년이면 정 떨어질 거야. 사내들이 다 그렇지. 그냥 동래에 내려가 있어."

"이혼 안 해주면 간통죄로 집어넣겠대. 당하고만 있을 수는 없어. 난 바보천치가 아냐."

"누구는 바보천치여서 다들 참고 사는 줄 아니? 네 명이나 되는 자식을 너 혼자 키우려고? 당장 집 구할 돈도 안 준다며?"

"나 아이들 데리고 올라올래. 집 좀 구해줘. 윗집 사랑채 아직 비어 있어?"

"집만 구하면 입에 풀칠은 어떻게 할 건데?"

"어떻게든 살아지지 않겠어?"

"호락호락 넘길 일이 아니야. 최 쪽에 돈 요구해보는 건 어때?"

"그쪽은 쳐다보기도 싫어. 야비한 사람."

"그러게 왜 편지 같은 걸 보내. 그런 사람에게 홀딱 빠져 몸을 허락한 건 또 뭐야."

아이가 칭얼거리자 미순은 불을 끄고 아이 옆에 누웠다. 어둠 속에서 혜석은 고개를 쳐들고 눈물을 삼켰다.

"독고 씨한테 돈 좀 변통하는 건 어때?"

"염치가 있지."

"체면, 자존심 다 지키면서 어떻게 살아갈래?"

"그래서 말인데 너한테 있는 내 그림 좀 팔아줘. 나중에 다시 그려줄게."

"그거 팔면 얼마나 버틸 수 있는데? 나도 모르겠다. 잠이나 자고 생각하자."

혜석은 방문을 열고 마루로 나왔다. 새벽하늘에 남아 매달려 있는 별을 올려다보았다. 금세 시들어 제 빛을 발하고 퇴화할 것처럼 위태로워 보였다. 손으로 가슴 사이를 쓸어내렸다. 살아 펄 펄 들끓는 혼을 잠재우기 위해 그녀는 주먹을 쥐고 가슴을 쳤다. 설설 끓는 열정이 가득한데 김우영과의 사소한 애정 싸움에 시간을 낭비할 수 없었다.

멕시코다방에는 염상섭과 고미숙을 비롯한 글쟁이들이 모여 앉아 있었다. 혜석이 문을 열고 들어가자 염상섭이 반갑게 맞았다. 한참 동생뻘인 고미숙은 목을 길게 늘여 고개만 까닥 숙이곤 책을 펼쳤다.

혜석은 마루에서 잠들었다. 아침밥을 하러 나온 할멈이 깨워 할멈 방으로 들어갔다. 무덤 속에 들어간 것처럼 쓰러졌다. 옷도 못 갈아입고 급히 나오느라 부스스한 머리를 손질도 못하고 고무줄로 묶었다. 짧게 단발했던 머리가 자라면서 사방으로 삐죽 뻗쳤다.

염상섭 패거리들은 초췌한 모습으로 등장한 혜석을 빤히 바라봤다. 호기심 가득한 눈이었다. 이광수는 없었다. 혜석은 그쪽으로 고개만 까닥하고 곧바로 마담에게 갔다. 마담이 메모를 관리하는 종업원에게서 이광수가 남겨놓은 메모를 찾아주었다. 점심시간에 와 메모를 남겨두었다 했다. '들리는 소문에 부부 사이가 요란하더군. 이곳은 귀가 열려 있으니 집으로 오도록 하시오.'

혜석은 서대문의 영혜의원으로 갔다. 혜석이 온다는 귀띔을 받았는지 허영숙이 요리를 하느라 부산했다. 잠깐 기다리자 영숙이 씩씩하게 웃어주며 몸보신 음식을 한 상 가득 내왔다. 사흘

간 변변한 상 앞에 앉아본 적 없었건만 혜석에게는 모두 독 내
나고 쓴 맛이었다. 영숙은 돈도 많은 환자가 병원비를 지불하지
않았는데 최은희 기자가 집요하게 찾아가 받아냈다며 이미 했
던 말을 또 했다.

"그 당찬 최 기자가 가장 존경하는 사람이 나혜석이라잖아.
그러니까 힘내. 구미 여행 얘기를 더 듣고 싶은데 춘원 선생님께
선 내가 둘 사이에 끼어드는 것에 여전히 까탈을 부려."

상을 물리고 서재로 가 앉은 이광수는 혜석에게 그간의 사정
을 물었다. 그녀는 지난여름 《별건곤》의 차상찬 기자가 동래에
구미 여행기 인터뷰차 찾아왔다는 말부터 했다. 먼 걸음이 고마
워 그를 대접했는데 시모와 시누이가 저만 위해 돈 쓰는 이기적
인 며느리라 퍼부은 것, 인터뷰 중간에 그가 최를 안다기에 최에
게 안부를 전해달라고 한 것, 동래에 김우영의 친척들이 몰려들
어 북적거리며 함께 살아온 것, 전시회를 했지만 김우영의 서울
살림과 동래 대가족 살림을 해결할 수 없었던 것, 최가 떠올라
그에게 경제적인 도움을 받고자 했던 것을 말했다. 이광수는 시
시콜콜한 투정을 듣기 귀찮다는 듯 말을 잘랐다.

"파리에서 최와 사건이 있었던 건 인정하고?"

이광수는 담배를 집어 입에 물고는 불도 안 붙이고 혜석의 답
을 기다렸다.

"잠시 유혹에 빠져 불탔지만 곧 정신을 차렸어요."

"잠시 유혹이 대단했나보군."

혜석은 죄지은 사람처럼 주먹을 꼭 쥐었다. 도쿄에서 이광수는 여러 번 혜석에게 애정을 호소했고 술기운을 빌려 고백했다. 《무정》을 연재하던 시절 유혹에 넘어가 포옹도 하고 입술을 겹치기도 했지만 깊은 관계까지는 가지 않았다. 문학적인 혼과 예술적 기운은 대단했지만 몸에서 매력을 느낄 수 없었다. 혜석은 영숙을 핑계로 내세웠지만 대쪽 가르듯 선을 긋지는 않았다. 단둘이 있을 때면 이광수를 혼란스럽게 만들었다. 그것이 이광수를 더욱 애타게 만들었다.

이광수는 영숙 몰래 원주와 연애하는 것을 혜석에게 알리기도 했다. 혜석의 질투를 유발시켜 자극할 심산이었다. 하지만 혜석은 아무렇지 않은 듯 원주에게 해가 되지 않도록 잘 조율하라는 충고만 했다. 그날, 이광수는 술에 취한 혜석을 밤늦도록 붙잡았다. 그럼에도 혜석을 품을 수는 없었다.

"들리기론 최에게 모든 인생을 맡기겠다고 했다던데."

"헛소문이에요. 마음 편히 그림 그리고 싶으니 경제적으로 도움을 받고 싶다, 한번 만나자, 라고 보낸 거예요."

"단순히 한번 만나자, 라는 걸 겁을 집어먹고 잘못 알아들었을까?"

"겁먹을 건 뭐예요? 싫으면 싫다고 나한테 직접 말할 것이지, 못난 사람."

"여전히 너만 잘났군. 김의 측근들이 콕콕 찌르나봐. 바람난 여자 치마에서 헤어나지 못한다고."

"남의 문제라고 쉽게들 말하잖아요. 전 이혼 못 하겠어요."

"네가 그토록 존경하던 엘렌 케이도 불화한 부부 사이에 기르는 자식보다 이혼하고 새 가정에서 기르는 자식이 양호하다고 아니했는가?"

"이론뿐이었어요. 이혼 후 뒷말들에 주눅 들어 구질구질하게 시간을 보낼 수 없어요. 전 할 일이 태산이에요. 중재해주세요."

이광수는 김우영과 가장 절친한 친구에게 전화를 넣었다. 함께 중재하자 했지만 상대 쪽에서는 가망 없다 했다. 이광수는 심각한 표정을 지으며 입을 다물었다. 담배에 불을 붙이고 한 개비를 다 태우고는 한 마디 던졌다.

"까짓것 이혼해라."

"말처럼 쉽지 않아요. 저는 어떻게 살아가라고요?"

"수가 나지 않겠어? 그것도 경험이면 오히려 예술에 더 깊이 파고들 수도 있을 테지."

"김우영 씨는 제가 살아가도록 경제적 기반을 마련해줄 생각이 없어요."

"아직 젊고 능력도 있으니 최에게 수그리고 의지해보는 건 어떨까?"

혜석은 눈을 똑바로 뜨고 이광수를 바라보았다. 이건 자신의 앞날을 함께 걱정해주는 게 아니었다. 비아냥거림이었다.

"차라리 오라버니를 다시 유혹해달라고 말하지 그래요?"

혜석은 물 잔을 내려놓고 자리에서 일어났다. 혜석은 이광수의 집을 나오면서 깨달았다. 그는 자신의 상처받은 인생, 내면의 고통에는 별 관심이 없다. 사건 진행에 호기심을 가졌던 거였다. 게다가 오래전 자신의 유혹에는 꿈쩍 않던 계집이 최의 유혹에 넘어간 것이 괘씸했던 거다. 이광수뿐 아니라 모든 사람들이 억세고 줄기찬 계집년 하나가 참혹하게 부서지는 것을 연극 구경하듯 보고 싶을 거였다.

혜석은 명치정*까지 걸어 엘리제양장점에 갔다. 외국에서 새로 들여왔다는 소파에 여인네들이 빼곡하게 앉아 있었다. 혜석이 들어서자 동시에 입을 다물고 돌아보았다. 안 그래도 미순에게 혜석에 대해 물어보는 중이었는데 장본인이 나타나자 당황했다. 혜석은 무안해서 재봉틀이 있는 뒷방으로 갔다. 재봉틀 옆에서 미순의 딸 초이가 가위로 천을 오려내고 있었다. 혜석의 기척을 느꼈는지 초이가 돌아보고는 얼른 두 팔을 벌리고 달려왔다. 말랑말랑하고 보드라운 다섯 살짜리 아이를 안고 뺨을 비볐다. 머리에서 머릿기름내가 났고 목덜미는 천 먼지가 달라붙어 새카맸다.

혜석은 초이를 데리고 근처 다방골의 미순네로 갔다. 우물 하나를 들여놓은 것 같은 왜식 목욕탕에 끓인 물을 부었다. 통 안

---

* 명치정明治町은 현 중구 명동의 일제강점기 명칭이다. 1914년 행정구역 개편에 따라 장악원동, 명동, 소룡동, 대룡동, 종현동, 저동, 구남부동, 낙동 일부를 병합하여 명치정이라 했다.

쪽에 나 있는 계단으로 내려가 아이를 씻겼다. 빠닥빠닥한 달력을 뜯어내 아이에게 속옷만 입은 인형을 오려주었다. 인형이 입을 옷도 그려주었다.

내가 인형을 가지고 놀 때 기뻐하듯
아버지의 딸인 인형으로 남편의 아내 인형으로
그들을 기쁘게 하는 위안물 되도다

노라를 놓아라 최후로 순순하게 엄밀히 막아논
장벽에서 견고히 닫혔던 문을 열고 노라를 놓아주게

인형을 만지작거리며 혜석은 노래를 흥얼거리다가 문득, 손을
멈췄다. 입센의 작품을 번역해 신문에 연재했었다. 연재 마지막
에 지었던 〈인형의 가〉라는 노랫말이 자신의 미래를 예견하고
쓴 것인 양 여겨졌다. 종이 인형을 들고 잠든 초이의 이마를 쓰
다듬었다. 미순이 돌아와 혜석을 보곤 한숨을 내쉬었다.
"춘원 선생 만나 봤어?"
"이혼을 권하더라."
"이혼이 쉽니? 그냥 버텨야 해. 김원주처럼 소문만 무성해지
지. 그이는 결국 중이 되겠다고 했다며?"
"그럴 거래. 참 드문 인재인데. 난 그런 식으로 피해 숨지 않을
거야."

"정신 바짝 차려. 춘원 선생이나 남자들 말 듣지 말고 그냥 동래로 내려가. 애초에 니가 불씨를 잘못 지폈다 생각하고 엎드려 버텨."

혜석과 미순은 초이를 가운데 두고 누웠다. 초이는 어미의 냄새를 맡더니 곧바로 손을 뻗어 젖을 찾아 주물거렸다. 동래의 아이들이 떠올라 어둠 속에서 이를 악물었다. 연하고 말랑말랑한 작은 손의 감촉을 떠올리자 눈물이 귓속으로 파고들었다. 물속에 가라앉아 잠깐 자다 깬 그녀는 개 짖는 소리에 놀라 벌떡 일어났다. 미순과 할멈이 깨지 않도록 숨죽여 옷을 꺼내 입고 밖으로 갔다. 명치정에서 경성 역까지 골목과 골목을, 미로 속을 걷듯 걸었다.

2

완은 이러한 말을 들었다.

"손을 떨고 있었지만 물감 없이 붓을 잡고 뭔가 그렸어요. 정신은 분열 상태였지만 누군가를 만나야 한다는 뚜렷한 목표가 있었어요. 그를 기다렸고, 그가 왔어요. 굉장한 신사였지요. 맥고모자를 쓰고 시가를 입에 물고 있었는데 태도가 여유로웠어요. 그녀를 보자마자 손을 잡고 손등에 키스했어요. 그들은 젊은 청년들처럼 서로 어깨를 치며 허물없이 큰 소리로 웃었어요. 이 뜰에서 한 삼십분 대화를 나누었고 신사가 가고난 후에도 그녀는 굉장히 들떠 있었어요. 다음 날 사라졌어요. 네, 분명 여름이 되기 직전이었어요."

완은 안양보육원의 뜰을 나서기 전에 뒤를 돌아보았다. 바로 일 년 전 저 뜰에 있던 화가이며 선각자였던 그녀는 겨울에 행려병자로 자제원에서 죽었다.

바람이 불었다. 완은 무심결에 고개를 들었다. 개나리색 투피스를 입은 여자가 출입문으로 들어섰다. 여자가 문을 닫았지만 나무로 된 문은 도로 열렸다. 여자는 접수처에 접수하지 않고 완의 곁에 털썩 주저앉았다. 여자에게서 독한 술 냄새가 났다. 대낮부터 술 냄새를 풍기고 눈에 띄는 옷을 입은 여자를 그는 못마

땅한 듯 곁눈질하다 화들짝 놀랐다. 여자는 그와 똑같은 서류를
펼쳐들고 있었다.

○ 행려行旅 사망

　　본적: 미상

　　주소: 미상

1. 성별: 여　성명: 나혜석

　　연령: 53세

1. 인상人相: 신장 4척 5촌

　　　　　　　두발頭髮 장長, 수족手足 정상

　　　　　　　구口, 비鼻, 안眼, 이耳 정상

　　　　　　　체격 보통

　　　　　　　기타 특징 무

1. 착의着衣: 고의古衣

1. 소지품: 무

1. 사인死因: 병사病死

1. 사망 장소: 시립市立 자제원慈濟院

1. 사망 연월일: 단기 4281년 12월 10일 하오 8시 30분

　　취급자: 서울시 용산구청장 명완식明玩植

단기 4282년 1월 3일

바람이 서류를 까뒤집었다. 완이 일어나 출입문을 신경질적으

로 닫고 안내데스크로 갔다. 접수처 여직원은 고개를 들지 않고 무언가를 열심히 썼다.

"이봐요, 여기 기자증 안 보여요?"

그의 말에 직원이 고개를 들고 그를 쳐다보았다. 완은 작년 12월 10일 나혜석의 죽음을 확인한 담당 의사를 찾아달라고 했다. 직원은 올해 발령받아 작년 일은 모른다고 답했다. 완이 서류를 찾아보라고 재촉했다. 직원은 고개도 들지 않고 바빠서 그럴 겨를이 없다고 건성으로 대답했다. 완이 데스크를 손으로 내리쳤다.

"당신 실수하는 거야. 나혜석의 죽음을 은폐한다고 그렇게 될 줄 알아?"

직원은 들은 척도 하지 않고 태연히 서류에 무언가를 적었다. 의자에 앉아 있던 여자가 일어나 완 옆에 섰다. 지나칠 정도로 완 쪽으로 몸을 가까이 들이민 여자는 직원에게 들리지 않게 작은 목소리로 말했다.

"의사를 만나려는 의도가 뭐예요?"

술 냄새가 훅, 끼쳤다. 완은 여자를 쳐다보곤 일없다는 듯 접수처로 고개를 돌렸다.

"내일, 정식으로 경찰조사 협조 공문을 받아 오겠소. 그때까지 서류를 찾아보시오."

노란 투피스를 입은 여자가 몸을 바짝 완에게 밀어붙이고 그의 귀에 대고 속삭였다.

"과연 의사만 찾아내면 그가 당신이 듣고 싶어 하는 말을 해 줄까요?"

"당신 뭐야?"

"알 거 없고. 똑똑치 못하게 떠들지 말고 기다리고나 있어요."

여자는 금세 얼굴 표정을 바꾸더니 몸을 돌렸다.

"제 할머니가 이곳에 실려 왔다고 해서 만나러 왔어요."

접수처 직원이 할머니의 이름을 물었다.

"정말순, 작년 12월 10일에 오셨다는 연락을 받았어요."

12월 10일이라는 말에 완이 걸음을 멈추고 여자를 돌아보았다. 직원은 서류를 뒤적이며 왜 이제 왔냐고 핀잔주듯 물었다.

"그야, 술 팔고 돈 버느라 정신이 없어서."

여자가 상체를 데스크에 올리고 입김을 불었다. 데스크에 몸을 밀착시킨 여자의 상의가 벌어져 탱탱한 가슴골이 드러났다. 직원은 술 냄새를 손으로 휘젓고 서류를 뒤적였다. 완은 팔짱을 끼고 여자를 관찰했다. 노란 투피스는 종이 한 장 끼울 틈이 없이 몸에 착, 달라붙었다. 앞섶의 풀어놓은 단추 사이로 가슴골이 보였다. 치마는 까무러칠 정도로 짧았다. 미인이라기보단 인상을 찌푸리게 만드는 영락없는 카페 여급이었다. 직원이 여자에게 병실 호수와 위치를 알려주었다. 여자는 완을 돌아보며 윙크를 하곤 데스크를 지나 안쪽 복도로 들어갔다. 완은 여자의 뒤를 따라 복도를 걸었다. 여자는 묘한 웃음을 웃고는 병실 앞을 지키는 남자 간호부에게 완이 일행이 아니라 말했다.

여자는 병실로 들어가자마자 행려로 보이는 할머니를 붙잡고 오열했다.

"누구슈? 나를 아시우?"

완도 병실 안으로 들어가려 했으나 남자 간호부의 저지를 받아 밖으로 나왔다. 병원 출입문을 나가 담배를 꺼내 물고 여자를 기다렸다. 뭔가 쓸 만한 정보를 가진 게 분명했다. 필경, 여자는 나혜석의 죽음을 알리는 서류를 읽고 있었다. 할머니가 작년 12월 10일에 입원했다면 그날의 상황을 알 수 있을지도 몰랐다.

그러나 여자의 할머니는 정신이 나간 상태였다. 손녀도 못 알아볼 정도면 그날 일을 제대로 기억이나 할지 알 수 없었다. 완이 다시 담배를 꺼내 입에 물 때 여자가 나왔다. 여자는 현관을 나오며 앞섶의 단추를 채웠다. 단추를 채운 것만으로 흐트러졌던 분위기가 정돈되었다. 완은 여자가 가까이 오기를 기다렸다.

"할머니께서 알아보셨소?"

완 앞에 가까이 온 여자는 아까와는 사뭇 다르게 보였다. 술기운이 가셨는지 얼굴에서는 냉기가 흐를 정도로 차분해졌다.

"초순진하시군요."

목소리마저 아까와는 달리 쌀쌀맞았다. 완은 아까 여자가 자기에게 귓속말로 물었던 질문을 떠올렸다. 그제야 깨달았다.

"그래, 연극한 성과가 있었소?"

여자는 완을 지나쳐 걸었다. 완은 물고 있던 담배에 불을 붙이고 뒤따랐다. 앞서 걷던 여자가 걸음을 멈추고 한심하다는 표정으로 그를 보았다.

"당신, 충고 하나 해줄까요? 무턱대고 자신을 노출시키면서 덤벼드는 거, 초야만적이에요."

대답하기도 전에 여자는 대기 중이던 택시에 올라탔다. 혼자 남겨진 완은 한 모금 깊이 빨아들였다. 무표정하고 쌀쌀맞던 여자는 어디선가 만난 적이 있다는 생각이 들었다. 담배 한 개비가 타들어갈 때까지 여자의 얼굴을 기억해내려고 애썼다. 노란 투피스의 앞섶을 풀어헤치고 술 냄새를 풍기며 자기에게 몸을 밀어붙이던 여자의 표정 위로 엉뚱하게 나혜석의 단정한 모습이 또렷하게 겹쳐졌다.

마당에서 기다리던 여수댁은 완이 대문 안으로 들어가자 반가운 기색을 했다. 아버지가 낮부터 서재에서 독한 술을 마셨고 초저녁에 잠들었는데 안 일어난다고 했다. 방문 앞까지 따라와선 흔들어 깨워 일어나면 알려달라고 소곤거렸다. 들어가 쉬라는 말에 그녀는 손사래를 쳤다.

"에이, 그랬다간 한밤중에 깨서 밥 굶겼다고 야단할까봐."

여수댁은 손으로 입을 막곤 들어가 보라는 시늉을 했다. 여수댁은 안방에 들어가는 것을 꺼려했다. 바닥에 깔린 이불에 누워 있을 때와는 달리 아버지가 침대에 누워 있으면 몸 전체가 바로 눈앞에 보여 불손한 느낌이 든다고 했다. 침대생활을 불경스럽게 여겼다. 아버지는 침대에 반듯하게 누워있었다. 커튼을 젖혀놓아 창으로 외등 불빛이 들어왔다. 불빛이 침대 옆 협탁에 놓인 액자 두 개를 희미하게 비췄다. 어머니의 영정 사진과 나혜석의 사진이었다. 아버지는 아내의 수술을 위해 미국으로 떠나기 직전까지 그녀를 찾아갔다. 연두 잎이 돋아난 나무 아래 서 있는 나혜석은 침착해 보였다. 군살은 없었고 자연스런 주름이 조화를 이뤘고 얼굴 윤곽이 뚜렷해 정직하고 단정하게 느껴졌다. 정신 분열 증세는 찾을 수 없었다. 나혜석은 아버지가 고개만 돌리면 볼 수 있는 곳에 그렇게 어머니와 나란히 있었다.

창가로 가 커튼을 꼼꼼하게 쳤다. 방안이 어두워지자 아버지의 숨소리가 들렸다. 두 개의 액자가 어둠 속에 파묻혔다. 서재로 들어가는 완의 뒤를 따라 들어온 여수댁이 탁자에 놓인 술병과 잔과 과일이 담긴 접시를 쟁반에 담았다. 테네시 위스키 병은 바닥을 보였다. 완은 아버지가 앉았던 자리에 앉았다. 아버지의 서재는 창이 난 면을 제외하고 묵직한 책장으로 둘러싸여 있었다. 정면에 보이는 책장 가운데에 나혜석에 관한 자료와 사진첩이 꽂혀 있었다.

아무리 취했어도 아버지는 봤던 자료들을 제자리에 꽂아두었다. 그는 자리에서 일어나 책장 앞으로 갔다. 자제원에서 만난 여자의 얼굴을 떠올렸다. 여자의 나이를 짐작해보며 가장 오래된 사진첩을 꺼냈다. 대부분이 멀리서 찍은 스냅사진이었다. 커다란 장독이 가득한 시장에서 검지로 장맛을 보고 있는 나혜석의 사진을 보던 그는 낮에 자제원에서 만난 여자를 떠올리곤 자신이 착각했다는 결론을 내렸다.

대학 건물을 배경으로 계단을 내려오는 나혜석의 사진을 꺼내 들었다. 우르라이카*로 찍었을 것이 분명한 흑백사진은 대학 건물을 무겁고 눅눅하게 그려내고 있었다. 라이카만의 특성이었다. 사진 속 나혜석은 책 보따리를 가슴에 안고 있었다. 검은 통치마에 흰색 블라우스를 받쳐 입고 있었다. 이 옷은 이 사진 외에도 여러 번 봤다. 완은 계단 옆, 혹은 나무 뒤에 숨어 사진을 찍었을 아버지를 상상해보았다. 유쾌한 상상은 아니었다. 아버지는 이날 나혜석의 뒤를 밟으며 사진을 찍었다. 뒷모습, 누군가를 만나 손으로 입을 가리며 웃는 모습, 다시 혼자가 되어 거리를 걸어가는 모습. 모든 사진은 일정한 거리를 유지했다. 완은 아버지와 그녀의 간격을 확인하며 사진을 찍었을 당시 아버지의 위치를 가늠해봤다.

사진첩을 넘겼다. 예술에 대한 열정과 첫 연인과의 사랑을 간직한, 빛을 발하는 여성의 도발적이고 순결한 맵시가 라이카 특유의 어둡고 가라앉은 톤에서 도드라졌다. 아버지는 어머니와

---

* 우르라이카Ur-Leica는 1913년 오스카 바르나크Oscar Barnack가 독일의 에른스트 라이츠 사에서 만든 35mm 필름포맷의 스틸 카메라다. 오늘날까지 이어오는 세계적으로 알려진 라이카Leica 카메라의 최초 모델이다.

함께하는 것보다 나혜석 뒤를 따라다니는 것에 더 많은 시간과 공을 들였다. 정략혼을 한 어머니는 처음에는 그런 아버지를 이해 못하고 의심했다. 그런데 나혜석이 이혼을 하고 사회에서 버림을 받을 때는 그녀를 옹호하는 글을 신문사에 투고했다.

완은 아버지, 독고휘열의 삶에는 관심이 없었다. 나혜석에 대한 감정이 환상이든, 열정이든, 집착이든. 어머니는 작년, 임종 직전에 완에게 나혜석을 찾으면 강제로라도 이 집으로 데려와 보살피라고 말했다. 사회가 그녀를 가혹하게 끌어내린 것을 안타까워했다. 그녀를 화가로, 작가로 부활시키라는 유언을 남겼다.

완은 어머니의 죽음 이후, 나혜석을 찾아다녔고 그녀의 과거를, 행보를 조사했다. 어렴풋이 알고 있던 것과는 좀 달랐다. 그녀를 추적하는 과정에서 작년 그녀의 죽음을 알게 되었다. 하지만 무언가 이상했다. 죽음의 과정이 석연치 않았고 의혹이 가득했다. 이 혼란스런 나라는 의혹이 많은 현실이 존재했고 의혹과 진실의 경계가 뚜렷하지 않았다. 권력을 누가 쥐고 있느냐에 따라 의혹이 진실이 되고 진실은 의혹에 눌린 채 묻혀버리기도 했다.

어머니의 유언으로 시작된 나혜석에 관한 집착이 자신을 갉아먹었다. 그럼에도 집착했다. 알면서도 매달렸다. 완은 한 남자가 권총을 자신의 관자놀이에 겨냥한 채 무릎을 꿇고 있는 사진을 펼쳤다. 독고휘열이 기록한 공책을 꺼내 펼쳤다. '무사 계급 집안인 사토는 나혜석 양이 연인 최승구와 잘 지내던 시절부터 그녀가 이혼을 당하고 혼자일 때까지 끈질기게 그녀에게 구애

했다'고 적혀 있었다. 아버지는 그 일본인을 한심한 인간으로 표현했지만 기록을 읽는 독고완에게는 아버지도 똑같이 한심하게 여겨졌다.

3

혜석은 동래로 내려갔다. 시댁 문 앞에 서자 다리가 후들거렸다. 아이들이 보고 싶었지만 시어머니에게 뭐라고 말해야 할지 캄캄했다. 결국 안으로 들어가기를 포기하고 뒷산으로 갔다. 산중턱에 앉아 시댁을 바라보았다. 학교에 간 나열이 돌아올 때가 되었는데 보이지 않았다. 혜석은 시어머니보다 시누이와 시숙들을 대하기가 더 겁이 났다. 이태까지 살면서 어느 나라 높은 사람, 부자, 혁명을 일으킨 사람들을 만날 때에도 두려움이 없었고 당당했는데 이상하게 시댁어른들 앞에서는 기가 꺾였다. 그녀는 구미 여행에서 돌아와 보따리를 풀던 날을 떠올리곤 마른침을 삼켰다. 혜석이 가지고 온 궤짝을 열고 물건을 꺼낼 때마다 시어머니는 무엇인지 어디에 쓰는 물건인지 참견했다. 과부가 된 후 시댁 근처에 와 살던 시누이도 옆에서 거들었다. 혜석은 생각 없이 사실대로 꼬박꼬박 대답했다.

"이건 프라도 미술관에서 구입한 고야의 판화집과 고야의 일생을 다룬 책이에요. 언젠가 누가 되든지 제 일생이 담긴 책을 만들어줬으면 해서 샀어요. 아, 여기 복제화도 있어요."

마지막으로 꺼낸 것이 고야의 판화집과 책이었다. 시모와 시누이는 자신들의 선물은 없고 모두 그림과 화구, 레코드판이라는 것을 알고는 끝내 화를 냈다. 잔꾀라도 있었더라면 제 물건이라도 선물이라며 건네주었을 거였다. 혜석은 지난 설에 미리 선물 부쳤으니까 괜찮겠지 싶어 따로 선물을 마련하지 않았다.

여행에서 돌아온 김우영은 일본 총독부 외무성의 사무관 자리를 거절하고 개인 변호사 사무실을 차리기 위해 돈을 정리해 갔다. 여행에서 돌아온 지 한 달도 안 되었을 때, 셋째 시삼촌이 다른 지방에서 농사짓던 것을 집어치우고 한 푼도 없이 시댁으로 찾아왔다. 또 며칠이 못 되어 둘째 시삼촌이 다섯 식구를 데리고 왔다. 그들은 구미 여행까지 다녀온 조카가 돈이 많을 거라 여겼고 자신들을 거둬줄 거라 믿었다. 혜석의 구미 여행기 취재를 위해 기자와 잡지사 직원이 동래로 찾아왔다. 그럴 때마다 시어머니와 시누이는 혜석이 자신의 손님들에게만 돈을 쓰는 이기적인 며느리라며 뒷말을 했다.

혜석은 여행의 피로가 가시기도 전에 대가족이 북적대는 가운데 아이를 낳았다. 아이를 낳자마자 시가족들은 돈을 요구했다. 서울에 올라간 김우영도 돈벌이가 없었던 때라 궁핍한 생활은 이어졌다. 혜석은 아이를 낳고 몸을 추스를 겨를도 없이 전시회를 준비했다. 자신의 그림과 여행에서 사온 복제화라도 팔아야 경제적으로 보탬이 될 것 같았다.

그녀는 막내 건에게 젖을 먹여 옆에 눕혀놓고 엎드려서 그림을 그렸다. 파리에서 사생한 것을 그렸고, 에스파냐에서 그리던 것을 마저 그렸다. 여행에서 느낀 것을 제대로 숙성하기도 전에 꺼내려니 작업이 영 흡족하게 진행되지 않았다. 시모는 그림을 그릴 때는 얼른 그려라, 많이 그려라, 하며 혜석을 방해하지 않았다. 시가족들은 전시회를 하면 큰돈을 벌어들일 것이라 여겼지만 혜석은 불안했다. 첫 번째야 최초 단독으로 한 양화 전시라 인산인해였지만 그 사이 이종우, 김종태 등의 유화 전시회가 몇 차례 있었다.

혜석은 김복진을 떠올리고 붓을 멈췄다. 김복진이 자신의 그림을 봤을 때 어떤 평을 할지 초조했다. 그에게 부끄럽지 않으려면 적어도 반년은 집중해서 그림에만 매달려야 했다. 그리하고 싶은데 시모와 시누이는 전시회 날짜만 기다렸다. 시어머니는 첫 전시회에서 고가로 팔려나가던 그림들을 떠올렸다. 시어머니는 혜석이 구미에서 사생해온 그림이 칠, 팔십여 점이나 되니 그것을 모두 전시하라며 각각에 돈을 매겼다.

붓을 들고 잠시 열중할 때면 어린 건이 울었다. 그녀는 붓을 집어 던지고 물감 묻은 손으로 건을 안아 젖을 물렸다. 건의 울음소리를 핑계로 방으로 들어온 시어머니는 그리다 만 그림을 집어 들고 무조건 훌륭하다 칭찬했다. 마무리가 안 되었다는 말은 흘려듣고 뒤란으로 갔다. 버리려고 처박아둔 캔버스며 30호 캔버스에 젤라틴을 녹여 바르고 아마유*에 산화아연**을 발라 마

---

* 아마亞麻의 씨에서 짜낸 기름. 황색 또는 갈색의 건성유乾性油로 유성페인트, 인쇄잉크 등의 제조에 쓰인다.
** 산소와 아연의 화합물로 가벼운 백색 분말이다. 의약품, 안료, 화장품 원료 등으로 사용된다.

르도록 기대 놓은, 채 마르지도 않은 캔버스들을 가져다주며 새로운 그림을 그리라 했다.

혜석은 처음에는 전시회를 동래나 경성에서 할 계획이었다. 전시회 준비를 도와준다고 하지만 시어른들은 전시를 위한 공간을 찾거나 후원자를 찾을 여력이 안 되었다. 김우영도 경성여관에 머물며 자신의 일을 좇아다니느라 바빠 혜석의 전시회에 관심이 없었다. 김우영이 여관에 기생을 불러 함께 살고 있다는 소문이 들렸다. 아래로 척척, 처지는 몸을 추슬러야 했다. 결국 전시회 장소를 수원으로 정하고 그곳으로 갔다. 한 달을 머무르며 전시회를 준비했다.

건이를 낳은 지 백 일도 안 되었을 때, 남수리 불교 포교당에서 전시회를 열었다. 구미 여행 중에 그린 작품 외에도 여행 중에 구입한 복제화, 판화 등을 참고품으로 함께 전시했다. 전시회로 벌어들인 돈은 시모에게 맡겼다. 대가족과 경성에서 따로 생활하는 김우영의 살림까지 감당하기에는 부족했지만 급한 불은 끌 수 있었다.

건이 젖을 뗄 무렵 9회 선전을 위해 다방골 미순네 윗집에 방을 얻었다. 두 번째 전시회에 전시하지 못했던 파리의 화가촌을 그렸다. 파리에서 머물며 사생첩 한 권에 사생한 것을 마무리했다. 구미 여행을 다녀와 처음 응모하는 것이기에 신경이 쓰였다. 선전이 끝나자마자 《매일신보》에 〈미전 인상〉이라는 제목의 기사가 실렸다. 김화산인이라는 필명을 쓰는 이가 기고한 글이었다. 나혜석에 대한 혹평이 주였다.

혜석은 평을 읽자마자 글을 쓴 자가 김복진이라 확신했다. 《매일신보》로 전화를 해 김화산인이 누구인지 밝혀달라고 했다. 기자는 서신으로 원고를 받았다고만 말했다. 혜석의 기분을 풀어주고 싶었는지 그는 열흘 후, 가정란에 지난번 혜석을 만났던 인터뷰를 아부식으로 썼다. 혜석은 최은희에게 전화해 기사를 쓴 사람이 김복진인지 확인해달라고 했다.

최은희가 혜석을 만나러 동래로 내려왔다. 혜석은 구미 여행에서 보고 온 것을 풀어낼 기회도 없이 급하게 전시와 선전 준비를 할 수밖에 없었다며 애석해했다. 현재의 궁핍하고 답답한 생활에 대한 푸념을 늘어놓았다.

"나혜석 여사의 작품은 양행이라는 금박이 어느 곳에 붙었는지 찾을 수 없다. 채색을 단순, 평이하게 칠하는 법만 달라졌다. 진보라고 찬양하여줄 자가 누구이냐? 미로에 빠졌다, 라 쓴 자가 김복진 아니야?"

"언니, 말 같지 않은 소리예요."

"여행 갔다 오면 곧바로 그림이 확 변하나? 양행의 금박이 확 눈에 띄어야 하니? 내 속에서 곪고 앓고, 그렇게 숙성을 해야 나오지. 그것도 못 헤아리고 가마솥에 물 붓자마자 끓어오르지 않는다고 탓하니? 나에게 지면을 줘. 그자를 겨냥해 답변을 해야겠어."

"가마솥에 물 넣자마자 꺼낸 건 언니잖아. 전시를 미뤘어야지, 그만 두고 조용히 있어요. 에스파냐에서 하석진이란 사람 만났어요? 아마, 미로에 빠졌다는 건 그를 겨냥해서 쓴 말인 것 같은데. 그 사람이 미로로 유명하다며? 멕시코다방에도 그이 미로가 걸려 있잖아."

"그이가 에스파냐에 있어? 난 고야의 작품에 짓눌려 있었어. 숨을 쉴 수도, 음식을 삼킬 수도 없을 정도였어. 그가 거기에 있었다는 걸 알았다면 만났을 거야. 하석진과 연결했다면 더욱 김복진을 만나야겠어."

"김 선생님 만나려면 서대문형무소에 가야 해요. 언니가 파리에 있을 때 투옥되었어요. 조선공산당 비밀당원으로 활약했대요. 5년 구형을 받았다는데 형무소 안에서 언니 그림 평을 하겠어요? 정신 차리세요. 최와의 소문도 일본 외무성에서 확대했을 수 있어요."

최은희는 배후에 일본 외무성이 있는 것 같다고 했다. 김우영이 여행에서 돌아오자마자 직위를 거절한 일에 대한 괘씸죄를 적용했고 최린과의 소문도 민족대표자 최린의 발목을 잡기 위해 벌인 일로 추측했다. 당분간 신중하게 행동하라 당부했다.

혜석은 계속 동래에 머물다간 예술도 생활도 바닥으로 떨어질 것 같아 조바심이 났다. 동래에선 취직을 하려 해도 마땅치가 않았다. 무엇보다 돈만 바라는 시가족이 우글거리는 곳에서 벗어나고 싶었다. 최은희의 당부에도 불구하고 혜석은 최린에게 편지를 썼다. 최린은 혜석에게 편지를 받았다고 주변인에게 말했고 몇 명을 걸쳐 전달된 편지 내용은 내 평생을 당신에게 맡기오, 라고 바뀌었다. 그것이 김우영에게 전해졌다.

김우영은 동래에 내려오겠다는 전보를 보낸 후 동래로 왔다. 김우영은 장 속에서 문서와 보험권을 꺼내 안방으로 가 어머니에게 맡겼다. 집에 머물고 있는 시누이와 시삼촌들을 한데 불러 모았다. 어른들 앞에서 김우영은 나혜석에게 돌아앉으며 말했다.

"나는 이혼하겠소."

"어, 그 사람 쓸데없는 소리."

시어른들이 모두 한마디씩 말리는 소리를 했다.

"서방질하는 것하고 어찌 삽니까."

방 안에 모여 있던 사람들은 모두 침묵했다. 김우영은 이혼을 안 해주면 간통죄로 고소하겠다고 으름장을 놨다. 김우영의 행동에 화가 난 혜석은 재산을 반으로 나누자고 했다. 당장은 현금이 없었지만 그림을 그려 팔아 모은 돈으로 장만한 문서와 보험권이 꽤 많았다. 중산층 가정이라면 일하는 할멈과 식모를 두세 명씩 두었지만 혜석은 산후조리 때를 제외하고 사람을 부리지 않았다. 사치하지도 않았다. 김우영은 집을 포함한 재산은 모두 어머니와 자신이 모은 것이라며 약 500원가량 되는 논문서만 한 장 주었다. 첫 전시회 때 그림은 대부분 팔렸다. 〈신춘〉 한 점 가격이 350원이었다. 지난 전시회에도 예상외로 빨간 딱지가 많이 붙었더랬다. 그런데도 이혼의 가격은 500원이었다.

혜석은 김우영의 태도에 화가 났다. 하지만 냉담하고 단호한 김우영에게 기름을 부을 수는 없었다. 결국 설득하기로 결심하고 그를 찾아갔다. 김우영은 소문대로 양장기생을 방에 들여 살고 있었다.

　시댁 대문에 들어섰다. 나열과 시누이가 숟가락으로 감자를 긁고 있었다. 나열은 혜석을 보고도 달려오지 않고 멀거니 섰다. 시누이는 왔냐 인사도 없이 부엌으로 휙 들어가버렸다. 혜석은 나열을 품에 끌어당겼다. 나열의 어깨가 들썩거렸다. 어린 것에게 시댁 사람들이 어떤 말을 했을지 혜석은 짐작할 수 없었다. 나열의 소리 없는 울먹임이 그녀의 가슴을 할퀴었다. 혜석이 왔다는 말을 전해들은 시모가 부엌에서 나왔다. 시모의 뒤에 있던 진이 혜석을 보곤 달려와 품에 안기며 크게 소리 내어 울었다. 그제야 나열도 덩달아 울음소리를 키웠다. 셋이 한데 엉겨 우는 것이 못마땅한 시어머니는 초상 났냐, 고 내뱉곤 부엌으로 들어갔다.

　김우영은 이틀에 한 번 전보를 보냈다. 이혼장에 도장을 찍지 않으면 간통죄로 고소하겠다는 내용이었다. 시어른들이 몰려와 잘못했다는 표로 도장을 찍으라고 했다. 시어머니는 동래에서 함께 아이들을 기르자, 하며 도장을 찍어주라고 했다. 혜석은 할 수 없이 만 2년 동안 재가 또는 재취하지 않기로 하되 피차에 행동을 보아 복구하기로 약조한다는 서약서를 두 장 쓰고 도장을 찍었다. 시숙이 서울로 올라가 서약서에 김우영의 도장을 찍어 왔다.

혜석은 그림도 그리지 않고 책과 신문도 읽지 않고 매일 온전히 아이들을 위해 보냈다. 나열을 위해서는 옷을 만들었다. 건을 위해서는 천 조각에 솜을 넣은 자동차를 만들었다. 시어머니는 그 와중에도 창고에서 공백으로 남겨둔 캔버스를 꺼내와 그림을 그리라 했다. 집 밖에 나가지도 않고 마당에만 있었지만 담 너머로 혜석을 책하는 이웃들의 목소리가 들려왔다. 왜 아니 가누? 언제 가누? 뻔뻔하구먼.

김우영이 동래로 내려와선 누이 집에서 시모와 아이들을 보고 올라갔다. 시모와 시누이는 막내 건부터 사탕과 과자로 꼬드겨 시모 방으로 데려갔다.

하루는 나열이 혜석의 무릎에 바짝 다가와 앉았다.

"어머니, 외국에서 나쁜 짓 하셨어요? 서방질이 뭐예요?"

나열은 울음을 삼켰다. 학교에서도 동네사람들도 온통 그 애기라며 창피하다고 했다. 시누이는 바람 쐬러 일본에 다녀오라고 했다. 시어머니도 아이들은 여기에 맡기고 그림을 그려오라고 했다.

혜석이 일본으로 갈 짐을 꾸릴 때 시누이가 방으로 들어왔다. 일본에서 살색을 뽀얗게 보정해주는 시세이도 파우더와 젊음을 유지시켜 주는 당고크림을 사다달라고 했다. 혜석은 밤을 꼬박 새우며 이런저런 생각에 잠겼다. 창피하다는 나열의 말이 계속 머릿속을 후벼 팠다. 그림 그려오라는 시어머니의 말이 가슴을 짓눌렀다. 화장품 사다달라는 시누이의 말이 손을 떨게 했다. 짐을 마저 꾸렸다.

관부연락선에 올랐다. 혜석은 뱃전에 기대 하염없이 바다를 내려다보았다. 물결 사이로 윤심덕의 얼굴이 보였다. 처지를 판단하고 이겨내야 하는데 물결 속으로 빠져들고 싶은 유혹이 일렁거렸다. 지금 물거품 사이로 빠져 죽으면 남편에게 버림받은 여자가 외로움을 견디다 못해 죽음을 택했다는 말을 들을 것이 분명했다. 남아 있는 그림들은 유작이 되어 비싼 가격에 팔릴지도 몰랐다. 그녀는 유작으로 남을 작품을 헤아리며 대작을 떠올려보았다. 흡족한 작품이 없었다. 무엇보다 윤심덕이 선택한 죽음의 방식을 따라하기가 싫었다. 길에서 개처럼 죽더라도 예술과 삶을 더 깊이 파헤치고 난 뒤다, 그 전에 죽으면 네 명의 자식에게도 부끄러운 어미일 수밖에 없다, 혜석은 물결 사이로 어른거리는 윤심덕의 얼굴을 애써 지웠다.

4

독고완은 계단을 뛰어올라갔다. 조선일보사 문화국에 들어가 선배 김영규를 찾았다. 선배는 사환 아이와 얘기를 나누는 중이었다. 사환 아이는 마포 홍명희 선생님 집에 다녀왔는데 선생이 아직 북에서 내려오지 않았고 소식도 없다 전했다. 사환 아이가 돌아서자 완은 선배의 팔을 잡아 일으켰다. 김영규는 무슨 일인지 묻고는 독고완을 따라 복도로 나왔다.

"홍명희 선생님이 임꺽정 연재를 이어 하시기로 했는데 도통 안 오시네."

"아예 그쪽에 자리 잡으신 것 아니었어?"

"쉽게 판단할 수 없어. 어떤 일이 벌어질지는 아무도 모르는 거지. 찾아온 용건이 뭐야?"

완은 김영규에게 《조선일보》를 펼쳐 보였다. 김영규는 제목만 보곤 알았다는 듯 고개를 끄덕였다. 독립된 조선에 맞춰 여성 또한 해방되어야 한다, 우리는 조선을 우리 힘으로 독립한 것은 아니지만 그래도 되찾았다, 그런데 아직도 여성은 식민지 속에 있다, 여성이 인간으로 올곧게 삶을 살려면 먼저 남성에게서 독립해야 하는 것이요, 답습된 사회 인식으로부터 제 자신을 해방하는 것이 급선무이다, 나는 결혼한 여성에게 명절 때 시댁에서 일하지 말고 여행을 가도록 권하는 바이외다. 완은 글의 한 부분을 읽어주며 정월, 이라는 노골적인 필명으로 글을 기고한 자가 누구인지 물었다.

"형, 이 당돌한 글은 나혜석 생각이고 문장이야."

"그래서? 나혜석이 죽지 않았다? 부활했다?"

"이 글 쓴 사람 누군지 알고 있지?"

"현모양처는 개나 줘버려라, 남성을 부엌으로 끌어들여 설거지를 시키라는 글? 최승석이란 사람이 썼네."

"최승석은 최승구와 혜석을 뒤섞어놓은 이름이잖아. 최정원이라는 이름은 최승구 성씨에 나혜석 작품 〈정원〉을 붙였고, 김명애라는 이름은 나혜석이 쓴 미발표 자전소설 제목이야. 춘원 선생에게 김명애, 라는 장편소설을 보냈다는 말이 있었어. 이 글 쓴 사람은 분명, 나혜석과 관련 있는 사람이야."

"듣고 보니 그런 것 같군. 들어가 봐야 해. 홍명희 선생과 연락할 방법을 찾아야 하거든."

완은 담뱃불을 끄고 돌아서려는 김영규의 소매를 붙잡고 세웠다.

"이 글 쓴 사람, 분명 목적이 있을 거야."

김영규는 엉겁결에 글을 사환 아이가 받아 왔다고 말했다.

"그럼, 형이 알고 있다는 거네. 가르쳐줘, 연화원에서 한상 낼게."

"한상만 내면 뭐해? 화련은 너만 편애하는데."

김영규는 돌아서며 연화원에서 7시에 만나자고 했다. 완은 그제야 필터까지 타들어간 담배꽁초를 창문 밖에 내던지고 계단을 내려갔다. 시계를 보고 화들짝 놀라 택시를 찾았지만 택시가 없었다. 인력거꾼에게 서울신문사로 급히 가자고 재촉했다. 인력거꾼은 도로에서 지프차를 만날 때면 놀란 듯 인력거를 멈춰 세웠다. 완의 몸이 앞으로 쏠렸다.

"지프차를 처음 보는 것도 아닐 텐데. 그렇게 겁을 집어먹으면 어떻게 이 일을 계속 하겠소?"

완의 말에 인력거꾼이 종로통 사거리에 멈춰 세우며 하소연을 했다. 엊그제 고향 형님이 경찰이 모는 지프차에 부딪혀 허벅다리를 다쳤는데 치료비는커녕 오히려 몰매를 맞았다는 거였다.

"경찰 횡포가 말이 아니군."

인력거비를 건네며 인력거꾼의 신발을 보았다. 짚으로 만든 와라지*가 닳아 맨발이 드러났다. 완은 양화점에서 산 제 구두가 부끄러워 땅속에 묻어버리고 싶기도 하고 은근히 화딱지가 났다. 인력거꾼이 느릿느릿 거스름돈을 세고 있었다.

"거스름돈은 됐소. 거, 신발이나 단단한 고무신으로 사 신으시오. 신발 꼬라지가 그게 뭐요."

나무토막 같은 발이 안쓰러웠지만 그럴 때마다 오히려 거칠게 말하는 제 성정을 욕하며 계단을 뛰어올라갔다. 부장은 의자에

---

* 와라지草鞋는 일본의 전통 짚신이다. 발목을 둘러 묶는 형태로 산행이나 장거리 보행에 알맞아 예전에는 여행의 필수품이었다.

앉아 담배를 피우며 완을 노려보았다.

"급하게 알아볼 일이 있어 조선일보에 들렀다 왔습니다."

"그래, 이승만이 동부인해서 제주공항에 무사히 도착했대?"

"그건 아니고. 혹시, 이거 읽으셨어요? 나혜석 생각과 똑같은."

"나혜석, 나혜석, 나혜석!"

부장은 담배 파이프로 책상을 탁탁탁, 쳤다. 완은 넥타이를 느슨하게 풀고 와이셔츠 윗단추를 풀었다.

"부장님이 싫어하는 줄 알지만 전 그녀에 관한 기사를 쓸 예정입니다. 비운의 천재화가 행려로 죽다. 나혜석, 누가 죽였는가, 무관심인가, 사회인가. 제목도 정했고 10회 정도 연재할 계획입니다."

"너, 제정신이냐? 누구 맘대로. 지면을 준대? 지금이 어느 때인데 행려로 죽은 여자 한 명에 매달려. 지금 제주도, 여수, 순천에서 몇 명이 죽은 줄이나 알아?"

부장은 제주도로 취재를 보낸 신민욱 기자가 한 달 전, 인편으로 보낸 글을 읽고 있었다.

"나혜석은 역사에 남아야 하는 천재입니다."

"지금 일어나는 모든 사건은 역사에 남을 거야. 니 마음대로 역사 선택하지 말고 덕수궁에나 다녀와."

"덕수궁요?"

"어제 말했잖아. 지금 당장 가. 미스 대한 선발대회 처음부터 순서 밟아 심사결과 나올 때까지 따라붙어."

"미치겠네. 지금이 어느 때인데 미인 선발대회야. 차라리 저도 제주도로 보내주세요."

완이 투덜거리며 책상 서랍을 열어 노트 몇 권을 꺼냈다.

"신문 전체 교정 전 검열이야. 기사를 써도 기사화할 수 없다는 거 몰라서 그래? 너 아직 노란 딱지 달고 있는 햇병아리야. 머리 좀 빗고 가."

완은 출입문 옆에 걸린 전신거울 앞에 서서 넥타이를 고쳐 메고 손으로 머리를 쓸어 넘겼다.

"어디 내놔도 손색없는 인물이라고 부장님께서 칭찬했던 것 같은데요."

"까불지 말고. 빼먹고 다른 데 돌아다니면 책상 없앨 줄 알아."

완은 거울에 비친 부장의 침울한 얼굴을 살폈다. 제주도에 간 신민욱에게서 한 달째 연락이 없었다. 사흘 전 신민욱의 약혼녀가 부서지기 직전의 몸을 이끌고 와 버티다 결국 병원으로 실려갔다. 부장의 사촌 여동생이었다. 열흘 더 기다려보고 소식이 없으면 부장이 직접 제주도로 가겠다고 그녀와 약속했다.

덕수궁은 완의 예상보다 훨씬 북적거렸다. 대회 관람객들은 덕수궁 뜰에 진열된 대형 사진들 앞에서 서로 품평을 하고 있었다. 평화로웠다. 한쪽에서는 피비린내 나는 격전이 벌어지고 있고 누군가 이름이 지워진 채 흔적 없이 죽어가고 있었다. 누군가를 암살하려는 음모와 협잡이 오갔다. 그런데 이곳 사람들은 사진을 보며 어떤 여성의 인물이 좋은지 가리고 있었다. 완은 현실과 동떨어진 세계에 와 있는 것 같았다. 대중에게 희망과 즐거움을 주기 위한 대회라지만 꺼림칙한 기분을 떨칠 수 없었다.

사진의 주인공은 대부분 세일러복을 입은 여학생들이었다. 거칠게 확대되어 얼굴이 흐릿했다. 윤곽과 분위기만 보였다. 그럼에도 관람객들은 사진 가까이 다가가 한마디씩 보태며 천진하게 웃었다. 주최 측은 관람객이 이렇게 많이 모여들 거라 예상 못했는지 부족한 투표용지를 어찌 해결할지 몰라 우왕좌왕했다. 완은 사진들을 눈으로 훑으며 본부로 갔다. 마침 신태양 잡지사 직원들이 회의 중이었다. 완은 신태양 대표에게 눈인사를 하고 그들의 회의를 경청했다.

"예비심사 통과한 여덟 명 빨리 사진관에 보내. 같은 옷 입고 사진 찍으라고 해."

"그런데 여덟 명을 놓고 미스 대한을 뽑으면 행사가 초라해질 것 같아요. 관람객은 이렇게 많은데. 자칫 웃음거리가 될 수도 있어요."

예선 통과한 미인들의 사진을 보던 완이 급작스럽게 큭큭 웃었다.

"자네 왜 웃어?"

신태양 대표가 완에게 못마땅한 눈길을 보내며 물었다.

"웃음거리 됩니다. 저렇게 많이 모인 관람객들에게 눈요기도 안 되요. 제가 보기엔 이 여덟 명 중에 예쁜 여학생은 있어도 미스 대한은 눈 씻고 찾아봐도 없네요."

완이 모여 앉은 그들을 보다가 눈을 크게 떴다. 며칠 전, 자제원에서 만난 여자가 있었다. 자제원에서와는 비교도 안 될 만큼 단정한 차림이었다. 완은 쌀쌀맞게 자신을 쳐다보곤 외면하는 여자에게 다가가 불쑥 손을 내밀었다.

"돈벌이하는 곳이 술집이 아니라 신태양 잡지사였군요."

여자는 완이 내민 손을 쳐다보지도 않고 고개를 돌려버렸다.

"사람들의 비웃음을 살 순 없어요. 미인들을 더 찾아내 본선에 참여시켜요."

여자는 다방과 카페로 가 직접 미인을 물색해오자고 제안했다. 직원들은 본선을 내일로 미루고 관람객들에게 떡과 음료를 나눠주고 돌려보내기로 결정했다.

"초급해요. 저부터 움직일게요. 선배님들도 찾아보세요."

"그래, 다들 윤 기자처럼 빨리들 움직여. 미인들을 찾아와."

완은 웃으며 윤 기자라는 여자의 뒤를 따라 나왔다. 덕수궁 입구로 걸어가며 완은 다시 악수를 청했다.

"신태양 기자셨군요. 저는 서울신문 문화부 독고완입니다."

윤 기자는 완의 손을 무시하고 빠른 걸음을 걸으며 말했다.

"자제원에서 그렇게 크게 자신이 누구라고 광고했는데 초바보가 아닌 바에 당신 이름 까먹겠어요?"

"손을 부끄럽게 만드는 재주가 있군요. 이름이나 압시다."

"윤초이예요."

초이는 완을 올려다보며 알고 지내는 기생이나 다방 마담 있으면 소개해달라고 했다. 완은 정면에서 초이의 눈을 보고 당황해 헛기침을 했다. 캄캄한 밤바다를 담고 있는 눈이었다. 완은 엉뚱하게 마음에도 없는 말을 했다.

"지금 조선 천지가 반민특위로 혼란스럽고 빨치산 폭도들이 끝없이 양민을 학살하고 있소. 유격대 소탕전으로 피비린내가 사방에 진동하고 있소. 그런데 한가롭게 미스 대한이나 뽑고 있다니. 이건 콩트도 개그도 아니오. 무지고 위선이오."

말을 시작하자마자 후회가 밀려왔지만 어쩔 수 없는 버릇이었다.

초이는 걸음을 멈추고 완을 노려보았다.

"그럼, 그만 따라오시고 제주도나 지리산에 가보시던가요. 빨치산 폭도들이 정말 양민을 학살하는지, 그들이 어떤 의지로 항쟁을 하는지, 유격대가 어떤 성격을 가지고 있는지, 누구를 위한 소탕전을 하는지 제대로 보는 눈부터 갖춰야겠군요. 말로만 입으로만 나불대는 거야말로 초무식에 초재수없거든요."

"거, 예쁜 입으로 말 참 험하게 하는군."

완은 두 손으로 머리카락을 헝클고 초이의 뒤를 따라 택시에 올라탔다. 완은 초이의 독설이 마음에 들었다. 얼굴 근육의 움직임도 없이 조그만 입술로 또박또박 말할 때 고요한 밤바다 같던 눈이 바위에 부딪혀 부서지는 파도처럼 출렁거렸다. 초이는 택시기사에게 명동 은하수다방으로 가자고 말했다. 라디오에서 윤심덕의 〈사의 찬미〉가 흘러나왔다. 초이는 택시기사와 윤심덕에 관한 얘기를 나눴다. 택시기사는 윤심덕을 사랑에 빠져 자살한 미친 여자 취급을 했다. 초이는 기사에게 네네, 고분고분 대답하다 마지막에 단호하게 말했다.

"사생활로 예술을 판단하면 안 될 것 같아요. 목소리는 정말 예술이잖아요."

"목소리야 사람 가슴을 할퀴지요."

기사가 고분고분 대답했다. 완은 자신에게 했던 것과는 백팔십도 다르게 택시기사를 대하는 초이의 말투와 태도에서 불현듯 아버지가 사진 밑에 적어둔 글이 떠올랐다.

'그녀는 시장의 상인이나 인력거꾼들에게 다정하게 대했다. 오히려 신사인 척, 겉멋부리고 잘난 척하는 작자들에게 차갑게 굴었고 냉소적이었다.'

"그날 자제원에서 담당 의사를 만나봤소?"

초이는 창밖으로 시선을 돌렸다.

"의심되는 점은 확인했어요. 하지만 초혼돈스러운 상황에서 누굴 믿을 수 있겠어요."

"의심되는 점이 뭐였소?"

초이는 택시기사 쪽으로 몸을 내밀고는 멀미가 난다며 차를 세워달라고 했다. 택시에서 내리자마자 완에게 조심성 없이 내뱉는 데 선수라며 쏘아붙였다. 그녀는 빠르게 걸음을 옮기면서도 시선을 좌우로 끊임없이 움직이며 마주치는 사람에게 눈인사를 했다. 잠시 잠깐이라도 모든 사람들을 관찰하고 파악하고 꿰뚫어보려는 태도였다.

초이는 완 쪽으로 다가와 작은 목소리로 말했다.

"1월 13일 최린 검거. 1월 23일 김우영 검거. 2월 7일 이광수 검거. 만약 나혜석이 작년 12월에 죽지 않았다면 어떻게 되었을 까요? 행려든 환자든 그녀를 찾아내 재판에 증인으로 세웠겠지 요. 그녀는 글로 자신의 일과 내면까지 거짓 없이 까발리던 사람 이었어요. 재판부 앞에서 그녀는 골치 아픈 사실들을 발설했겠 지요. 우리가 모르는 많은 것들을."

초이의 말에 완은 걸음을 멈췄다. 초이가 완을 돌아보았다. 완 은 자신과 같은 생각을 하는 초이가 놀라웠다.

"담당의사 말로는 폐렴과 굶주림 때문에 죽었대요. 다른 외상 은 없었고요. 그런데 의사는 전에 나혜석을 직접 만나본 적이 없 더군요. 가족이나 친척이 확인 절차도 하지 않았어요. 단지 유품 에 신분증이 있었지요. 그것도 가짜 신분증. 의사 말을 믿는 초 순진한 여자는 아니지만."

"당신이 순진해보이지는 않소."

"당신, 초재미있는 사람이네."

초이는 놀라 입을 쩍 벌리는 완을 쳐다보며 웃고는 은하수다 방으로 들어갔다. 다방으로 들어가자마자 미스 대한에 대한 애 기를 속사포처럼 빠르게 설명하며 마담을 살폈다. 초이는 마담 에게 걸어 봐라, 웃어 봐라, 앉아 봐라, 시켰다. 마담은 미인의 기준이 있는지 물었다. 초이는 마담 정도면 미인이라 치켜세우며 대회에 참가할 것을 권했다. 마담은 자신이 미인인 것은 인정하지만 그런 대회에 참가해도 되는지 물으며 망설였다. 초이는 지난번 광고 낼 때 미인의 기준을 정했다며 말했다. 미혼 여성일 것, 키는 다섯 자 정도, 몸뚱어리는 키에 맞춰 깡마르거나 뚱뚱하지 않아야 할 것, 얼굴 형태는 둥그스름하고 복이 있다고 느껴질 것, 옷을 입었을 때는 등이 반듯하고 걸음을 걸었을 때 다리가 휘어지지 않아야 할 것. 웃을 때 이빨이 반듯하고 하얗게 반짝거려야 하며 전체적인 몸의 균형은 장래 현모양처로서 품위가 있을 것 등.

"기준은 누가 정했소? 기준이라기보다는 말도 안 되는 소리를 나열해놓은 것 같군. 몸의 균형이 장래 현모양처로서 품위가 있을 것, 이거 어법이나 맞는 말이오?"

완이 초이의 말을 듣고 비아냥거렸다.

"사실, 기준을 정하는 데 모델이 있었지요. 딱 한 가지 장래 현모양처 부분만 빼고."

"그 기준으로 정해진 모델이 실제 있기나 하단 말이오? 누구요?"

"월간 신태양이 낳은 초미녀 기자예요."

초이는 손가락으로 자신을 가리키며 웃었다. 마담은 부리나케 화장대 앞에 주저앉아 화장을 하면서 그럼, 초이더러 나가보라고 했다.

"그런데 저는 현모양처라는 단어를 초증오해요."

초이는 초재미, 초환상 등 초, 자를 앞에 붙이는 습관이 있었다. 거울 속 제 얼굴을 들여다보며 공을 들이던 마담도 고개를 들었다.

"나도 현모양처와는 거리가 멀지."

초이는 웃으며 마담에게 내일 본심 심사에 오라고 통보했다. 다른 다방으로 자리를 옮기며 초이는 완에게 생각난 듯 말했다. "그거 알아요? 1931년 파인 김동환 선생이 주최한 반도의 대표적 여인 미쓰코레아 선발대회 심사를 이광수, 염상섭, 최승희와 함께 나혜석이 했다는 거?"

"《삼천리》에서 개최한 건 알고 있었는데 나혜석이 심사위원이었다는 건 몰랐소."

"당시 그녀는 이혼 서류에 도장을 찍었어요. 엄청 심란했을 텐데 미쓰코레아 심사를 봤지요. 대중 앞에 나서기 힘들었을 게 분명한데 어떤 심정이었을지. 아마, 마음을 누르고 심사를 봤겠지요. 아, 돌아다녔더니 배고프네."

"그리고 보니 점심도 거르고 커피만 마셨더니 속이 쓰리군. 요릿집에 가겠소?"

"초부자인 당신이 낼 기회를 주겠어요. 제 정보에 의하면 당신은 연화원 단골이고 화련이 애정한다던데. 그 도련님 맞죠? 연화원으로 가요."

초이는 완의 대답은 듣지도 않고 택시를 불렀다. 완은 초이가 연화원을 알고 있는 것도 놀라운데 화련과의 관계까지 말하자 질겁했다. 혹시, 저 여자 나에게 관심이 있어 뒷조사하고 다니는 것 아닐까. 초이를 만나는 순간부터 뭐가 어떻게 돌아가는지 알아차리기도 전에 휙휙, 지나가는 느낌이었다.

마침 시계를 보니 7시가 가까웠다. 연화원에서 보자던 김영규와의 약속이 떠올랐다. 초이는 택시 기사와 이런저런 대화를 나누고 있었다. 기사는 시골에서 올라와 택시 기사가 되기까지의 여정을 말했다. 삼대에 걸쳐 남의 땅 부치면서 모은 돈을 자신에게 투자해 부인과 자식들을 두고 혼자 올라왔다는 거였다. 초이는 택시기사의 얘기를 진지하게 들으며 위로까지 했다. 사람의 입을 자연스럽게 열게 하는 재주가 있는 여자였다.

화련은 연화원 정원에 나와 있었다. 남색 치마에 연두색 저고리를 입고 장식 없는 옥비녀로 가지런히 머리를 틀어 올렸다. 돌 항아리 앞에 앉아 아사* 수건으로 연잎을 한 장씩 닦아내고 있었다. 그녀는 정원으로 들어서는 완을 보고 사뿐히 일어나 다가왔다.

"왔네. 김 기자님 기다리고 계셔."

"돌 항아리 위로 커다란 연꽃이 피어 팔랑거리는 줄 알았소."

---

* 아사あさ[麻]는 삼, 모시 등의 총칭이다. 아사면은 순면 원단의 1센티미터 안에 60수의 실이 얇게 짜여 통풍이 잘 되고, 가벼우며, 촉감이 부드럽다. 봄, 여름, 가을 침구류나 의류 소재로 많이 사용된다.

완의 능청에 화련이 그의 어깨를 치며 눈을 흘겼다.

"수명이 다한 꽃이니 이제 시들 일만 남았다는 뜻이군."

"그럴 리가. 시들기 전에 어떤 놈이 낚아챌까 두렵네."

"장난 그만 치고 들어가 봐."

돌 항아리의 연꽃을 들여다보던 초이가 몸을 일으키자 그제야 화련이 그녀를 바라보았다.

"아, 이분은."

초이는 화련에게 남자들 식으로 악수를 청했다. 물에 젖은 풀줄기 같이 여리고 촉촉한 손이었다. 화련은 초이가 예상한 것보다 나이가 들어 보였다.

"신태양 잡지가 낳은 초미녀 기자래, 윤초이. 들어가서 얘기해요."

화련은 초이의 손을 오랫동안 잡고 있다가 놓으며 희미하게 웃었다. 안쪽 뜰로 들어가 화련이 방문을 열고 옆으로 비켜섰다. 기생의 접대를 받으며 술을 마시던 김영규가 깜짝 놀랐다. 그는 입을 벌리고 둘을 번갈아가며 쳐다보았다,

"어, 둘이 어떻게 같이 왔어? 벌써 알고 있었어?"

화련은 완과 초이의 자리를 정해주었다. 완과 초이가 자리에 앉자 화련은 완의 왼쪽 옆으로 가 앉았다가 술상을 점검한 뒤 완의 어깨를 쓰다듬고 일어섰다. 초이는 화련의 손의 움직임을 지켜보았다.

"윤 군이야. 윤 군이 자네가 애타게 찾던 정월이고, 김명애고,

최정원이야."

완은 초이가 자신을 좋아해 접근했을 거라는 택시 안에서의 추측이 착각이었다는 것에 스스로 한심해하며 그녀를 쳐다보았다.

"말해봐요. 정말 당신이 그 글들을 썼소?"

초이가 태연하게 그렇다고 고개를 끄덕였다. 완은 나혜석의 호와 이름과 작품을 뒤섞어 필명으로 발표했던 글을 떠올렸다. 또한 자제원에서 술집 작부 흉내까지 냈던 그녀를 복잡한 심정으로 바라보았다.

"왜? 왜 그랬소?"

완이 목소리를 높이자 김영규의 옆에 앉아 있던 기생이 자리에서 일어나 방을 나갔다.

"말했잖아요. 관심이 깊다고. 당신만 나혜석에 관심 가지라는 법이 있나요?"

"그러니까, 왜 나혜석에 집착하냐고 묻고 있소."

"그런 것 제가 당신에게 보고해야 하나요?"

"자자, 싸우지 말고 사이좋게 서로 자료를 공유하면 좋잖아. 싸울 일이 아닌 것 같은데. 자네 언성 좀 낮춰."

김영규가 옆에 놓인 종을 흔들자 거문고를 든 화련과 장구를 든 기생이 들어왔다.

"가락 좀 듣자. 분위기가 가라앉았어."

화련이 거문고를 무릎 위에 올리고 고개를 숙여 인사한 후 곧바로 거문고 산조 진양조를 시작했다. 화련은 오른손에 단단한 양금채로 된 술대를 잡고 현침 가까이 줄을 세차게 내리쳤다. 여느 사내 못지않게 힘찼다. 어깨도 손목도 가냘픈데 어디서 힘이 솟구치는지 팽팽한 울림이 공기 속을 무겁게 갈랐다. 장지로 굵은 대현을 눌렀다가 곧이어 무명지로 가는 유현을 누를 때는 속 창자를 훑어내는 듯했다. 자진모리장단을 끝으로 산조가 끝났을 때 초이는 깊은 계곡을 건너뛰어 깊은 숲 속에, 이곳이 아닌, 다른 공간에 다녀온 것 같았다. 초이는 김영규의 과장된 박수를 따라 치진 않았지만 진한 여운을 고스란히 몸에 새겨놓으며 화련을 바라보았다.

"거, 백낙준 선생이 제자로 곁에 두고 싶어 하는 이유를 알겠군. 화련이 거절해 백 선생님이 단단히 노하셨더군."

화련은 거문고를 다른 기생에게 주고 고름을 정돈하며 완의 왼쪽에 앉았다.

"당신 내 뒤를 캐고 다녔어?"

갑자기 완이 윤초이를 쳐다보며 큰 소리로 말하자 방안이 조용해졌다.

"이봐, 자네 감정이 격하군. 윤 군이 왜 자네 뒤를 캐고 다녀?"

"우리 완은 언제나 감정표현에 서툴러요. 윤 기자님이 너그럽게 봐주세요."

화련은 완 쪽으로 몸을 숙이며 초이에게 술잔을 내밀고 따라주었다. 초이는 화련이 따라준 술을 단번에 마셨다.

"윤 군 술 솜씨는 사내들도 혀를 내두를 정도지."

김영규가 너스레를 떨었지만 방 안에 흐르는 냉기는 한층 더 가라앉았다. 초이는 잔을 비우고 화련에게 잔을 내밀었다. 화련이 잔을 받아 왼손으로 받치고 고개를 돌려 마셨다. 잔을 눈앞으로 가져가 입에 닿은 부분을 옷고름으로 닦고 다시 초이에게 내밀었다.

"저, 윤 기자님 몇 번 봤어요."

초이는 잔을 받아 바로 마시고 화련에게 잔을 돌려주었다. 완은 초이가 술을 벌컥벌컥 마시는 것에 놀랐다. 완은 술을 잘 마시지 못했다. 두세 잔을 마시면 얼굴과 목이 불그스레 달아올랐다. 다섯 잔을 넘기면 반드시 토했고 다음 날 기억을 못할 정도로 취해버렸다. 그나마 기분이 좋을 때는 다섯 잔까지도 부드럽게 넘어갔지만 오늘은 한 잔 마시자 벌써 얼굴이 후끈거리고 가슴까지 두근거렸다. 완의 주량을 알고 있는 화련은 완의 앞접시에 안주거리로 모듬전을 올려놓았다.

"어머님께서 엘리제양장점을 하시죠? 제가 어머님 옷을 좋아해요. 거기서 윤 기자님 봤어요. 미동 없이 앉아 책 읽는 모습에 깜짝 놀랐어요. 나 여사님인 줄 알았거든요. 볼 때마다 이상하게 착각을 하게 되더군요."

"그리고 보면 윤 군 이상스레 나혜석을 떠올리게 하는 구석이 있어."

김영규도 맞장구를 쳤다. 완은 술 대신 물을 들이켰다.

"한창 활발했던 젊은 시절 나 여사님 말이에요. 한때 여사님을 쫓아다닌 적이 있어요. 그땐 제가 어렸고 철부지 행동을 했어요."

"오, 화련의 철부지 시절을 내가 몰랐다는 게 안타깝네."

김영규의 말에 화련은 그를 향해 살짝 눈웃음을 흘렸다.

"나도 나 여사를 본적 있는데 윤 군 분위기야. 뭐랄까. 인상이 아주 비슷해. 표정 없이 눈을 내리깔고 있으면 더욱 그래. 윤 군은 내가 아끼는 똑똑한 후배예요."

"웃겨, 분위기만 따라하면 아무나 나혜석이 되나? 하나도 안 닮았어. 연극이라구. 아, 자제원에서 술집 작부 연기는 일품이었지."

완은 까닭 없이 분하고 초이가 얄밉게 여겨졌다. 무엇보다 선배 김영규와 화련까지 초이를 알고 있는데 자신만 전혀 몰랐다는 사실이 유아기적 질투를 불러일으켰다.

"완이, 자네 술 한 잔에 취했나? 오늘은 고만 마시게. 화련, 윤 군은 나혜석을 부활시킬 방법을 연구 중이예요."

"그래요? 우리 완이도 나 여사님에 관해 글을 쓰고 있거든요. 윤 기자님께서 도와주세요."

완은 술잔을 들어 마시고 난 후 상 위에 잔을 거칠게 내려놓았다.

"왜 아무나한테 글 쓴다고 막 말해요?"

완은 화련을 노려보며 말하곤 초이 앞에 빈 잔을 소리 나게 놓으며 버럭, 소리를 질렀다.

"당신 누구야? 나혜석과 어떤 관계야?"

초이는 표정 없이 눈을 내리깔았다. 완은 초이 앞에 놓인 잔이 넘치도록 술을 따랐다. 잔에서 넘친 술이 탁자를 따라 초이의 무릎 위로 흘러내렸다. 초이는 호들갑을 떨지 않고 무심하게 치마를 들고 털었다.

"아주 어릴 때부터 존경하는 사람이었어요. 당신은 왜 나혜석에 집착하나요?"

초이는 고개를 돌려 완을 똑바로 쳐다보았다.

"너 기분 나빠. 존경한다고 그 사람 생각을 훔쳐서 발표하나? 유치하게 호를 팔고, 그녀 첫사랑 이름과 작품을 마음껏 뒤섞어? 너, 뭐하는 작자야?"

"당신도 초기분 나빠요. 당신은 제 질문에 무대응이로군요. 그리고 어따 반말이야?"

초이는 술잔을 들어 술을 완의 얼굴에 붓고는 일어났다. 거문고 앞에 앉아 눈치를 보던 기생이 호들갑을 떨며 완에게 다가가 제 치맛자락을 걷어 올려 완의 얼굴을 닦아주었다. 완은 그녀의 손길을 뿌리치고 초이에게 얘기 안 끝났다며 다시 앉으라고 소리를 질렀다.

"맑은 날, 사과할 기회를 드리지요."

초이는 김영규와 화련에게 목례하고 방을 나섰다. 정원을 걸어 나가는 초이 뒤를 따라오던 화련이 초이의 팔을 잡았다.

"죄송해요. 택시는 부르기 힘들고 전차 정류장까지 인력거를 타고 내려가세요."

초이는 화련을 쳐다보았다. 석등 불빛으로 잔잔해 보이는 얼굴이 온화하게 웃고 있었다. 연꽃잎처럼 나긋한 느낌이 드는 여자였다. 어떤 강력한 악과 협박에도 부드럽게 대응할 것 같았다. 나이는 들어보였지만 시선을 끄는 미인이었다. 소문대로 천방지축 독고완 기자가 푹 빠질 만했다. 초이는 그런 여성을 한번도 겪어보지 않았기에 어떻게 대응해야 할지를 몰랐다. 둘 다말없이 하늘을 올려봤다가 서로를 쳐다보았다. 어색하게 웃고각자 다른 곳에 시선을 두었다.

그리워 애달파 해도 부디 오지 마옵소서
만나면 아픈 가슴은 상사보다 더하오니
나 혼자 기다리면서 남은 일생을 보내리라

연화원 어디선가 기생이 부르는 노랫가락과 장구소리가 들려왔다. 인력거꾼이 도착했다. 초이는 말없이 인력거에 올라탔다. 초이가 탄 인력거가 외교구락부를 지나 좁은 골목길을 내려갈 때 화련은 손으로 입을 가리고 웃었다. 머리카락이 젖은 완은 선배 김영규에게 초이에 대해 캐묻고 있었지만 시원한 대답을 들을 수가 없었다. 방으로 들어간 화련은 악기 앞에 앉은 기생들을 내보냈다. 김영규는 취기가 오르기도 전에 엎어진 술자리가 아쉬웠다.

"저 아이, 선월이와 따로 상을 차려드리지요."

화련의 말에 선월이란 기생이 문 앞에서 어깨를 웅크려 보이며 미소를 지었다.

"어찌 내 순정은 허드레 취급하고 모른 척하는지. 화련이라면 엎드려 절하며 기뻐하겠소."

"그러시다면 선월아, 기자님 배웅해드려라."

김영규는 몸을 일으키며 상 앞에서 졸고 있는 완을 흔들어 깨웠다.

"완이는 쉬어 보내겠습니다."

화련의 말에 김영규는 후회하는 기색으로 방에서 나갔다. 화련은 상을 치우려는 아이를 그냥 내보냈다. 앉은 자리에서 완의 머리를 제 무릎에 올려놓았다. 젖은 머리칼이 고부라져 고집스러워보였다. 화련은 동쪽 끝 방에서 들리는 가야금 소리가 멈출 때까지 상체를 꼿꼿하게 펴고 완의 머리를 받쳐주었다. 이따금 고개를 숙여 옅게 코를 고는 완의 얼굴을 쳐다보았다.

동쪽 끝 방의 손님들도 돌아가자 연화원은 조용해졌다. 부엌 일을 하는 아이가 방문을 열어보곤 다시 문을 닫았다. 완이 이맛살을 찌푸리다 목이 마른지 기침을 하고 눈을 떴다. 완이 머리를 들자 화련은 치마를 걷고 저릿한 무릎을 펴 버선 위 종아리를 주물렀다.

"윤 기자에게 심술부리는 것 보니 많이 좋아하나봐?"

"그런 거 아니거든."

"글쎄, 내 예감이 맞는 것 같은데?"

완은 화련이 내미는 잔을 받아 물을 마시고 일어났다. 완이 뒤뜰로 가 산기슭 바로 아래에 있는 방으로 들어갔다. 화련이 쟁반에 수정과를 담아 완을 따라갔다. 완은 창가에 놓인 앉은뱅이책상 앞에 앉았다. 화련은 쟁반을 책상 옆에 내려놓고 서양에서 건너온 양초에 불을 붙였다.

"집에 커다란 서재가 있는데 이 방을 고집하니 참 이해할 수 없네."

그곳에서는 아버지의 눈이 따라다녀 쓸 수가 없었다. 아버지는 완의 서랍을 열어 수첩과 공책을 모조리 뒤져보았다. 그는 나혜석의 죽음을 알리는 관보를 보곤 혼백이 빠진 사람처럼 행동했다. 한심한 양반, 완이 혼잣말을 내뱉자 화련이 일어나 방을 나갔다. 완은 수정과를 들이켜고 책상 앞에 바짝 다가가 공책을 펼쳤다.

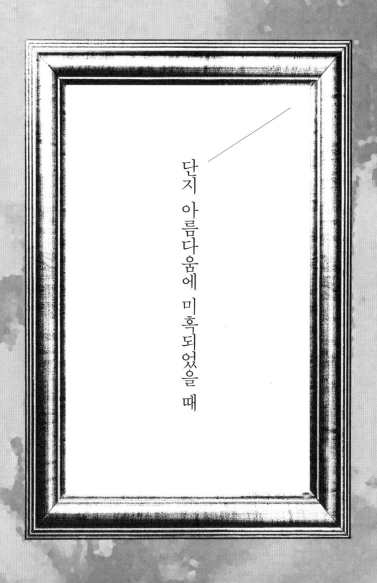

단지 아름다움에 미혹되었을 때

1

도쿄 기쿠사카초,* 사립 여자미술학교 서양화과 교실. 카타조
메** 기모노를 입은 일본 여학생들 사이로 검은 광목 치마에 흰
옥당목 저고리를 입은 혜석이 이젤 앞에 앉아 있다. 그녀는 앞에
서 있는 남자 누드모델을 재빨리 쳐다보곤 손을 움직였다. 종소
리가 울리자 학생들 사이를 오가며 그림에 대한 의견을 말해주
던 교수가 수업 종료라고 말했다. 모델이었던 남자가 옷을 입으
러 커튼 안으로 들어가자 학생들은 화구를 정리했다. 혜석은 손
에 붓을 든 채 그대로 앉아 있었다. 혜석을 지나치던 교수가 혜
석의 그림을 들여다보았다.

"데생할 때는 몰랐는데 채색 작업을 하니 대단하군. 인텐시
티."

교실을 빠져나가던 학생들이 되돌아와 혜석의 그림 앞으로 모
여들었다. 남자 모델이 나오자 교수가 그를 불렀다. 남자 모델은
혜석의 그림을 보곤 실망한 표정으로 자신과 다른 것 같다고 말
했다.

---

* 나혜석은 1913년 3월 17세가 되던 해에 진명여자고등보통학교를 졸업한 후 작은오빠 나
경석의 추천으로 혼고本鄕 기쿠사카초菊坂町에 위치한 여자미술학교로 유학을 떠난다.
** 카타조메型染め는 형지型紙에 무늬를 박아서 염색한 것을 말한다.

"모노 스고이. 강렬한 부분만 끌어냈군. 확실히 실제 모델보다는 강해. 마무리 잘 해보게."

혜석은 빈 교실에 남았다. 가슴이 두근거렸다. 테레빈유 냄새가 가득한 교실에 홀로 있는 시간을 그녀는 좋아했다. 독한 물감 냄새가 그녀를 강렬하게 예술로 이끌었다. 일본으로 유학 온 지 일 년이 넘었지만 아직도 자신이 꿈을 꾸고 있는 것 같았다. 혜석의 그림 솜씨를 눈여겨본 오빠 경석이 유학을 제의했을 때, 부모님은 물론이고 선생님조차 혜석에게 재봉, 자수나 편물 아니면 동양화를 권했다. 혜석은 유화부를 선택했다. 낯설고 새로운 세계를 개척하고 싶었다. 무엇보다 불규칙적이고 꿈틀거리는 움직임이 강한 유화에 매료되었다. 마음 깊은 곳에서 강렬하게 들끓고 있는 어떤 열정과 닿을 듯했다. 매일매일 그런 강렬한 감각을 접할 수 있다는 것이 꿈만 같았다.

혜석은 노랑 물감 튜브를 집어 들었다. 반 정도 남은 알루미늄 끝을 밀었다. 노랑 물감이 쿨럭이며 흘러나왔다. 엄지와 검지 사이에 물컹한 물감을 잡고 손으로 비볐다. 이 물컹한 색이 들판이 되고, 나뭇잎이 되고, 사람의 낯빛이 되었다. 빛과 뒤엉켜 아무것이나 되었다. 신비로웠다.

"나나 상, 여기 이러고 있을 줄 알았어요."

선배 유키가 빈 교실에서 혜석을 발견한 후 다가와 어깨를 칠 때까지 혜석은 물감을 만지며 공상에 잠겨 있었다. 유키는 여성 해방론을 주창하는 문예지《세이토》동인이었다. 혜석은 화구가

방을 들고 아쉬운 듯 제 그림을 돌아보고는 교실을 나왔다. 유키와 나란히 붉은 벽돌 건물에서 빠져나와 교정을 내려갔다.

"나나 상, 부탁 하나 하려는데 들어볼래요? 지난해 2월 라이초 상이 《세이토》에 엘렌 케이의 〈연애와 결혼〉을 번역해 실었던 것 기억하지요? 《세이토》 다음호에 엘렌 케이에 대한 나나 상 의견을 실었으면 해서요. 일본 학생들 의견은 실었는데 조선 여자 유학생 중 으뜸 지성인 나나 상 의견이 궁금해서요."

혜석은 눈을 내리깔고 생각에 잠겼다. 유키 선배가 혜석의 팔을 잡고 학교 담장 쪽으로 데리고 갔다. 벽에는 여러 색의 물감으로 쓴 글이 적혀 있었다. '나혜석은 김훈규의 것.' '이놈, 혜석 양은 나를 사랑한다.' '혜석씨 나를 바라봐줘요.' '혜석과 나는 키스를 한 사이다.' '그녀와 뜨거운 밤을 보냈다.' 유키는 나혜석, 이라 적힌 부분을 손으로 짚었다.

"이거, 나나 상 이름 맞지요? 나나 상이 글을 발표하면 《세이토》지는 조선인 학생들에게도 좋은 자극이 될 거예요."

혜석은 낙서들을 보며 웃었지만 곧 중성적인 얼굴에서 표정이 사라졌다.

"유키 선배, 제 조국 조선에서는 연애가 결혼으로 이어지는 법이 거의 없어요. 집안과 집안의 정략만 있어요. 정략결혼과 조혼의 폐습으로 남자들은 중첩을 하고 기생을 만나요. 부인들은 이성과 욕망을 억제하며 가정을 지킵니다. 조선의 여자들에게 엘렌 케이를 소개하고 싶어요."

"아, 나나 상 고마워요."

"아니요, 유키 선배. 지금이 아니라 나중에요. 엘렌 케이 생각을 백번 이해하긴 하지만 그건 껍질만입니다. 저는 아직 경험을 통해 이해하지 못했어요."

"무리입니까? 혹시 일본 학생들이 만드는 잡지라 거절하는 겁니까?"

"그것 역시 마음에 걸리지만 핵심은 역시 경험입니다."

"나나 상, 생각이 먼저 정리되고 나면 경험은 사상을 토대로 생기는 것 아닐까요?"

"유키 선배, 전 아직 영육합일의 연애라는 걸 이해하지 못해요. 그런 제가 따박따박 뱉어내는 건 엘렌 케이를 흉내 내는 앵무새일 뿐이에요. 언젠가 제가 경험을 키우고 그 문장들이 육화되면, 그때 글로 쓸 수 있을 것 같아요. 그게 제 글쓰기의 진솔한 의지이며 방식이에요."

"아, 저는 벽의 낙서들을 볼 때마다 나나 상이 자유연애를 한 것으로 여겼어요."

"화려한 와가시和菓子*가 다 맛 좋은 건 아니지요."

"왠지 저, 나나 상에게 정신과 경험이 일치하는 글을 쓰라는

---

* 일본의 전통과자. 과거 궁중에서 신에게 바치는 음식으로 사용했으며, 왕족과 일부 귀족만 맛볼 수 있었다. 첫 맛은 눈으로, 끝 맛은 혀로 즐긴다는 말이 있을 정도로 모양이 화려한 것이 특징이다.

훈계를 들은 느낌이네요."

혜석은 엄지와 검지에 꾸덕꾸덕 마른 유화물감을 유키에게 보여주고 혀를 내밀어 핥았다.

"저는 노랑이라는 색을 이해하고 사용하는 것이 아닌, 노랑의 냄새와 질과 맛까지 몽땅 알고 싶어요. 노랑 자체가 되어보고 싶어요."

"아, 저는 나나 상 머릿속까지 몽땅 알고 싶어요."

둘은 서로 마주보고 웃으며 걸었다. 혜석의 자취방 앞에 나경석이 기다리고 있었다. 유키 선배와 인사를 나누고 헤어진 혜석은 오빠의 겨드랑이로 파고들며 미술 실기 시간에 신이코 선생에게 칭찬을 들었다고 자랑했다. 혜석은 자취방에 올라가 화구 가방과 책 보따리를 내려놓고 곧바로 내려왔다. 혜석은 오빠에게 팔짱을 끼고 유키 선배의 제안과 거절한 이유를 말했다.

"그래, 우리가 일본에서 배움을 키우고 있지만 일본 잡지에 글을 발표하는 건 무리지. 네가 엘렌 케이를 네 몸에서 소화하고 녹여 쓸 날이 있을 거야. 그 전에 연애경험을 쌓는 것도 좋지. 내 생각에 적당한 사람이 이미 곁에 있는 것 같은데."

"흥, 저는 아내 있는 남자 관심 없어요."

혜석은 경석이 말하는 이가 최승구라는 것을 알고 심술을 부렸다.

"그럴까? 저기 식당 안에서 이쪽을 애타게 바라보는 저 친구는 돌려보낼까?"

"에? 같이 왔어요?"

둘은 나란히 식당 안으로 들어갔다. 최승구는 맑은 얼굴에 수줍은 표정으로 자리에서 일어났다. 자작나무로 섬세하게 깎아 놓은 듯 핏기 없는 얼굴에 눈초리가 처진 커다란 눈은 젖어 있었다. 혜석은 새침하게 인사를 하고 경석의 옆자리에 앉았다. 경석은 냉면을 시켰다. 조선인 유학생을 겨냥해 싼값에 파는 냉면치고는 평판이 좋은 식당이었다.

최승구는 가방에서 흰 보자기에 싼 것을 꺼내 혜석에게 주었다.《학지광》1호였다. 혜석은 재일본동경조선유학생학우회 발행, 이라 적힌 겉표지를 유심히 살피곤 목차부터 한 장씩 천천히 넘겼다. 경석이 화장실에 간 사이 최승구는《학지광》을 살피고 있는 혜석 쪽으로 몸을 내밀었다.

"《학지광》 창간호가 나오면 대답을 해주기로 한 것 같은데?"

"아이처럼 보채는군요."

최승구의 하얀 얼굴이 빨개졌다. 경석이 자리에 와 앉으며 분위기를 눈치채고 웃었다. 셋은《학지광》에 대한 의견을 나누었다. 최승구는 혜석의 글도 발표하자며 원고를 청탁했다. 혜석은 자신에게 영향을 끼친 여성들에 대한 글을 쓰고 싶다고 말했다. 경석은 전영택과 약속이 있어 와세다대학으로 가야 한다며 자리를 피해줬다.

최승구는 혜석과 둘이 남자 갑자기 표정이 굳어지며 말이 없었다. 모도마치에서 기쿠자카초까지 걸었다. 어둑해진 여자미술학교 정문을 지나 혜석에 관한 낙서가 그려진 담 앞에서 혜석은 걸음을 멈췄다. 혜석은 최승구를 담벼락에 기대 세우고 얼굴을 그의 얼굴 가까이로 가져갔다.

"키스해보세요."

그녀의 명령조 말에 놀란 최승구는 고개를 돌렸다. 혜석은 최승구에게 몸을 더욱 바짝 붙이고 눈을 감고 입술을 내밀었다. 무안해진 최승구는 혜석을 피해 옆으로 비켜 담에서 떨어져 나왔다.

"고국에 부인을 둔 남자가 여성에 대한 욕망이 없는 척하다니 우습군요."

"당신에 대한 내 사랑은 순결해요. 난 당신을 쳐다만 봐도 가슴이 미어진단 말이오."

"지난달, 고국에 갔었지요? 그때 부인을 안지 않았나요?"

"숙부께 이혼을 허락받기 위해 갔소. 당신을 두고 어떻게 다른 여자를 안을 수 있겠소."

"당신의 정조를 어떻게 증명하실 건가요? 저는 조선 남자의 정조는 믿지 않아요."

"당신 정말 독하게 나쁜 여자야."

최승구는 울어버릴 것 같은 표정을 하고 돌아서 걸어갔다. 걸음을 멈추고 섰다가 다시 빠른 걸음으로 되돌아왔다.

"그리고 키스는 남자인 내가 먼저 해야 하지 않겠소."

최승구는 혜석을 끌어당겨 안았다. 그의 얼굴은 달빛에 더욱 창백해보였고 엉성한 팔은 우악스럽게 힘만 줘 혜석은 어깨가 아팠다. 서툴러서 힘겨운 첫 키스였지만 애틋했다.

독고휘열은 우르라이카를 들고 기쿠사카초 여자미술대학 앞을 배회하며 혜석을 기다렸다. 그는 혜석과 같은 수원 출신이었다. 우연을 가장해 혜석이 자주 드나드는 곳을 찾아다녔고 그녀의 모습을 몰래 찍었다. 재동경유학생 모임에 참석해 혜석과 인사 정도 나누는 사이가 되었다.

최승구와 나혜석이 담벼락을 따라 걸어오자 휘열은 습관적으로 나무 뒤에 숨어 그들의 사진을 찍었다. 어두워 조리개를 최대로 열었고 셔터 속도를 늦추고 무릎 위에 카메라를 고정시켰다. 그날 독고휘열은 실랑이를 벌이던 그들이 나혜석에 관한 낙서가 있는 담벼락에 기대 키스하는 것을 목격했다. 최승구를 밀치고 달아나는 혜석의 웃음소리와 그 뒤를 쫓는 최승구의 구둣발 소리가 그의 가슴을 쿡쿡 찔렀다.

어두운 담에 기대앉았다. 경성에 머물고 있는 조혼한 아내를 떠올렸다. 아내의 얼굴이 아닌 자신의 욕망을 분출했던 밤이 떠올랐다. 아내에 대한 살가운 그리움이 아니라 자신의 치부에 대한 확인이어서 몸서리치도록 뜯어내버리고 싶은 기억이었다.

2

동경조선기독교청년회관에 재일본동경조선유학생학우회 회원들이 모였다. 남학생들 이십여 명에 여학생은 나혜석 혼자였다. 윤심덕은 늘 바쁘다는 핑계를 대고 나오지 않았고, 허영숙은 병원 실습 중이었다. 남학생들은 방학 중, 고국으로 돌아가 연극을 할 것과 여름학교를 운영할 것을 제안했다. 모두들 찬성했다. 연극 대본은 최승구가 쓰기로 했고 여름학교는 이광수, 현상윤, 송진우, 장덕수가 운영하기로 했다. 혜석이 여름학교도 좋지만 정기적으로 여성을 대상으로 하는 강연회를 하자고 제안했다. 사회를 보던 학생이 고개를 갸우뚱거리며 어떤 강연회를 말하는지 물었다.

"연사는 돌아가며 하고 주제는 연사가 정해 연설 후 함께 토론합시다. 그것이 조선 사회 여자계에 강력하게 작용할 겁니다."

다른 남학생이 혜석에게 질문했다.

"볼거리도 없는데 사람들이 강연회를 들으러 오겠습니까? 구체적으로 어떤 주제가 좋을까요?"

"주제야 찾으려면 많지요. 신여성의 지위와 앞으로 나아가야 할 방향 같은 것 말입니다."

"신여성의 지위와 나아갈 방향이라니요. 차라리 신여성 사이에 유행하는 양장과 양산 사용법을 강연하는 게 어떻겠소?"

한 남학생이 자리에서 일어나며 말했다.

"당신, 신여성을 그런 식으로 생각하는 것부터가 무식이에요. 신여성이 지위를 찾고 배운 것을 써먹을 기회는 안 주면서 그저 눈요깃감 인형 취급이나 하고 품평하려 드는 당신 시선부터 개선해야 합니다."

"나혜석 양, 말이 지나치오. 지금 우리는 방학을 이용해 조선으로 돌아가 우리 교육을 써먹으려는데 당신은 남성에 대해 손톱을 세우고 있군요."

"남성의 시각도 변해야 합니다. 조선에서 여성의 지위란 대체 뭡니까? 배움이 크던 작던 나이가 차면 정략결혼을 해 남편 뒷바라지나 해야 합니다. 권태를 느낀 남성이 중첩을 해도 벙어리 삼 년으로 살아야 합니다. 그저 자식들 밥이나 먹이고 시집 식구들 봉양해야 합니다. 그것이 현모양처란 말입니까? 어떻게 이런 초무식 말만 내세울 수 있지요? 왜 현모양처는 있는데 현부양부는 없나요?"

"누가 남자 뒷바라지나 하라고 시켰습니까? 여성 스스로 선택했지요."

남학생은 얼굴이 발갛게 변해 핏대를 세웠다.

"말씀 잘 하셨습니다. 아무도 안 시켰지만 조선 사회에서 여자는 현모양처가 되는 것을 당연한 수순처럼 여깁니다. 당신은 여성이 정치를 하겠다고 하면 자리를 마련해주겠습니까?"

"여성이 뭣 하러 정치까지 해야 하오? 인재인 남자들이 수두룩한데."

"남자들만 뛰어난 것이 아니지요. 남자보다 뛰어난 여성 인재도 많습니다. 제 친구 허영숙은 남성들도 공부하기 힘든 의학을 벌써 깊게 파고들고 있습니다. 그녀는 장차 훌륭한 의사가 될 것입니다. 여의사라고 해서 병을 못 고칠 것 같습니까?"

서 있던 남학생이 슬며시 자리에 앉으려 했다.

"앉지 마세요. 사회적인 문제이기 때문에 시급하다는 것입니다. 신여성에 관한 강연회는 제가 하겠습니다. 당신은 혹시, 여성인 제가 강연하는 것이 못마땅하십니까?"

"그건 아니오."

"이제야 현명해지셨군요."

학생들은 혜석의 제안대로 매주 토요일에 정동극장 뒷마당에서 강연회를 개최하기로 결정했다. 여자 유학생이 강연하는 것은 최초였다. 구체적인 주제는 강연자가 결정하기로 하고 술자리로 이동했다. 최승구는 혜석에게 다가와 하이파이브를 청했다. 그녀는 최승구의 손짓을 피했다. 분이 풀리지 않았다. 최승구는 혜석과 언쟁했던 남학생과 대화하며 강의실 밖으로 나갔다. 한 남학생이 다가와 혜석의 책상에 양 팔을 짚었다.

"모던걸인 줄 알았는데 알고 보니 엥겔스걸이었군."

혜석이 고개를 들었다. 눈썹이 짙고 고수머리인 처음 보는 청년이었다. 책상을 짚었던 손을 거둬 허리를 펴고 팔짱을 끼자 키가 컸고 말랐다. 작고 예리한 눈은 웃고 있었지만 어딘지 건들거리는 표정이었다.

"먼저, 칼은 칼집에 넣었소? 도쿄대 건축과에서 놀고먹는 사람, 하석진이오. 반갑소."

그는 팔짱을 풀곤 악수를 청했다. 혜석이 의자에서 일어나 강의실을 나가려 하자 하석진도 그녀의 뒤를 따랐다.

"당신 연설 인상 깊었소."

혜석이 뒤를 돌아 고개를 까닥거렸다.

"그렇다고 당신 말을 백이면 백 전부 인정하는 건 아니요. 난 여성이 아름다운 것이 좋소. 물론, 남성도 아름다웠으면 하고 바라오. 꼭 여성 남성, 선을 긋지 말고 자연스럽게 천천히 바뀌길 바라오."

"당신처럼 느긋했다간 조선 여성은 백 년이 지나도 정치판에 못 끼어들 테지요."

"꼭 정치판에 끼어들어야 하오?"

"그게 상징이잖아요."

"여성이 정치판에 끼어들 수 있는 강력한 방법을 알고 있소."

혜석이 걸음을 멈추고 하석진을 올려다보았다. 하석진은 몸을 숙여 그녀의 귓가에 대고 속삭였다.

"저녁식사 자리에서 지루한 말싸움이나 하지 말고 우에노 공원에 산책이나 갑시다. 그럼 알려주겠소."

혜석은 무표정으로 그를 쳐다보곤 쌀쌀맞게 돌아섰다. 그는 손으로 이마를 치며 웃었다.

"엥겔스걸, 조만간 또 만납시다."

금요일 저녁, 미나토구 전철역에서 내린 혜석이 빠른 걸음으로 역사를 빠져나올 때 누군가 앞을 가로막고 섰다. 하석진이었다.

"금요일 이 시각이면 엥겔스걸이 이곳에 온다는 기사가 신문에 났더군."

"엉터리 기사로군요."

"최승구와 목하열애 중인가?"

"사생활입니다."

"인정하오. 그렇다면 내 사생활도 인정해주시오. 이걸 보시오."

하석진은 옆구리에서 둘둘 말은 종이를 꺼내주었다.

"당신은 최승구 방에서 잠까지 자는 사이오?"

"무례한 질문이군요."

"무례한 질문이지만 질문은 해봐야겠소. 오늘 밤, 그의 방에서 에로에 허덕이지 말고 헤어지고 난 뒤 그것을 펼쳐보시오."

하석진은 돌돌 말린 종이를 혜석의 손에 쥐어주고 뒤를 돌아 큰 보폭으로 걸어갔다. 혜석은 종이를 가방 안에 넣었다. 가방 크기에 맞춘 것처럼 쏙 들어갔다.

최승구의 좁은 부엌에서 혜석은 요리를 했다. 동생 지석이 보내준 말린 취나물을 삶아 들기름을 넣고 볶다가 간장과 소금으로 간을 했다. 최승구는 취나물 향취가 고국의 산기슭을 떠올리게 만든다며 좋아했다. 그는 공책을 들고 방문턱에 서서 자신이 쓴 시를 읽었다.

　벨지엄의 용사여!
　최후까지 싸울 뿐이다.
　너의 옆에
　부러진 창이 그저 있다.

　벨지엄의 용사여!
　벨지엄은 너의 것이다.
　네 것이면
　꼭 잡어라.

　벨지엄의 용사여!
　너의 버디는 너의 것이다.
　너, 인생이면
　권위權威를 드러내거라.

　두부를 들고 서 있던 혜석이 그의 입에 두부 조각을 넣어주었다.
　"청년의 피를 끓게 만드는군요. 발표하세요."
　"칭찬을 들으니 힘이 나네. 아직 미완이야. 마지막 연을 생각
중이오."
　둘은 소박한 상 앞에 앉았다. 최승구는 고슬고슬한 쌀밥을 한

숟갈 먹은 뒤 반찬을 먹으며 감탄을 했다.

"도도한 당신이 나를 위해 밥상을 차렸다면 아무도 안 믿을 거요. 내 입에 들어가는 게 달덩어리인지 두부인지 알 수 없군."

병색이 짙어 얼굴빛이 희다 못해 새파랬다. 혜석은 그를 안쓰러운 듯 보곤 물을 삼켰다. 최승구가 이혼의 뜻을 내비치자 그의 숙부는 학비와 생활비를 끊었다. 기침을 뱉어내는 횟수가 심해졌고 가래에 피가 섞였다. 혜석은 허영숙에게 부탁해 병원에 데려가 보았다. 폐가 의심스럽다고 했다. 최승구는 취나물 한 젓가락 집어 들고 머리 위로 올렸다. 마치 연극 대사를 외우듯 과장된 목소리로 말했다.

"자자, 여러분. 프랑스 파리에서 전시회를 성황리에 마치고 방금 귀국한 천재화가 나혜석 양이 손수 무친 취나물입니다."

나물을 집어 먹고 곧바로 뱉어냈다. 혜석도 취나물을 집어 씹다가 웃었다. 간이 맞지 않아 짰고 말린 나물을 제대로 헹구지 않아 나물에서 흙이 씹혔다. 혜석은 취나물을 한 젓가락 들고 외쳤다.

"조선의 용사여! 이 흙은 그대 조국의 것. 네 것이면 꼭꼭 씹어라."

허파를 부여잡고 과장되게 웃던 웃음이 발작적인 기침으로 이어졌다. 혜석이 다가가 그를 안았다. 그는 그만 가라며 그녀를 밀쳤다. 그녀가 망설이자 최승구가 고개를 돌리고 말했다.

"당신한테 약한 모습 보이기 싫어서 그래."

혜석은 가방을 챙겨들고 밖으로 나왔다. 대문에 기대섰다. 쿨럭거리는 기침 소리가 담장을 타고 넘어왔다. 그녀가 나가자마자 최승구는 각혈을 했다.

혜석은 친구 김원주의 자취방으로 갔다. 불이 꺼져 있었다. 혜석은 가방 안에서 열쇠를 꺼내 방문을 열었다. 문을 열고 전등을 켜려다 혜석은 깜짝 놀랐다. 아무도 없는 줄 알았는데 원주가 방 저쪽 구석에 웅크리고 앉아 있었다.

"있었구나? 근데 왜 전등도 안 켜고 있었어?"

원주가 고개를 들어 혜석을 바라보았다. 깜박 잠이 들었다고 대답하곤 접은 무릎에 얼굴을 파묻었다. 혜석은 원주가 잠을 잔 게 아니라는 것을 알았다.

"뭐야, 초인간이야, 앉아서 자게. 무슨 일이야?"

"늘 있던 문제지 뭐야. 집에서는 반대하고 그는 죽어버리겠다고 하고. 그를 사랑하지만 독하게 마음먹고 끝내야 할 것 같은데 같이 있다가 헤어지면 그의 마음이 변할까봐 겁나. 아버지 돌아가시고 나서 땅바닥 모래알 서너 개랑 말동무하면서 지냈어. 그만큼 외로운 시절이 있었는데, 그래서 잘 견딜 수 있을 줄 알았는데, 아니네. 외로움을 알아서 그런지 더 무서워."

원주는 방 가운데에 놓인 상 위 보자기를 걷어냈다. 쑥떡이 한 접시 담겨 있었다.

"내가 쑥떡이 먹고 싶다고 했더니 그이가 알고 지내는 조선인 집에 찾아가 해달라고 부탁해 가져온 거야."

"세이조 씨 자상하구나."

"응, 사랑받고 있다는 생각이 들어."

"그럼 된 거잖아. 씩씩한 원주가 뭐가 두려워."

"집 앞에 그 사람 큰형이 기다리고 있었어. 그는 해바라기를 좋아한대. 좋아하지만 절대로 꺾지 않는다네. 꺾어봤자 금세 시들어버릴 것을 아니까. 나를 정면으로 보더니 나더러 꺾어 놓은 해바라기라는 거야. 아무리 세차게 물을 빨아들여도 곧 있으면 시들어버릴 거래."

"비유하고는, 유치해."

"그 말을 듣고부터 자꾸자꾸 물을 들이켜, 진짜 꽃병에 담긴 해바라기처럼."

"넌 식물이 아니야. 사랑받고 사랑하고 있는 여성, 아니 인간이야."

"엥겔스걸 말을 들으니 힘이 난다."

원주는 접시에서 도톰한 쑥떡을 집어 혜석에게 내밀고 자신도 하나 집어 들어 한입 베어 먹었다.

"그 사람 오늘 미나토구 전철역에서 또 불쑥 나타났어."

"하석진? 뭐래?"

혜석은 가방을 뒤져 종이를 내밀었다. 원주는 진지하게 종이를 들여다보았다. 종이에는 미로가 그려져 있었다. 한눈에 봐도 정교하고 복잡한 미로였다. 제일 아래에 휘갈겨 쓴 글이 보였다. '명민한 당신이 이 미로를 풀면 나는 당신에게 반할 것이오.' 미로는 윗부분에서 시작되어 아랫부분에 도착이라는 깃발이 그려져 있었다. 옆에는 그림이 그려져 있었다. 바람에 휘날리는 한복을 입은 소녀였다. 소녀의 가슴에는 엥겔스걸, 이라 적혀 있었다.

"이거 풀지 않으면 되겠네. 그 사람 유명한 바람이라는 거 알지? 연애로 화려해. 며칠 전에도 일본 여학생이 그 앞에서 죽어버리겠다고 일본도를 휘둘렀대."

"과격하군."

"하석진이 계약으로 몇 달 만나다가 자기 타입 아니라고 헤어지자고 했대."

"실험 연애를 했네."

"게다가 지난달인가? 우에노 공원에서 자기를 쫓아다니는 일본 귀족 여성을 세워놓고는 옷을 홀라당 벗었대. 자기 실체를 보여준다고. 알몸인 자기와 함께 춤출 용기가 있으면 한 달 사귀어보겠다면서 정말 옷을 벗었다는 거야. 여자가 울면서 도망갔대."

원주는 종이를 들여다보다가 연필을 들고 상 위에 엎드려 미로의 길을 찾아 헤맸다. 혜석은 쑥떡 하나를 입에 물고 벽에 등을 기대고 앉았다. 최승구의 자취방에 남았어야 했다, 물이라도 끓여 목을 덥혀줬어야 했다, 는 후회가 들었다.

원주는 미로에서 길을 찾지 못했다. 길을 가다보면 돌멩이가 막혀 있었고, 다른 길로 가다보면 앞이 꽉 막힌 벽이었다. 벽을 짚고 길을 돌아 나와 다른 길을 가느라 길마다 연필 선이 그어졌다. 혜석은 원주와 마주 앉아 미로를 들여다보았다. 그러다 검지를 짚으면서 길을 찾기 시작했다. 원주에게는 막혔던 길들이 혜석의 검지에는 순순히 열렸다. 원주는 아예 혜석의 검지를 따라 연필 끝을 따라갔다. 혜석의 검지가 깃발에 다다르자 원주는 어린애인 양 소릴 질렀다.

"역시, 혜석이야. 하석진 씨를 만나면 얘기해줄게. 길을 찾아 깃발까지 갔다고."

"그런 소리 말아줘. 유치한 장난에 장단 맞춰주고 싶지 않아."

혜석은 종이를 구겼다.

"그거 만드느라 엄청 머리 썼을 텐데 구기니?"

원주는 구겨진 종이를 펼쳐 손바닥으로 쓰다듬다 몸을 숙이고 오열했다. 혜석은 가만히 원주의 어깨에 손을 올렸다.

"그 사람도 조선인이면 얼마나 좋아. 일본인이래도 좀 평범하거나 가난한 집안이면 얼마나 좋아."

혜석은 원주의 손을 잡고 가만히 흔들었다.

"괜찮아. 아픈 것보단 나아. 건강하니까 된 거야."

둘은 말없이 손을 잡고 흔들었다.

혜석은 서양화 실기 수업이 끝나자마자 교정을 뛰어나갔다. 아직 영문학 수업이 남아 있었고 해는 중천에 떠 있었다. 그녀는 곧장 자취방에 들러 짐을 챙기고 서둘러 나왔다. 그녀가 대문을 열고 나올 때, 일본인 사토가 서 있었다. 사토는 혜석을 발견하자마자 허리에 찬 긴 칼을 뽑아들었다. 자신이 일본을 버리고 혜석을 따라 조선인이 되겠다고 선언했다. 한쪽에서 독고휘열이 그 광경을 지켜보았다. 독고휘열은 최승구가 폐결핵이 심해 고국으로 돌아간다는 소식을 들었다. 그는 최승구에게 고국에 가면 의원인 자신의 아버지를 찾아가라고 전하기 위해 왔다.

"일방적인 사랑만으로 연애가 성립되지 않아요. 이렇게 행동하는 것, 폭력입니다. 저는 연인이 있고 그 사랑이 딱 알맞아서 한 톨 쌀도 끼어들 수 없어요."

사토는 무릎을 꿇고 칼로 자신의 목을 내리치라고 애원했다. 못난 자신을 용서할 수 없다면서 앞으로도 혜석만을 사랑할 것이라 맹세했다. 독고휘열은 혜석의 말이 자신에게 한 말 같았다. 혜석은 서둘러 길을 떠났다. 그녀가 최승구의 집에 도착했을 때 최승구는 혼자 기다리고 있었다. 큰 짐은 이미 배편으로 부쳤기에 《학지광》 세 권과 자신이 쓴 연극대본과 시 원고가 든 가방 하나가 전부였다. 나경석을 비롯한 친구들과는 전날 벌써 이별회를 마쳤다. 요코하마까지는 혜석과 둘이서만 갈 계획이었다.

최승구는 혜석을 방으로 들어오게 하고는, 준비해둔 끈을 꺼냈다. 꽈배기 모양으로 꼰 후 혜석이 좋아하는 색인 노랑 물감을 입혀 놓았다. 그는 노란 끈으로 혜석의 왼손과 자신의 오른손을 묶었다. 펼치면 삼십 센티미터 정도 여유가 있었지만 전차에 오르내리고 좌석에 앉을 때는 불편했다. 그럼에도 둘은 끈을 풀지 않았다.

독고휘열은 의원인 아버지의 성함과 주소를 적은 종이를 주머니에 넣고 그들을 따라 전차에 올랐다. 독고휘열은 종이를 최승구에게 전해주려는 자신의 마음을 알 수 없었다. 자신이 흠모하는 혜석의 슬픔을 지켜보는 것이 괴롭기 때문이다, 그리 결론을 내렸지만 종이를 언제 전해야 할지 망설이고 있었다. 어쩌면 종이 전달을 핑계로 그들의 이별 장면을 목도하고 싶은 것인지도 몰랐다.

요코하마에 도착했을 때, 최승구는 끈을 확, 잡아당겼다. 끈에 이끌려 다가온 혜석을 안았다. 칼을 꺼내 끈의 가운데를 갈랐다.

"간직하고 있다가 다음에 만나 더 단단하게 묶읍시다."

혜석은 아픈 연인에게 눈물을 보이지 않으려 애써 인상을 찌푸렸다.

"매일 매일 일기 써서 보내기로 한 것 잊지 마시오."

기침을 애써 참으며 최승구는 양복저고리 주머니에서 종이를 꺼내 혜석의 손에 쥐어주고 돌아섰다. 조금 걸어가다 기침을 시작했으나 뒤를 돌아보지는 않았다. 최승구의 뒷모습이 눈물로 흐릿해질 때까지 그대로 서 있던 혜석은 눈에서 최승구가 완전히 사라지자 종이를 펼쳤다.

步月

나를 생각하는 나의 님

這 구름 나를 생각

차츰차츰 건일며

這 달에 나를 빗최려

微笑로 울어러봄에

검음으로 애를 태우고

누름으로 나를 울니라

빽빽한 運命의 줄에

에워싸인 나를 우는 나의 님

따듯한 품속에 나를 감추려

그 깊흔 솔밧으로 오르리라

혜석은 종이를 떨어뜨리고 웅크리고 앉아 손바닥으로 얼굴을 가리고 울었다. 그녀의 호 정월晶月은 소월素月, 그가 지어준 것이었다. 둥그렇게 떠 있는 밝은 달, 낮처럼 휘어져 보는 이의 가슴을 긁으려 달려드는 달, 구름에 가려진 달, 눈비에 묻혀 사라진 달, 눈 앞에 보이지 않아도 마음에 떠 있는 달, 그 모든 달이 혜석이라고 했다.

독고휘열이 웅크린 그녀의 모습을 지켜보다가 다가갔다. 누군가 밟고 지나간 종이를 주워 접혔던 순서대로 접고 그녀를 일으켜 세웠다. 고개를 들어 휘열을 바라본 그녀는 눈을 내리깔고 인사를 했다. 휘열은 말없이 종이를 건넸고 그녀는 말없이 받아들었다.

둘은 도쿄행 전차를 탔다. 혜석이 독고휘열이 들고 있는 카메라에 시선을 던졌다.

"사진기네요."

"네."

"좋아 보이네요. 이름이 있나요?"

"우르라이카입니다."

"그렇군요. 모든 것에 이름이 있군요."

독고휘열은 지금 들어 있는 필름 한 통이 온통 혜석이라는 말은 하지 않았다. 그녀가 사토에게 일방적인 것은 폭력이라고 했던 말을 엿들었다는 말도 하지 않았다. 어떤 말도 할 수 없었다.

"필름이 남았나요?"

휘열은 가슴이 두근거려 대답을 할 수가 없었다. 혜석이 가까이서 두 눈을 마주치며 자신에게 말을 거는 상황을 단 한 번도 상상하지 않았다.

"지금의 제 모습, 제 표정을 찍어보세요."

혜석은 찍어주세요, 가 아닌 찍어보세요, 라고 말했다. 지금, 자신의 모습을 남겨두겠다는 의지였다. 휘열은 몸을 틀고 카메라 렌즈 뚜껑을 열었다. 구리로 된 조리개를 열고 셔터 속도를 맞췄다. 왼손으로 카메라 바디를 받치고 오른손 검지로 초점을 맞췄다. 직사각형의 우르라이카 렌즈 안에 단정한 얼굴 윤곽을 가진, 젖은 눈썹의, 무표정한 나혜석이, 그대로 담겨 있었다. 휘열은 이 순간, 전차 사고가 나길 바랐다. 순간을 영원으로 간직하며 그녀 앞에서 죽어가고 싶었다. 그녀는 속눈썹을 무거운 듯 천천히 들어 올리고 카메라를, 독고휘열을 바라보았다. 찰칵.

혜석이 신주쿠에서 친구와 약속이 있다며 내릴 때 독고휘열도 카메라 필름을 사야 한다며 따라 내렸다. 전차에서 내리자마자 혜석은 그에게 고개를 숙여 인사하고 먼저 걸어 나갔다. 독고휘열은 차나 한 잔 하자는 말을 혜석이 촌스러운 수작이라고 생각한다는 것을 알기에 그녀의 뒷모습만 바라보았다. 혜석이 역사를 빠져나가려 할 때, 누군가 그녀의 앞을 가로막았다.

"이렇게 불쑥 나타나는 것 자제해주세요."

하석진은 그녀의 팔을 잡았다.

"오늘 아침 신문에 그대 연인 소월이 귀국한다는 기사가 나왔더군."

"당신이 어떤 신문을 구독하는지 안 궁금해요."

"미로를 해결했다는 말을 들었소. 지금 약속 장소에 가봤자 친구는 없소. 주말 내내 오키나와에 있을 거라고 전해달라더군. 당신을 위로해달라는 부탁도 했소."

"당신 말을 어떻게 믿겠어요?"

"길 건너 네코 차야에서 만나기로 했잖소."

혜석은 뒤돌아 방향을 바꿨다. 그러자 하석진이 그녀의 팔을 잡고 길을 건너갔다. 독고휘열은 하석진에 관한 소문을 들어 알고 있었지만 앞으로 나서지 못하는 자신에게 화가 났다. 조혼한 아내가 문제가 아니라 사토처럼 거절당할 것이 두려웠다. 하석진은 네코 차야에 들어서자마자 방금 전까지 자신이 어떤 여인과 여기에 앉아 있었다는 것을 증명해달라고 종업원에게 말했다. 종업원이 고개를 끄덕이곤 단골인 혜석에게 알은체를 했다.

아침부터 아무 것도 먹지 않은 탓에 혜석의 배에서 꼬르륵 소리가 났다. 하석진은 그녀의 배를 눈짓하며 판 메밀과 준마이슈*를 주문했다.

"기분은 만들기 나름이오. 자, 소월이 떠나갔으니 당신은 위로주를, 나는 축하주를 마십시다."

하석진은 두 개의 잔에 준마이슈를 따랐다. 혜석은 단숨에 반 잔을 들이마셨다. 술이 깊은 속을 타고 내려가자 그녀의 눈에 물기가 찰랑거렸다.

"이제 조선에 갔으니 곧 건강을 되찾을 거요. 원래 고향 땅을 밟기만 해도 병의 반은 달아나는 법이오."

"위로가 되지 않아요."

"위로하고 싶은 생각 없소. 당신이 한 남자에게 연연해 감정

---

* 준마이슈純米酒는 양조 알코올을 넣지 않고 쌀, 누룩, 물만으로 만든 술을 말한다.

을 마구 풀어헤치는 모습은 보고 싶지 않소. 당신 이 땅에 연애하려고 왔소? 그럼 함께 따라가지 그랬소. 소월의 본처가 찾아와 머리채를 잡을까 두려웠소?"

판 메밀이 나왔다. 혜석은 말없이 고개를 숙이고 먹었다.

"다 먹었으면 고개를 드시오. 물은 아래쪽으로 흐르기 마련이오. 물과 시간을 거스를 수 있는 인간은 없소. 골목 끝에서 벽을 만날 때마다 눈물이나 만들고 있을 거요? 친구의 빈방에서 쓸데없는 공상이나 하지 말고 집으로 돌아가 색을 연구하시오."

하석진은 남은 술을 자신의 술잔에 따라 마시고 자리에서 일어났다. 계산을 마치고는 혜석에게 눈길 한번 주지 않고 가게 문을 열고 나갔다. 혜석이 뒤따라 나갔다. 그는 손에 들고 있던 종이뭉치를 주었다.

"99칸 방이 있는 건물이오. 각 방에는 함정이 있으니 방향을 잘 잡으시오. 취기가 오를 땐 혼자 걷는 것도 좋을 거요. 바래다주지 않겠소."

그는 역 쪽이 아닌 반대편 쪽으로 걸어갔다.

3

완은 미스 대한 본선 심사장 기자석에 앉으며 깜짝 놀랐다. 심사위원과 주최 측 직원들도 당황하는 기색이었다. 본선에 오른 후보 미인은 20명이었다. 예선에 통과했던 여학생들은 세일러복을, 신여성들은 단정한 양장을 입고 있었다. 다방과 카페에서 데려온 후보 미인들은 허벅지가 드러날 정도로 짧은 치마를 입고 다리를 꼬고 앉았다. 그녀들은 세일러복을 입은 여학생들을 아니꼽게 쳐다보며 담배를 꼬나물었다. 한 여성이 성냥을 태우고 나무 끝에 남은 검은 검댕으로 눈 주위에 칠하자 거울을 돌려가며 너도나도 성냥을 그었다. 심사위원과 세일러복을 입은 여학생들의 민망하고 난처한 시선에는 아랑곳없이 저들끼리 잡담을 했다. 완은 초이와 눈을 마주치려 시도했으나 초이는 의도적으로 시선을 피했다. 심사 후, 미스 대한으로 명동의 다방 마담인 임현숙이 뽑혔다. 초이가 데리고 온 마담이었다. 시상식에 이어 사진 촬영을 할 때, 완이 초이 뒤로 가 명일다방에서 기다리겠다고 말했다. 초이는 행사 끝난 후 인터뷰하러 가야 한다고 대답했다.

"맑은 날, 사과할 기회를 준다고 했던 것 같은데. 또, 당신 질문에 응대해주려는 거요."

완은 행사장을 빠져나왔다. 명일다방에서 기다리며 미스 대한에 대한 기사를 작성했다. 기사를 마무리하고 사흘 전 《조선일보》 자유기고란에 계련이라는 필명의 투고자가 투고한 글을 읽었다. '예술가의 사생활 노출'에 대한 글이었다. 예술가는 사생활에 집착하기보다는 작품을 살펴보고 평가해야 한다는 요지였다. 지난번 택시를 탔을 때 윤심덕의 〈사의 찬미〉를 들으며 기사에게 윤초이가 했던 말을 떠올렸다. 오른손으로 턱을 괴고 신문에 적힌 계련, 이라는 글자를 검지로 짚고는 혼잣말을 했다. '과연 윤초이는 얼마나 영악한 여자란 말인가.'

초이가 다방에 들어오자마자 마담은 미스 대한이 누가 되었는지 물었다. 초이는 명동의 마담인 임현숙이 되었다고 알려주었다. 마담은 임현숙의 다방에 손님이 넘쳐나겠다며 부러워했다. 초이는 커피를 주문하고 완의 앞자리에 앉았다.

"사과해보세요."

완이 고개를 들자 초이가 말했다. 그녀의 말에 그는 씨익 웃었다.

"아아! 나의 계련, 풀지 못할 밉고 사랑스러운 계련을 얼마나 생각하고 얼마나 사랑하는지! 그것으로 하여 얼마나 번민하며 얼마나 우는지!"

초이는 무표정했던 얼굴을 풀고 입가에 살짝 미소를 지어보였다.

"아시다시피 《학지광》 3호에 최승구가 발표한 정감적 생활의 요구, 한 부분이오."

완은 수첩 아래에 놓았던 신문을 펼쳐보였다. 처음 계련이라는 필명을 봤을 때 어딘지 모르게 낯익었다. 아버지의 서재에서 나혜석과 최승구가 발표한 잡지책을 뒤졌다. 그렇게 찾아냈다.

"사과라는 단어를 모르는군요. 게다가 초홍미롭지는 않네요."

"사과는 당신이 해야 할 듯싶소. 요즘 난 최승구가 되어버린 느낌이오. 돌려 말하지 않겠소. 당신이 내 머릿속에서 떠나질 않아. 뭘 해도 당신이 눈앞에서 날 노려보고 있소."

"연화원 절세미녀 화련의 연인인 철부지 도련님이 저를 신경 쓰다니 말이 돼요?"

"겸손이 지나친 여자는 오만한 여자와 똑같이 매력 없소."

"당신에게 매력적으로 보이고 싶지 않아요. 시시한 말장난이나 할 거면 일어나겠어요."

"같이 일어납시다. 소개할 사람이 있으니."

완은 일어나 지갑을 열어 제 몫의 커피 값을 꺼내 탁자 위에 놓았다.

"강하게 독립적인 여성이니 당신 커피 값을 내가 지불하면 화를 낼 것 같아서."

초이는 지갑을 열며 웃음이 나오는 것을 억지로 참았다.

완은 초이를 자신의 집으로 안내했다. 눈이 휘둥그레진 여수 댁에게 눈을 찡긋하고 아버지 상태를 물었다. 다행히 아버지는 술을 마시지 않았다. 완은 어제 아버지에게 윤초이에 대해 간략하게 말했고 그녀가 방문할지도 모른다고 일러뒀다.

초이를 독고휘열의 서재로 데려갔다. 초이는 서재를 둘러본 후 소파에 앉았다. 소장한 책이 많다는 것만 다를 뿐 여느 집과 흡사한 접대용 서재였다. 완은 초이를 나혜석의 자료가 꽂힌 책장 앞으로 데려갔다. 사진첩을 꺼내보였다. 초이는 사진첩을 넘기다 의문 가득한 눈으로 완을 쳐다보았다.

그때, 독고휘열이 서재로 들어왔다. 독고휘열은 초이를 보자마자 표정이 굳었다. 그는 소파에 주저앉듯 앉아 초이를 바라보았다. 완의 소개로 악수를 하고 난 후 그는 작년 봄 미국으로 떠나기 전에 본 그녀의 모습을 눈앞에서 보는 듯 묘사했다. 그는 그녀 곁을 지키지 못한 시간을 자책했다.

"전 나혜석의 죽음을 인정하지 않습니다."

"무슨 말이오?"

완이 초이의 옆에 앉으며 물었다. 자제원에서 의사는 나고근, 이라는 행려병자의 사망을 확인했다. 옷에 있던 신분증에 나고근이라 적혀 있었다. 가족이나 친척의 확인이 없었다. 행려자로 여겨 화장터로 보냈고 화장을 했다. 화장한 후, 한 제보자에 의해 나고근이 나혜석이라는 것을 알았고 나경석의 부인, 배숙경과 연락이 닿아 나혜석의 죽음으로 발표된 것이다.

"제보자? 그 사람이 누구지? 그런데 나와는 생각이 다르군. 나는 나혜석의 죽음에 누군가 개입을 했다고 생각하오. 거, 믿을 수 있는 상상이오?"

"추측일 뿐입니다."

"그럼, 윤 기자님은 나 여사가 죽지 않았다는 말씀입니까? 어떤 근거로 그런 추측을 하게 되었는지 말씀해 주시겠습니까?"

"작년 12월 10일 저녁 7시 30분경에 자제원에 실려 왔고 8시 30분경에 마지막 숨이 끊겼다더군요. 나고근이라는 가짜 신분증을 가지고 있던 행려자의 죽음은 제보자 말만 믿고 나혜석으로 발표되었어요. 한마디로 화장 전 모습을 확인한 사람이 없다는 겁니다."

"일단, 제보자를 찾아봐야겠군."

"또, 마지막까지 소중하게 품고 있던 소설 원고가 담긴 화구 상자가 유품에 있어야 합니다. 목숨보다 소중하게 여겼으니까요. 자제원에서는 화구 상자를 모르더군요. 만약 소지품란에 무가 아닌, 화구 상자가 기재되어 있었다면 전 그녀의 죽음을 받아들였을 거예요."

"윤 기자님. 낮술하십니까?"

"아뇨, 일이 남았습니다."

"쌀쌀맞게 딱, 거절하는 것도 닮았군요. 저는 술주정뱅이라서 초이 양을 보는 순간 술 생각이 간절하네요. 저도 여러 방면으로 조사해보겠습니다."

독고휘열은 초이와 완이 함께 서재에서 나가자마자 두 번째 사진첩을 꺼내 요코하마에서 도쿄로 돌아가는 전차에서 찍었던 나혜석의 사진을 찾았다. 창문으로 들어온 빛이 중성적인 그녀의 얼굴 윤곽을 부드럽게 감쌌다. 몰래 숨어서 찍은 것이 아닌,

나혜석이 찍어보세요, 라고 말해서 바로 곁에서 찍은 사진이었다. 독고휘열이 가장 좋아하는 사진이었다.

완은 부끄러운 부친을 만났으니 사과를 받아달라며 손을 내밀었다.

"초미묘한 사과네요. 술버릇은 고쳐야겠더군요. 그럼."

초이가 전차정류장으로 몸을 돌리자 완은 내밀었던 손으로 뺨을 비비곤 택시를 탔다. 그는 명동 엘리제양장점에 갔다. 완은 엘리제 마담을 통해 뭔가 알아낼 수 있을 거라 확신했다. 마담은 소파에 앉아 고객과 옷 디자인에 관해 상담하고 있었다. 마담은 보기에 미인이었지만 초이와는 다른 분위기였다. 단단해 보이는 초이와는 달리 화려했지만 빈틈이 많아 보였다. 마담은 가게 안으로 들어오는 완을 올려다보곤 중요한 고객이 아니라 판단했는지 직원을 불렀다. 완은 직원을 기다리며 양장점을 휘 둘러보았다. 전에는 몰랐지만 마담이 친구였다면 나혜석의 작품을 소장하고 있을지도 모른다는 생각이 들었다. 벽에는 그림보다는 사진이 많이 걸려 있었다. 마담 엘리제의 의상을 입은 모델 사진들이었다. 고객카드를 만들어줬던 직원이 완을 기억하고 인사하자 마담과 손님이 동시에 고개를 돌렸다. 직원은 마담에게 완을 소개했다.

"원래 은좌옥의 단골 고객이셨던 독고완 기자님이세요. 지난 번에도 오셨었어요."

마담은 은좌옥의 단골이라는 말과 독고, 라는 성 때문에 예민하게 돌아보았다. 은좌옥의 최마담은 오차노미즈 양장학원의 선배였다. 작년, 최마담이 아현동에 국제양재전문학원을 차려 신경이 곤두서 있던 참이었다. 마담은 직접 완의 사이즈를 재며 원하는 스타일을 물었다. 완은 모든 것을 마담에게 맡기는 척했지만 색을 고르는 데 고심했고 디자인 선택에서도 까다롭게 굴었다.

"흐음, 기자님. 생각보다 깐깐하시군요."

"제가 옷에 관해서라면 마담만큼은 아니지만 애착이 큽니다. 그래서 마담 옷에 빠져버렸나봅니다. 작년 미스코시 백화점에서 했던 복장 전시회는 인상 깊었습니다."

"보셨나요? 부끄러워라. 그때만 해도 마네킹 몇 개 세우고 옷에 압침을 꽂아 벽에 걸었는데. 올 연말에 조선호텔에서 제대로 된 패션쇼 계획이 있어요. 그땐 꼭 초대장을 보내드릴게요."

마담은 깐깐하다고 생각한 기자가 칭찬하자 기분 좋은 표정을 지었다. 직원이 커피를 내려놓으며 말했다.

"양장이 잘 어울리는 몸이세요."

"몸만 그렇습니까? 얼굴은 아닌 모양이지요?"

마담은 그렇지 않다며, 얼굴도 서구적이라 양장이 제격이라며 입을 가리고 웃었다. 붉은 매니큐어를 칠한 손톱이 눈에 들어왔다. 가운데 손가락에는 커다란 보라색 루비 백금 반지가 끼워져 있었다.

"마담만큼 양장이 잘 어울리는 분은 조선 천지에 없을 거요.

마담 본명이 뭡니까? 태어날 때부터 엘리제였을 것 같지만 본명은 아닐 테고."

마담은 웃다가 정색을 하고 대답했다.

"본명은 잊은 지 오래고 그냥, 엘리제 마담이라 불러줘요."

완은 양복 옷감에 맞춰 프랑스 리옹에서 왔다는 푸른빛의 실크 소재 에르메스 넥타이도 구입했다. 마담은 가봉 날짜를 사흘 후로 정해주었다. 완은 양장점을 나와 명동 동회를 찾아갔다. 호적을 담당하는 친구 최에게 엘리제 마담의 출생과 본명을 알아봐달라고 부탁했다. 최는 호적등본을 내밀었다. 등본에는 1929년에 단독으로 엘리제로 기재되어 있었다. 1925년 12월 27일에 태어난 자녀 윤초이의 출생신고도 같이 되어 있었다. 윤초이는 태어난 지 4년 만에 출생신고를 한 것으로 기록되었다. 완은 최에게 원적초본을 찾아봐달라고 했다.

"이름을 이렇게 외국 이름으로 올리는 게 가능해?"

"1909년 민적법이 생겼을 때, 신식 여성들은 세례명으로 신고하기도 했어. 1940년 창씨개명 시기도 있었고. 일본 이름으로 개명하기 싫은 여성은 마리아, 라고 고쳤지. 아마 마리아가 수십 명은 될 걸? 그런데 뭐, 중요한 사건이야? 퇴근 준비들 하고 있잖아."

완은 최와 함께 밖으로 나가 담배를 피우며 다른 직원들이 퇴근하기를 기다렸다. 직원들이 모두 퇴근한 후 그들은 서류 창고로 갔다. 나무 책장에 낡은 서류함들이 빽빽하게 꽂혀 있었다.

엘리제, 라는 항목은 달랑 하나 있었고 이미 확인한 등본이었다. 최는 태어난 곳 동회로 가야 한다고 했다. 태어난 곳을 알 리 없었다. 완은 서류를 뒤지다 문득, 윤초이를 떠올렸다.

"윤씨 성을 찾아보는 게 빠를 것 같은데."

최는 윤씨 성을 뒤지다 현재 윤초이가 머무는 곳과 주소지가 같은 낡은 원적 하나를 찾아냈다. 완은 마담의 원적을 받아들고 깜짝 놀랐다. 마담의 출생연도가 1896년 4월 28일이었다. 호적상의 본적은 경기도 수원군 수원면 신풍리 291번지였다. 부父를 적는 곳은 공백이었고 모는 강릉김씨였다. 이름을 적는 란에는 '女兒'라고만 적혀 있었다. 호적은 1912년에 다시 고쳐져 있었다. 부는 파평윤씨 대영이었고 모는 여전히 강릉김씨로 기재되어 있었다. 이름은 미순으로 바뀌어 있었다. 완은 가방에서 수첩을 꺼냈다. 수첩에 나혜석 출생에 관해 적어놓은 메모를 확인했다. 자신의 눈을 믿을 수 없었다. 나혜석과 엘리제 마담은 같은 해 같은 날에 같은 출생지로 신고가 되어 있었다. 아버지는 기재되어 있지 않고 어머니만 적었다가 1912년 아버지를 윤대영이라 올렸다.

"이게 어떻게 된 거지? 나혜석과 출생연도와 출생지가 같아."

"그런 얘기 흔해. 첩의 딸로 태어났겠지."

"강릉김씨 흔적을 찾을 수 있어?"

"이름도 태생도 모르고 뼈까지 삭은 사람 기록을 어디서 찾아, 이 친구야."

완은 최와 술을 겸한 식사를 하면서 호적에 얽힌 사례들을 들었다. 그러다 얘기는 다시 마담 엘리제로 돌아가곤 했다.

"1896년 4월 28일에 출생신고를 했다고 반드시 그날 두 명의 여자가 태어난 건 아니란 말이지. 이름도 짓지 않고 뒀다가 일 년이 지난 뒤에, 어떤 이는 몇 십 년이 지난 후에 신고하기도 해. 그래서 출생연도는 신고한 사람 마음에 따라 정해지는 거야."

"각기 다른 날 태어났는데 같이 출생신고를 했다? 출생지를 같은 집으로?"

"엘리제 마담이 첩의 딸이거나 그 집 머슴의 아이일 수도 있지."

"첩의 딸이라면 부를 나기정이라 표기했을 텐데."

최는 궁금하면 수원으로 가서 나기정 호적도 뒤져보라고 했다가 수원 쪽 동회에 아는 사람이 있다며 알아봐준다고 했다.

"요즘 연화원 화련이 지겨워 나이 많은 엘리제 마담한테 꽂혔어?"

"자네, 얽힌 호적만 들여다봐서인가. 모든 사건을 로맨스로 만들려드는군."

최와 헤어진 완은 수첩을 열어 자신이 기록한 것을 보았다. 아무리 읽어도 답이 나오지 않았다. 결론은 나혜석과 엘리제 마담이 비슷한 시기에 태어났고 같은 집에서 태어나 자랐을 가능성이 크다는 거였다.

완은 신태양 잡지사로 갔다. 삼일 동안 전화했지만 초이가 자리에 없다는 사환 아이의 대답만 들었다. 어제는 잡지사로 찾아가 기다렸다. 초이가 외근 나갔다가 바로 퇴근한다는 말을 전해 듣고 허탕을 쳤다. 결국 오늘 다시 오겠다는 메모를 남겨두었다.

완은 일층에서 이층에 있는 신태양 잡지사를 올려다보았다. 잡지사 문을 열었을 때, 마침 문을 열고 나오던 신태양 대표와 부딪칠 뻔했다.

"너, 우리 기사 잘 썼더구나?"

"아, 네 고맙습니다."

"칭찬하는 거 아냐. 뭐, 크게 다뤄준 건 고마운데 너무 자세하게 썼어. 미스 대한 본심 심사장이 아닌 시장터인 줄 알았을 거야. 어찌나 적나라하든지."

"제가 잘 묘사했군요."

"다음부턴 기사 털기 전에 나한테 보여줘."

"대회 또 하나요? 미스 기자대회 같은 거?"

"윤 기자 울리지 마. 함부로 대하다간 나한테 죽어."

대표가 나가자 초이도 발딱 일어났다. 모여 있던 기자들이 수군거리는 소리가 들렸다. 초이는 잡지사 건물에서 나오자마자 앞으로 찾아오지 말라고 냉랭하게 말했다. 초이는 택시를 세우곤 연화원으로 가자며 앞자리에 앉았다. 어쩔 수 없이 완 혼자 뒷좌석에 탔다.

"무안하게 혼자 뒤에 태우는 건 무슨 경우요. 삼일 내내 찾아간 것 때문에 화났소?"

"도대체 연화원에 한 번 가는데 드는 비용이 얼마예요?"

"아마, 당신이 입은 양장 값 정도 될 거요."

"제 양장 값을 알고나 하는 소리예요?"

"엘리제양장점에서 옷을 몇 벌 맞춰봤소."

"어머니 옷 안 입어요."

"호오, 이거 놀랍군. 난 멋쟁이 여기자인 최은희 선배를 선망했소. 그런데 쌀 한 가마에 5원이 안 될 때, 17원짜리 악어가죽 구두에 5원어치 보석을 박아 신었다는 말을 듣고 놀랐소. 그녀의 작은 발에 쌀 5가마를 올리고 다닌다고 생각하니 끔찍했지. 그 구두면 연화원에 3번은 갈 수 있을 거요."

"최은희 기자는 구두를 적어도 몇 달은 신고 다녔을 테지요. 당신은 그 몇 달 동안 연화원에 훨씬 많이 드나드는 것으로 알고 있는데요."

"듣고 보니 그렇군."

완은 입을 다물고 초이의 뒤통수를 바라보았다. 야무지고 깍쟁이처럼 튀어나왔다. 한번 쓰다듬어보고 싶은 충동을 느꼈다. 뻗으려던 손으로 얼굴을 쓸었다. 엘리제 마담의 호적을 뒤진 건 비밀로 해야겠다고 생각했다.

친구 최의 도움으로 수원에서 보내온 나기정의 호적 필사본에는 미순에 관한 기록은 없었다. 나혜석은 1896년 4월 28일에 명순으로 출생신고가 되었다가 1912년 혜석으로 개명했다. 1912년 명순에서 혜석으로, 엘리제 마담은 여아에서 윤미순이라는 이름을 얻었던 거였다. 최는 나혜석이 실제로는 장녀가 아니라는 말을 전했다. 계석, 이라는 이름의 장녀가 따로 있었다. 호적에 올리진 않았지만 나기정의 소작인들은 계석을 기억하고 있었다. 엘리제 마담이 계석일 가능성을 생각해봤지만 역시 윤씨 성이 걸렸다.

완이 왔다는 말에 다른 방에 있다가 나온 화련은 초이를 보곤 반갑게 웃었다.

"예고 없이 와주어 더 반가운데요."

화련은 직접 방으로 안내하고 상차림을 꼼꼼히 지시했다. 화련은 완에게 방석을 내주며 뭐하느라 사흘 내내 오지 않았는지 물었다.

"어떤 여자를 기다리다 지쳐 올 새가 없었소."

겨우 사흘 동안 오지 않았다는 말에 초이는 기가 막혔다.

"직접 물어볼게요. 두 분은 어떤 관계입니까?"

초이의 질문에 화련과 완은 눈을 마주치고 눈짓을 교환했다. 화련은 거절의 표시로 고개를 설레설레 흔들었다.

"소문에 의하면 두 분이 연인 관계인데 이쪽이 요즘 저에게 치근거려서요."

초이는 완을 눈짓하며 화련을 정면으로 쳐다보았다. 화련은 흔들림 없이 온화한 웃음을 짓고 있었다.

"소문은 믿을 것이 못 되지요. 사람들은 겉으로 보이는 것을 마음대로 생각해 믿지요. 윤 기자님이 걱정할 관계는 아닙니다."

"소문과 무슨 상관이 있소? 난 당신에게 진심을 고백했는데."

문 밖에서 화련을 찾는 소리가 들렸다. 화련은 초이의 손을 잡았다 놓았다.

"독고완의 진심을 믿어주세요."

화련이 나가자 상이 들어왔다. 넓은 양지기에 숯불을 깔고 올려놓은 전골냄비가 끓고 있었다. 완은 윗저고리를 벗고 넥타이를 느슨하게 풀었다. 초이는 말없이 잡채를 앞접시에 담았다. 잡채는 방금한 듯 따뜻했고 간이 맞았다. 초이가 호박전을 한 입 베어 물고 앞접시에 놓아두자 완이 그것을 홀라당 집어 제 입에 넣었다.

"연화원 밥상이 탐났을 리는 없고 당신, 혹시 화련을 투기하는 거요? 이거 기분 좋은데."

"초망상이네요. 사흘 동안 저를 만나고 싶어 했던 사람은 그쪽이었어요."

"그렇군. 아버지가 제안했던 것 생각나오? 당신을 만난 후로 매일 보채시는군요. 제대로 해보겠다며 술까지 끊었소. 비록 이틀뿐이었지만."

독고휘열은 초이에게 나혜석에 관한 전기문을 쓸 것을 제안했다. 전기문 출간과 더불어 나혜석의 그림을 전시하고 발표한 글을 찾아내 전집을 출간하자고 제안했다. 독고휘열은 나혜석 미술관을 건립할 의향도 있다고 전했다. 초이는 좋은 의견이라고 응했지만 전기문을 쓰겠다는 확답은 하지 않았다.

"당신에게 고백할 건 내가 나혜석에 관한 글을 쓰고 있다는 거요."

"전기 형식인가요?"

"아마, 소설이라고 할 수 있을 거요. 아버지는 반대할 거요. 당신이 원하는 건 사실을 근거로 그녀의 작업과 성과물을 남기려는 의지니까. 시시콜콜한 사생활을 드러내는 것을 달가워하지 않을 것 같소. 당신이 읽어봐주면 좋겠소. 가능하다면 아버지의 권유대로 당신은 전기 형식의 글을 써보는 게 어떻소. 동시에 책을 발간하면 당신과 나의 공동 목적이 달성될 것 같은데."

"저에겐 자료가 턱없이 부족해요."

"아버지는 서재를 당신에게 기꺼이 양보하실 거요. 아버지가 술을 자제하고 작품을 찾아보기로 했소. 혹시, 당신 어머니는 나혜석의 작품을 소장하고 있지 않소?"

"소장하고 있던 작품을 혜석 이모에게 되돌려줬다고 들었어요."

"어머니와 어릴 적 친구라고 했소? 그녀를 만난 적도 있소?"

"저희 집 윗집에 작업실 겸 집을 얻어 살았어요."

"친구 말고는 관련이 없소? 예를 들면, 당신의 핏줄이라는 의심 같은 건 해본 적 없소?"

"제 가족사가 궁금한가요?"

"그렇게 정색할 건 뭐요. 나혜석의 묘를 찾아냈소?"

"묘를 왜 찾나요? 전 아직 죽음을 받아들일 수 없어요. 설사 정말이더라도 묘는 없어요. 화장을 했으니깐요."

"그날, 자제원에서 확인했소?"

"화장터로 이송 후 유골을 인도한 기록은 없었어요. 실제로 무연고자일 경우 유예기간이 지나면 화장터 직원이 강에 뿌린대요."

"그게 사실이라면 정말 비극이군."

"그 유골은 이모가 아닌, 정말 알 수 없는 행려자의 것일 수 있어요."

"누군가 나혜석이 지니고 있던 신분증을 행려의 몸에 두었다. 그리고 나혜석은 다른 곳으로 데리고 갔다?"

"몸에 외상이 없었다면 누군가 화구 상자를 빼앗기 위해 실랑이를 벌이지도 않았다는 말이겠지요. 자제원 의사가 아사와 병사로 확인한 사람은 혜석 이모가 아닐 가능성도 있다는 거예요."

"그래서 그런 글을 쓴 것이었군. 나혜석을 감금하고 있는 자를 자극해서 알아내기 위해?"

"이제야 조금 똑똑해지셨군요."

완은 젓가락을 내려놓는 초이의 잔에 술을 따라주었다.

"오늘은 많이 마시지 마시오."

완의 말이 끝나기가 무섭게 초이는 술잔을 비웠다.

"당신이 노골적인 필명으로 발표하는 글에 대한 반응을 기다려야 하는 거로군. 난 무척 회의적이지만. 당신에게 나혜석은 어떤 인물이오?"

"저는 화가로서의 나혜석보다 그녀가 발표한 글과 선각자로서의 생각과 실천을 높이 평가해요. 정조를 지키지 못했다는 이유로 사회와 미술계에서 배척당했어요. 그녀는 그것을 폭로했어요. 사생활 노출증이라는 비난까지 받았지만 틀린 길이 아니기에 외로운 길을 혼자 걸었어요. 제가 관심을 갖는 건 이혼 후 〈이혼고백서〉를 쓰게 된 계기와 정조 유린 위자료 청구 소송을 하게 된 그녀의 심경이에요."

"〈이혼고백서〉와 위자료 청구 소송은 파격적이었소."

"이십 년 전, 1930년 당시 본정을 중심으로 일본인 거주지역인 남촌에만 카페가 60여 곳이 넘었어요. 덩달아 북촌에도 많이 생겼지요. 본정 바, 백접, 은좌, 킹, 목단, 엔젤 등 카페에는 서른 명 안팎, 국수에는 백 명, 낙원에는 팔십여 명의 여급이 있었어요. 수요가 있었으니 공급이 되었지요. 에로와 그로가 뒤섞여 성정체성이 무너진 시기였어요. 제가 말하고 싶은 건 정적인 유교 사회에 나혜석이 화려한 연애생활로 물의를 일으킨 것처럼 과장해서 그녀의 삶을 바닥으로 끌어내렸다는 거예요."

"그녀에 대한 색이 뚜렷하군. 전기를 쓰려면 객관적이어야 하는데."

"제가 쓰겠다고 했던가요?"

"쓰게 될 거요."

"초능력자로군요."

"파리에서의 스캔들은 어떻게 생각하오? 예술과 자유가 풍만

했던 파리에서 최린과의 연애, 난 나혜석 인생 최대의 스캔들을 중점적으로 쓸 예정이오. 나혜석, 운명의 캉캉. 캉캉은 불란서어로 스캔들이라 하더군."

"저는 연애라고 생각되진 않아요. 권력자인 최린의 유혹과 협박이 있었을 거라 짐작해요."

"당시 파리에 머물던 유학생들 사이에서 소문이 많았다고 들었소."

"소문이야 소문을 만드는 사람들의 마음이지요."

"불을 지피지 않았는데 연기가 생기겠소?"

"그럼, 당신과 화련의 소문도 불씨는 인정하시는 거로군요."

"억지 쓰는 모양이 귀여워 일단 넘어가겠소. 최린과의 관계에 대해서는 좀 더 알아보도록 하겠소. 만약에 말이오. 당신은 그런 협박을 받는다면 응할까?"

"순간의 감정에 따라 그렇게 될 수도 있겠지요."

"오늘 내가 당신과 함께 있고 싶다고 협박한다면?"

"초유치로군요."

"당신 앞에 있으면 감정이 마구 날뛰오. 당신은 어떤 의지로 응대할 거요?"

"찬물을 뿌려드릴까요?"

"한번으로 충분하오."

화련이 방문 앞에서 인기척을 내고는 문을 열고 완에게 오늘 머물 것인지 물었다. 완이 그럴 거라 대답하자 화련이 준비해놓겠다고 말하며 방문을 닫았다.

"당신에게 도움 받을 것도 많고 자료를 검토하려면 작업실이 필요할 텐데. 이곳에 내 방이 마련되어 있는데 어떻소?"

"뭐가요?"

초이는 이곳에 독고완의 방이 마련되어 있다는 말에 기가 막혔다. 화련과 아무 관계 아니라고 말해놓고 이곳에 방을 두고 머무는 것을 어떻게 해석해야 할지 몰랐다.

"당신이 찾고 싶은 자료는 아버지 서재에서 찾고 작업은 이곳에서 같이 하자는 말이오. 원하면 오늘부터 같이 작업을 해도 되고 당신에게 작업실을 보여주고 싶소."

"초계략적이군요. 저는 제 방에서 작업하겠어요."

"전기를 쓰겠다는 말로 알겠소. 당신의 의지를 높이 사오."

완은 잠깐 기다리라고 말하곤 연화원 뒤뜰로 갔다. 잠시 후 완은 타자용지 뭉치를 들고 들어왔다. 뛰어왔는지 이마에 땀이 맺혀 있었다. 완은 땀을 닦으며 타자용지를 가지런히 해 철핀으로 고정하고 초이에게 주었다. 숱하게 만져본 타자용지였지만 초이는 얇은 종이가 굉장히 묵직하게 느껴졌다. 초이는 얼른 집으로 돌아가 편안한 옷으로 갈아입고 소파에 누워 완의 소설을 읽어보고 싶었다.

"나혜석의 출생부터 일본 유학 시절까지를 담은 것이오. 엉망이지만 당신이 읽기를 원한다면."

"얼마나 엉망인지 확인해보고 싶군요."

완은 서류봉투를 건네고는 문을 열고 밖을 향해 누군가에게 들어온 택시가 있는지 물었다. 상대편에서 마침 택시가 기다리고 있다고 대답했다. 초이는 원고뭉치를 서류봉투에 담고 일어섰다. 연화원에 글을 쓰기 위해 왔었던 거였군. 그런데 왜? 하필 이곳에서, 라는 의문이 생겼다. 초이가 택시에 올라타려 할 때 급하게 화련이 뛰어나왔다. 화련은 열린 택시 창문으로 손을 집어넣고 초이의 손을 잡고 자주 들러달라고 말했다. 초이는 화련과 완을 어떻게 이해할지 몰랐기에 대답 없이 앉아 있었다. 택시가 좁고 가파른 골목에서 브레이크를 밟을 때마다 초이는 울컥, 화가 솟구쳤다. 집 앞에 도착했을 때 자신이 화련을 질투하고 있다는 것을, 그들의 관계를 확인하려고 연화원에 갔었다는 것을 깨달았다.

4

경석과 혜석이 관부연락선에 오르자 유학생들이 다가와 인사를 했다. 그들은 경석에게 인사를 하며 혜석을 힐긋거렸다.

'나나 상은 발광상태입니다. 수업은 꼬박 빼먹고 문밖 출입도 아니 합니다. 급히, 손을 쓰셔야 합니다.'

유키 양이 보낸 전보를 받고 경석이 혜석을 찾아갔을 때 제 눈처럼 아끼던 혜석은 유키 양의 표현대로 발광이었다. 창은 두껍고 검은 천으로 가려놓았고 물건들이 바닥에 뒤섞여 있었다. 경석은 창에서 천부터 뜯어냈다. 혜석은 방구석에 웅크리고 누워 있었다. 바닥에 널브러진 옷에 노랑 물감이 묻어 있었다. 손목에는 노란 끈이 묶여 있었고 손에는 노랑 물감이 덕지덕지 묻어 있었다. 물감을 먹었는지 입술과 얼굴에도 노란 칠이 되어 있었다. 경석은 부엌으로 가 찬물을 떠와 먹였다. 혜석은 물을 마시다 토해냈다. 물이 노랑 물감과 뒤섞여 나왔다. 이렇게까지 힘들어 할 줄 몰랐던 경석은 자신의 가슴을 쳤다.

"저도 그 사람 곁으로 보내주세요."

"이 사람아, 말이라고 해. 그 친구가 그걸 바라겠어?"

"지독히 나쁜 사람이지. 나 혼자 버려두고."

"정신 차리자. 네 예술을 생각해야지. 넌 조선에서 처음으로 양화를 그리는 여류 화가야. 네 글은 조선의 여성을 깨우치고 본

보기가 될 거야."

"정말 화가 나는 건 못 죽는다는 거예요. 예술에 대한 욕심이 자꾸 그 사람한테 못 가게 해요."

경석은 부엌으로 가 쌀을 한주먹 물에 넣고 팔팔 끓였다. 소금을 넣고 미음을 동생에게 떠 먹였다. 미음을 받아먹던 혜석이 경석의 무릎에 엎드려 오열했다. 혜석은 경석에게 말하지 않고 관부연락선을 타고 최승구에게 갔었다. 그의 사촌, 최승만은 혜석이 곁에 머물면서 병수발을 해주길 바랐다. 혜석은 수업을 빼먹는 것이 아까웠다. 그리던 그림을 마저 그려야 했다. 여자 누드 모델이 눈앞에 어른거렸다. 혜석은 저녁만 먹이고 일어섰다. 최승구는 욕심 부리지 않았고 혜석의 손목을 쓸었다. 그의 손목에는 노랑 끈이 묶여 있었다.

"다시 만날 때 묶자고 했는데. 이걸 이 방에 놓고 간 거야. 내 이기적인 마음을 어떻게 벌해야 할지 오빠가 알려줘요."

"그 친구가 그리 간단히 빨리 갈 줄 네가 어떻게 알았겠니?"

"사촌동생이 그러는데 마치 나를 마지막으로 보고 가려고 기다린 듯했대. 난 그것도 모르고 일어날 궁리만 했어. 나를 마지막으로 보고 곧바로 죽어버렸어."

혜석은 자신의 뺨을 때리고 머리를 쥐어뜯었다. 경석은 동생을 안았다. 손목에 묶여 있는 노란 끈을 풀고 헝클어진 머리카락을 귀 뒤로 넘겨주었다.

"가자, 조선으로 가자. 집으로 가자."

혜석이 갑판에서 배가 갈라내는 물살을 바라보고 있을 때, 하석진이 다가왔다. 그는 혜석에게 목이 긴 푸른 술병을 건넸다.

"바다에서 술을 마시면 마음의 독이 취기와 함께 흘려내려 파도에 휩쓸려간다는 말이 있소."

혜석은 병을 받아 단숨에 한 모금 삼켰다.

"오늘 아침에 어떤 기사를 읽었는지 궁금하지 않소?"

하석진은 혜석의 손에서 술병을 가져가 자신도 한 모금 마셨다.

"천재화가이지만 지금은 몹시 나약해진 엥겔스걸이 잠시 귀국한다는 기사를 봤소만."

혜석이 씁쓸한 미소를 지었다.

"웃지 마시오. 억지로 웃는 것 보고 싶지 않소. 99개 방을 건너뛰어 당신은 내 방으로 들어왔소."

"당신은 엉터리예요. 고향 땅을 밟으면 건강해진다고 했잖아요."

"갈 사람은 가는 거요. 내가 지금 이 바다에 뛰어든다면 당신은 걱정해주겠소?"

"관심 없어요. 나는 당신을 모르니까."

"소월에 대해서는 많이 알고 연인이어서 슬픔을 연기하오?"

혜석은 시선을 바다에서 떼고 하석진을 쏘아보았다.

"당신은 내 행동이 연기로 보이나요?"

"예술을 하는 사람은 자기 예술 외에는 어떤 것에도 크게 동요하지 않는 법이오. 잘 생각해보면 당신은 슬픔을 이겨낼 수 있소. 그냥 슬픔에서 빠져나오기 곤란해 그러고 있는 거요. 그렇지 않소?"

"대답할 가치가 없군요."

"그럼 대답하지 말고 잘 생각해보시오."

하석진은 뒤돌아가다 말고 혜석의 옆에 다시 와 섰다.

"이번엔 미로를 만들지 못했소. 나는 경성에 일주일 머물 것이오. 만약 당신이 인생에서 빠져나올 방법을 찾는 미로를 원한다면 한 이틀 밤새워 만들어 보내겠소."

"안 보내셔도 되요."

"당신이 내 미로를 꽤 흥미롭게 생각하는 줄 알았는데 착각이었군. 그러도록 하겠소. 그럼."

혜석은 하석진의 뒷모습을 보았다. 건강하고 단단한 등이었다. 등뼈 윤곽이 드러나는 최승구의 얄팍한 등과는 대조적이었다.

5

　혜석은 뒤뜰에 앉아 쏟아지는 정오의 햇살을 받으며 여름 수국을 스케치하고 있었다. 식모아이가 경석의 심부름을 왔다.

　"도련님이 방으로 좀 오시래요."

　"왜?"

　"신사분이 오셨어요. 파인애플이라는 과일을 사왔어요."

　아이가 혜석이 스케치한 수국을 보았다.

　"꽃이 활짝 피었는데 왜 이렇게 그렸어요?"

　"피어 보이니? 내 눈에는 시들어 보이는데."

　"지금 당장 오랬어요."

　"누군가를 만날 마음이 아니라고 전해줄래."

　"아이참, 난 몰라."

　아이가 퉁퉁거리며 앞뜰로 나가자 혜석은 수국으로 고개를 들이밀고 관찰했다. 수국은 작은 꽃들이 잎마다 피어 무리를 지어 있었다. 한 다발이 풍성했다. 혜석은 스케치북을 한 장 넘기고 다시 수국을 스케치했다. 정수리로 쏟아지는 햇살이 수척해진 얼굴을 더욱 갸름하게 만들었다.

　"수국과 참 잘 어울리십니다."

　혜석이 고개를 들었다. 신사복을 입은 남자가 모자를 벗고 인사를 했다.

"김우영입니다."

혜석은 오빠의 손님이 왜 뒤뜰까지 자신을 찾아왔는지 몰랐다.

"혜석 양은 저를 모르겠지만 저는 도쿄에서 몇 번 봤죠."

그녀는 말없이 수국의 그림자를 그렸다. 도쿄라는 말을 듣자 수국의 그림자 안으로 숨어들고 싶었다.

"토론회에서 알은체하고 싶었지만 혜석 양이 너무나 도도해 말 붙이지 못했어요. 도쿄대 학생과 신여성의 지위에 관해 논쟁이 붙었을 때, 혜석 양 생각에 제 자신이 부끄러웠습니다. 여성에 대한 인식이 바뀌었어요. 그때부터 혼자 짝사랑만 키웠습니다."

혜석은 토론회를 떠올렸다. 그때는 아름다운 것에 미혹되어 있었다. 예술에 대한 열정은 순정했고 마음은 쾌활했다. 녹슨 철이래도 녹여내 화구로 쓸 수 있을 것 같았다.

"교토를 방문한 적이 있습니까?"

"아니오."

"교토의 아름다움을 보여드리고 싶군요. 교토 가운데를 흐르는 가모가와 강*의 풍경은 일본에서 제일입니다. 기온**의 게이샤와 시조가와라마치***의 가부키도 보여드리고 싶군요."

---

* 가모가와 강鴨川은 일본 교토 부 교토 시를 흐르는 강이다. 강둑은 산책로로 주민과 관광객들에게 인기가 있다.
** 기온祇園은 교토의 야사카八坂 신사 부근의 옛 명칭이다.
*** 가모가와 강을 끼고 기온에 인접한 가와라마치河原町는 전통을 지켜가는 오래된 가게와 최첨단 숍까지 있는 교토의 중심 거리다.

혜석은 도쿄에서 만난 적 있는 게이샤를 떠올렸다. 얼굴과 목에 하얗게 분칠하고 눈썹과 입술에 과장되게 화장을 한 그녀들은 인형 같았다. 조선의 기생들처럼 기묘한 슬픔이 느껴졌다. 어린 시절, 아버지로 인해 기생에 대한 편견이 있었는데 그들에게 깃든 기묘한 슬픔에 자꾸 시선이 갔다.

가모가와 강 맑은 물에 발 담근 게이샤를 상상하다가 김우영을 올려다보았다. 해를 등지고 서 있는 김우영의 얼굴에 그림자가 드리워졌다. 짙은 우울이 그림자 너머로 엿보였지만 온화한 인상이었다. 김우영을 배웅하고 돌아온 경석이 혜석의 방으로 들어왔다.

"괜찮은 친구인데 진지하게 사귀어보는 게 어때?"

"아직은."

"저 친구도 최근에 상처 당했어. 서로 의지가 되렴. 네가 도쿄로 돌아가면 혼자인 너를 차지하려고 수많은 남학생들이 네 집 앞에서 기다릴 거야. 약혼자가 있을 때도 벽에 낙서하던 자들인데 혼자인 너를 가만 두겠어?"

경석은 도쿄에서 혜석이 이광수에게 위로 받던 것을 염두에 두었다. 이광수뿐만 아니라 모든 남학생들이 그녀의 상처보다 혼자 남은 혜석의 향방에 관심을 가졌다. 경석은 혜석이 시간과 열정을 허비하는 것을 지켜볼 수 없었다. 여러 명의 후보를 두고 고심 끝에 김우영을 선택했다. 교토대 법학부에서 공부하고 있는 그는 성정 자체가 온화했고 여성이 예술과 학문을 키우는 데

외조를 아끼지 않을 사람이었다.

"공식적으로 김우영과 약혼하고 넌 조용히 예술을 키우며 학문에도 열정을 다해봐라. 순조롭게 네 재능을 드러내며 미래를 개척해나가는 모습을 보는 게 내 소원이야."

"걱정 마세요. 저 안 죽어요. 전 할 일이 너무 많아요."

경석은 혜석과 김우영이 정식으로 사귀게 되었다고 유학생들에게 알렸다. 특히 이광수에게는 직접 둘의 연애를 알렸다. 경석은 혜석이 그에게 문학적인 의견을 나누고 위로받는다는 것을 알았다. 최승구 대신이었다.

경석은 처음 이광수를 혜석의 기숙사에 데려갔던 날 혜석을 바라보던 그의 눈빛을 잊을 수가 없었다. 이광수는 곧바로 혜석에게 열렬한 고백 편지를 보냈다. 하필 경석이 자취방에서 혜석의 수업이 끝나기를 기다리는 동안 편지가 도착했다. 경석은 혜석에게 편지를 전해주지 않았고 이광수에게 곧바로 당신은 기혼자임을 각성하라는 답장을 보냈다.

이광수의 페미니즘 사상과 문학 실력은 존중받아 마땅할 정도로 출중했다. 하지만 그가 자라온 험난한 환경이 거슬렸다. 고아가 된 이광수가 절망에 휩싸여 고향을 떠나올 때 사당에 불을 질렀고 덕분에 홍패, 문적, 위패까지 다 타버렸다는 일화는 유명했다. 게다가 아내가 있는 사람이었다. 경석은 조혼이라면 질겁했다. 그 또한 두 살 위인 밀양박씨와 결혼한 상태였지만 연애가 없는 결혼은 인정하지 않았다. 서울에 밀양박씨가 지낼 집을 얻어주어 분가시켰고 경석은 단 한 번도 방문한 적이 없었다. 가난도 마음에 걸렸다. 이광수가 이혼을 한다고 해도 넉넉지 않은 살림에 혜석이 예술과 학문에 전념할 수 있을지 걱정스러웠다.

유학생들에게 김우영과 혜석이 약혼했다는 소문이 났지만 하석진은 여전히 혜석 앞에 불쑥 나타났다. 하석진은 책 사이에서 종이를 꺼내 펼쳐놓고 무언가를 그렸다. 성당과 구불거리는 길이었다. 빠르게 끝낸 스케치에서 뾰족한 성당이 두드러졌다. 흉측한 괴물 같았다.

"나는 파리도 좋아하지만 에스파냐 카탈루냐 지방은 나에게 각별하오. 이 사그라다 파밀리아 성당*을 건축한 이는 가우디, 라는 사람이오. 이 공원은 페라다 산 남쪽 비탈에 자리 잡은 구엘공원이오. 당신과 함께 이 구불거리는 공원을 걷다 아무 곳에나 주저앉아 지중해를 바라보고 쟁쟁거리며 떨어지는 햇살을 받아먹으면 좋겠소."

하석진은 에스파냐의 구엘공원을 연결해 미로를 만들어왔다. 구엘공원의 미로를 막고 있는 것은 뜻밖에 커다란 돌덩이를 들

---

* 사그라다 파밀리아 성당Templo Expiatorio de la Sagrada Familia은 스페인의 세계적인 건축가 안토니오 가우디 이 코르네트Antonio Gaudi y Cornet가 설계하고 직접 건축 감독을 맡은 로마가톨릭의 성당이다.

고 있는 인부들이었다.

"작년에 내가 갔을 때까지도 아직 완공이 되지 않아 곳곳에서 공사 중이었소. 대성당은 아마 백 년은 더 걸릴지도 모르겠소. 공원의 밋밋해 보이는 기둥에는 색깔이 화려한 타일을 붙여 모자이크 장식했소. 가우디는 천재요. 이 타일 모자이크는 해가 지중해의 바다와 산, 자연을 품고 있는 형상이오. 이 파란색을 아무리 흉내 내려 해도 안 되오. 나는 색이 부족하오."

혜석은 하석진이 그려놓은 기둥과 기둥 위에 테라스 같은 정원을 바라보며 구엘공원을 떠올렸다. 상상만으로도 좋았다. 상상이 현실로 닥치면 또 다른 함정이 수두룩할 것이었다. 하석진은 함정을 곳곳에 품은 채 휘청거리고 서 있는 바람 같은 사람이었다. 그와 함께 있으면 넋이 뒤섞이는 듯했다. 서로의 넋이 드나드는 듯했다. 하지만 겉으로 드러내지 않고 마음을 닫았다. 무엇보다 들끓는 연애에 시간과 감정을 소모할 수 없었다. 순조롭고 단순한 생활을 기반으로 예술만을 깊이 파고들고 싶었다.

혜석이 교토 역에 도착했을 때는 오토와 산그늘이 지는 저녁이었다. 김우영이 마중을 나왔다. 김우영의 기숙사에 화구 가방과 짐을 풀어놓고 산조에서 기온시조까지 산책했다. 기온에는 오래된 목조 건물들이 야트막하게 줄지어 있었다. 흰 목덜미를 드러낸 게이샤들이 출입문에 꽃등을 달고 있었다.* 발 아래 석숫물에 자잘한 꽃들이 흩뿌려져 있었다. 조용한 골목 어디에든 꽃이 던져져 있었고 뿌려져 있었다. 가모가와 강변 작은 식당에 들어가 우동을 먹었다. 후식으로 나온 오랜 전통의 교과자를 먹자 피곤이 몰려들었다. 혜석은 김우영에게 내일부터는 혼자 가모가와 강으로 스케치를 다니겠다고 했다. 약혼을 했고 정식으로 연애하는 기간이었지만 마음 깊이 김우영을 받아들인 것은 아니었다.

혜석은 이광수가 1월부터 6월까지 《매일신보》에 장편소설 〈무정〉을 연재하는 동안 자주 만났다. 이광수는 미리 몰아 쓴 원고 70회분을 혜석에게 먼저 보냈다. 혜석은 김선형이라는 신여성이 마음에 차지 않았다. 그 부분에 대해 이광수와 논쟁하다가 선언했다.

"김선형은 약해요. 두고봐. 제대로 정신이 박힌 신여성을 보여주겠어요."

"당신이 만들어내는 신여성을 기대하겠소. 그런데 룸펜을 만나고 다니면 소문이 좋지 않을 텐데."

"하석진을 두고 하는 말인가요?"

---

* 교토의 산조도리三条通り에서 야스이키타몬도리安井北門通까지를 잇는 1킬로미터의 골목 하나미코지는 납작한 돌이 깔린 포석 주변으로 마치야가 늘어선 교토의 옛 풍경을 고스란히 간직한 곳이다.

"당신을 품고 있는 내 마음을 헤아려줬으면 좋겠소."

"제 마음 어느 부분에도 당신이 담겨 있어요. 당신을 품고 있어요."

혜석이 등을 돌리며 말했다. 슬픈 표정을 지으며 이광수는 혜석을 뒤에서 안았다. 그녀의 목선을 따라 혀를 굴렸다. 혜석이 몸을 돌려 정면에서 이광수의 눈을 들여다보며 뺨을 쓰다듬었다.

"마음이야 품기 나름이지요, 여름에는 바다를 가을에는 산을, 추우면 불을 품는 것이 인간의 본성이지요. 그러나 얼마나 갈까, 사랑이."

혜석은 밤이면 장편소설 쓸 궁리를 하고 인물을 만들어내느라 새벽이 되어야 잠을 잤다. 김우영과 기온시조를 거닐면서도 머릿속에는 경희, 라는 신여성이 가득했다.

"함께 지내는 건 무리지요?"

김우영의 말에 정신이 든 혜석은 자신이 경희가 아니고 교토에 와 있는 나혜석임을 되새겼다. 김우영은 혜석을 요시다마치 청년회 기숙사로 안내하고 자신은 친구의 방으로 갔다. 혜석은 김우영의 침대에 누웠다. 그의 냄새를 맡아보았다. 가끔 김우영은 어떻게 생활하고 있을지 상상해보았다. 오빠 경석이 믿는 남자였고 혜석도 남은 인생을 같이 걸어보려고 생각하는 남자였다. 예의와 상대를 배려하는 세심한 심성을 가졌지만 예술과 문학에 대한 이해는 부족해 보였다. 의식이 자유롭게 탁 트인 것처럼 말했지만 보수적이고 답답한 구석도 있었다. 하석진처럼 혼자 자유롭게 살아가는 것은 어떨까. 아버지의 죽음 이후 휘청거리는 가계를 떠올리고 당장의 생활비를 가늠하다 한숨을 내쉬었다. 그녀는 김우영의 침대에 누워 다양한 방면으로 인생을 살아보는 상상을 하다 새벽빛이 환해져서야 잠에 빠졌다.

누군가 얼굴을 만지는가 싶더니 입술에 키스를 했다. 잠에서 빠져나오지 못한 혜석이 눈을 뜨자 눈 바로 앞에 김우영의 얼굴이 보였다. 그는 혜석이 몸을 일으키기 전에 다시 혜석에게 키스를 했다. 혜석은 꿈인지 환상인지 잠시 생각하다 벌떡 일어났다.

"도둑 키스라도 하지 않으면 도저히 학교에 가기 싫을 것 같았소."

혜석이 손으로 입술을 훔치며 머리를 매만졌다.

"호오, 매사에 당당한 혜석 양도 수줍어하는군요."

김우영은 혜석이 세수를 하고 옷을 갈아입는 동안 그녀의 외투 안에 자신의 솜저고리를 겹쳐 끼워 넣었다. 혜석은 강변의 겨울바람이 찬 줄도 모르고 한없이 앉아 물을 쳐다보고 있을 것이 분명했다. 둘은 김우영이 사온 초밥과 어묵을 먹고 헤어졌다. 김우영은 학교로, 혜석은 스케치를 위해 가모가와 강변으로 향했다. 저녁에 다시 만나기로 했다.

혜석은 강변에 자리를 잡았다. 눈은 풍경에 두고 손으로는 선을 그려나갔다. 하지만 머릿속으로는 경희, 라는 인물을 그리고 있었다. 그녀는 경희라는 인물이 되어 가모가와 강변을 다시 둘러보았다. 화가 나혜석이 아닌 신여성 경희의 시선으로 보는 강은 달랐다. 은은하게 멈춘 듯 흐르는 것이 아닌, 물 밑에 들끓는 열정을 품은 채 흘러가고 있었다.

김우영은 수업이 끝나자마자 강변으로 가 스케치를 하고 있는 혜석을 뒤에서 안았다. 스케치북을 뒤적이며 오늘은 어땠어요, 물었다.

"전 오늘 나혜석이 아닌, 경희라는 신여성의 눈으로 풍경을 보았고 스케치를 했어요."

김우영은 뜬금없는 경희, 라는 신여성에 대해 진지하게 고민하지 않고 말했다.

"혜석 양과 신여성 경희의 시각은 다르던가요?"

"처음에는 분명, 달랐습니다. 그러나 시간이 흐를수록 이상스럽게도 똑같아졌습니다. 아직 제가 경희가 덜 된 건지 아니면 경희 속에 쏙 들어가 육화되어버린 건지 의문입니다만."

"경희가 누군지는 모르지만 중요한 건 혜석 양은 김우영의 러버라는 사실입니다."

김우영은 얼어붙은 옷가지처럼 뻣뻣한 혜석을 안아 입을 맞추었다. 김우영의 손이 얼어붙은 혜석의 귀에 닿자 도려내지는 듯한 아픔으로 혜석이 비명을 질렀다. 그는 그녀의 귀를 비벼주고 화구 상자를 챙겨 들었다. 식당에서 한 유학생이 나혜석을 알아보고 인사를 건넸다.

"여기서 만나다니 정말 반가워요. 《학지광》에 발표한 〈잡감〉은 잘 읽었습니다."

"고맙습니다. 어떤 공부를 하러 여기 왔습니까?"

"네, 경제학입니다. 문학에도 관심이 크지요."

"읽고 흉보지 않았는지요. 더러 여학생조차 달가워하지 않더 군요."

"시원하게 잘 썼습디다. 특히, 조선 여자 중에 누구라도 가치 있는 욕을 먹는 자가 있다 하면 우리는 안심이오, 라는 부분에 박수를 보냅니다."

"죽든지 망신을 당하든지 옳은 것은 실천해나가겠다는 제 의 지입니다. 3월 《여자계》에 신여성에 관한 단편소설을 발표할 예 정이에요. 여학생들이 만든 잡지입니다. 관심 가져주세요."

남학생이 김우영을 힐긋 보며 교토에는 왜 왔는지 물었다. 혜 석은 망설임 없이 대답했다.

"졸업 작품으로 가모가와 강 풍경을 그리러 왔습니다. 여기는 제 러버인 김우영 씨입니다."

김우영은 혜석이 청년에게 자신을 러버, 라고 소개한 것에 날 듯이 기뻤다. 그는 혜석의 숨김없이 드러내는 성격이 좋았지만 내심 불안하기도 했다. 이제 봄이면 혜석이 졸업을 하고 조선으 로 돌아가고 자신은 교토에 남게 됨을 생각하자 초조해졌다. 더 군다나 도쿄의 유학생들 사이에서 혜석과 이광수가 연애 중이 라는 소문이 자자했다. 혜석의 친구 허영숙과 삼각관계라는 둥 하석진과 야밤에 우에노공원에서 데이트를 했다는 둥 숱한 뒷 말이 따라다녔다. 김우영은 어떻게든 이 겨울에 사랑의 확답을 얻고 결혼을 약조 받고 싶었다. 나혜석은 러버, 라고 말했지만 결혼을 약속하지는 않았다.

김우영은 시조 가와라마치 부근을 걸으며 오토와노타키 약수에 대해 말했다. 오토와 산의 맑은 3개의 물줄기는 건강과 장수, 학업 성취, 결혼을 이루어준다고 말하며 그는 걸음을 멈췄다.

"평범한 사랑, 고통 없는 사랑, 희생 없는 사랑은 참 연애가 아니지요. 평범한 사람은 이러한 참 연애를 맛보지 못하니 측은할 뿐이오. 사랑은 달지만은 않다고 생각하오. 쓰고, 떫고, 매운 것까지라도 당하고 견디려 하는 것이외다. 혜석 양, 저를 영원히 사랑해주시겠소?"

사랑을 음식 맛에 비유한 것이 유치했지만 그로서는 고심해서 한 사랑의 맹세일 거였다. 혜석은 쓰고, 떫고, 매운 것까지라도 당하고 견디려 한다는 그의 마음과 몸을 받아들였다. 그러나 결혼까지 확신은 서질 않았다.

나경석은 송진우가 교장으로 있던 학교에서 교편을 잡았다. 경석은 송진우, 현상윤 등과 함께 3·1운동을 준비했다. 이광수가 기초한 독립선언서 천 장을 들고 만주 지린으로 가 손정도 목사에게 전달했다. 돌아오는 길에 총기 10정을 구입해 이불 보따리와 트렁크 안의 속옷에 넣고 오다 적발되었다. 일본 경찰은 경석에게 독립운동이 아닌, 살인강도죄를 적용했다. 형기는 3개월이었다. 경석에 이어 혜석도 독립운동을 도모했다는 죄로 서대문형무소 독방에 수감되었다.

나경석은 만주에서 떠돌이 생활을 했다. 혜석은 경석에게 편지를 보내고 답장을 받아야 한 달 정도 걱정 없이 지낼 수 있었다. 달이 지나면 다시 경석에게 편지를 보냈고 초조하게 답장을 기다렸다. 변호사 자격증을 딴 김우영은 운니동 혜석의 집으로 과일을 들고 찾아와 혜석이 정신여학교에서 퇴근할 때까지 기다렸다. 어머니 최씨는 기다리는 김우영이 지루해하지는 않을까 노심초사하며 하지감자와 옥수수를 내왔다. 김우영은 혜석의 어머니가 내놓는 감자와 옥수수를 잘 먹었고 다정하게 말을 건네며 느긋하게 행동했다. 최씨는 김우영을 사위 대하듯 일부러 말도 놓았다.

김우영이 다녀간 날이면 어머니는 혜석의 방으로 바느질감을 가지고 왔다. 혜석의 눈치를 보며 성품이 온순하고 천성적으로 인정이 많은 사람이라고 칭찬했다. 혜석이 그 칭찬에 동조하면 어김없이 결혼하라고 말했다. 결혼까지 생각하지 않는다는 쌀쌀맞은 대답을 들을 때면 바느질감이 담긴 바구니를 집어던졌다.

지석과 함께 서대문형무소에 혜석을 면회 왔을 때에도 어머니는 혜석을 나무랐다. 집안의 기둥인 경석과 혜석이 감옥살이를 연이어 하게 되어 어머니는 거의 실신상태였다.

"여자가 세상 무서운 줄 모르고 설치다가 이게 무슨 꼴이냐? 그냥저냥 평범한 여자로 살아가는 게 편할 텐데."

최씨는 여자인 혜석이 감옥살이하는 것이 못내 안쓰러운지 결국 울음을 터트렸다. 혜석은 일부러 쌀쌀맞게 대답했다.

"저는 생각이 틀려버린 사람도 싫지만 개성이 똑똑하지 못한 사람은 더 싫어요."

"여자가 여자다워야지. 똑똑한 개성을 가진 사람이 이 꼴이냐?"

"여자다운 것이 무어예요? 여자이기 전에 인간이예요. 나라의 독립이 최우선이고, 나라의 독립 없이는 사람의 독립도 없고, 여자의 독립도 없어요."

최씨는 나무로 된 칸막이 안에 팔을 집어넣고 혜석의 머리채를 휘어잡았다.

"누가 너더러 나라 걱정하래? 이딴 짓 하려고 일본서 공부했냐? 니가 나를 잡아먹는구나."

"어머니, 저는 이딴 짓이라 생각하지 않아요. 제 조국의 독립을 원하는 거예요."

"필요 없다, 이년. 여기서 죽든지 말든지."

최씨는 혜석의 머리채를 밀치고 등을 돌리고 나가버렸다.

"감옥살이까지 한 년을 예쁘다 해주면 고맙소, 하고 안겨야지. 니가 제정신 박힌 년이냐?"

어머니는 말끝에 기침을 뱉어냈다. 혜석은 기침 소리에 덜컥 겁부터 났다. 기침 소리라면 아이의 것이든 어른의 것이든 길을 가다가도 무릎이 접힐 정도로 힘이 빠졌다. 소월의 기침 소리가 떠올라서였다.

어머니는 당신이 죽기 전에 혼인날을 잡으라고 재촉했다. 날씨가 쌀쌀해지자 어머니는 잠자리에 들 때마다 피를 쏟아내곤 했다. 턱밑으로 쿨럭쿨럭 토해내는 피가 무서웠다. 어머니는 혜석이 정신여학교로 출근한 후 혼자 덩어리 피를 쏟아낸 채 죽었다.

어머니의 죽음 이후 숙부와 숙모는 혜석의 결혼 문제에 대놓고 간섭했다. 아이가 딸린 홀아비를 가문이 좋다며 만나보길 권했고, 상업으로 제법 돈을 벌었다는 남자의 사진을 내밀기도 했다. 불효자식을 들먹이며 어머니의 사십구재가 끝나는 대로 결혼하라고 강요했다. 어머니의 사십구재가 끝난 후 혜석은 경석에게 김우영과 결혼하겠다는 뜻을 밝혔다.

6

1920년 4월 10일. 《동아일보》에 나혜석과 김우영의 결혼을 알리는 기사와 청첩장이 실렸다. 동아일보 창간 발기인 중 한 명인 김우영은 신문 기사를 펼쳐 신부 화장을 하고 있는 혜석에게 보여주었다. 동생 지석은 신부 화장하는 곳에 신랑이 들어오면 안 된다고 말했다.

"우린 구식이 아니야. 모던한 결혼식이라고."

"김우영 씨 하객이 모두 자리에 앉았나요?"

"모두 얌전히 앉아 신부를 기다리고 있소."

"김우영 씨, 식을 시작하세요."

결혼식 시작을 알리는 정동예배당의 종소리가 울리자 하객들이 예배당 안으로 몰려들어왔다. 예배당 입구에는 일본인 사토가 보내온 커다란 화환이 놓여 있다. 음식상에 드문드문 놓여 있던, 떡과 과일 사이에 꽂혀 있던 꽃만 봐왔던 하객들은 난생처음 본 커다란 화환이 마냥 신기했는지 연신 향기를 맡았다. 기자들과 유명인사들 사이에 독고휘열의 모습도 보였다. 하객들은 미리 준비된 의자에 앉아야 했다. 전처럼 마당에 둥그렇게 모여 웃고 떠들며 보는 결혼식이 아니었다.

김우영의 누이는 커다란 화환과 높다란 천장의 예배당에서 진행되는 화려하고 엄숙한 결혼식에 눈이 휘둥그레졌다. 서양 레이스가 달린 면사포를 쓰고 사람들 사이를 걸어가는 혜석이 부러웠다. 동생 김우영과 나란히 서서 목사의 주례를 듣고 있는 올케가 샘났다. 유명한 사람이라 생각은 했지만 생각보다 멋져 보여 턱없이 질투를 키웠다. 하필이면 김우영 누나의 옆자리에 앉은 미순이 동행한 남자에게 귀엣말을 했다.

"그거 알아요? 신혼여행을 전남 고흥으로 갈 거라는 거?"

"고흥? 거긴 죽은 최의 무덤이 있는 곳 아니오?"

김우영의 누이는 바로 옆에 앉은 여자 쪽을 향해 몸을 가까이하며 귀를 세웠다.

"혜석이 제안했대요. 소월의 묘에 가서 인사드리고 비석이라도 세워야 산뜻하게 새 출발할 수 있을 것 같다고."

"거참, 나혜석답군."

"이 결혼에 조건도 제시했대요."

"조건이라니?"

김우영의 누이는 신혼여행으로 최승구의 묘에 비석을 세우러 간다는 말에 이미 몸이 부들거리며 떨렸다.

"궁금해요?"

"주례가 지루하니 당신이 말해보오, 조건이 뭐요?"

"일생을 두고 지금과 같이 나를 사랑해주시오, 가 첫 번째."

"마땅하오."

"그림 그리는 것을 방해하지 마시오, 가 두 번째."

"흠, 과연 김우영이 나혜석의 예술세계를 이해할 수 있을지는 나도 의문이오. 그럼 세 번째는 무엇이오?"

"시어머니와 전실 딸과는 별거케 하여주시오."

"호오, 놀랍군. 시어머니를 모시지 않겠다는 며느리라니. 그래 김우영의 대답은 뭐였소?"

"흔쾌히 오케이 했다더군요."

"혜석도 혜석답고, 김우영도 그 사람답군."

그들의 말에 입을 다물지 못하고 있던 김우영의 누이는 식이 끝나자마자 어머니 곁으로 갔다. 시누이는 갓 부부가 된 두 사람이 하객들에게 인사하고 담소를 나누는 것을 보며 자신이 들은 말을 어머니에게 전해주었다. 시어머니는 뾰족한 눈을 하고선 기막힌 듯이 고개를 흔들었다.

시누이와 시어머니는 결혼식이 끝나자마자 신혼살림집으로 먼저 돌아갔다. 둘은 버선을 벗어던지고 치마를 걷어 올리고 앉아 찬물을 들이켰다. 시어머니는 예술가이며 유명한 며느리를 탐탁찮아했다. 시누이는 사실 확인도 안 된 말들을 쏟아냈다. 일본 유학 시절에도 행실이 문란했네, 최승구와 살림을 차렸었네, 일본 남자와도 로맨스가 있었네 등등. 이광수, 염상섭, 김동인, 임노월 등 자신이 신문을 통해 알아낸 사람들을 모두 혜석과 연결시켰다.

"그 예배당 입구에 서 있던 커다란 꽃탑 봤지요? 우영이는 속도 좋지. 그거 옛날 애인인 일본 남자가 보낸 거래요."

"우리 애가 뭐에 씌우지 않고서는 신혼여행을 새신부의 죽은 애인 무덤으로 갈 수가 없지. 게다가 뭐라고? 시모와 살지 않겠다고? 오냐, 오기만 해봐라."

"어쩔 셈이유?"

"신혼여행을 취소시키고 아버지한테나 가 인사드리라고 할라 그런다."

"아이고 참, 그러면 엿듣고 내가 일러바친 게 되잖아요. 게다가 확실한 꼬투리도 없고. 한창 정이 달아오른 우영이가 우리랑 결별하고 지 안사람만 감싸고 돌지 않을까요?"

"그럼, 어쩐단 말이냐?"

시어머니는 찬물만 거듭 들이켰다. 부채질을 하던 시누이가 배시시 웃으며 기발한 생각을 제안했다. 시어머니는 의심스러운 눈초리로 딸의 말을 듣다가 고개를 끄덕이며 동조했다. 혜석과 김우영이 신혼여행 가방을 가지러 집으로 왔을 때, 시누이는 살갑게 굴며 신혼여행 간 동안 자신과 시모가 집 정리하고 기다리겠다 했다. 동생 김우영의 안색을 살피니 과연 짐작대로 내켜하지는 않은 것 같았다. 신이 난 누이는 다른 친척들이 다 들을 수 있도록 큰 소리로 말했다.

"이왕이면 뱃속에 보물을 담아 돌아와요."

혜석과 김우영이 여행을 다녀와 숭이동 신혼집에 도착하자마자 시어머니는 부부를 불러 앉혔다. 시누이도 문가에 앉았다. 시어머니는 목소리를 낮추어 신혼여행을 어디로 다녀왔는지 물었다. 순간 혜석과 우영은 미처 준비하지 못한 답을 놓고 서로 눈빛을 주고받았다.

"전라도에 다녀왔어요."

"전라도 어디에 갔었더냐?"

"고흥이오."

"고흥에는 무슨 연고로 갔냐?"

김우영이 눈짓을 하며 혜석을 바라보았다. 혜석이 자세를 반듯하게 고쳐 앉았다. 저렇게 파고드는 것은 이미 어디선가 정보를 들었으리라 여긴 혜석은 솔직하게 대답했다.

"네, 예전에 사귀었던 남자가 병에 걸려 저세상으로 갔는데 그간 성묘 한 번 못 간 것이 걸렸어요. 그래서 그쪽으로 여행 삼아 가는 길에 들렀습니다."

"그게 무슨 흉측한 일이냐? 난 아버지에게 인사드리러 가라고 하고 싶었지만 신혼여행이기에 참았는데. 새 며느리의 옛날 남정네 묘에 갔다는 게 말이 된다고 보냐."

시어머니의 불호령에 혜석은 대답 없이 앉아 있었다.

"누구의 뜻이더냐? 너냐?"

시어머니는 김우영을 쏘아보았다. 김우영은 그렇다고 고개를 끄덕였다.

"못난 사람. 벌써 제 안사람 편을 드는구나."

시어머니는 시누이쪽을 한번 쳐다보고는 미리 준비해놓은 말을 내뱉었다.

"안 되겠어. 내가 당분간 여기에 머물며 이 사람 살림 좀 가르쳐야겠다. 아무리 신식이고 지식이 깊어도 그리 생각과 행동이 가벼워서야."

혜석이 고개를 들어 김우영을 바라보았다. 김우영은 고개를 숙였다. 혜석은 고개를 들고 당차게 말했다.

"저는 할 일이 많습니다. 아니 꼭 해야 할 일들입니다. 이제 겨우 예술이 무엇인지 손에 잡힐 것 같아요. 저에겐 살림을 배우는 것보다 더 중요한 일이예요. 그러니 어머니께선 그냥 내려가세요."

"그러냐? 그렇게 바쁘고 할 일이 많은 사람인데 어디 지아비 밥이나 해 먹이겠냐? 그렇다면 내가 집에 남아서 살림을 해주마. 그래, 내가 예술가 며느리 밥도 해주고 빨래도 해주마."

"아이고, 어머니 그게 말이 돼요? 시어머니가 며느리 살림을 해준다니."

시누이가 문가에서 시어머니 곁으로 다가왔다.

"어머니 일하는 거 내 못 보겠소. 차라리 나도 여기서 잘난 올케 밥이나 해주며 살래요."

결국, 시어머니와 시누이는 준비해두었던 각본대로 말했다.

"뜻이 그러하시다면 두 분이 여기서 김우영 씨와 사세요. 저는 마침 운니동 집을 처분하지 않았으니 거기 머물며 작업을 하겠습니다."

혜석은 정색을 하고 딱, 잘라 말했다. 그제야 정신이 든 김우영이 시누이를 흘겨보았다.

"어머니 말도 안 되는 말씀 고만 하시고 한 일주일 경성 관광하시다 내려가세요."

김우영은 혜석의 팔을 잡아 일으키고 방으로 건너왔다. 혜석은 방으로 들어가서 바닥에 웅크려 앉았다.

"걱정 말아요. 반드시 둘 다 고향으로 보낼 테니까."

김우영은 자신 있게 말했지만 시어머니는 내려가지 않았다. 시누이만 먼저 내려 보내고 한 달 머문다는 것이 두 달, 석 달이 지났다. 혜석은 새벽부터 부엌에서 놋그릇 부딪히는 소리에 잠에서 깨 부부는 먹지도 않는 아침밥을 해야 했다. 아침상을 차려놓고 정신여학교로 출근을 하면 그제야 한시름을 놓았다. 학교 수업이 끝난 후에도 미술실에서 작업을 했다. 시간이 없다는 초조감에 비해 오히려 집중은 잘 되었다.

흐르는 시간 앞에서 시간이 아까워 쩔쩔매던 혜석이 늦잠을 잤다. 낮에도 꼬박 졸음이 몰아쳤다. 혜석은 뺨을 때리면서 잠을 이겨내려 했으나 헤어나지 못했다. 한번은 배추절임을 하다 헛구역질을 했다. 마침 부엌으로 들어서던 시어머니가 혜석의 등을 쓸어내렸다.

"아이고 야야, 니 태기가 있나보다."

시어머니는 반갑게 굴었지만 혜석의 마음은 묵직해졌다. 머릿속에 들끓던 예술에 대한 계획이 무너져버렸다. 시어머니와 한의원에서 진맥을 짚어 임신을 확인한 혜석은 김우영에게 초조하고 불안하다고 말했다. 할 일이 많았기 때문에 기쁨으로 받아들이지 못했다.

정신여학교를 관두고 겨울이 시작되었을 때, 일본으로 가서 두 달간 그림만 열심히 그려보기로 했다. 김우영은 흔쾌히 허락을 했지만 시어머니는 배 안에 씨를 품고 험한 배를 탈 수 없다며 거세게 반대했다. 그러나 혜석의 의지를 꺾진 못했다. 혜석은 도쿄로 가 월세 방을 얻어놓고 그림을 파고들었다.

사람들은 복중에 태아를 담고 일본까지 건너가 두 달 동안 자유롭게 그림을 그리고 온 혜석을 복 받은 여편네라고, 김우영을 바보천치처럼 착한 지아비라고 수군댔다. 끽다점*에서는 그들 부부에 대한 말들이 많았다. 한창 나이에, 그것도 임신한 아내가 두 달이나 곁을 비워둔다는 것은 남편에게 기생잠을 자라는 허락이라며 오히려 혜석을 나무랐다.

혜석은 그림을 정리해 유화 개인전람회를 준비했다. 끽다점에서 할 일 없는 사람들이 내뱉는 소문에 신경 쓸 겨를도 없었다. 계획을 세우자 일은 일사천리로 진행되었다. 도와주는 사람도 많았고 관심을 표하는 사람도 많았다. 전시회가 시작되기 전부터 집으로 기자들이 찾아와 인터뷰를 했다. 시어머니도 덩달아 신이 났다. 시어머니는 전시회장으로 결정된 경성일보사 내청

* 끽다점喫茶店은 사람들이 이야기를 나누거나 쉴 수 있도록 꾸며 놓고 차나 음료 따위를 파는 찻집의 옛 이름이다.

각에 매일같이 나가 쓸고 닦았다. 혜석은 배가 한껏 부풀은 몸을 이끌고 그림의 위치를 점검했다. 그림은 주로 풍경화 위주였다. 전부 70여 점이었다. 김관호 화백의 전시회 이후, 여성으로서는 최초 유화 전람회였고, 지난해 결혼으로 조선을 뒤흔들었던 천재화가의 최초 전시회였다.

작품을 보기 위해 관람객들이 끊임없이 몰려들었다. 내청각은 열기로 가득했다. 신문사에서 기자들이 찾아와 전람회 풍경을 연신 찍어댔다. 그림은 관람객들이 서로 사려고 다투었다. 대부분의 그림이 높은 가격에 팔렸다. 〈신춘〉이라는 그림은 치열한 경쟁 속에서 최고가인 350원에 팔렸다. 전람회가 끝난 후에도 그림을 찾는 문의가 끊이지 않았다. 신문에서는 전람회에 관한 특집기사를 썼다.

전람회가 끝난 다음 날, 《매일신보》 기자가 서양 과일을 한 바구니 들고 찾아왔다.

"나 여사님, 바쁘고 힘든 줄 알지만 입센의 〈인형의 가〉 연재가 끝나갑니다. 혹시 바쁜 와중에 잊을까 노심초사해서 왔습니다. 다음 달, 4월 3일 마지막회에 여사님께서 인형의 가, 노랫말 지어주기로 했던 것 기억하세요?"

"네 기억은 합니다만, 아직 시작도 못했어요."

"그럼 오늘부터 시작하시지요."

기자들이 돌아가면 오후에는 우편국 심부름하는 아이가 혜석 앞으로 배달된 책과 잡지를 두고 갔다. 잡지에는 혜석이 발표한 시와 글이 실려 있었다. 잡지사와 신문사에서 보낸 자전거꾼이 봉투에 담은 원고료를 가져다주었다. 혜석은 전람회로 벌어들인 돈과 원고료를, 화구 재료비만 빼고 전부 시어머니에게 관리하라고 맡겼다. 시어머니는 그제야 자신의 며느리가 얼마나 유명한 사람인지 알았다. 시어머니는 부엌에 들어오는 혜석을 쫓아 방으로 들여보냈다. 시어머니는 밤늦도록 며느리 방에서 들려오는 책 뒤척거리는 소리를 듣다가 조용히 늦은 아침 밥상을 차렸다.

혜석은 출산에 대한 두려움을 느꼈지만 아이에 대한 설렘도 있었다. 그녀는 백설처럼 흰 면을 끊어와 아기에게 입힐 옷을 만들었다. 아이의 입과 눈이 어떤 모양일지, 목소리는 어떨지 궁금했다. 딸아이이길 바라는 마음이 가득했다. 그녀는 복잡한 심리 변화를 겪으면서도 만삭까지 많은 활동을 했다.

혜석은 시어머니에게 이슬이 비쳤다고 말했다.

"그래 이슬 색이 어떻더냐?"

"달걀 흰자위처럼 맑았어요."

"오냐, 니 부부 바람대로 첫딸이네. 장손을 만나기가 이래 어려워서야. 아직 아기가 나오려면 멀었으니 일단 목욕부터 하고 있어라. 내 고기 좀 구해 오마."

고기를 구하러 간 시어머니는 돌아오지 않았다. 혜석은 배가 점점 당기고 아파오자 사람을 시켜 산파를 불러오게 했다. 산파가 도착했을 때 혜석은 배를 부여잡은 채 방안을 기어 다니고 있었다. 그녀는 아기를 낳으면서도 고통을 낱낱이 기억하기 위해 정신을 놓지 않았다. 힘을 쓰고 악을 쓰면서도 눈을 크게 뜨고 이 광경을 관찰했다. 시어머니는 나열이 초유를 먹고 곤히 잠들었을 때, 방문을 잠깐 열어보고 문을 닫았다. 아들만 낳으면 더 바랄 것이 없겠구먼. 트집거리가 있어 인간적이다 싶었지만 허전한 마음을 숨기지는 않았다.

혜석은 아이에게 젖을 물리면서도 머리맡에 수첩을 두고 짤막하게 글을 메모했다. 아이가 젖을 먹고 잠들면 틈틈이 신문과 잡지를 읽었다. 《동아일보》에 실린 김원주의 〈부인의복 개량에 대하여 한 가지 의견을 드리나이다〉를 읽고는 반박 글을 써서 신문사에 보냈다. 미적이고 실용성 있는 우리 옷을 무작정 뜯어고쳐 다른 나라의 옷을 따라하는 것은 잘못된 생각이다. 김원주가 지적한 것의 대안으로 어깨끈을 사용할 것과 치마에 주머니 만들 것 등을 제안했다.

김우영이 일본 외무성으로부터 만주 안동현 부영사로 발령받았다. 혜석은 남편을 따라 만주로 가 부영사 사택에서 생활하기로 했다. 시어머니는 갈등하다가 혜석의 권유대로 동래로 내려가기로 결정했다.

서재로 들어서는 초이를 본 독고휘열은 들고 있던 잔을 떨어
트릴 뻔했다. 초이는 몸에 붙는 검은 스커트와 흰 블라우스를 입
었다. 단발인 머리카락은 양쪽 귀밑에서 밖으로 살짝 뻗어 있었
다. 그는 벌어진 입을 다물었다. 초이는 그의 앞으로 다가와 악
수를 청했다. 손을 내밀 때 예의상으로라도 한번 웃을 법한데 그
런 것 전혀 없이 비장한 표정을 짓는 모습까지 나혜석과 정말 똑
같구나 싶었다.

초이는 그의 맞은편에 앉아 자료를 탁자 위에 올려놓고 머리
칼을 매만지며 검토했다. 자료는 독고휘열이 일본 유학 시절의
나혜석에 관해 기록한 것이었다. 일본 유학 당시에 적은 것과 최
근에 과거의 기억을 떠올리며 적은 것이 뒤섞여 있었다. 필체가
고르지 않아 읽기 곤란하면 초이는 이맛살을 찌푸렸다. 독고휘
열은 그런 초이를 넋 나간 듯 쳐다보았다. 그는 현기증을 느꼈
다. 술 생각으로 속이 탔다.

서재를 나가며 완에게 손짓을 했다. 독고휘열은 안방으로 들
어가 침대에 걸터앉아 혜석의 사진 액자를 집어 들었다. 뒤따라
들어온 완이 문을 닫았다.

"너무 똑같아, 보면 볼수록. 나혜석의 딸이라 해도 아무도 의
심하지 않을 것 같구나."

"화련도 초이를 보고 그런 말을 하더군요."

"그래, 나는 나 여사의 그림자까지도 기억하는 사람이야."

독고휘열이 액자를 무릎에 놓으며 완을 올려다보았다. 완은 탁자 위 어머니의 사진을 바라봤다. 완은 엘리제 마담에 관해 조사 중이라고 말하려다 관두었다. 완이 문손잡이를 잡고 돌릴 때 독고휘열이 말했다.

"요즘도 연화원에 드나들고 있냐?"

"네."

"화련은 잘 지내냐?"

"항상 그렇지요."

"나를 원망하더냐?"

"그녀가 그런 것을 표현하는 사람이던가요?"

완은 손잡이를 잡고 몸을 돌리지 않고 되물었다. 완은 문을 닫기 전 탁자 위에 놓인 어머니의 사진을 쳐다보았다. 액자 유리에 먼지가 내려앉아 뿌옇게 흐려진 그녀는 애초에 없는 사람 같았다. 완은 이층으로 올라가는 계단에 걸터앉아 서재에서 나오는 초이를 바라보았다.

"기록은 어땠소?"

"일본 유학 시절에 관한 것은 자세히 기록되어 있더군요. 제가 궁금한 건 이혼 후의 행방이었는데."

"그게 아버지의 한계요. 그는 자신이 좋아하는 시절의 나혜석에 집착하고 있소."

말이 끝났음에도 초이는 움직이지 않고 그대로 서 있었다.

"내 침대를 구경하고 싶소?"

"가야 할 시간이어서요."

"아쉽군. 침대에 보물을 숨겨두었는데. 당신에게 보물찾기의 재미를 알려주려고 했소."

"보물에 관심 없거든요."

"보물에 관심 없거든요."

완은 초이 말을 따라하며 계단에서 일어섰다. 초이는 현관에서 몸을 숙이고 구두를 신었다. 완은 현관문에 기대 팔짱을 끼고 그녀의 도드라진 뒷목 뼈를 내려다보았다. 뼈를 하나씩 꼭꼭 눌러보고 싶은 충동을 간신히 참았다.

"내일 데이트합시다."

구두를 신고 몸을 일으킨 초이는 자료가 담긴 서류봉투로 앞가슴을 가린 채 한 손으로 머리칼을 귀 뒤로 넘겼다.

"시간도 없고, 당신은 제 데이트 상대가 아니어서 거절할래요."

완은 현관문을 열고 나가려는 초이의 팔을 붙잡았다.

"거절을 물 마시듯 하는군. 내일 아침 11시에 데리러 가지."

초이가 대답을 하기 전에 완은 계단을 뛰어 올라갔다.

완은 엘리제양장점에 양복을 찾으러 갔다. 마침 한가해진 마담이 옷을 입혀주었다.

"몸이 좋네요. 옷이 착착 감기는군요. 서양 모직은 사내 뼈대를 드러내 몸이 부실한 사람에게는 마이너스거든요."

"데이트 신청했다가 거절당한 사내입니다, 이 몸이."

"보통 여성들은 마음과는 달리 우선 튕겨보기도 한답니다."

"저도 그런 것이길 바라지만 그녀는 보통 여성들과 달리 특별해요."

"특별하다고 생각하지 않으면 연애가 성사되겠어요? 모든 연인들은 자신의 러버가 특별한 광채를 발하고 있다고 주장하지요. 이런 신사가 집중 공략하면 안 넘어올 여성이 없을 것 같은데."

"콧대 높은 초미녀 기자는 어떻게 공략해야 하나요?"

엘리제 마담은 완이 데이트를 신청한 사람이 자신의 딸, 초이라는 것을 알아차리고 입을 다물었다. 마담은 지난번 완이 본명을 물었고 기자라는 말에 촉각을 곤두세우고 있던 참이다.

완이 애매한 웃음을 남기고 가게를 나가자마자 엘리제 마담은 만석에게 연락했다. 마담은 초조하게 궐련용 물부리에 카멜 담배를 끼워 불을 붙였다. 미스 정이 스크랩해놓은 독고완이 쓴 기사를 읽었다. 《신태양》에서 주최한 미스 대한 기사는 마치 눈앞에서 보는 것처럼 자세하게 썼다. 그쪽으로 문외한인 마담이 읽어도 기사에 공 들인 티가 났다. 특히 Y여기자가 직접 미스 대한을 찾아 나섰고 그녀의 안목이 미스 대한을 찾아냈다고 쓴 것이 거슬렸다. 만석이 오자마자 마담은 디자인실로 데리고 갔다.

"누이가 오랜만에 절 찾았군요."

"독고완이라는 기자에 대해 알아봐."

마담은 기사가 보이게 신문을 접어 탁자 위에 던졌다.

"이자가 새로운 목푠가요?"

"햇병아리야."

"누이의 고객이 바뀐 건가? 젊은 놈으로?"

"한심한 소리 집어치우고 빠른 시일 내로 그 집안의 일하는 년까지 다 조사해."

"안 그래도 요즘 누군가 누이 뒷조사하고 있다는 말이 들려오던데."

"그래? 어떤 작자야?"

"그쪽에서 햇병아리라고 하더군요."

"역시, 목적이 뭔데?"

"그게 시시하게 누이 태생을 찾아 움직이더라고요."

"태생? 한심하군. 기자라고 해서 뭔가 냄새를 맡았나 했더니. 애정에 목마른 놈이 맞았군. 샅샅이 조사해봐."

"누이, 요즘 최 사장이 자주 연락을 하던데. 마땅한 사람 없어요?"

"손 뗐다고 했잖아. 그만 가."

"괜찮은 일이 있는데. 도쿄에 요릿집을 개업해 일본 돈을 끌어 모으는 작자인데 조선 여학생 몇이 필요하답니다."

마담이 물부리로 재떨이를 탁탁, 치자 만석이 손으로 입가를 쓸며 일어났다.

완은 초이의 집 앞에 차를 세우고 클랙슨을 울렸다. 담 안을 들여다보고 이층 창문을 쳐다보았지만 아무도 내다보지 않았다. 대문을 두드렸다. 한참 후에 가정부로 보이는 여자아이가 나왔다. 아이는 대문을 열자마자 눈을 커다랗게 치켜뜨고 완을 아래위로 살폈다.

"초이 언니 아침 일찍 친구 만나러 나갔어요."

아이는 묻지도 않았는데 말했다. 완은 씨익 웃으며 고개를 끄덕였다.

"말 안 해놓고 나갔나? 윤 기자를 만나러 온 게 아니고 방에 있는 기사 자료를 가지러 온 거야. 중요한 거라 급하거든. 윤 기자의 방으로 안내해줘."

"출판사 분이세요? 독고 씨 아니고요? 하긴 그 사람은 느끼하게 생겼다 했지. 초이 언니한테 알릴 테니 기다리세요."

"아, 잠깐. 예쁜 아가씨 이름이 뭐지?"

"방울이예요."

완은 아이에게 잠깐 기다리라며 차로 가 양복저고리를 들고 지갑을 꺼냈다. 검정색 포드 승용차를 본 아이는 입이 벌어졌다. 완은 지갑을 열어 돈을 꺼내주었다. 방울이는 돈의 액수만으로 기겁했다.

"과일을 사려 했는데 시장이 어디 있는지 몰라서 그러니 예쁜 아가씨가 과일 좀 사올래? 남은 돈으로 방울이 동동 크림도 사고. 얼굴은 이렇게 예쁠 때 잘 관리해야지."

"이 돈 받아도 되나요? 이렇게 큰돈이면 과일 사고 크림도 세 개는 살 것 같은데."

"에이 이왕이면 싸구려 말고 미제 걸루 사. 윤 기자 방이 어디 인지만 좀 알려줘."

멋진 양복을 입은 잘생긴 신사가 다정하게 말하고 돈까지 쥐어 주자 신이 난 방울이는 지전을 꼭꼭 접으며 방의 위치를 말했다.

"진짜 독고 씨 아니지요?"

"윤 기자 선배 김영규야. 왜, 독고완이란 놈이 윤 기자를 괴롭 히나?"

"초이 언니한테 홀딱 반했는데 바람둥이래요. 단단히 버릇을 고쳐야 한다고 했어요."

"오호? 바람둥이한테 걸리면 안 되지. 우리 윤 기자도 그 바람 둥이 잡놈을 좋아하나?"

"아니라고 하는데. 제 눈에는 그래 보여요. 독고 씨 올지 모르 니 안에서 문을 잠그세요."

방울은 제 허리춤에서 열쇠를 꺼내 보였다. 방울이는 차 범퍼 를 손으로 쓸어보곤 손바닥을 살폈다. 먼지 하나 묻지 않자 빙그 레 웃으며 몸을 숙여 차바퀴를 굴리려고 밀었다.

완은 방울이가 차바퀴를 만지는 것을 보곤 대문 안으로 들어 서 문을 잠갔다. 작은 나무가 몇 그루 심어져 있는 뜰을 지나 왜 식 현관으로 들어서며 완은 미소 지었다. '바람둥이 버릇을 고 치려고 튕겼던 거였군.' 현관 벽에 붙어 있는 거울 앞에 서서 얼굴을 비춰보며 모자를 벗고 머리칼을 헝클어뜨렸다가 손가락으로 빗질을 해 가르마를 정돈했다. 발소리를 내지 않으려고 발끝을 들고 나무계단을 올라갔다. 방문을 노크한 후 재빨리 방문을 열었다. 초이는 소파에 누워 다리를 소파 팔걸이에 올린 채 완의 소설을 읽고 있었다. 이마에 손수건으로 머리띠를 해 머리카락을 올백으로 넘겼고 헐렁한 셔츠에 반바지를 입고 있었다. 초이는 엘리제양장점에서 자투리 천을 가져다 집에서 편하게 입을 수 있는 옷을 마음대로 만들어 입었다. 소년용 바지처럼 허리에 고무줄을 넣은 반바지였다. 사내아이 같은 모습이었지만 완에게는 놀랍고 사랑스럽게 보였다. 휘파람을 불며 서 있는 완을 보고 초이는 놀라 입을 벌렸다.

"포즈 좋습니다."

"어떻게 여길 들어왔죠?"

"귀여운 소녀가 알려줬소."

초이는 소파 팔걸이에 올렸던 다리를 내리고 몸을 일으켜 방문을 열고 아래를 향해 방울이를 불렀다.

"방울이는 지금 신나서 시장으로 달려가고 있을 거요. 화장품 살 생각에 마음은 들떠 있고 발걸음은 경쾌하겠지."

"방울이 이 초바보."

"순하고 예쁜 아이더군. 자, 나갑시다."

"나가긴 어딜 나가요?"

초이는 신경질적으로 머리에 둘렀던 손수건을 빼고 다시 소파에 앉아 태연한 척 타자용지를 집어 들었다.

"나가기 싫소? 이곳은 데이트하기엔 밀폐된 공간이고 지금 이 집엔 당신과 나 둘밖에 없소. 방금 전 당신 포즈가 너무 유혹적이었고 나도 남자라."

완은 팔짱을 낀 채 초이의 몸을 훑어보았다. 초이가 발딱 일어났다. 일어나자 완이 초이 바로 앞까지 가까이 다가와 섰다. 목둘레가 헐렁한 윗옷이 초이의 어깨에서 미끄러져 내려가자 완이 옷을 어깨로 끌어올려주었다. 완은 한걸음 뒤로 물러서 몸을 옆으로 기울여 초이가 만든 반바지를 내려다보았다.

"뭐 지금 모습도 초훌륭하지만 당신의 체면을 생각해 일층 응접실에서 기다릴 테니. 단장하고 나오시오."

완이 문을 닫고 나가자 초이는 양손으로 머리를 헝클었다. 그때, 완이 문을 다시 열고 고개를 들이밀었다. 머리카락에 손을 넣고 있던 초이는 눈을 동그랗게 뜨고 완을 쳐다보았다. 완은 그 모습에 다시 휘파람을 불었다.

"자학하지 마시오. 무척 사랑스럽소. 참, 지금 흘러나오는 에디트 피아프* 볼륨을 키워주시오. 파리 체류 중이던 나혜석을 떠올려보겠소."

완이 일층으로 내려가 소파에 앉은 지 얼마 지나지 않을 때

---

* 에디트 피아프Édith Piaf는 프랑스의 세계적인 샹송 가수다. 외로움과 고통, 사랑의 기쁨과 상처를 담은 호소력 짙은 노래로 사랑 받았다.

초이가 내려왔다. 초이는 감색 투피스를 입고 머리칼을 귀 뒤로 넘겨 한 올로 묶었다.

"꾸미는 데 걸린 시간이 너무 짧군. 엘리제 마담의 딸이라고 믿기지 않는데."

"당신을 위해 시간을 허비하고 싶진 않아요."

"바람둥이를 길들이려면 시간을 투자해야 하지 않겠소?"

그 말에 초이는 발끈했지만 말 많은 방울이를 떠올리곤 마음을 눌러 가라앉혔다.

"다시 시간을 주겠소. 정말 분가루도 바르지 않고 머리 손질도 안 하고 나갈 예정이오? 당신 머리카락이 마구 뻗어 있다는 사실은 알고 있소?"

"창피하다면 혼자 가시던가요."

"그럴 리가. 난 멋쟁이 여기자인 최은희 선배가 쌀 한 가마에 5원이 안 될 때, 17원 짜리 악어가죽 구두에 5원어치 보석을 박아 신는다는 말."

초이가 손을 들어 완의 얼굴 쪽으로 내밀었다.

"그 얘기라면 지난번에 들었거든요."

"그런 점에서 당신 몸에 걸친 돈의 무게는 심플하군. 내 눈에는 초미녀로 보이오."

완은 차 앞으로 가 조수석 문을 열었다. 초이는 대문 앞에서 움직이지 않고 차를 바라보고 서 있었다.

"아버지가 당신과 데이트하라고 직접 차를 닦아 빌려줬소. 타시오."

완은 그녀의 팔을 잡아 조수석에 태웠다. 차 문을 닫으려 하자 초이가 차 문을 잡았다.

"손 있어요. 제가 닫을게요."

초이는 팔을 뻗어 세차게 차문을 닫았다. 완은 손바닥으로 이마를 치곤 차 앞으로 돌아가 운전석에 탔다.

"단성사에서 영화를 보고난 후 식사를 해도 되겠소?"

"차가 있다면 예산 수덕사에 다녀오고 싶어요."

"수덕사? 절 말이요? 거긴 왜 가고 싶소?"

"당신, 초엉터리예요. 나혜석에 관한 소설을 쓴다는 사람이 수덕사를 모르나요?"

완은 뒤를 살피는 척하며 급브레이크를 밟으며 초이의 상체를 향해 팔을 뻗었다. 차가 멈추며 초이의 가슴이 완의 팔꿈치에 닿았다. 놀란 초이는 좌석 등받이로 몸을 바짝 붙였다.

"수덕사가 나혜석과 관계 있다는 말은 처음 듣는군. 말해보시오."

"너무 많은 관계가 있어서 어디서부터 말해야 할지 모르겠네요. 일엽스님은 아세요?"

"아, 화려한 자유연애로 유명한 신여성. 아마 일본인의 아이를 낳았다지?"

"그렇게 스캔들만 기억할 건 뭐람? 여성의 자유를 주장했고 뛰어난 문장가였어요. 수덕사 견성암이 일엽스님이 계신 곳이에요. 이혼 후, 혜석 이모가 수덕사에 머물며 출가를 원했지만 만공스님이 받아주지 않았다는 말이 있어요. 또 일엽스님이 제안을 했지만 혜석 이모가 거절을 했다는 말도 있고요. 절 초입에 있는 수덕여관에 머물렀어요."

"그래서 지금 수덕여관에서 하루 자고 오자는 말이오?"

"초바보. 앗, 차 세워봐요."

초이가 완의 팔을 잡고 건너편 인도를 가리켰다. 완은 자신의 팔을 잡은 초이의 손에 손을 겹쳐 올려놓고 초이가 가리키는 곳을 보았다. 화련이 택시에 올라타려고 했다. 완이 클랙슨을 울리며 화련이 타려는 택시 옆에 차를 세웠다. 화련은 완의 차를 알아보고 다가왔다. 무릎 아래에서 찰랑거리는 진녹색 치마에 진주색 저고리를 입은 화련은 우중충한 거리에서 눈에 확 띄었다.

"어머, 예쁜 두 사람을 여기서 만나네요?"

화련은 조수석으로 얼굴을 들이밀며 반갑게 웃었다. 완이 연화원 가는 길이라면 태워준다며 운전석에서 내려 뒷좌석의 차문을 열어주었다. 화련은 활터에 다녀오는 중이라며 차에 올라탔다.

"거문고 앞에서 술대를 내리치는 힘이 다 활쏘기에서 단련이 된 거로군."

"데이트인가요?"

"장소를 결정 못해 티격태격 중이오."

화련은 점심 전이라면 연화원에서 먹자고 제안했다. 완은 말없이 앞만 바라보는 초이의 어깨를 툭 쳤다. 초이가 고개를 돌려 눈이 마주치자 가지런한 이를 드러내며 씨익 웃고는 차를 출발했다.

초이는 수덕사 얘기를 까맣게 잊고 멋대로 연화원으로 방향을 돌리는 완이 한심했다. 차에서 당장 내리고 싶은 마음이었지만 투기한다고 여길 것 같았다. 뒷거울로 화련을 쳐다보았다. 이른 시간이었지만 단정하게 화장을 하고 있었다. 본디 흰 빛에 분칠까지 했는지 티 하나 없이 말간 얼굴에 입술은 갓 핀 붉은 동백을 오려 붙여놓은 듯 촉촉했다. 고데기로 앞머리에 결을 내서 옆으로 말아 올렸고 뒷머리는 자연스럽게 틀어 올렸다. 진주색 저고리가 하얀 얼굴을 더욱 돋보이게 했다. 초이는 화장기 없이 단발머리를 아무렇게나 묶은 자신의 모습이 촌스러워 보였다.

"화련에게 여성의 속마음을 읽는 법을 배워야겠어요."

"우리 완이 머리가 구름에 가 닿겠는데?"

"집 앞까지 가서 데이트 신청을 했는데. 이 아씨가 화장도 하고 멋도 좀 내라고 했더니 오 분도 안 지나 저러고 나왔소. 나한테 잘 보이고 싶은 마음이 있는 거요? 없는 거요?"

완의 말에 화련은 손으로 입가를 가리고 연신 웃기만 했다. 초이는 완을 노려보았다.

"창피하면 혼자 가랬잖아요. 차 세워요."

초이는 무릎에 놓았던 가방을 고쳐 들고 차문을 잡았다.

"완이 어리광부리는 거예요. 지금 윤 기자님 모습 매력적인 거 완도 알고 있어요."

화련이 손을 뻗어 초이의 어깨를 톡톡, 쳤다. 그 손길이 더 기분 나빴다. 단정한 얼굴 저 너머에 가식과 음모가 한가득인 듯했다. 김 선배의 말로는 완이 연화원에 가는 날이면 화련이 어김없이 완을 붙잡아 재웠다고 했다. 화련은 아주 오래전부터 남자를 접대하지 않았는데 그것이 완 때문이라는 말도 덧붙였다. 화련의 나이에 대해서도 말이 많았다. 마흔이 훨씬 넘었다는 말도 있었고 갓 서른을 넘겼다는 말도 있었다. 초이는 그런 관계 사이에 끼고 싶은 마음이 없으면서 차에서 내리지 못하는 자신이 한심하게 여겨졌다. 연화원에 도착하자마자 완이 차에서 내려 화련의 차문을 열어주었다. 화련이 초이 쪽 문을 열어주라고 말하자 완이 휘파람을 불곤 말했다.

"우리의 독립적인 아가씨는 남성이 차문을 열어주는 걸 경멸하오."

초이는 차문을 열고 필요 이상 힘을 줘 문을 세차게 닫았다. 완은 그런 초이의 모습을 보고는 화련 쪽으로 몸을 기울여 화련의 귀에 귀엣말을 했다. 화련이 깜짝 놀란 듯 눈을 크게 뜨고 그에게 귓속말을 했다. 완은 화련의 작은 키에 맞춰 몸을 한껏 낮췄다. 화련이 완을 사랑스러운 듯 올려다보며 모자를 고쳐 씌어주었다. 초이는 그들의 행동을 못 본 척하며 연못가에 앉아 물에 비친 자신의 모습을 바라보았다. 화련이 먼저 안으로 들어가자 완은 초이 옆에 서서 담배에 불을 붙였다.

"흔들리는 물에 비친 당신의 모습은 정말 매력적이오."

완이 가볍게 내뱉는 말이 초이의 심기를 건들었다.

"당신은 여성들에게 수작 걸기 위한 말들을 따로 연습하나보 군요."

완은 초이의 팔을 잡고 힘을 줘 그녀를 강제로 일으켜 세웠다.

"당신이 나를 좋아하지 않는다는 건 알고 있지만 내 마음을 함부로 평하지 마시오. 무엇보다 화련에게 예의를 지켜주시오. 화련이 기생이어서 무례하게 구는 건 아니겠지만."

모자 그늘 아래 완의 눈이 시퍼렇게 빛났다. 초이를 비참하게 만드는 차가운 눈빛이었다.

"저, 갈래요. 당신의 소중한 화련에게는 당신이 알아서 말해 줘요."

초이가 연못가를 지나 작은 꽃을 뿌려놓은 뜰을 지날 때, 완이 뛰어와 뒤에서 안았다. 초이는 말없이 한낮의 빛이 쏟아지는 뜰을 쏘아보았다. 자잘한 노란 흙을 다져놓아 바람이 불어도 흙이 날릴 것 같지 않았다.

"화련을 미워하지 마시오. 당신이 미워하면 안 되는 여자요."

초이는 단단한 흙에 물을 퍼붓고 싶었고 삽으로 파헤쳐놓고 싶었다.

"화련은 어머니의 이복동생이오."

완의 말에 초이는 몸을 돌려 완을 쳐다보았다.

"수덕사에 갈 분위기는 아닌 것 같고, 혼자 있고 싶으면 자리를 비켜주겠소. 잠깐 생각해보고 나에 대한 애정이 있다면 뒤뜰 별채로 오시오."

완은 쌀쌀맞게 말하고 뜰 안으로 들어갔다. 초이는 연못가에 앉았다. 화련이 완의 이모인 거였다. 그런데 왜 그런 걸 숨겼을까. 어머니의 이복 자매여서? 초이는 자신의 감정을 알아채기도 전에 화련을 투기했다는 것을 깨달았다. 완은 방 정리를 하고 있는 화련에게 갔다. 화련은 꽃을 넣어 만든 창호지 문을 활짝 열고 책상 위의 종이들을 차곡차곡 정리했다. 넓은 굽수반에는 꽃을 담아 올려놓았다. 완은 화련의 모습을 가만히 지켜보고 서 있었다. 화련이 인기척을 느끼고 고개를 들었다.

"왜 혼자야?"

"말해버렸어. 화련과 나의 관계를."

"역시 많이 좋아하는구나. 완이 그랬다면 난 괜찮아. 나도 윤기자 좋아져버렸거든. 그런데 엘리제 마담은 만만치 않을 거야. 나와의 관계까지 알게 되면 너를 더 무시하지 않을까."

"확실히 당신을 질투하는 것 같지? 이리로 오는지 기다려보면 알 테지."

완은 굽수반에 담긴 꽃을 툭툭, 건들었다. 꽃은 완의 손에 이끌려 흔들렸다. 화련은 엘리제 마담이 목적을 위해서라면 어떤 일도 할 수 있는 여자라며 조심하라고 했다.

"어떻게 해야 초이를 이 꽃처럼 내 곁으로 확 잡아당길 수 있을까?"

완은 굽수반에서 보랏빛이 도는 청포 꽃을 집어 들어 눈 가까이로 가져갔다.

"솔직하게 마음을 고백해야지."

"여러 번 고백했어. 질투에 눈이 멀어 못 들은 거야. 아니면 제 마음을 인정하지 않는 미련한 여자일지도 몰라."

"그런 여성일수록 본인의 감정과 사랑을 부정하지. 우리 완이 고생 좀 하시겠네."

밖에서 발소리가 들리자 완은 책상 앞에 앉아 종이를 뒤적거렸다. 안내하는 사람을 따라 들어온 초이는 한결 밝아진 표정으로 화련을 바라보았다. 화련은 방 정리를 하느라 머리카락이 몇 올 흘러 내려왔고 이마는 땀으로 촉촉해졌다. 화련은 상을 준비시키겠다며 일어섰다.

"이 방에서 완은 나 여사에 관한 글을 썼어요. 초이 양에게 꼭 보여주고 싶다고 청소해달라고 부탁했어요. 초이 양에게 특별한 감정이 있나 봐요, 우리 완이."

초이는 화련의 우리 완이, 라는 호칭에 화나지 않는 자신을 발견하고는 무안해졌다. 화련이 나가자 완은 초이에게 책상 맞은편에 있는 방석을 가리켰다. 연화원에 이런 방이 있으리라고는 생각도 못했다. 산 바로 아래 자작나무 숲을 이룬 곳 사이에 작은 집채 하나가 파묻혀 있었다. 창 아래에는 앉은뱅이책상이 놓

여 있었다. 책상 위에는 스미스 프리미어 모델인 이원익 타자기*
가 놓여 있었다. 타자용지가 끼워진 채였다. 열어놓은 창호지 문
뒤는 바로 산이었다. 큰 비라도 내리면 문 안으로 붉은 흙이 흘
러들어올 것만 같았다.

잠시 후, 화련이 들어왔다. 뒤따라온 아이에게서 소쿠리쟁반
을 받은 화련은 상 위에 음식을 차려놓았다.

"안채와 멀어서 찬이 소박해요."

초이는 어떤 음식보다 맛있게 먹었다. 실제로 나물과 전은 담
백했고, 알맞게 식은 떡갈비는 고소했다. 맛있다는 초이의 인사
에 화련은 흡족해했다.

"지난번에 준 원고에 대한 의견을 오늘은 좀 들었으면 좋겠소."

완은 책상으로 몸을 돌려 공책을 집어 들고 펼쳤다.

"파리에서 나혜석이 최린의 유혹과 협박 때문에 몸을 허락했
을 거라 했던 것 기억나오?"

"〈이혼고백서〉에 그렇게 씌어져 있어요."

"당시 유학생들을 몇 명 만나봤는데 그들은 나혜석을 최린의
작은댁, 이라고까지 불렀다더군. 유혹과 협박으로 한두 번 몸을
허락한 것 같지는 않은데."

"당신은 조선 남자이면서도 그 심사를 모릅니까? 버선만 벗겨

---

* 1914년 재미교포 이원익李元翼이 영문타자기에 한글활자를 붙여서 만든 최초의 한글타
자기. 가로로 찍고 세로로 읽는 방식이었다.

도 제 여자 취급하는 것이 조선 남자입니다. 사랑이었다면 정조 유린죄로 법적 대응까지 하지 않았을 것 같아요. 그녀는 솔직한 성격이니까 사랑이었다면 인정했을 것 같은데."

"돈이 급했을 때라 법적 대응을 했을 수도 있소. 돈은 염치를 집 어던지게 하고 사람의 바닥을 드러내게 만드는 재주가 있거든."

화련이 담배를 말아 불을 붙여 완에게 주고 자신의 것도 말았다.

"저, 제가 좀 거들어도 될까요? 나 여사님께서 이 방에 머물렀 어요."

"그래요? 언제? 그런 말 한 적 없었잖아."

완의 말에 화련은 기억을 더듬는 시선으로 창밖을 내다보았 다. 초이는 문의 창호지 속에 달라붙어 있는 말린 꽃잎을 바라보 았다. 화련의 솜씨답게 꽃은 창호지를 뚫고 잎을 피울 것처럼 뚜 렷했다. 꽃향기가 바람에 밀려오는 듯했다.

"아마, 〈이혼고백서〉를 발표한 《삼천리》 잡지가 나온 날이었 을 거예요. 최린 측과 총독부 양쪽에서 아침부터 엘리제양장점 으로 들이닥쳤어요. 최은희 기자가 엘리제 마담의 집에 머물던 나 여사님을 이리로 보냈어요."

화련은 초이에게 자신과 완의 관계가 밝혀졌다는 것을 알고도 완에게 존대를 했다.

"그럼 당시 나혜석의 심정을 알고 있겠군요."

"나 여사님은 오히려 신문기자들을 만나고 싶어 했어요. 총독 부에서 풍기문란죄를 들먹이며 감시했어요. 〈이혼고백서〉에 대해 비아냥거리는 기사도 있었고요. 처음에는 파리로 갈 결심으로 최린에게 여행권과 보증인, 여비 1천 원을 지급해줄 것을 청구했는데 최린 측에서 거절했어요. 총독부에서는 출국금지령을 내렸구요. 최린 측에 소송을 냈지만 총독부에선 어이없게도 최린의 편을 들어주었어요. 합의금 또한 최린 쪽이 아닌 총독부에서 내준 것으로 알고 있어요."

"천도교 참의이며 민족대표였던 최린과 총독부의 관계가 참으로 긴밀했었군."

완은 담배를 입에 문 채 빠르게 공책에 휘갈겨 썼다. 초이는 고개를 갸웃거렸다.

"파리에서 누군가를 만나야 한다고 했었는데. 혹시, 파리에 누가 있었는지 모르나요?"

"그런 거라면 엘리제 마담이나 최은희 기자가 잘 알 텐데요."

"최은희 선배는 나혜석 삶을 들춰내는 것을 싫어하시더라구. 나혜석에 관한 글을 쓰면 풍기를 해친다며 입을 닫으라는 경고를 받았다더군."

"엄마도 혜석 이모 얘기를 꺼내면 못마땅하고 말을 돌려버렸어요."

"그랬소? 아버지 기록엔 엘리제 마담이 많은 도움을 줬다고 적혀 있던데."

"전 잘 모르겠어요. 엄마가 필요 이상 화를 많이 냈어요. 아마, 혜석 이모가 어디론가 사라지는 걸 못 견뎌 그랬을 수도 있어요.

어떤 때는 이모를 알아보는 남성들에게 붙잡혀 몰매를 맞고 온몸에 상처가 생겨 집에 온 적도 있었거든요."

"맞아요. 백 년이 지나도 나 여사의 생각을 인정 못하는 것이 이 나라 남자들이에요."

화련의 말에 완이 들고 있던 공책에서 마지막 한 권을 빼서는 책상 위로 던졌다.

"남자뿐 아니라 여성들 공격도 대단했소. 그럼 파리 부분도 다시 써야겠군. 여기까지 쓴 부분을 읽어봐주겠소?"

초이도 가방에서 완의 원고를 꺼냈다.

"소설이라면 유년 시절을 이렇게 장황하게 쓸 필요는 없을 것 같아요. 유년 시절은 버리고 일본 유학 시절부터 시작하는 건 어떨까요?"

완은 대여섯 장이나 되는 나혜석의 유년 시절을 버리라는 초이의 말에 불쾌한 표정을 지었다. 화련은 둘을 방해하지 않기 위해 일어나 방을 나갔다.

"한 인물을 이해하려면 유년은 짚어야 하지 않겠소?"

"유년 시절은 기록도 없고 독고 씨의 상상이 그리 흥미롭지도 않아요. 소설에서 이렇게 실명을 거론해도 되나요? 인물의 호명에도 일관성이 없고요. 독고휘열 씨의 기록에 보면 나혜석을 짝사랑하던 일본인은 하세가와가 아닌 사토 야타, 라는 이름이었고 그는 칼을 휘둘렀던 것이 아닌, 피스톨로 자신의 머리를 겨냥했다는 기록이 있었어요."

초이의 지적에 독고완은 얼굴이 달아올랐다.

"실명을 쓰면 안 된다는 원칙이 있소? 호명을 달리 해도 독자들이 알아볼 텐데 굳이 그럴 필요는 없을 것 같았소."

"픽션 공간을 확보할 수 있지요. 실제 사건을 쓴 건 아니잖아요? 그렇다면 전기 형식을 선택해야지요. 실제의 사건과 인물, 시대적 배경을 소설의 공간으로 끌어와 빈틈에 작가의 상상력을 채워 넣어야지요. 그렇게 새로운 세계를 보여주는 게 당신이 고민해야 할 부분인 것 같아요."

방 안 공기가 팽팽해졌다. 초이는 목을 뒤로 꺾으며 창밖을 보았다. 자연스럽게 입이 벌어졌다. 그 모습을 본 완은 색다른 감정이 뻗어 나오는 것을 알아차렸다.

"당신의 입은 참으로 이상해. 독설을 내뱉을 때는 내 마음을 할퀴고 쓰라리게 하지만 지금은 거역할 수 없는 야릇한 감정을 불러일으키는군."

입을 벌리고 멍하니 창밖을 내다보던 초이가 고개를 돌려 완을 쳐다보았다. 정면으로 얼굴을 반듯하게 들었다. 눈도 안 깜박거리고 완을 쳐다보았다.

"독설이라고요? 조언이 필요하다고 말한 건 당신이거든요. 당신 소설에 애정이 없었다면 여기 있지도 않겠지요."

초이의 말에 힘을 얻은 완은 그녀의 시선을 피해 고개를 숙이며 씨익 웃었다.

"호칭에 관해서는 다시 고민해보겠소. 이것은 안동현 시절을 쓴 것인데 아직 타자기에 쓰지 않은 초고요. 읽어보겠소?"

완이 내민 공책을 받아든 초이는 원고를 보았다. 필체는 깔끔했고 읽기 쉽게 띄어쓰기까지 정돈되어 있었다. 첨가할 내용과 수정한 것은 파란 볼펜으로 각주를 달아 여백에 써두었다. 초이는 당장 글을 읽고 싶었다. 집으로 돌아가고 싶었다. 초이의 심정을 알아챈 완은 담배에 불을 붙였다.

"원고를 집으로 가져갈 생각은 마시오. 별다른 의견이 없으면 곧바로 타자기로 칠 생각이니 여기서 읽으시오. 분량이 많지 않으니 금세 읽을 거요. 불편하다면 자리를 비켜주겠소."

그렇게 말했지만 완은 자리에서 일어나지 않았다. 초이가 고개를 숙여 손톱을 입에 물고는 잘근잘근 씹는 것을 쳐다보았다. 공책을 넘기며 고개를 든 초이와 시선이 만나도 완은 고개를 돌리지 않고 그녀를 노골적으로 바라보았다. 초이는 자신을 뚫어져라 쳐다보는 완의 시선이 싫지 않았다. 그녀는 가까이에 앉은 완의 불규칙적인 숨소리를 들으며 완의 반듯한 글씨를 읽어내려갔다.

여성이 인간으로 살아간다는 것

1

만주 안동현에 도착한 혜석은 부영사 사택을 구석구석 청소했다. 혜석은 어릴 적부터 어머니 최씨가 엄두도 못내는 다락과 광까지 뒤져 정돈했다. 유별났다. 김우영은 자신의 벌이쯤 되면 일하는 사람 두세 명은 둬도 무방하고 중산층 가정이래도 식모 한명은 둔다며 일하는 사람을 두자 했다. 혜석은 아직은 힘이 남았다며 반대했다. 돈 문제가 아니었다. 사람 부리는 것이 내키지 않았다.

나열이 걸어 다니기 시작하자 스케치북을 들고 산책을 나갔다. 나열이 혼자 걸어 다니게 두고 재빨리 주변을 스케치했다. 김우영이 쉬는 날이거나 집에 머무는 날에는 짱꼴라* 인력거에 화구를 싣고 스케치를 하러 다녔다.

제1회 조선미술전람회 유채수채화 분야에 출품했다. 틈틈이 작업한 〈봄〉과 〈농가〉 두 작품이 입선했다. 전람회에 참석하기 위해 서울로 갔다가 최은희를 만났다. 최은희는 감옥에서 만났

---

* 한국인이 중국인을 비하하여 부르는 비칭. 한족인 환관이나 권세가들이 만주족인 청나라의 황제 앞에서 자신을 '노재奴才'라 부르던 것을 비꼬는 '청국노淸國奴'에서 유래되었다. 일제가 타이완을 식민 지배하던 시기 '청국노'의 중국어 발음 '칭궈누'가 일본에 유입되어 '장꼬로ちゃんころ'로 변형되었는데 이 말이 일제강점기 한국에 들어와 다시 변형된 말이 '짱꼴라'다.

던 여학생이었다. 어린 여학생이 감옥에서 당차게 행동해 친해졌었다. 최은희는 일본으로 유학가기 전에 만나고 싶다며 기별을 전해왔다. 혜석은 최은희와 다방에서 만나 차를 마시면서 발랄하게 빛나는 그녀의 앞날을 축복해주었다.

《동명》에 〈모된 감상기〉를 발표했다. 모성은 본능이 아니고 아이를 기르면서 점차 생겨나는 것이다. 아이를 낳는 것, 젖을 물리는 것은 고통스럽다. 조선 사회는 여성의 고통은 이해하지 않고 당연시 여긴다. 거룩한 것이니 여자가 참아라 강요한다. 파격적이고 충격적인 글이 발표되자 '모성'과 '여성의 글쓰기'에 대한 논란이 벌어졌다.

《동명》지 편집자에게서 백결생이라는 필명의 남자가 〈관념의 남루를 벗은 비애〉라는 반박 글을 보내왔다고 연락이 왔다. 편집자는 혜석이 원하지 않으면 백결생의 글을 싣지 않겠다고 했다. 그녀는 그럴 필요 없다고, 발표하라고 한 후 곧바로 그에게 반박하는 글 〈백결생에게 답함〉을 《동명》 3월호에 발표했다. 혜석은 백결생의 반박에 오히려 신이 나 신랄한 비판을 했고 여성으로서의 글쓰기에 대한 확고한 틀을 잡았다.

신문사에서 연락이 왔다. 전국에서 혜석에 대한 지지와 비판의 글이 투고되었다고 전했다. 혜석은 가능한 한 모두 기사화해달라고 부탁했다. 아이를 낳았다는 한 여성은 혜석의 정직한 글을 지지했다. 조선은 여성이 현모양처이기만 바란다며 시각을 깨우쳐준 것에 감사한다 했다. 다른 한 여성은 자신이 아기를 낳는 순간부터 아기에게 젖을 물릴 때까지의 과정을 상세히 적었다. 정말 아기가 젖을 파먹는 것 같았고 몸은 젖은 목화솜처럼 축 처졌다며 경험담을 발표했다. 반면 남성들과 성리학 유생들은 "자식은 모체의 살점을 떼어가는 악마"라는 표현에 집중적으로 비판을 가했다.

남자와 여자가 서로 자신의 입장에서 쓴 투고 글이 신문사로 쇄도했다. 간혹 여성이 젖을 먹는 아기를 천사, 라 표현하며 모성애를 한껏 드러내기도 했다. 담당자는 어떤 글을 실어야 할지 고민이었다. 미처 기사화하지 않으면 투고한 글이 실리지 않았다며 항의하는 글을 보내왔다. 신문사에서는 투고된 글을 모두 혜석에게 보내주었다. 혜석은 만족스러웠다. 여성은 스스로 자신의 처지를 깨우치기를 바랐다. 남성은 반발할 때 하더라도 혼자 있을 때면 여성의 입장을 되짚어봄으로써 이해하고 존중하는 마음이 생기길 바랐다. 자신이 가치 있는 욕을 먹었다는 생각이 들었다.

혜석을 만나기 위해 안동현으로 염상섭이 찾아왔다. 염상섭은 혜석이 신혼여행으로 첫사랑 최승구의 묘에 가 비석을 세워줬다는 내용의 소설 〈해바라기〉를 《동아일보》에 연재 중이었다. 혜석은 연재분은 모두 읽었고 남은 연재 두 회분의 원고를 보여 달라고 했다. 다방에서 만난 혜석은 염상섭이 준 원고를 앉은 자리에서 모조리 읽었다.

"소설이니까 뭐라 쓴소리는 못하겠지만 작가의 시선이 참 묘하군요. 주인공 영희는 허영과 허상에 매달리는 기발하기만 한 여자로 보이고 순택이도 과하게 착하기만 한 남자로 그려졌네요."

"거야, 작가가 미흡해서겠지요."

"수삼이의 묘에 비석을 세우기 위해 신혼여행을 간 영희의 심리도 잘 드러나지 않았어요. 그냥 하나의 기발한 행사로밖에 안 읽혀요. 끝부분이 묘하게 비웃는 것 같은 느낌도 들고."

"그런 의도는 아니었는데 그렇게 읽히셨소?"

"다분히 그렇게 읽히네요."

"좀 더 생각해보겠소."

"그럼, 염 선생의 《견우화》 표지도 좀 더 생각을 해볼까요?"

"아니, 나는 꼭 나 여사가 《견우화》의 표지를 맡아주길 바라오. 《개벽》지에 발표한 목판화 〈개척자〉, 참 좋았소. 책의 얼굴이나 마찬가지인데 다른 사람한테 부탁하고 싶지 않소."

혜석은 스케치북 사이에 끼워두었던 종이 한 장을 꺼내 탁자 위에 올려놓았다. 그늘진 담에 나팔꽃 두 송이가 흔들리듯 달라붙어 있었다.

"어때요? 《견우화》를 읽고 난 제 느낌이에요."

"오, 단정하면서도 우아하군요. 과연, 마음에 듭니다."

"소설 〈해바라기〉의 마지막도 제 마음에 들도록 수정해주세요."

혜석은 《동아일보》에 연재된 〈해바라기〉를 찾아 읽었다. 마지막 부분은 수정되지 않았다. 순택의 시선이 흡족하지 않았지만 작가로서의 주장을 굽히지 않은 염상섭의 고집을 인정하기로 했다.

　다시 임신을 한 혜석은 제3회 선전에서 〈추의정〉이 입상하고 〈초하의 오전〉이 입선해 경성으로 갔다. 이광수의 주선으로 부인기자가 된 최은희와 함께 윤심덕의 음악회가 열리는 청년회관으로 향했다. 음악회가 끝나자 임신한 혜석을 보기 위해 남자들이 몰려왔다. 미모와 화려함으로는 윤심덕이 우선이지만 지성과 천재기는 나혜석을 따라갈 수 없다고 수군댔다.

　한 남성이 혜석 앞으로 다가와 자신을 소개했다. 도쿄 유학 시절부터 윤심덕과 나혜석을 지켜보았는데 근래의 윤심덕은 남성 편력이 심하고 나혜석은 아이를 키우며 예술 활동도 왕성하게 한다며 칭찬을 늘어놓았다. 혜석은 그를 쏘아보았다.

　"제가 양처현모이기에 칭찬을 하는 것인가요? 오늘 저는 음악회에서 예술세계에 푹 빠졌었는데 당신은 윤심덕, 이라는 예술가의 예술적인 목소리는 듣지 않고 그녀의 사생활에만 관심이 있었군요."

　최은희는 혜석의 팔짱을 끼고 데리고 나왔다.

　"언니, 그이 얼굴 봤소? 칭찬받을 생각이었는데 야단맞아 울어버릴 것 같았어. 근데 윤심덕이 그렇게 예술적이었어? 평소 언니 생각과는 좀 다른 것 같아서."

　"그건 아냐, 김영환 씨의 쏘나타는 이제 그만했으면 좋겠고, 소프라노가 아닌 알토인 윤심덕은 창 같았어. 창가라면 윤심덕에게는 없는 혼까지 담아내는 기생들을 경험해서인지 별로였어. 없는 표정을 일부러 내는 것도 안타까웠고. 활발한 것인지 모르겠지만 자연스럽지 못했어. 태도와 목소리를 좀 더 수양해야 할 것 같아. 그렇다고 윤심덕의 예술을 저리 아니꼽게 내뱉는 남자들은 더 꼴불견이거든."

"그럼, 그렇지. 언니한테 어떤 예술이 만족이겠소. 친구 김원주의 글도 비판한 언니가. 기생 강명화에 관한 글 때문에 기생 편을 들었다고 소문이 자자했었어."

"원주의 글에 대한 글은 비판한 게 아닌 각자의 의견을 나눠보자는 뜻이었어. 원주 본인은 기분 나빠하지 않을 것 같은데. 그리고 강명화는 도쿄 유학 때 동료들의 야유에 제 손가락을 자를 정도로 강한 여인이었는데 미개한 사회가 자살로 몰아붙였다고 생각해."

"언니의 생각과 철학은 내 인정하는 바입니다."

"《신여성》 4월호 읽었니? 〈색상자〉 담당이 누구야? 방정환이야? 김기진이야?"

"방정환은 《신여성》에서 〈은파리〉 꼭지를 쓰는 것으로 알고 있는데. 확실치는 않아요."

"강단 위에서 이혼, 이혼 하다가 아주 몸으로 실행한 김원주 여사는 연애생활을 달게 하는데 조금 납작하던 콧날을 일본서 수술해 코는 우뚝하나 살이 켕겨서 두 눈이 가운데로 쏠렸다나요, 라고 썼더라. 당사자의 실명을 거론했으면 본인 이름도 밝혀야지. 비열해."

"김기진이라면 카프*이며 토월회**에 있는 사람이잖아."

"내 그이들 만나면 좀 따져야겠어."

중앙 청년회관에서 나와 길을 건너는데 마침 종로다방에서 나오던 염상섭을 만났다. 염상섭을 통해 이광수와 허영숙의 소식을 듣게 되었다. 이광수는 연초에 발표한 사설 〈민족적 경륜〉이 물의를 일으켜 스스로 퇴사했다고 했다. 다음 날, 혜석은 영혜의원으로 찾아갔다. 영숙은 개성 출신 김기영 의사와 같이 한성의원 개업을 준비 중이라 했다. 이광수와 함께 토월회에서 공연하는 〈카튜샤〉를 구경했다. 혜석은 이광수에게 잡지 《신여성》에 대해 물었다. 이광수는 《신여성》이 한 권에 30전이나 하는데 엄청 잘 팔린다고 했다.

"저도 방정환 부탁으로 글 두 편을 보냈는데 몇 개 꼭지가 썩 마음에 들지 않았어요. 특히 신여자 인물평이 편파적이고 조롱이 많아 읽는 내내 불쾌했어요."

"방정환이랑 싸우지 말게. 괜찮은 점이 퍽 많은 사람이오."

"저도 알아요. 그 사람이 어린이, 라는 말을 만들었다면서요.

---

* 카프KAPF(Korea Artista Proletaria Federatio, 조선프롤레타리아예술가동맹)는 1925년 8월 박영희, 김기진, 이상화, 조명희, 이기영 등이 한국의 사회주의 혁명을 위해 조직한 대표적인 문예운동단체다.
** 토월회土月會는 1923년 박승희, 김기진, 이서구 등 도쿄 유학생들이 중심이 되어 결성한 신극운동 단체다.

어린이날도 제정하고. 아동잡지 《어린이》도 창간했고. 그런데 〈은파리〉 글은 확실히 불쾌한 구석이 있어요."

"하하, 신여성의 사생활이 좀 문란한 구석은 있잖소."

"부분을 크게 확대하면 전체로 보인다는 것을 모르나요?"

"당신이 전투적인 여성의 입장에서 봐서 그렇지."

"신여성의 사생활을 훔쳐보는 남성의 시각에서는 재미있어요?"

"요즘 쓸 만한 잡지가 없어. 문학전문지를 만들어야 하는데."

이광수는 문학잡지 발간을 위해 자금을 모으고 있다며 말을 돌렸다.

혜석이 안동현으로 돌아갈 때 최은희가 동행했다. 혜석의 작업하는 모습을 기사로 쓰기 위해 취재차 따라갔다. 나혜석에 관한 기사라면 무조건 통과되었다. 최은희는 혜석이 그림 작업하는 모습, 나열과 노는 모습, 빨래하는 모습, 책 읽는 모습을 카메라로 찍었다. 기사가 나오자 신문사로 혜석을 존경한다는 편지와 엽서들이 수십 통 도착했다.

《신여성》에서 생활적인 가벼운 산문을 써달라는 청탁이 왔다. 혜석은 〈만주의 여름〉과 〈신여성 잡지를 구독하는 남성들의 심리〉라는 글을 보냈다. 《신여성》 7월호가 배달되어 왔지만 〈신여성 잡지를 구독하는 남성들의 심리〉는 실리지 않았다. 혜석은 방정환에게 항의 편지를 보냈다. 방정환은 편집 실수로 빠졌다며 짧은 산문을 하나 더 보내주면 다음 호에 함께 발표하겠다는 답문을 보내왔다. 《개벽》에 〈1년 만에 본 경성의 잡감〉을 발표한 후 곧이어 〈나를 잊지 않는 행복〉을 썼다. 혹시나 해서 지난호에 보냈던 〈신여성 잡지를 구독하는 남성들의 심리〉의 초고를 찾아 다시 필사해서 보냈다. 《신여성》 8월호가 도착했지만 이번에도 〈신여성 잡지를 구독하는 남성들의 시각〉은 누락되었다. 혜석은 다시 방정환에게 항의 편지를 보냈다. 지면 부족으로 다음으로 미뤄졌다는 짧은 답변이 왔다. 신의주 제2기독교 청년회에서 강연회를 해달라며 초청했다. 강연회는 일본 유학 시절부터 주장해왔던 터라 만삭이었지만 거절하지 않고 나갔다. 혜석은 만삭의 몸으로 〈생활개선에 대한 부인의 부르짖음〉을 강연했다.

그 해 말, 아들 선을 낳았다. 아들은 첫 딸을 낳을 때보다 더 힘겹게 나왔다. 산욕열로 열흘을 꼬박 앓아누웠다. 아들을 낳았다는 소식을 동래에 전했다. 동래에서 올이 굵은 기장미역을 보내주었다. 물에서 풀어지는 미역을 보며 자신의 몸이 저렇게 헤쳐지는 것 같았다.

겨울에 낳아서인지 몸이 예전처럼 가뿐하지 않았다. 혜석은 아이에게 겨우 젖을 물리고는 맥을 놓고 누웠다. 온몸이 쑤시고 뼈가 으스러지는 듯했다. 이러다가 곧 죽을 것 같아 더럭 겁이 났다. 김우영도 걱정이 되어 한약을 지어 왔고 안잠자기*하는 어

---

* 여자가 안방에 딸린 작은 방에서 먹고 자며 그 집의 일을 도와주는 일.

멈도 두었다. 혜석은 잠을 자면 꼭 얼어붙은 저수지 아래 가라앉은 시신이라도 된 양 깊이 빠져들었다. 어멈이 흔들어 깨워야 겨우 눈을 떴다가 다시 감곤 했다.

그러면서도 선전을 떠올리고는 건넌방으로 가서 그림을 그렸다. 혜석의 마음이 가는 대로 묘를 그린 것이 많았다. 제4회 선전에서 〈낭랑묘〉가 3등으로 입선했다. 몸이 좋지 않아 미전에는 참여하지 않았다. 짱꼴라 인력거를 불러 천후궁까지 스케치를 나갔다. 천후궁은 바다신인 천후낭랑을 받들어 제사를 지내면 풍랑이 잦아든다는 민간신앙이 있는 곳이었다. 조선의 동해안과 남해안에도 무당들이 풍어제를 올려 바다의 용왕 신을 모신다는 얘기를 어머니에게 들은 기억이 났다. 천후궁에서 돌아오는 길에 중국인 마을을 그리려 했지만 화구 상자를 펼치면 사람들이 몰려와 신기한 듯 구경하는 터라 빈 스케치북을 들고 들어오는 일이 잦아졌다.

그림을 그리지 않고 독고휘열이 보내준 흑백 서양화집을 들여다보았다. 자신의 그림에 무언가 빠져 있다는 회의감이 들었다. 재능도 없고 예술에 대한 강렬한 목적도 없다는 불안이 덮쳤다. 밤에 잠이 오는 것이 싫어 프라이팬에 볶은 원두를 가제 손수건에 넣고 독한 커피를 내려 마셨다. 쏟아지는 잠과 불안한 예술에 대한 갈증으로 속이 타들어갔다.

또다시 입덧을 했다. 밤늦도록 서양화집을 들여다보던 혜석은 김우영에게 예술의 한계에 대한 고민을 말했다. 김우영은 혜석의 스케치북을 뒤적거렸다. 같은 그림을 스케치한 것이 한 권이었다.

"내가 보기엔 당신은 천재요. 이건 무얼 그렸소?"

"천후궁이요. 많이 부족해요. 무엇을 어떻게 왜 그리는지도 모르겠어요. 이제 저한테 남은 건 진보한 예술이 아니라 낡은 기교뿐이에요."

"당신은 조선에서 가장 양화를 잘 그리는 화가요."

"잘 그린 양화가 꼭 좋은 작품은 아니지요. 서양의 화구와 필, 화포를 사용하지만 묘법이라든지 향토라든지 변별되는 개성이 드러나야지요. 서양의 풍과 다른 특수의 표현력을 가져야 해요."

"어렵군. 잘 연구해보시오."

"뱃속에 또 다른 아이가 들어선 것 같아요."

"오, 축하할 일이로군. 그래서 요즘 당신이 예민했던 거였군요. 뱃속의 아이와 어디 스케치 여행이라도 다녀오겠소? 일본은 어떻소?"

"답답한 소리. 그만 주무세요."

김우영은 선전 응모 기사가 난 신문지 조각과 봉투를 혜석 앞에 내놓았다.

"선전 응모 기사요. 당신이 출품 준비를 안 하는 것 같아서. 여기 봉투는 돈이오. 그걸로 화구도 사고 스케치 여행도 다니시오."

"이번에는 출품 안 하려고요."

"왜 그러시오? 당신이 출품하면 입상은 당연한 수순인데."

출품해서 입상하면 뭐가 달라지지요? 당신은 입상했다고 사람들에게 후하게 대접하는 것이 좋은가요? 외조 잘한다는 이야기를 듣고 싶은 건가요? 혜석은 밖으로 내뱉지는 못하고 입술만 깨물었다. 예술에 대한 깊은 이해가 없는 김우영이 답답했다.

"그럼 천재화가 나 여사는 예술적인 고민을 하시오."

김우영이 어깨를 두드리고 안방으로 건너갔다. 그녀는 스케치북을 던져버렸다.

2

조선미술전람회에서 〈천후궁〉이 특선, 〈지나정〉이 입선했다는 통보를 받았다. 김우영은 연회를 열겠다며 혜석에게 참여하라고 권했다. 그녀는 김우영의 제안을 거절하고 집으로 돌아와 아이들을 재웠다. 연회장에 온 축하객들 중 몇몇이 나혜석의 불참에 의구심과 질투심을 드러냈다. 김우영이 천재화가의 비위나 맞춰주는 남편이라며 뒷말을 해댔다. 김우영은 뒷말을 듣고 불쾌했다.

술에 취한 김우영이 불만을 퍼부었다. 혜석은 귀담아 듣지 않았다. 전람회 특선이라는 상에 기쁜 마음도 있었지만 마음 한 쪽이 무거웠다. 예술이 발전하고 변화하려면 어떤 강렬한 통로를 통과해야 할 것 같았다. 자신의 그림에서 빠진 것이 무엇인지 곰곰 생각했다.

전람회 때문에 경성을 방문한 혜석은 이광수와 허영숙 부부의 초대로 저녁 만찬에 참석했다. 그곳에서 방정환을 만났다. 혜석은 방정환이 안부 인사를 하자마자 말했다.

"당신, 내 원고 내놓으세요."

"나 여사님, 죄송합니다. 사실 원고를 사환 아이가 분실했어요."

"원고를 두 번 보냈던 것으로 기억합니다만."

"저는 첫 번째 원고만 받아보았는데. 아이쿠, 뭔가 또 잘못이 있었군요."

방정환은 짙은 눈썹 끝을 아래로 내리며 더욱 선량한 표정을 지었다.

"한 가지만 물어봅시다. 신여성 인물평을 하는 〈색상자〉와 사실 확인도 없이 여성의 뒤를 캐는 〈은파리〉 담당이 누군가요?"

"나 여사님, 요즘 《개벽》 쪽이 많이 힘들어요. 게다가 《어린이》지까지 감시가 심하고."

"윤심덕 아씨가 결혼을 했는지 이혼을 했는지 첩이 되었는지 도망했는지 국경 넘어가 있던 윤심덕이 요사이 조선에 들어와 숨어 사는 것 같다, 라니. 사실 확인도 안 하고 글을 막 써도 되는 건가요?"

혜석의 목소리가 너무 컸다. 식당이 조용해지며 사람들 시선이 그들에게 쏠렸다.

"나 여사님, 다음에 얘기합시다."

"김기진, 그 사람 저 좀 만나게 해주세요. 김명순의 시 〈기도〉는 분 냄새 나는 시의 일종이다. 그의 시는 타락한 여자가 새로 마음을 고쳐먹고서 거울 앞에 앉아 있는 무드가 많이 있다. 그의 시도 한 겹의 가냘픈 화장이었다, 라고 썼더군요."

"나 여사님, 오늘 좋은 자리입니다. 모두 여사님을 축하하고 반갑게 얼굴 보기 위해서 모였습니다."

"게다가 김원주의 예술적 생활이 재롱도 여기까지 오면 도로 정이 떨어진다. 그의 부군 노월, 임노월의 가필을 받은 것인지,

라고 썼더군요."

사람들이 혜석과 방정환 주위로 몰려들었다. 방정환은 바지에서 손수건을 꺼내 통통한 얼굴을 닦았다.

"거 참, 난처하네."

"방 선생은 아실 테죠? 임노월은 김원주와 김명순을 모두 사귄 사람이에요. 그런데 왜 노월의 여성편력에 대해서는 더럽다 치사하다 타락했다, 라는 표현을 쓰지 않습니까? 말해보세요."

이광수와 최은희가 다가와 혜석을 말렸다. 최은희가 방정환에게 물 잔을 건네며 한쪽으로 데리고 갔다. 이광수는 혜석에게 와인 잔을 주었다. 혜석은 단숨에 들이켰다.

"오빠도 마찬가지예요."

"허허, 이제 나한테 칼을 들이미는군. 자, 시작해보시오. 어디를 건드릴 셈이오?"

이광수는 여유롭게 두 손을 허공으로 들었다.

"《신여성》에 발표한 글은 아주 못마땅했어요. 여자 교육은 모성 중심의 교육이라야 한다. 여자의 반생은 어린아이를 낳아 기르는 것으로 보내게 되며 어린아이는 어미의 품에서 성격의 토대가 잡히는 것이다. 좋은 어머니가 되며 좋은 아이를 길러내는 것이 오직 여자의 인류에 대한 의무요, 국가에 대한 의무요, 사회에 대한 의무요!"

"역시 인텔리겐치아야. 그래 문장들을 다 외웠소?"

"평소 여자도 인간이며 자유를 누릴 권리가 있고 결혼과 가족에서 해방되어야 한다고 주장하지 않았어요? 동성애까지 존중받아야 한다고 했던 사람이 현모양처를 위한 교육이라고? 생각과 철학이 상황에 따라 쉽게 변하는 것, 그것 조심하세요."

"감정을 진정시키시오."

이광수가 얼굴 표정이 바뀌며 큰 소리로 말했다.

"진정이 되겠어요? 왜 당신과 원주의 연애에 대해선 한 마디 언급도 하지 않을까요? 혹시, 당신 권력을 두려워하는 거 아닐까요?"

"말을 가려서 하시오."

"저는 당신의 애정을 나무라는 게 아닙니다. 약한 자만 사냥하는 자들을."

"됐소."

얼굴색이 변한 이광수가 식당을 나가버렸다. 식당에 있던 몇몇 남자들과 방정환 또한 인사도 없이 나갔다. 최은희는 혜석을 강제로 끌고 자리에 앉혔다.

"언니, 김원주 선생님 때문에 속상하겠지만 좀 참아요."

"너무하잖아. 이제야 겨우 여성들이 목소리를 내며 일어섰는데 아예 밟아버리잖아. 집에서 애나 키우며 현모양처나 되라니. 사생활이나 훔쳐보고 까발리고."

혜석이 다음 날에 있을 선전출품작가 간담회에 불참 통보하고 이대로 안동현으로 돌아가고 싶다고 말하자 최은희는 혜석을 데리고 다방 카카듀로 갔다.

"언니, 김기진이란 사람이 토월회 김복진 선생의 동생이야."

"김복진? 지난 선전에 조소로 입상했는데 작품이 파손되었다며?"

"응, 조선인으로는 처음 조각으로 상을 받았는데 파손된 거야. 작품 파손 상태를 처음 발견한 이가 조각 부문에 출품해 함께 입선한 일본인이었어. 전람회 사무를 보는 사람이라던데."

"사무 보는 사람이 전람회에 출품하는 것도 웃겨."

"처음에는 파손된 조각을 공개하지도 않았대. 오른팔이 어깨에서 떨어지고 국부와 다리에 손톱자국 같은 상처가 있대. 전문인 말로는 사고로 부딪혀서 파손된 게 아니래. 조각에 대해 잘아는 사람의 짓이라더군."

"작품을 보고 싶네. 일본인이 질투할 정도로 훌륭했나보군."

혜석은 김복진이 미술평은 날카롭고 터지기 직전의 폭탄 같았지만 조선 미술의 새로운 세계를 열었다고 생각했다. 그는 미술평뿐만 아니라 만화, 영화, 광고로 관심 분야를 넓혔다. 그는 혜석의 〈낭랑묘〉에 대해 빼어난 작품이지만 작가가 미의식보다는 야심이 앞서는 모양이라며 비아냥거렸다. 평을 읽고 난 후 그의 생각을 무시할 수 없었다. 그의 존재가 신경 쓰였다. 젊은 조각가는 나혜석뿐만 아니라 원로들의 그림에도 칼을 휘둘렀다. 미움과 관심을 동시에 받는 중이었다.

"젊은 사람이 예리하다고 생각했어. 나도 선전에 출품하는 이유가 무언지, 기교만 남은 예술 행위에서 어떻게 뛰어넘어야 할지 고민했거든. 그이가 그걸 눈치챘구나 싶었지."

"언니 고백하겠는데 나 김복진 선생님 평소 존경해왔어."

"우리 도도한 은희가 존경을?"

"일본 유학 시절 그 사람 봤었어. 집안에는 법 공부한다고 해놓고선 조각을 했더랬지. 다른 것에는 도통 관심 없고 오직 예술에만 정신을 팔던 사람이야. 조각부에서 조선인은 혼자였는데 돈도 없이 잘 버텼어. 늘 걸어 다녔고 학교에서 숨어 자다가 경비한테 걸렸다는 말도 들었어."

"한두 번 죽을 고비를 겪어보지 않은 사람과 가난을 모르는 자의 예술은 브루조아 예술이다, 라고 했던 것 같은데."

"맞아. 각기병을 얻을 정도로 고생한 작품 나상이 일본제전에서 입선했거든. 그 통보를 병상에서 들었는데 신문에 떠들썩하게 보도되었다고 하니까 태연하게 그랬대. 신문에서 쓸데없이 광고를 내준다고. 생각도 썩 훌륭해."

"가만, 은희가 그이를 좋아하나봐?"

"남녀 간의 애정이 아니고 예술인으로 아끼는 사람이야."

"예술인으로 아낀다는 말, 나도 동의해. 근데 〈은파리〉와 〈색상자〉, 편파적으로 신여성 사생활에 욕을 퍼붓는 것에는 문제가 있어."

"《개벽》의 빚을 신여성을 팔아 메우려는 거지. 표지도 화려하고. 요즘은 이미 읽은, 지나간 신여성도 제값 받고 팔 수 있대."

"최은희 여기자 등의 생활을 좀 엿봐주지. 올바른 여성을 엿보면 잡지가 안 팔린다니?"

"나도 그게 불만이에요. 이제 기분 좀 풀어요."

밤이 늦어 최은희와 같이 호텔로 갔다. 김우영의 옆방에서 둘이 잤다. 다음 날 아침 신문을 펼쳐 본 혜석은 기가 막혔다. 김복진이 제5회 미전평에서 나혜석을 혹평한 글을 읽었다. 혜석은 선전 출품 작가 간담회 파티장에서 김복진을 만났다. 혜석은 그를 대면하자마자 따졌다.

"당신의 평에서 문제되는 건 작품이 아닌 감정적으로 작가를 바라보는 관점이에요."

"작품을 제작한 작가의 생활과 생각을 지우고 대상만을 보는 건 관람자의 입장이지요. 저는 비평가의 입장에서 쓴 것입니다. 나 여사는 지금의 부르주아적 생활이 사라져버려도 계속 예술을 할 수 있습니까? 어떤 예술을 할 수 있겠습니까?"

"내 생활이 아닌, 당신의 평을 말하는 것입니다. 초기의 자궁병이 치통과 같이 고통이 있다 하면, 이라니. 졸렬의 시비를 초월하고 호의를 가지고 있다고 말하면 고마워할 줄 알았나요?"

"아하, 나 여사님은 여성의 자궁병이라는 말에 화가 돋으셨군요. 여성의 몸과 병은 금기해야 하나요? 스스로 여성의 몸을 신비주의로 감추려드는 것 같군요."

"아니요. 당신이 자궁병을 조금이라도 이해나 하고 떠드는지 의심스러워요. 그것을 치통에 비유하다니. 당신은 죽었다 깨어나도 자궁이 찢겨지고 헐어져 피고름이 흘러내리는 고통을 이해할 수 없을 거예요. 당신 동생에게도 전해요. 여성을 성적 대상인 여성으로 비하하지만 말고 당신과 같은 인간으로 보는 법부터 공부하라고."

"저런, 기형적인 신여성의 욕망까지 편들어줄 여유가 없을 텐데요. 그럴 시간에 나 여사님의 예술이나 깊이 연구하시는 것이."

혜석은 들고 있던 잔의 술을 그의 얼굴에 끼얹었다. 김복진은 나혜석의 행동에 놀라지 않고 호탕하게 웃었다.

"저는 여성의 자궁병을 이해해보도록 노력하지요. 여사님은 예술을 좀 더 혹독하게 점검해보세요. 분명, 제 혹평이 나 여사님의 예술 발전에 기여할 겁니다."

혜석은 당당하게 말하는 그 앞에서 어깨가 짓눌리는 느낌이었다. 자리를 지킬 수가 없어 간담회장을 나왔다. 그의 말이 맞았다. 수치스러움에 얼굴이 붉어졌다. 간담회장 밖에서 기다리던 방정환이 다가와 사과를 했다. 혜석도 예전에 방정환에게 화를 낸 것에 사과했다. 방정환은 이번 선전의 작품 〈천후궁〉을 극찬했다. 그러면서 다음 호 〈신여자 인물평〉에 나혜석을 다루고 싶다고 말했다. 그녀는 〈신여자 인물평〉을 언제는 누구 허락받고 했던가요, 라고 물으며 싸늘하게 거절했다. 방정환은 그럼, 산문 하나라도 달라고 했다. 자신은 지금 《개벽》지의 빚 때문에 사람들을 만나러 다니느라 바빠서 그런다며 부탁했다. 순간 혜석의 머리에 스쳐지나가는 생각이 있었다. 자신의 남편에 관한 것을 메모해놓은 것이 있다고 말했다. 그녀는 원고에 손을 대지 말고 그대로 발표할 것을 약속 받았다. 집으로 돌아와 〈내 남편은 이러하외다〉의 원고를 썼다. 처음 쓸 때와는 달리 원고를 쓴 후 읽어봤더니 남성에 대한 분노와 조롱으로 가득 차 있었다. 혜석은 원고를 구겨 버리고 김우영에 대한 것을 다시 차근히 써내려 갔다. 《신여성》 6월호가 배달되었을 때 김우영은 혜석의 글을 읽고 자신이 너무 어리광쟁이로 나온 것 같다며 불평했다. 혜석은 일부러 과장해서 썼다고 대답했다. 잡지에서 온통 고분고분 남자의 말을 잘 듣는 여성만을 현모양처라 치켜세워 그리 썼다고 말하며 김우영의 감정을 풀어주었다. 7월에 《신여성》이 도착했을 때, 혜석은 〈은파리〉 글을 읽고 잡지를 집어던졌다. 혜석은 관사를 나와 김우영에게로 뛰어갔다. 가면서 혼잣말로 중얼거렸다. 문장 하나하나 잊지 않으려고 외웠다.

"여자 예술가라는 천하의 잡것들이 혼인 전에 신랑을 몇 사람씩 갈아 살아도 재조가 귀엽다고 사회라는 독갑이가 떠밧치고 내여세우니까 고갯짓 궁둥이 짓을 한꺼번에 하고 다니지만."

혜석은 김우영에게 《신여성》 잡지사로 전화를 넣어달라고 했다. 전신 상태가 좋지 않아 세 번의 시도 끝에 연결됐다. 혜석은 방정환에게 〈은파리〉 글에 대한 비난을 퍼부었다. 앞으로 《신여성》에 글을 발표하지도 않을 것이고, 자신에 관한 글도 쓰지 말라고 했다. 잡지를 집으로 보내지도 말라고 말하고 전화를 끊었다.

여름 윤심덕이 김우진과 함께 현해탄에서 동반자살을 했다는 소식이 조선과 일본을 뒤흔들었다. 조혼을 한 김우진과의 이룰

수 없는 사랑 때문에 일본에서 음반 작업을 끝낸 후, 마지막에 〈사의 찬미〉를 부르고 계획된 자살을 했다, 아니다, 찬반투표까지 하는 소란을 피웠다. 윤심덕은 오빠 경석과 어울렸던 적이 있었다. 그때도 윤심덕이 경석에게 동반자살을 하자고 졸랐다고 했다. 윤심덕의 퇴폐적인 성향이 곁에 머무는 남자에게 영향을 줄 것이라는 예감이 맞았다. 음악회에서 노래 부르던 윤심덕의 목소리를 떠올렸다. 무엇이든 만들어내려고 애를 쓰는 모습이 안타까웠다. 모든 것이 그이를 극적인 상황으로 몰아갔다. 해서 관객과 자신에게 환호하는 남자들이 곁에 없으면 더욱 깊은 우울에 빠질 거였다.

최은희가 전화를 해 윤심덕의 자살에 관한 글을 청탁했다. 혜석은 윤심덕에 관해서는 쓰고 싶지 않았다. 윤심덕이 이루어질 수 없는 사랑 때문에 그런 행동을 했을 것 같지 않았다. 조혼으로 신물 난 남성들은 중첩을 했다. 기생, 카페 여급, 심지어 여학생들과의 불륜도 난무했다. 일본인이 머무는 남촌 근처에는 오육십 명이 넘는 여급을 둔 카페들이 수십 개 생겨났다. 밤마다 거리에는 성적 쾌락을 찾는 남성과 요란한 치장을 한 카페 여급이 득실거렸다. 그런데 이루어질 수 없는 사랑 때문이라니. 윤심덕이 바닥까지 내려가 절망과 조우한 후 죽음에 이른 것이 아닌 화려한 경력에 어울리게 극적인 죽음을 선택했다는 생각이 들었다. 혜석은 그녀의 삶과 죽음의 방식, 생각과 철학이 못나게 여겨졌다.

"나는 개처럼 길에서 죽는 한이 있어도 예술을, 삶을 철저히 안고 가겠어. 그녀는 예술과 삶이 희미하니까 죽음을 극적인 스캔들로 만든 거야. 그들의 자살은 다른 이들이 많이들 떠들 거야. 그러니 나라도 쓰지 말아야지. 써봐야 나는 쓴소리만 할 것 같고. 그래도, 그래도 말이야. 내 입장은 윤심덕이 예술을 더 깊이 키우기를 바랐는데."

혜석은 전화를 끊고 씁쓸한 마음을 지울 수 없었다. 지난 번 〈은파리〉가 쓴 윤심덕에 관한 글도 떠올렸다. '결혼했는지 이혼했는지 첩이 되었는지 도망쳤는지 국경 넘어가 있던 윤심덕 아씨가 요사이 조선에 들어와 숨어 사는 것 같다.' 〈은파리〉 패거리들은 윤심덕 자살에 죄책감이나 연민을 조금이나마 느낄 것인가. 갑자기 자신의 예술 전체가 뒤흔들리는 듯했다. 불안했다. 무엇이든 어떤 통로이든 통과해야 한다는 생각이 들었다.

만삭의 몸이 된 나혜석은 어느 때보다 화집을 많이 들여다보았다. 스케치북에 그림을 그렸다가 찢어버렸다. 독고휘열이 보내준 서양화집은 너덜너덜해졌다. 그녀는 인쇄된 그림이 아닌 실제의 그림을 보고 싶었다. 세계로 나아가 경험과 예술을 키우고 싶었다. 일본 외무성에서는 만주 같은 떨어진 곳에서 일하는 자에게 미국이나 서양 같은 곳으로 위로 여행을 보내주는 관례가 있었다. 혜석은 김우영에게 여행을 신청해보라고 재촉했다.

"내 생활에서 그림을 제하면 끝이에요. 그런 그림이 지금 한

계요 낭떠러지에 있어요. 지금 뭔가 통과하지 않으면 내 그림은 진보할 수 없고 나도 죽을 것 같아요."

혜석은 집안일에 매달렸다. 장롱에서 옷들을 모두 꺼내 새로 빨고 집안의 먼지를 털어내고 부엌을 정리했다. 곧 태어날 아이를 위해 기저귀를 만들고 잿물에 이불을 삶아 빨아 널었다. 김우영이 대낮에 관사로 들어섰다. 일본 외무성에서 구미 여행을 허락한다는 통보가 왔다 했다. 경비와 일정을 계획해서 보내면 경비를 지원해준다고 했다. 혜석은 기뻐서 배가 움찔거리는 줄도 몰랐다.

태어날 아이가 걱정이었다. 혜석은 적어도 아기 뱃고래가 커질 때까지는 젖을 물릴 작정이었다. 여행은 그 다음에 가기로 했다. 몹시 추운 날, 아들 진을 낳았다. 젖먹이 아이가 애틋해 젖을 물고 잠들었어도 젖을 빼지 않았다. 그러면서도 머리는 미국으로, 프랑스 파리로 자유롭게 다녔다.

혜석은 세 아이를 칠순 시모에게 맡기고 구미 여행을 위해 부산에서 경성으로 올라왔다. 경성에 도착하자마자 김우영은 아카보*를 불러 짐을 호텔로 가져다 놓으라고 했다. 혜석과 김우영 부부는 미스코시 오복점에 가 물건을 샀다. 미스코시의 나팔형 전

* 아카보赤帽는 정거장에서 수화물을 나르는 짐꾼을 뜻한다.

기 확성기에서 이옥경 아나운서의 목소리가 흘러나왔다. 상점을 반 바퀴 돌았을 때, 방정환의 목소리가 들려왔다. 그는 어린이가 나라의 기둥이고 어린이를 밝게 키워야 한다는 짧은 연설을 했다. 혜석은 구입한 물건을 김우영과 나눠 들고 미스코시를 나왔다. 수표동 조선일보사 앞에 가 최은희를 불러냈다. 최은희가 뛰어나왔다. 둘은 서로를 안으며 반갑게 인사했다. 최은희는 들고 있던 레코드판을 혜석의 손에 쥐어주었다. 윤심덕의 레코드판이었다.

"이 사람 다른 소문이 돌던데."

"소문에 소문만 뒤섞였어. 준비는 잘 했어?"

최은희는 양손에 짐을 들고 뒤따라오는 김우영을 돌아보았다.

"미스코시에 다녀왔어. 거기서 방정환이 연설하는 라디오 방송을 들었어."

"경성방송국 개국부터 방송 강좌와 연설을 했어. 열성적이야."

"퍽 인상적이더군."

"호오. 칭찬도 하구. 출발이 언제야?"

"신여성에 대해 칼을 들이대서 그렇지 그 사람 자체를 싫어하진 않아. 난 사람을 평면적으로 보고 판단하지 않아. 사흘 뒤야."

"나 얼른 끝내고 언니 따라 곽산까지 배웅해주는 것 허락받았어. 출발 전날 밤에 호텔로 갈게요. 지금은 다시 들어가야 해."

혜석은 최은희와 헤어진 후 호텔로 돌아가 짐을 정리했다. 저녁에는 화가들과 저녁 약속이 있었다. 김우영도 약속이 있었다.

혜석은 화가들과의 저녁 식사를 간단히 끝냈다. 김우영보다 먼저 호텔로 돌아온 혜석은 호텔 측에 부탁해 유성기를 빌려왔다. 그녀는 음반을 올려놓지 않고 레코드판을 바라보았다. 혜석은 이바노비치의 〈다뉴브 강의 잔물결〉을 좋아했다. 최승구도 좋아하던 곡이었다. 생동감 있고 진취적이고 감정을 상큼하게 만들어준다는 감상이 공통적이었다. 그 곡에 김우진이 노랫말을 붙였다고 했다. 음반을 올리기 전에 노랫말을 읽었다.

'눈물로 된 이세상이 나 죽으면 그만일까. 행복찾는 인생들아 너 찾는 것 설움'

염세적이었다. 우울함이 진저리처질 정도였다. 음반을 축음기에 올렸다. 치직거리는 유성기를 통해 울음 섞인 윤심덕의 목소리가 흘러나왔다. 혜석은 평소 윤심덕의 목소리를 그리 인정하지 않았다. 〈사의 찬미〉는 달랐다. 자신도 모르게 눈물이 흘렀다. 몇 번을 반복해서 들었다. 누구도 울지 않을 수 없게 만들었다. 듣는 이의 가슴을 후벼파는 곡이었다. 윤심덕은 죽음으로 자신의 목소리를, 예술성을 한껏 높였다. 그녀다웠다.

출발 전날 밤에 최은희가 호텔로 왔다. 혜석은 윤심덕에 관해 물었다.

"닛토 레코드 회사에서 레코드를 많이 팔 요량으로 죽음을 가장하고 이태리로 떠나보냈다는 말이 정말이야?"

"언니 일정에 이태리도 있지요?"

"있고말고. 내 거기 가면 윤심덕부터 찾아볼 테야."

"가망 없어요. 닛토 사에서 황금 알을 한 개만 꺼내고 놓칠 것 같으우? 이서구 선생님을 인터뷰했는데 정사로 인정하시더라."

"이서구 씨라면 나도 알지. 윤심덕과 정말 친했잖아."

"레코드에 들어갈 곡을 같이 정했는데 〈사의 찬미〉는 없었대. 윤심덕과 김우진은 미리 계획이 있었던 거야. 이서구 씨가 경성역까지 윤심덕을 배웅해줬대. 선물로 넥타이를 사달라고 했더니, 넥타이는 어렵지 않은데 오다가 죽으면 못 가져온다고 하기에 농담인 줄 알았대. 죽으려거든 사서 이리 부치고 죽어요, 했는데 정말 죽은 거야. 그리고 얼마 전에 넥타이가 우편으로 배달되었대."

혜석은 말없이 레코드판을, 윤심덕을 바라보았다.

"이태리에 무척 가고 싶어 했는데. 이거 들어보니 눈물이 저절로 나더라. 너랑 있을 때는 안 들을래. 혼자 들어야지."

혜석은 윤심덕의 레코드판을 커다란 여행 가방에 세워 놓았다.

"가는 곳마다 나에게 편지나 엽서 보내기로 한 것 잊지 마세요."

"기사로 쓰려거든 좋게 써줘."

"그거야 언니가 어떻게 여행하느냐에 달렸지."

"그동안 부글부글 끓었던 마음을 모두 던져버릴 테야. 모든 탈을 벗고 어린애가 되고, 처녀가 되고, 사람이 되고, 예술가가 될 테야. 혹시 너 김복진 씨는 만났니?"

"지난번 간담회 때 둘이 전투를 했다며?"

"내 여행 소식 들었을까?"

"들었겠지요. 왜요?"

"화가들과 저녁 약속이 있었는데 그이가 안 와서. 나올 줄 알았는데. 파리행을 단행하게 된 건 그의 독설 영향도 있지."

"안 만나는 편이 좋아. 그런 독설가는 언니가 그냥 피해요."

"왜? 나에 대해 안 좋은 말을 하고 다녀? 말해봐. 뭔가 알고 있구나? 나에 대한 비판을 듣고 싶어. 어떻게 말하는지."

"며칠 전 방정환과 김복진 선생님을 잠깐 만났기는 했어. 일본 고등계에 미와라고 아주 지독한 고문쟁이 순사가 있거든. 우연히 그가 김복진 선생을 미행하는 걸 보고 주의하라고 말해주려고 만났어. 요즘 《개벽》이 위기잖아. 《어린이》도 검열로 네 페이지나 백지로 나갔어. 방정환 선생만 따라다니는 전문 순사도 생겼고."

"전문 순사까지 생겼을 줄은 몰랐어."

"그러니 일본 외무성 돈으로 구미 여행을 가는 언니가 달갑게 보이지는 않겠지."

"내가 그 욕을 가치 있게 하려면 열심히 예술을 닦아 와야겠구나."

"응, 예술을 깊이 파고들어 보세요."

최은희와 얘기하던 혜석은 저녁잠을 자는 김우영을 깨웠다. 밤 11시에 출발하는 봉천행 기차를 타기 위해 호텔에서 짐을 실어 나르고 경성 역으로 갔다. 어두컴컴한 역에서 기자들이 기다리고 있었다. 그들은 혜석과 김우영을 보고 몰려들어 사진을 찍

었다. 최은희도 표를 끊어 곽산 역까지 따라왔다. 곽산에서 최은
희를 보내고 다시 기차에 올랐다. 한참을 달리고 난 후에야 혜석
은 조각 잠을 잤다. 며칠 만에 맛보는 달디 단 잠이었다.

3

완은 엘리제양장점으로 갔다. 옷을 맞추기 위함이 아니었다. 마담도 이를 잘 알고 있어 재봉사와 점원들을 점심 먹고 오라며 내보냈다. 마담은 커피 잔을 탁자에 내려놓고 완의 맞은편에 앉았다. 마담은 만석에게서 독고완에 대한 조사 내용을 보고받았다.

"돌려서 말하는 재주가 없어요. 저에 대한 뒷조사를 했다지요?"

"마담 또한 저를 조사했으리라 확신하는 바입니다만."

"브라보! 자 그럼, 누구의 조사원이 더 정확한지 확인하려 왔나요?"

완은 커피 잔을 내려놓고 넥타이를 고쳐 맸다. 꼬았던 다리를 풀고 무릎을 오므리고 반듯한 자세로 앉았다.

"윤초이 양을 사랑합니다. 아마, 처음 본 순간부터 끌렸던 것 같습니다. 저희는 지금 공동으로 어떤 작업을 준비하고 있습니다. 허락을 받고 싶습니다."

"허락받고 만날 나이인가요? 당신의 나이 많은 애인은 누구 허락을 받았나요? 내가 조사할 거라 여겼으면 그 애인부터 정리했어야, 순서 아닌가?"

"오해입니다."

"오해라고? 어제 아침에도 연화원에서 나왔더군요. 덕분에 내

조사원은 연화원 근처에서 밤을 새웠겠지. 초이 년은 그것도 모르고 밤새 뭔가 들여다보고."

마담은 완이 독고휘열의 아들이라는 것도 못마땅했다. 어제 아침, 보고를 듣고 초이에게 완과 만나지 말라고 이미 통보를 했다. 권번 출신 기생이었던 화련이 애인이라면 초이는 놀이 상대도 되지 않았다. 순간의 감정놀음에 지긋지긋한 마담이었다.

"화련은 제 어머니의 이복동생입니다. 초이 양도 알고 있습니다."

마담은 순간 당황했다. 만석이 그런 실수를 할 사람이 아니었는데 조사를 허투루 했다는 사실에 놀랐다. 완이 자신에 대해 조사했다는 것도 꺼림칙했다. 완은 마담에 비해 좀 더 많은 것을 조사했다. 마담의 일에 관해서는 의외의 정보를 얻기도 했다. 마담이 말없이 궐련용 물부리를 집어 들었다. 완은 재빨리 양복 안주머니에게 담배 케이스를 꺼내 말아놓은 말보로 궐련을 꺼내 마담에게 권했다. 마담이 담배를 물부리에 끼우자 완은 성냥으로 불을 피워 담뱃불을 붙여주었다. 마담이 말없이 담배를 피우고 있을 때 재봉사와 심부름하는 아이가 돌아왔다. 마담은 핸드백을 집어 들고 완에게 다방으로 가자고 말했다. 다방으로 자리를 옮긴 엘리제 마담은 드나드는 손님들이 볼 수 없도록 안쪽 밀실로 완을 데리고 갔다.

"저는 초이 양을 순결하게 사랑합니다."

"그건 당신이 노력해야 할 몫 아닌가요? 찾아온 용건이 그게 답니까?"

"제가 궁금한 건 초이 양이 나혜석 선생님과 많이 닮았다는 겁니다. 실례인 줄 알지만 마담보다는 오히려 나혜석의 딸이라 해도 믿을 겁니다."

"그게 무슨 문제라도 되나요?"

마담은 초이가 나혜석과 닮았다는 말을 들을 때마다 못마땅했다. 그녀는 나혜석이 조선에서 천재 대접을 받을 때는 질투로 괴로웠다. 정념과 복수에 휩싸인 정신병자 취급을 당해 온 조선이 그녀를 끌어내리려 할 때도 속상했다.

"상상이지만 혹시, 나혜석과 초이, 무언가 연결된 것은 아닌지 생각해보았습니다만."

"핏줄이? 초이가 나혜석의 숨은 자식일 것이다? 아니면 나혜석과 내가?"

마담은 가방에서 손거울을 꺼내 제 얼굴을 바라보았다. 눈 밑의 주름을 무명지로 톡톡 두드렸다. 손거울로 자신의 눈을 보다가 거울을 손에 든 채 독고완을 정면으로 봤다.

"예전에 자살로 떠들썩했던 강명화, 라는 기생과 많이 닮았다는 말을 들었지요. 특히, 제가 단발했을 때는 길에서 남자들이 팔을 잡아끌기도 했어요. 강명화와 나도 한 핏줄이라고 의심할 텐가요? 당신의 조사원은 사람 얼굴만 뜯어보고 다녔나보군요?"

"그런 것이 아니기에 말씀드리는 겁니다. 마담은 나혜석과 같은 날, 같은 번지로 출생신고가 되어 있더군요."

"꽤 열심히 뒤적거린 것 같은데 그게 무슨 상관이지요?"

"함께 자랐다면 어느 순간, 질투를 했을 수도 있었다는 생각이 들어서요. 원래 여자들의 질투가 무서운 결과를 만들기도 하거든요."

순간, 거울을 든 마담의 손에 힘이 빠졌다. 거울이 미끄러져 바닥에 닿자 깨진 거울 조각이 흩어졌다.

"당신, 손님으로도 반갑지 않을 겁니다. 행동을 자제해주세요."

마담은 완이 많은 것을 조사했음을 눈치챘다. 마담은 찻값을 계산하고 다방을 나왔다. 완에게 조사 내용까지 듣고 싶지 않았다. 거울을 일부러 깬 것도 그래서였다. 앞에서 들은 말을 부정할 수도 있겠지만 직접 들을 필요는 없었다. 완은 사랑에 눈멀어 다른 곳에 말을 옮기지 못할 거였다. 모든 것이 그랬다. 서로 밝히지 않으면 지나가고 잊혔다. 마담은 그렇게 생각했다. 혜석도 그렇게 자신을 까발릴 필요가 없었던 거였다. 자신을 까발리고 파헤쳐서 얻은 것이 무엇인가. 어리석었다. 마담은 이혼 후, 혜석을 만날 때마다 들춰내지 말라고 설득했다. 그래봤자 상처받는 사람은 혜석 자신이고 주변 사람들이라고 말렸다. 속성질을 못 이겨 묻어둬야 할 것까지 까발려 그녀의 인생이 실패로 끝났다고 여겼다.

"온 세상에 알릴 거야. 조선 여자 중 가치 있는 욕을 먹는 자가 바로 나야. 죽든지 망신을 당하든지 나의 실천이 조선 여성을 한 걸음 진보시킨다면 나는 대만족이야."

어리석었고 무모했다. 마담은 혜석의 고발성 글이 발표될 때마다 조금도 가치 있는 일이라 여겨지지 않았다. 〈이혼고백서〉를 읽을 때는 미쳤다는 말만 내뱉었다. 이십 년이 지난 지금도 변함없이 멍청했다는 생각밖에 들지 않았다. '여성이기 전에 사람이외다.' 마담은 웃었다. 백 년이 지나도 이 나라에서 여성은 여성일 뿐일 거였다.

마담은 명동에서 종로통까지 걷다가 걸음을 멈추고 한양 택시 주식회사 마당으로 갔다. 택시에 올라타기 전에 자전거꾼을 불러 엘리제양장점에 몸이 아파 쉬겠다는 전언을 남겼다. 택시에 올라 수원 화령전으로 가달라고 했다. 화령전 외삼문 입구에서 택시 기사에게 기다려달라고 말했다. 택시 기사는 앞에 적힌 요금표를 제시했다.

"아시겠지만 해방 후부터 물가 폭등으로 기름값이 20배가 올랐어요. 4월 1일부터 요금제를 지키래요. 최초 2킬로미터까지는 이백 원. 그 이후에는 1킬로미터에 백 원. 여기 보이지요? 기다리는 시간은 십 분에 백 원."

마담은 모든 것이 끝나면 택시 요금을 지불하겠다고 퉁명스럽게 말하고 차에서 내렸다. 그녀는 외삼문, 내삼문, 운한각이 일직선으로 놓인 곳을 지나쳐 운한각 오른쪽 담장 밖으로 나갔다. 풍화당의 뜰에 앉아 담배를 피웠다. 이곳에서 보면 운한각의 팔각 기와지붕이 보였다. 혜석이 화령전 작약을 그리던 각도였다. 작약은 꽃을 피우려면 아직 멀었다. 담배를 한 개비 피운 그녀는 택시 기사에게 서호로 가자고 했다. 그는 오늘 중으로 돌아갈 예정인지 물어보았다.

"괜찮다면 하루치 요금을 지불할 테니 저녁에 함께 올라갑시다."

마담의 말에 택시 기사는 기뻐하며 문을 열어주었다. 그녀는 서호에 도착해서 기사에게 점심을 먹었는지 물어보았다.

"우리 같은 사람이 먹는 거 때를 찾아 먹나요? 시간 있고 돈 좀 벌었으면 먹고 아니면 물로 배 채우지요. 대신 이 차가 꼬박꼬박 휘발유를 받아먹지요."

마담은 점심 값을 주며 늦은 식사라도 하고 쉬다가 세 시간 후에 데리러 와달라고 했다. 택시 기사는 돈을 받으며 머뭇거렸다.

"혹시, 몰라서 그러는데 다른 마음 품은 건 아니지요? 요즘 하도 수상한 사람들이 많아서."

"수상한 사람이라면?"

"뭐, 그래 보이지는 않지만. 이곳 서호의 낙조를 보면 자기도 몰래 뛰어드는 사람들이 있다던데. 그렇게 되면 제 일당은."

"거 실없는 소리."

마담은 호된 목소리로 그의 말을 잘랐다. 그러고는 오늘 하루치 요금이 얼마인지 물었다. 그는 신이 나서 돈을 계산했다. 마담은 반 정도의 값인 사천 원을 수표로 지불했다. 그는 수표에 적힌 엘리제양장점 상호를 보더니 엘리제양장점 마담을 몰라

봬서 죄송하다며 호들갑을 떨었다. 마담은 택시 기사가 출발하기 전에 서호를 향해 걸어갔다. 얼마 걷지 않아 항미정에 도착했다. 해가 지려면 아직 시간이 남아 있었다. 그녀는 항미정의 마루에 오르지 않고 돌 기단에 앉았다. 최승구의 죽음 이후 수원으로 돌아와 있던 혜석은 광란의 상태였다. 그때, 마담은 수원 집에 방문했다. 혜석은 방에 들어박혀 노란색 물감을 짜서는 손에 비비고 있었다. 마담은 혜석을 이리로 데리고 나왔다. 마침, 해가 떨어지는 시각이었다.

미순은 명순과 자신을 이복자매로 생각했다. 나기정은 미순에게도 초등교육을 받을 수 있도록 했다. 미순은 나기정을 자신의 생부라고 철석같이 믿었다. 초등교육을 마쳤을 때, 나기정에게서 미순의 생부가 그의 후배라는 말을 들었다. 갑작스레 고아가 된 미순을 나기정이 거둬준 것이었다. 미순의 아버지는 함흥 사람으로 배재학당을 다니던 중, 학생들이 농사일로 바쁘다며 고향으로 돌아가자 휴교가 되었다며 나기정의 집에 머물렀다. 그동안 나기정 집안에서 부엌일을 하는 여자를 만났다. 여자의 임신 사실도 몰랐던 미순의 아버지는 일자리를 얻으러 일본으로 건너가던 중 밀항한 배가 뒤집혔고 여자는 미순을 낳다가 산욕열이 떨어지지 않아 곧바로 죽었다. 미순이 태어나기 일주일 먼저 나기정의 차녀 명순이 태어났다. 명순의 어머니 최씨는 미순에게 물젖이래도 물렸다.

명순을 자신의 이복자매라 여겼던 미순은 고아라는 사실이 확인되자 불편함에 자기도 모르게 부엌일을 돕고 허드렛일을 했다. 수원 삼일여학교를 졸업하던 해, 명순은 혜석이라는 새 이름을 얻고 서울에 있는 진명여학교에 입학했다. 미순은 스스로를 명순과 이복자매가 아닌 주인과 하녀 관계로 정해놓고 애증을 싹틔웠다. 미순은 생부의 이름 석 자를 가지고 함흥으로 찾아갔지만 핏줄을 찾을 수 없었다. 원산에서 루씨고등여학교를 삼 개월 동안 다녔지만 나기정에게 학비와 생활비를 받을 수 없다는 생각에 학업을 관두었다.

미순은 혜석과 지석이 다니는 진명여학교 근처에 하숙옥을 얻었다. 낮에는 일본인, 야마토의 기모노를 만드는 의복점에서 실밥을 뜯어내고 다림질하는 일을 했다. 주말 저녁이면 혜석과 공원으로 산책을 다녔다. 그런 그녀에게 남학생들은 편지를 전하며 호감을 표했다. 남학생들은 미순을 혜석과 같은 진명여학교 학생으로 여겼다. 쌀쌀맞던 혜석과 달리 미순은 남학생들이 말을 걸어오면 상냥하게 응대했다. 용기를 낸 남학생 쪽에서 슬쩍 손을 잡으면 손과 허리를 내어주기도 했다.

미순이 마음에 두고 있던 남학생이 혜석의 기숙사로 구애의 편지를 보냈다. 모든 남학생이 자신을 좋아하는데 하필 미순이 좋아하는 남학생이 혜석을 짝사랑한다는 것에 그녀는 부아가 났다. 미순은 그 남학생을 찾아가 좋아한다고 고백했다. 외모라면 자신 있던 미순에게 남학생은 혜석의 정신과 기품을 연모한다 했다. 망신이었다. 그 남학생이 독고휘열이었다.

미순이 혜석을 미워하게 된 결정적인 계기는 혜석이 습작했다고 보여준 소설을 읽었을 때였다. 어린 시절 혜석의 집안에서 일어난 사건을 토대로 쓴 소설이었다. 등장인물 중 일하는 여자아이가 꼭 미순이었다. 인절미를 훔쳐 먹다 부엌 할멈에게 들켜 오줌을 지렸고 얼굴에 콩가루를 뒤집어 쓴 것이 도둑고양이 같은 모습이었다고 썼다. 그때, 미순은 인절미가 목에 얹혀 새파랗게 질렸었다. 그녀는 희화된 자신의 모습을 읽으며 혜석에 대한 분노를 키웠다.

고등여학교를 졸업한 후, 혜석의 도쿄 유학이 결정되었을 때 미순은 일본 여성인 야마토의 집에서 머물고 있었다. 미순은 기모노를 개량한 옷을 만들어 권번을 돌아다니며 팔았다. 권번 기생들은 미순의 외모를 보고 권번에 들어올 것을 권했지만 미순에게는 야망이 있었다. 무엇으로든 혜석을 이겨보겠다는 결심이 확고했다. 독신 여성인 야마토의 지원을 받아 미순은 미코 야마토, 라는 이름을 얻어 일본 양장학원에 입학하기로 결정했다. 야마토는 일본에서 미코는 무당을 뜻한다며 네코, 라고 짓자 했지만 미순은 미코, 라는 이름이 마음에 들었다.

일본으로 가기 전 수원 집을 방문했다. 혜석이 최승구의 죽음 후, 수원 집에 머물고 있다는 말을 전해 들어서였다. 미순은 숙고사로 흰 저고리에 쥐색 치마를 똑같이 두 벌 만들었다. 미순의 손으로 처음 지은 조선 옷이었다. 둘이 똑같은 옷으로 갈아입고 수원 서호로 나갔다.

"그이의 예쁜 얼굴, 들끓는 예술, 앙상한 가슴팍, 나는 노랑 물감을 보면 견딜 수가 없어. 나의 이기적인 마음이 그이를 병에서 건져내지 못했던 거야."

미순은 혜석이 마음껏 울고 발광하도록 내버려두었다. 하늘의 문이 열리고 해가 미끄러져 떨어졌다. 닿을 듯 말 듯한 해가 수면에 닿자 상처와 슬픔이 쿨럭거리며 토해져 나왔다. 수면 위로 붉고 노랗게 물든 고름 같은 상처가 가득 흘렀다. 흰 저고리가 노랑으로, 다시 쥐색으로 물들 때까지 둘은 거기에 머물렀다. 마담은 혜석이 이혼 후 수원에서 전시회를 할 때, 〈수원서호〉라 제목 붙인 그림을 보았다. 그날의 시간을 그린 거였다. 마담은 〈수원서호〉를 본 후 혜석에 대한 미움과 질투를 떨쳐버렸다. 그랬다고 생각했다.

헤어진 곳에서 만나자는 약속을 잊었는지 택시 기사가 마담에게 다가왔다.

"해가 떨어졌는데 안 오셔서 걱정이 돼서."

마담은 주위를 살폈다. 해의 흔적은 오간 데 없고 어스름이 내려 있었다. 자리에서 일어났다. 현기증으로 잠시 이마를 짚었다. 독고완과 초이. 젊고 경쾌하게 어울리는 애들이었다.

마담은 자신의 문제를 어디까지 감춰야 할지, 어떻게 풀어야 할지 난감했다. 분명, 독고완의 조사원은 마담에 대해 낱낱이 캐냈을 것이고 완도 알고 있을 것이다. 오랫동안 숨겨놓았던 분노의 감정이 되살아났다.

기사는 마담이 택시비를 넉넉하게 지불하자 일이 있으면 자신을 불러달라며 회사 전화번호가 적힌 종이를 주었다. 집에 들어가자마자 마담은 초이를 찾았다. 방울이가 선배 기자와 함께 나갔다고 했다. 마담이 날카롭게 어떤 선배냐고 묻자 방울이는 신이 나서 말했다.

"처음 봤을 때부터 신사라 생각했어요. 부잣집 도련님 같아요. 양복도 멋지고 참, 외제차도 몰고 왔어요."

"우리나라에서 차도 만드니? 차는 전부 외제지. 독고완이로구만."

"독고 씨가 아니라던데요?"

마담은 방울이를 쏘아보곤 방으로 들어갔다. 분명, 독고완이 말했다.

"원래 여자들의 사소한 질투가 무서운 결과를 만들기도 하거든요."

4

세계 여행 중에 있는 나혜석 여사는 프랑스 파리를 중심으로 하고 미술을 연구하는 터인데 최근에 단발을 하였다는 소식이 있다.

　－〈나혜석 여사 단발〉

혜석의 단발 소식이 《조선일보》에 단독으로 기사화되자 서양 미용 기술을 배운 여자들의 집 앞이 북새통이 되었다. 단발하겠다며 몰려든 젊은 여인들 때문이었다. 혜석은 나라를 이동할 때마다 최은희에게 엽서를 보냈다. 최은희는 편지를 그대로 기사화했다. 〈나혜석 씨 여중 소식—아우 추계에게〉라는 제목이었다. 그렇게 자신과 혜석의 우정을 은근히 뽐냈다.

폴란드 바르샤바, 독일 베를린을 통과하여 프랑스 파리에 도착했을 때 파리 유학생인 안재학, 최근우, 이종우가 마중 나왔다. 혜석은 이종우와 함께 자신이 다닐 아카데미를 알아보았다. 모데른 아카데미에서 선생이 그림을 직접 고쳐준다는 말을 듣고는 그게 모데른 선생의 그림이지 본인의 그림이냐, 그래서 초학자들이 많이 몰려 있다며 거침없이 내뱉었다.

"일본 유학 시절과 똑같아요. 거침없는 성격은 여전하시군요."

"아이를 낳으면서 많이 온순해지긴 했지만."

혜석은 결국 비시에르 선생이 평만 해주는 랑송 아카데미에 다니기로 결정했다. 이종우의 안내로 장기간 투숙할 셀렉트 호텔도 저렴한 비용으로 구할 수 있었다. 이종우는 이틀 후에 미국 여행을 간 최린이 도착한다고 했다. 환영회를 자취방에서 한다면서 혜석과 김우영을 초대했다. 혜석은 일찍 가서 요리 솜씨를 발휘하겠다고 약속했다.

몽파르나스 거리에 있는 이종우의 아파트에는 한국인 유학생 십여 명이 모여 있었다. 비좁은 공간이었지만 그들은 익숙한 듯 음악을 틀어놓고 각자 자유롭게 소파와 베란다에서 잡담을 나누거나 책을 읽었다. 혜석과 김우영이 들어가자 이종우가 그들을 소개했다. 대부분의 학생들은 혜석을 알고 있었다. 혜석은 김우영을 학생들 숲에 버려두고 이종우와 함께 장을 보러 나갔다. 이종우는 파리에서 오래 머물렀기에 단골가게도 있었다. 양배추와 고기, 생선, 과일을 산 후 일본인 잡화점에서 고춧가루와 마늘 등의 양념과 조선무보다 길고 가느다란 일본 무를 샀다. 조선 배추를 구할 수 없어 안타까웠다.

아파트로 돌아가자 혜석은 바삐 움직였다. 무는 채 썰어 소금에 절이고 고기는 마늘을 다져 넣고 간장으로 양념했다. 소금에 절인 무를 짜서 고춧가루에 버무리고 양배추에 파, 마늘을 넣고 고춧가루로 버무렸다. 초인종 소리가 들렸다. 모자를 쓴 최린이 들어섰다. 혜석은 손에 고춧가루를 묻힌 채 최린에게 인사를 했다. 김우영과 악수한 후 혜석에게 손을 내밀던 최린은 곧 거두었다.

"내 조선 김치가 너무 그립지만 당장은 손에 고춧가루를 묻힐

수는 없죠."

혜석은 그제야 고춧가루로 범벅이 된 자신의 손을 내려다보고
는 웃었다.

"공에 관해 익히 들어왔지만 뵙기는 처음입니다."

혜석이 인사하자 최린은 고개를 끄덕이곤 응접실로 들어갔다.
음악소리가 멈췄고 십여 명의 학생들이 모두 최린 근처로 몰려
들었다. 그들은 최린에게 미국 여행 소감을 물었다.

"조선 밖에 나와 세계 속에서 조선을 잘 보는 것이 필요하다
생각했지요. 그래서 영국, 미국, 프랑스, 독일 등 강대한 국가를
보는 것보다 우리 조선과 처지 환경이 비슷한 약소민족의 국가
를 흥미 있게 돌아보고 왔습니다. 페리시앙 샬레 씨의 추천으로
국가독립 반제국주의 국제연맹에서 개최하는 세계약소민족대
회에 참가해 조선의 현실과 조선의 독립의지에 관해 연설할 생
각입니다."

최린의 말에 방 안에 있던 모든 학생들이 박수를 쳤다. 최린의
목소리는 쩌렁쩌렁했다. 그 사이 혜석이 상을 차렸다. 커다란 접
시에 불고기와 무생채, 양배추 겉절이, 생선조림을 놓고 각자 작
은 접시에 덜어 먹도록 했다. 조선 쌀을 구할 수 없어 베트남 쌀
에 물을 많이 붓고 밥을 했지만 쌀알이 날아갈 것 같았다. 오랫
동안 김치 맛을 못 봤던 유학생들은 양배추로 만든 겉절이가 맛
있다며 연신 손을 놀렸지만 혜석의 입맛에는 부족해 아쉬웠다.

"맛이 없네요. 조선 김치에는 젓갈이 있어야 하는데 젓갈도

못 구했고 양배추는 조선 배추보다 달기는 하지만 서걱서걱 시원한 맛은 없네요."

유학생들은 혜석의 말에 고개를 저으면서 정말 맛있다고 말을 보탰다.

"자자, 우리 입이 불란서 말을 한다고 조선 입맛을 까먹었다 말하지 맙시다. 나혜석 군, 이 배추절임 정말 맛이 없군요. 그나마 무생채는 조선 기와를 떠올릴 정도로 기막히게 맛있고 맵습니다."

최린의 말에 모두들 크게 웃었다. 식사가 끝나고 술판이 벌어졌다. 최린의 입담은 현란했다. 목소리도 크고 화제도 풍부했다. 동양철학과 서양철학에 근대사까지 꿰고 있으면서 적절하게 농담도 잘했다. 그의 말솜씨에 감탄하던 혜석이 설거지하는 이종우를 돕기 위해 부엌으로 갔다.

"종우 씨, 일본 유학 시절 김복진이란 사람과 친했어?"

혜석이 그릇을 헹궈내며 물었다.

"조각하던 괴짜요? 그 친구 고등학교 때부터 유명했어요. 철학과 문학을 좔좔 외고 다녀서 선생들이 아껴줬지요. 두려워하기도 했고요. 다들 그가 어떻게 철학이나 문학이 아닌 조소를 선택해 도쿄로 왔는지 궁금했지요."

혜석은 이종우에게 그의 작품이 선전에 입상했지만 파손된 것을 말해주었다.

"여기서도 다들 누군가 일부러 작품을 파손했다고들 생각했어요. 그 친구 대학 시절에 일본제전에 입선해 천재소릴 들었지요. 한국에 들어가서 모델 구하기 어렵고 흙도 구하기 어렵다는 편지를 받았는데."

"평론도 대단해요."

"뭘 시켜도 정열적으로 잘할 겁니다."

혜석은 만나는 사람마다 김복진을 칭찬해 오히려 더 수상하게 여겼다.

"평이 좀 거칠더군요."

"하하, 나 선생님께도 실례를 범했군요? 마음에 담아두지 마세요. 소학교 때부터 그 친구 자기 마음에 드는 은사를 만나면 꼭 이런 말을 했어요."

"뭐라고요?"

"선생님, 선생님은 꼭 서른 살까지만 사십시오."

이종우가 김복진의 목소리를 흉내 내며 우렁차게 말하자 거실에 있던 최린이 이쪽을 향해 소릴 질렀다.

"이 친구야. 난 지금 오십이야. 여기가 지옥이 아니었던가? 내 분명 삼십에 죽었는데 다시 부활했군."

최린의 말에 모두 한바탕 웃었지만 혜석은 김복진이 아끼는 은사에게 했다는 말을 되새겼다. 자신이 좋아하는 사람의 꼴불견은 보기 싫다. 꼴불견을 보이기 전에 죽어라. 이기적이지만 매력적인 생각이었다. 그렇지만 죽음으로 끝나는 것은 아니다. 사람이 어찌 좋은 꼴만 보여줄 수 있단 말인가. 설거지를 끝내고 이종우와 혜석이 거실로 들어갔을 때, 최린이 이종우를 돌아보며 말했다.

"내 귀가 고양이 귀거든. 내 욕이라면 먼지만 한 소리도 다 들려."

이종우는 수건으로 손을 닦으며 그게 아니라고 말했다.

"베토벤은 죽기 전에 소리를 듣지 못했는데 음을 기억해서 머리로 곡을 작곡했어. 그가 들리지 않는 귀로 작곡하는 모습, 얼마나 꼴불견이었을까. 그래도 그는 교향곡 9번 〈합창〉이라는 대작을 남겼지. 4악장 〈환희의 찬가〉를 들으면 절로 눈물이 솟아. 마력을 발휘했지. 사람이 어찌 좋은 꼴만 보여줄 수 있단 말인가. 험하고 거칠고 못나도 열심히 살아가면 그게 참사람이지. 어차피 모두 제 몸에 똥을 담고 살아가네. 그게 사람이라구."

자신이 방금 생각한 것을 그대로 말하는 최린의 말을 듣고 혜석은 깜짝 놀랐다.

"안 그래요? 나군? 나 여사라고 하면 좀 근질근질하지? 군이 편할 테니 그리 부르겠소."

대답 없이 최린을 바라보는 혜석 옆으로 김우영이 다가갔다. 김우영은 최린의 말을 자르고 천도교 청년단원인 공진항에게 통역을 부탁했다. 공진항에게는 통역비로 약간의 보수를 주기로 했다. 통역이 해결되자 김우영은 잠시 틈을 두었다가 최린에게 말했다.

"저는 독일로 가서 법 공부를 할 계획입니다. 제가 없는 동안 제 아내를 공에게 부탁드립니다."

최린은 김우영의 부탁에 간단하게 고개를 끄덕였다. 김우영은 오래전, 도쿄 유학 시절 이광수를 떠올렸다. 자신이 나혜석의 곁에 없으면 주변에 몰려들 남자들이 걱정이었다. 가장 위험한 인물은 이광수였다. 이광수와 혜석은 문학적인 감수성이 맞았고 잘 통했다. 그래서 그는 이광수를 직접 찾아가 혜석을 부탁했다. 가장 두려운 자에게 부탁을 빙자한 경고를 했고 그것이 통했다고 여겼다. 김우영은 또다시 불안한 느낌이 들었다. 이 방에 모여 있는 십여 명의 젊은 남학생들 사이에 혜석을 두고 가는 것이 불안했다. 아이를 세 명이나 낳았고 나이도 서른이 넘었지만 단발을 하고 서양치마에 블라우스를 입은 혜석은 처녀처럼 맑고 자유로워 보였다. 김우영은 나이가 많지만 최린이 가장 위험한 인물로 느껴졌다. 그런 예감이 들었다. 젊은 청년들은 혜석의 생각에 미처 따라오지들 못할 것이었다. 최린의 말솜씨와 다양한 취미 생활을 들추다보면 혜석이 좋아할 만한 요소가 많았다. 그는 사군자를 쳐서 미전에 출품한 경험도 있었고 가야금도 다룰 줄 알았다. 무엇보다 최린의 사상이 진보적이었고 예술적인 기운이 넘쳐흘렀다. 김우영은 불안했다.

　　김우영이 독일로 떠난 뒤, 혜석은 셀렉트 호텔에 머물렀다. 아침식사를 빵과 우유로 간단히 해결하자 시간이 많이 남았다. 세수를 하고 책상에 앉아 호텔 여주인이 구해준 프랑스 초등학교 교과서를 펼쳐 프랑스 단자를 외웠다. 전차를 타고 상젤리제에서 내려 일직선으로 걸어가 에투알 광장 노천카페에서 커피를 한 잔 마시고 건너편 루브르 궁전까지 산책했다. 그리고 몽마르트르로 갔다. 언덕길을 걸어가며 빵과 술값을 벌기 위해 이젤을 펼치고 스케치하는 화가들을 구경했다. 작은 살롱들이 문을 열기를 기다렸다가 문이 열리면 안으로 들어가 새로 들인 그림을 구경했다. 대부분 야수파의 그림이었다. 피카소와 브라크의 그림을 만나면 아예 앞에 앉아버렸다. 어깨에 메고 있던 화구 상자를 바닥에 놓고 상자 위에 앉아 하염없이 피카소를, 브라크를, 마티스와 드랭을 만났다. 독일 화가 키르히너의 〈거리의 여자〉가 전시된 작은 살롱을 들어갈 때면 가슴이 저며 왔고 손이 꿈틀거렸다. 앙데팡당 41호실 전부에 입체파 그림을 진열했을 때는 전시기간 내내 그 방에 앉아 있었다.

'예술은 가공적이 아니요 해방적이다. 개념적이 아니라 과학적이다. 선과 색으로 그 동을 그리려 하는 것이다. 입체파의 화면에는 색채의 교차인 하모니, 무빙, 콤퍼지션이 만재한다.'

전시 마지막 날이 되어서야 혜석은 그림에서 눈을 떼고 수첩에 메모했다. 오전에는 그림을 직접 찾아다니며 보냈고 오후에는 몽파르나스에 있는 비시에르가 지도하는 랑송 아카데미에 갔다. 아카데미는 오전, 오후, 야간 3부로 나누어 자기만 부지런하면 종일이라도 공부할 수 있었다. 모델 자세 시간은 보통 30분씩이었고 크로키할 때에는 한 시간씩 하고 휴식을 했다. 모델은 포즈 잡는 기본적인 상식이 있어서 화가들이 그리기 편하게 해주었다. 휴식 후에는 휴식 전과 똑같은 포즈를 취했다. 그림에 대한 이해가 깊었고 모델로서의 자긍심도 있었다. 혜석은 미술관과 화랑에서 그림을 보고 나면 엄청난 예술적 혼에 빨려 들어갔다. 동시에 자신의 그림 재능에 대한 자괴감이 밀려왔다. 개성이 꽉 찬 그림이 너무 많아 입이 딱딱 벌어졌고 어떻게 그림을 연구해야 할지 몰라 갈팡질팡했다.

랑송 아카데미에서 공부가 끝날 즈음이면 통역 담당 공진항과 최린, 이종우가 랑송 아카데미 앞의 노천카페에 앉아 압생트를 마시며 혜석을 기다리고 있었다. 혜석이 나오면 그들은 연극이나 오페라, 영화를 보러갔다. 그들은 몽파르나스를 젊은이들처럼 걸어 다녔고 댄스홀에 들어가 춤을 추었다. 춤을 추다가 약 10분씩 불이 꺼질 때면 최린은 혜석을 껴안았다. 암흑 속에서 뜨거운 열기가 뿜어져 나왔다. 10분의 시간이 끝나면 다시 서넛이 함께 춤을 추었다. 다시 불이 꺼지는 시간이 되면 최린은 혜석의 곁으로 다가왔다가 불이 꺼지면 혜석을 안았다. 몸을 빼려 실랑이를 벌이던 혜석이 얌전해지자 대담해진 최린은 그녀의 블라우스 속으로 손을 집어넣었다. 불이 켜지면 곁에 있던 공진항을 의식해 서로의 몸에서 떨어졌지만 힘이 풀려 엇갈린 다리와 붉어진 이마, 달아오른 뺨과 열기로 가득한 표정은 숨길 수 없었다. 그런 날이면 댄스홀에서 나와 헤어질 때까지 최린은 침묵했고 어색하고 뻣뻣한 불편을 던져줬다. 공진항은 곤경을 지우려고 노력했지만 서먹한 관계가 계속되었다.

며칠 동안 최린이 아카데미 앞에서 혜석을 기다리지 않았다. 혜석은 신경이 쓰였지만 내색하지 않고 이종우와 공진항과 저녁을 먹었다. 수시로 출입문과 거리를 살펴보곤 시무룩해져 쓸쓸한 표정을 지었다. 혜석이 최린의 부재로 힘겨워할 즈음 최린이 나타나 펠리시앙 샬레의 집에 초대받았다며 동행하자고 제안했다. 혜석은 샬레 씨에 대해 익히 들었고 프랑스 가정을 가까이서 보고 싶은 생각에 제안을 수락했다. 최린과 혜석이 프랑스어를 자유자재로 할 수 없어 통역 담당인 공진항도 함께 갔다. 펠리시앙 샬레는 소르본대학 철학과 교수였고 세계인권옹호동맹 부회장이었다. 아시아 문제 권위자로서 한국독립후원동지회 파리지부 결성을 주도했다.

샬레의 집은 레베지네라는 별장지대에 있었다. 파리 상라자르 정류장에서 전차로 25분 거리에 있는 삼층 양옥집이었다. 그곳은 오래된 나무와 숲이 그대로 보존되어 있었다. 샬레 씨의 장인에게 물려받은 별장이라고 했다. 수목들 사이에 있는 집 대문에서 줄을 잡아당겼다. 샬레 씨가 친히 나와 문을 열어주었다. 문을 열고 들어서니 좌우로 수목이 울창하고 잔디 위에는 갖은 꽃이 피어 있고 개소리, 닭소리가 들렸다. 단아한 양옥집 현관문을 열고 들어갔다. 수수하고 점잖은 샬레의 부인이 마중을 나와 서재로 안내했다. 책이 산같이 쌓였고 갖은 골동품, 각국 국기가 놓인 서재였다. 샬레 씨는 일본에는 세 번이나 갔다 왔고 중국과 조선에 대해서도 잘 알았다. 샬레 씨가 조선에서 일어난 사건들을 잘 알고 있어 대화는 끊임없었고 풍성했다.

"저는 조선에서 칼춤을 본 적이 있습니다."

"아, 검무를 보셨군요. 무당이 굿을 할 때도 신들림을 증명하기 위해 칼 위에서 춤을 춥니다."

"날카롭고 위험한 칼을 춤으로 예술화한 것을 보고 그만큼 조선 민족이 선량하고 평화스러운 민족임을 알아차렸습니다."

혜석은 조선의 무속신앙과 문화에 대해 자세하게 말하려고 했으나 통역을 두고 얘기하려니 뜻대로 의사가 전달되지 않아 답답했다. 최린은 조선에서의 독립운동과 독립하려는 의지에 대해 말했다.

"1919년 3월 어린 학생들까지 나라의 독립을 위해 학교에서 거리로 나와 독립 만세를 했다는 기사를 읽고 박수를 쳤답니다."

혜석은 샬레 씨의 조선에 대한 관심과 성품에 감동했다. 혜석은 기회가 된다면 이 집에 머물면서 프랑스 가정을 경험해보고 싶다고 말했다. 샬레 씨 부인은 흔쾌히 이층 방을 내주겠다고 약속했다. 부인은 프랑스 여자참정권운동회 회원이었다. 샬레 씨를 방문한 후에 최린은 공진항과 랑송 아카데미 앞에서 혜석의 공부가 끝나기를 기다렸다. 오페라를 본 후 술을 마시고 헤어졌다. 혜석이 셀렉트 호텔 출입구로 들어서려할 때 최린이 뒤따라왔다. 기척을 느끼고 혜석이 뒤를 돌아보자 최린이 다가와 몸을 안았다.

"공, 저는 공을 스승으로 공경합니다."

"군은 파리에서 아이처럼, 학생처럼, 처녀처럼 자유롭게 지내고 있다 하지 않았소."

"그건 제 기분, 생활에 대한 자유, 그림에 대한 각오입니다."

"이미 내 욕망은 군에게 향해 있고 나는 그것을 표현했소. 군 또한 그 욕망에서 벗어나기 어려울 것 같아 보이오."

"지금이라도 각자의 욕망을 쓰러트리는 것이 옳습니다."

"군의 기분과 생활, 자유와 일생을 나에게 맡기시오."

"그렇게 할 수는 없습니다."

"그리하면 군은 이곳 파리에서뿐만 아니라 조선에서도 힘겨울 것이오. 나의 영향력과 권력을 잘 알지 않소."

"협박입니다."

"협박이오."

"매력적인 협박이네요."

혜석은 11월 20일 셀렉트 호텔에서 최린에게 몸을 허락했다. 최린은 유혹했고 그것을 기다리고 있었다는 듯 혜석은 유혹에 넘어갔다. 그 후 최린과 혜석은 보란 듯이 공진항을 빼돌리고 셀렉트 호텔로 갔다. 혜석은 일본 유학 시절부터 혼과 몸이 일체되는 사랑에 대해 고민을 했다. 엘렌 케이의 자유연애 사상을 받아들였고 자유연애를 주장했지만 정작 본인은 실천하지 못했다. 혜석의 마음에 꼭 들어차는 상대를 만나지 못했다. 최린과의 만남에서 그녀는 자신이 여성으로 다시 태어났다고 생각했다. 몸과 몸이 닿으면 전기가 흐르듯 찌릿했다. 몸 위로 녹여진 서로의 넋이 뒤엉켰다. 기분과 상관없이 상대의 욕망이 해소되길 기다리고 끝내는 행위가 아니었다. 서로의 기분을 확인하며 몸에 달라붙어 더듬었다. 남자의 몸을 처음 만져보는 듯 그녀는 그에게 매료되었다.

그녀는 평소 김우영과 한 이불에 있을 때면 얼른 그의 욕망이 해소되길 기다렸다가 곧바로 일어나 작업실로 가 책을 읽거나 화집을 뒤적거렸다. 이불 속에서 뒹굴기에는 시간이 아까웠고 예술이 부족한 것 같아 불안했다. 최린과는 몸의 욕망이 해소되어도 정신적인 갈증이 남아 곁에 머물고 싶었다. 자유롭고 예술적인 기운이 뒤섞여 시간이 아까운 줄 몰랐고 불안하지 않았다. 그들은 알몸인 상태로 대화를 나누었다. 알몸인 상태로 그녀는 그림을 그렸고 그는 책을 읽었다. 같은 공간에 누군가가 존재하는 것이 신경 쓰이지 않았고 편안했다. 숨길 수 없을 정도로 부풀어 오른 정열은 그들을 호텔 밖으로 끌어냈다. 점점 대담해진 그들은 파리 유학생들의 눈을 의식하지 않고 팔짱을 끼고 몽파르나스 거리를 걸었고 샹제리제 리도 아케이드에서 남성용 모자를 사서 똑같이 쓰고 다녔다.

벨기에 브뤼셀에서 열리는 세계약소민족대회에 참가하기 위해 최린은 브뤼셀로 갔다. 조선 대표단 단장은 이극로였다. 조선의 제안은 첫째, 시모노세키 조약을 실행하여 조선독립을 확보할 것, 둘째, 조선 총독 정치를 즉시 폐기할 것, 셋째, 상해 대한임시정부를 승인할 것이었다. 그러나 대회는 반영운동을 중심으로 전개되어 중국, 인도, 이집트 문제만 논의했고 조선 문제는 토의에 오르지도 못했다. 최린은 연설할 기회조차 얻지 못했다.

파리 유학생들은 브뤼셀에서 돌아온 최린을 환영하지 않았다. 유학생들에게 세계약소민족대회 결과가 최린의 도착보다 먼저 알려졌다. 구미 여행 후 돌아온 최린의 환영식 때와는 사뭇 다른 모습이었다. 유학생들은 할복, 이라는 단어를 썼다. 연설의 기회를 놓쳤으면 할복을 해서라도 우리의 사정을 알렸어야 했다는 말들이 무성했다.

게다가 유학생들 사이에서 최린에 대해 듣기 거북한 소문이 돌았다. 혜석과의 관계였다. 그들은 혜석을 작은댁, 이라 불렀다. 최린은 브뤼셀에서 돌아온 후 곧바로 혜석을 찾았다. 열정의 기운이 가시지 않은 그들은 호텔 방에 단둘이 있자 지남석처럼 달라붙어 서로의 옷 속으로 손을 집어넣고 급하게 서둘렀다.

혜석은 김우영과 새해를 맞기 위해 베를린으로 갔다. 혜석은 죄책감으로 김우영에게 살갑게 굴었다. 베를린에서는 말도 안 통했고 지인이 없어 초대받은 곳도 없었다. 둘은 엽서와 선물꾸러미를 사들고 호텔로 돌아가 조선으로 엽서와 선물을 보냈다. 새해를 맞이하고 그들은 쾰른으로 갔다. 그곳에서 우연히 이극로와 최린을 만났다. 김우영과 이극로가 얘기를 나누는 동안 최린과 혜석은 정원을 걸었다. 최린은 오가는 사람이 없는 나무 밑으로 가 혜석의 팔을 끌어당겼다. 혜석은 정색을 하며 거리를 두었다.

"나는 공을 사랑합니다. 그러나 내 남편과 이혼은 안 하렵니다."

최린은 나무에 등을 기댄 채 혜석을 바라보다 나무에서 등을 떼고 혜석의 어깨에 손을 올렸다.

"과연 당신의 할 말이오. 나는 그 말에 만족하오."

그는 몸을 돌려 빠르게 걸음을 걸으며 한 손을 허공을 향해 쳐 들었다. 혜석은 그가 기다렸다는 듯이 쉽게 돌아서자 당황했지 만 그것으로 최린과의 관계를 정리했다고 스스로 다짐했다. 파리로 돌아와 혜석은 혼자 댄스홀을 다녔다. 주로 공연이 있는 댄스홀이었다. 캉캉 댄스가 끝나고 난 후, 무희들이 여우 털외투를 입고 서둘러 댄스홀을 나가 다른 댄스홀로 가는 것을 쓸쓸히 바라보았다. 겨울 내내 무희를 그리는 데 시간을 보냈다.

김우영이 파리로 왔을 때 혜석은 가능한 한 유학생들과의 접촉을 피했다. 그럼에도 불구하고 소문이 들려왔다. 김우영은 파리에서 독일로 드나드는 유학생들을 통해 최린과 혜석의 소문을 이미 들었다. 믿고 싶지 않았지만 소문은 구체적이었고 증언자들의 증언이 똑같았다. 김우영은 내색하지 않으려고 애를 썼다. 그렇지만 확인하고 싶은 마음에 자신도 모르게 최린에 대한 정치적인 활동을 비판했다. 혜석이 고백하도록 유인했다. 혜석은 엘렌 케이의 사상을 받아들였던 때를 얘기했다. 유럽 부부들의 자유로운 사생활에 대해서도 얘기했다. 파리의 자유로운 기분에 취했고 호기심에서 일어난 일이라고 했다.

"중요한 건 제가 김우영 씨를 사랑한다는 거예요. 김우영 씨와 제 아이들과 함께 가정을 지키고 싶어요. 그래서 깨끗하게 정리했어요. 지금 제 온몸과 정신은 김우영 씨만을 향해 있습니다."

김우영은 혜석의 고백을 받아들였다. 말투와 다정한 태도는 변함없었지만 표정은 굳어 있었다. 혜석은 김우영이 입에 대지 않았던 술을 마셔야만 잠드는 것을 눈치챘다. 혜석은 술에 취한 그를 안았다. 김우영의 욕망이 채워지길 기다리는 수동적인 자세를 버리고 관능적인 자세를 취했다. 새벽에 깨어났을 때 김우영은 발코니에 앉아 있었다. 혜석이 곁에 앉자 수척해진 얼굴을 한 김우영이 말했다.

"당신 몸이 낯설게 느껴지오. 그리고 당신이 이 호텔에 머무는 것이 싫소."

혜석은 펠리시앙 샬레의 집을 떠올렸고 샬레 부인과 통화를 했다. 혜석은 짐을 싸서 샬레의 집으로 갔다. 영국으로 돌아간 김우영은 혜석에게 이삼일에 한번 씩 보내오던 엽서를 보내지 않았고 전화도 없었다,

여름에 김우영이 머물고 있는 영국으로 갔다. 김우영은 옥스퍼드대학에서 열리는 강습에 참가하고 있었다. 런던에서 하숙을 하며 혜석은 영어를 배웠다. 혜석에게 영어를 가르쳐준 선생은 60여 세의 노처녀로 예전에 여성창점권 운동단체의 간부로 여성의 권리를 주장했던 할머니였다. 할머니는 20년 전 시위운동을 생생하게 설명해주었다. 혜석은 여성의 노동 문제, 정조 문

제, 이혼 문제, 투표 문제가 곧 조선이 당면할 문제이며 나라의 독립 후에 여성도 참정인권을 위해 투쟁할 것이라 예측했다. 할머니는 남빛 바탕에 금색 글자가 수놓아진 낡은 여성참정인권 대회 띠 하나를 기념으로 주었다.

"여자는 좋은 의복을 입고 맛있는 음식을 먹는 것을 절조하여 은행에 저금을 해놓아야 해요. 그것은 여자의 권리를 찾는 제일 조목이 되지요."

"부부가 함께 가정을 일구며 살아가는 데 여자가 따로 돈을 저금해놓아야 할까요?"

"인생에는 언제나 크고 작은 함정이 있어요. 함정을 지혜롭게 대처하기 위해선 여성은 경제적인 독립을 해야 합니다."

할머니의 말을 수첩에 영어로 받아 적었다. 혜석은 파리를 떠나기가 싫었다. 그림 공부를 좀 더 하고 싶었고, 여성 문제도 연구하고 싶었다. 그녀는 몽파르나스의 음식점을 지나다가 헛구역질을 했고 오페라를 관람하다가도 졸음이 쏟아졌다. 경험상 임신이었다. 김우영에게 임신을 한 것 같다고 말했다. 김우영은 진심으로 기뻐했고 축하해주었다. 혜석은 네 번째 아이를 임신한 것으로 부부 관계가 더욱 좋아질 것이라 여겼다. 그들은 파리의 생활을 정리하고 미국으로 갔다. 뉴욕 항에 장덕수, 윤홍섭이 마중을 나왔다. 4개월 체류하며 관광하고 지인을 만났다. 뉴욕에는 한인 유학생이 많았다. 이승만이 이끄는 동지회와 안창호가 이끄는 흥사단이 정치운동을 이끌고 있었다. 김우영은 이승만 계열과 친했다. 혜석은 이광수를 통해 상해 시절 독립운동을 하던 도산에 관한 얘기를 많이 들었다. 그를 만나고 싶었지만 기회가 없었다. 혜석은 이승만 측의 사람들을 만날 때에는 입덧을 핑계 삼아 참석하지 않았다. 뉴욕 재미동포들의 크리스마스 파티에서 김우영이 친일파로 몰려 봉변을 당할 뻔했다. 혜석은 불참했었다. 파티장에서 열혈 청년이 칼을 들고 김우영을 찌르려고 했다. 때마침 이기붕 씨가 간신히 뜯어말려 피살을 면했다. 김우영은 그 사건으로 정신적으로 고민을 했다.

"어디든 열혈 청년은 있지요. 먼저, 당신이 무사한 것에 감사해요. 그러나 오해라고 하지만 열혈 청년의 입장은 충분히 이해를 해야 해요."

김우영은 굳이 청년의 입장을 이해해야 한다는 혜석의 말에 불쾌했다.

"제가 구미 여행을 다니고 파리에서 그림 공부를 하고 당신이 독일과 영국에서 공부를 할 수 있었던 것, 모두 일본 외무성의 덕이었지요. 그러나 조선에 돌아가서 다시 일본 총독부에서 일하는 것을 원치 않아요."

"그러면 어찌 돈을 벌겠소?"

"독일과 영국을 둘러보며 공부하고 경험하셨으니 개인 변호사 사무실을 하나 장만하는 것이 어떨까요?"

김우영은 대수롭지 않게 생각해보겠다고 대답했지만 속으로는 큰 갈등을 했다. 혜석과 김우영은 여러 친구들의 전송을 받으며 뉴욕을 떠났다. 필라델피아 시외 한적한 병원 응접실에서 만난 노인이 된 서재필 박사 모습이 눈에 밟혔다. 코스모폴리탄, 메트로폴리탄, 마천루 등 돈 많은 부자 나라를 떠나 이제 가난한 조선으로 돌아가야 할 시간이었다. 샌프란시스코에서 태양환을 타고 떠나 태평양을 건너 일본 요코하마로 향했다. 도쿄에서 친우들을 만나고 도쿄를 떠나 요코하마에서 배를 타고 이틀 후 부산항에 도착했다. 1년 9개월 만의 귀향이었다. 혜석의 배는 볼록해져 있었다. 혜석은 배에서 내리기 전에 미국에서부터 길러 어깨 아래까지 치렁거리는 머리카락을 한데 모아 틀어 올렸다.

5

수덕사를 향하던 완이 담배를 피워 물었다.

"어제 새벽 중부경찰서장 윤기병이 지휘하는 50여 명의 경찰들이 반민특위를 습격했소. 특경대원을 무차별 폭행했고 특위의 서류와 집기들을 탈취했소."

"반민특위법도 개정되었다면서요."

"친일 세력 대부분이 뒷구멍으로 빠져나갔고, 암살자의 명단이 떠돌고 있소. 아마, 소장파인 백범 선생님도 피신해야 할지 모르겠소."

"제주도에선 연락이 왔나요?"

"선배에 이어 후배 한 명도 들어갔는데 소식이 없소. 개성 송악산 전투에 이어 옹진반도 국사봉에서 총격전 중이오. 나도 글을 끝내고 제주도로 가봐야 할 것 같은데 그 전에 당신 마음을 사로잡고 싶소."

초이는 완의 마지막 말은 못 들은 척했다. 그녀는 수첩을 꺼냈다.

"들어보세요. 이성을 너무 많이 아는 이 중에 훌륭한 사람을 본 적이 없는데 김명순도 마찬가지. 《신여성》 1924년 11월 〈신여자 인물평〉란에 적힌 거예요. 또 있어요. 한참 당년 여류성악가로 예간다 제간다 하고 문제가 많던 윤심덕 아씨는 요새 또 무슨 복덕방을 만났는지."

수덕사를 향해 운전 중인 완은 초이를 돌아보았다.

"좀 더 들어보세요. 김명순의 시도 소위 '분' 내음새가 나는 시의 일종이다. 누가 보든지 순실한 처녀, 혹은 여자가 정성껏 드리는 기도로는 보지 않을 것이다. 이 시에는 거친 생활을 계속하는 타락한 여자가 새로 마음을 고쳐먹고서 거울 앞에 앉아 있는 그러한 무드가 많이 있다, 거친 피부를 가려 주고 있는 한 겹의 얇은 분을 벗기어버리면 그 아래에는 주름진 살가죽이 드러난다. 그와 마찬가지로 그의 시도 한 겹의 가냘픈 화장이었다."

"지독한 평이로군."

"그의 예술적 생활이라는 것에는 벌렸던 입을 다물 수가 없다. 재롱도 여기까지 오면 도로 정이 떨어진다. 그의 손으로 된 것인지 혹은 부군 노월씨의 가필을 받은 것인지도 모르는 한 조각의 감상문만을 가지고 그의 전체를 평하여서 미안하다, 다행히 그에게 장래의 여생이나 파란이 없기를 바란다, 팔봉 김기진 선생님이 《신여성》에서 김원주에게 한 평이에요."

"노월이라면 임노월 선생을 말하는 거요?"

"재미난 건 노월 선생은 김명순과 김원주 모두와 연애를 했어요. 그런데 그런 노월에게는 한 마디 언급도 하지 않았지요, 왜냐면 노월은 신여성이 아니니까."

"하고 싶은 말이 뭐요?"

"당신이 놓친 것, 이것이 대부분 안동현 시절에 있었던 일이에요. 나혜석은 선전을 통한 화단에서의 활약도 대단했지만 독립운동을 돕기도 했고 신여성을 편파적인 시각으로 바라보는 남성에게 지속적으로 대항하는 의견을 냈어요. 그걸 놓쳤더군요."

"부잣집 마나님이 독립운동 몇 번 도와준 것을 크게 다루고 싶진 않았소. 다른 이들은 자신의 내장을 꺼내 들고 독립운동을 했소."

"의열단에 송금한 것을 계기로 대한민국임시정부에도 송금을 했고, 아나키스트 정화암이 국경을 넘는 것도 도왔지요. 황옥경부사건도 있었고요."

"황옥경부사건은 경찰 쪽에서 꾸민 역계략이었다는 정보도 있소."

"안동현 시절 나혜석은 자신의 세계를 차분히 다져갔어요. 여성으로서의 글쓰기 틀이 잡혔고 남성의 시각에 비판을 가했던 시기예요."

"〈모된 감상기〉의 공방전은 쓰지 않았소?"

"그거야 워낙 드러난 사실이잖아요. 소파 선생은 《개벽》의 부족금을 막기 위해 《신여성》을 잘 팔리게 만들었다고 해요. 거기에 꼭지가 있는데 〈색상자〉는 여학생과 신여성에 대한 신변 잡기성 일화나 기이한 소식을 전했지요. 대부분 소문을 확인 절차 없이 조롱했어요. 예를 들면 조선 거부의 세컨드 따불유였다가 바에서 접대부 노릇을 하는 미모의 여인, 이런 식이었어요. 김명순, 김원주, 윤심덕은 단골손님이었어요. 〈은파리〉 꼭지를 방정환이, 〈색상자〉 꼭지를 팔봉 김기진이 작성했다는 말이 있어요."

"신여성이 문란했던 건 사실이잖소. 김원주는 일본인, 임노월, 이광수, 벌써 내가 아는 사람만 셋이오."

"나혜석은 《신여성》의 〈은파리〉와 〈색상자〉를 몹시 비판했어요. 《신여성》 잡지 측에 신여성을 겨냥한 조롱을 그만두라고 요구했지요. 강명화의 자살을 빗대어 제2, 제3의 강명화가 생기면 도덕적인 책임을 회피할 수 없다고 극단적으로 말했어요. 결국, 윤심덕의 자살 이후, 나혜석의 거센 비판으로 《신여성》에서 〈은파리〉와 〈색상자〉 꼭지가 잠깐 사라졌어요. 그렇지만 《신여성》은 전형적인 남성 시각이었지요. 독자 또한 여학생과 신여성을 관음하고 싶어 하는 남성들이 더 많았고요. 〈은파리〉가 필요하다는 요구가 밀려오자 1931년에 고인이 된 방정환 없이 다시 부활하게 되요. 신기한 건, 1931년은 나혜석이 이혼으로 숱한 소문에 휩싸이고 사회적으로 냉대를 받을 때였는데도 어느 잡지에서도 나혜석을 비아냥거리는 글을 쓰지 않았다는 거예요. 신문에 무기명 투고만 몇 개 있었고 그게 대중의 의견인 것처럼 확대되었어요."

"호오, 그럼 그들은 나름대로 나혜석을 존중해줬다는 건가?"

"그녀를 알고 있는 사람들은 가십거리조차 만들 게 없다는 사실을 알았던 거지요. 실제로 결혼 생활 십 년 동안 아이 넷을 낳았고 왕성한 작품 활동을 했어요. 자유연애를 주장했지만 실질적으로 연애에 관해서는 경직되어 있었어요. 이광수와 염상섭과의 소문이 있지만 모두 근거 없는 뒷말이었어요."

"결국, 당신은 안동현 시절도 못마땅한 거로군. 당신이 소설을 써보는 건 어떻소?"

"실제의 인물을 되살려내는 소설에는 사실적인 기록과 자료가 바탕이 되어야 한다고 생각해요. 그것 없이 상상만으로 만들겠다면 아예 인물도 새로 만들어내던가요. 저는 당신에게 제가 알고 있는 정보를 주려는 거예요. 그것 외엔 당신 소설, 나쁘지 않았어요."

"그거 칭찬이오? 무슨 칭찬을 그렇게 깍쟁이처럼 하오?"

독고완은 오른손을 운전대에서 빼 초이의 뺨을 톡톡, 건드렸다. 초이는 완의 손가락을 치고 손바닥으로 자신의 뺨을 비비며 눈을 흘겼다.

"당신 말을 들으면 내 원고는 너덜너덜 고쳐야겠소. 당신은 정말 나혜석과 최린의 관계가 어떤 것이라 생각하오?"

"그 부분에 너무 집착하는 것 아닌가요?"

"당연하지 않소? 그 사건으로 인해 나혜석의 삶이 뒤바뀌었는데."

"전 최린과의 관계 때문에 나혜석의 삶이 망가졌다고 생각하지 않아요. 그건 사생활이니까. 사생활과 예술을 독립적으로 생각하지 못한 사회의 대응이 문제였지요. 게다가 안 그래도 미웠던 그녀를 끌어내리려는 몇몇의 입과 손이 있었겠지요."

"나혜석의 잘못도 있지 않았을까? 굳이 〈이혼고백서〉와 정조유린 고소사건, 그 이후에도 물의를 일으켰던 글을 써서 발표할

까닭은 없었지."

"아뇨, 글을 발표하지 않았더라도 이미 사회에서 매장 당했어요. 전 나혜석의 초기 글보다 후기의 글이 더 강렬하게 와 닿아요. 백 년이 지난 후에도 자신의 일을 그렇게 까발릴 수 있는 여자가, 사람이 있겠어요? 자신의 신념에 솔직한 태도, 시대를 앞서간 생각도 존중하지만 본인을 다치면서까지 사회가 변하길 바란 의지가 확고했어요. 총독부와 화단에서는 그녀를 매장시켰지요. 문단도 외면했고요. 그나마 파인 선생만 끝까지 발표 지면을 줬어요."

"난 파인 선생이 나혜석을 부추겨 도발적인 글을 쓰게 했다는 생각이 드는데."

"《삼천리》또한 흥미 위주와 자극적인 소재를 찾았던 것은 인정해요. 그러나 제 생각엔 공평했어요. 남성들의 시각, 여성들의 시각을 골고루 넣었어요. 편파적으로 여성을 몰아붙이지 않았다는 말이에요. 파인 선생님 또한 중일전쟁 후《삼천리》에 일본을 찬양하는 글을 썼어요. 그런데도 혜석 이모에게는 청탁하지 않았어요. 청탁을 했어도 거절했겠지만 아마 청탁하지 않았던 것 같아요."

"〈이혼고백서〉발표는 사회적인 물의였소."

"《삼천리》에〈이혼고백서〉를 발표하지 않았다면 그녀가 위자료 없이 이혼을 당했다는 사실을 어떻게 알겠어요. 그녀의 이름 앞에 선각자, 라는 수사는 빠졌을 테지요."

수덕사가 가까이 오자 초이는 급격하게 말을 아끼고 골똘한 표정으로 창밖을 내다보았다. 초이 또한 〈이혼고백서〉를 읽고 충격을 받았다. 최린과의 관계까지 인정하고 사실대로 썼다. 본인의 상처를 끄집어내 전시하고 싶은 사람이 누가 있을까. 〈이혼고백서〉를 쓰도록 몰고간 것은 무엇일까. 수덕여관에서 점심으로 나물비빔밥을 먹고 뒷마당으로 나갔다. 초이는 우물에서 물을 한 바가지 퍼서 마셨다. 이 나무바가지, 나혜석의 손때가 묻어 있을 거였다. 얼마나 비참하고 막막했을까. 이렇게까지 그녀가 간절해질 거라 생각지 못했다. 고개를 돌려 바위들이 엉겨 있는 산기슭을 쳐다보았다.

"엄마가 유난히 저에게 공을 들여 이 옷 저 옷을 입혀보고 머리를 양 갈래로 땋았다가 풀었다가 했어요. 그런 날은 어김없이 혜석 이모를 만나는 날이었어요. 이모는 그리 아름답지 않았고 멋을 부리지도 않았어요. 엄마는 짙은 화장에 유난히 치장을 했어요. 만나고 돌아온 날이면 엄마는 꼭 술을 마셨어요."

완은 목을 가다듬었다.

"아마, 나혜석에 대한 질투로 치장을 했을 거요."

"질투라고요?"

"먼저 내 죄를 고백하겠소. 엘리제 마담을 조사했소."

초이가 완의 말에 멈칫하며 그의 얼굴을 바라보았다.

"조사라니, 어떤?"

"마담과 나혜석이 같은 날, 같은 장소로 출생 신고가 되어 있다는 사실을 알아냈소."

초이는 우물 앞 너럭바위에 주저앉았다.

"나혜석과 엘리제 마담의 관계가 의심스러웠소. 조사해보니 이복자매는 아니었고. 마담의 생부를 알게 되었소. 그는 파평윤 씨의 성을 가진 남자였소."

완은 혜석의 동생 지석을 찾아갔다. 그녀는 그때까지 혜석의 죽음을 몰랐다. 비통한 울음을 끝내고 유년의 기억을 되짚었다. 그녀는 윤미순을 혜석보다 더 따랐다고 했다.

완이 조사한 마담의 가족관계를 말하자 초이는 일어나 산기슭 쪽으로 갔다. 다리를 접고 웅크려 앉아 속엣것을 토해냈다. 완이 등을 쓰다듬으려하자 초이는 휙 뿌리쳤다. 초이가 앉은 바로 앞, 산기슭에 파묻혀 있던 돌에 작은 꽃 한 송이가 그려져 있었다. 단출하게 그려진 꽃은 색이 바래져 간신히 돌에 붙어 있었다. 초이는 돌 속에 희미하게 색을 잃어가고 있는 꽃을 보자 눈물이 돌았다. 완은 바가지에 물을 떠와 초이에게 내밀었다. 초이는 완을 밀치고 뛰었다. 수덕여관 앞으로 돌아가 내리막길을 뛰어 내려갔다. 완이 뒤따라와 그녀의 팔을 잡았다.

"무례하다 생각은 했지만, 당신이 뭔데 남의 집안을 들춰내? 그래서 알아낸 것을 엄마한테 줄줄이 말했나요? 그래서 엄마가 조사원 운운하며 당신을 반대했군요. 비인간적이에요."

그녀는 눈에 불을 켠 듯 번뜩이며 재빠르게 말을 내뱉었다.

"죗값은 나중에 받겠소. 서울까지는 같이 갑시다."

완은 발버둥치는 초이를 와락 껴안았다. 그녀의 입에서 쉰내가 났다. 완은 거부하는 초이의 머리를 품에 당기고 맘껏 울고 발버둥 치도록 내버려두었다. 초이는 완이 자신의 집안 내력을 파헤친 것도 화가 났지만 마담, 엘리제의 심정을 알아버려서 슬펐다. 초이가 집안에 대해 물어보면 냉랭하게 대답을 회피하던 모습을 떠올렸다. 자신의 생부에 대해 철저히 숨기려고 했다. 엄마의 생모는 나혜석 집안의 하녀였고, 생부의 하룻밤 상대였다. 엘리제 마담이 끝끝내 숨기고 싶어 했던 것을 완이 들춰낸 거였다. 초이는 다리에 힘이 빠질 때까지 완의 품에서 발버둥 쳤다. 몸에 기운이 빠지자 초이는 차문을 열었다.

"제 생부에 대해서도 조사했나요?"

"그건 알아내지 못했소."

초이는 집 앞에 도착할 때까지 단 한마디도 하지 않았다. 완 또한 말을 건넬 수 없었다. 차가 집 앞에 섰을 때, 마당을 서성이던 엘리제 마담이 문 밖으로 나왔다. 초이는 마담을 보고 인사 없이 지나쳐 문 안으로 들어갔다. 마담이 초이가 내렸던 조수석의 문을 열고 올라탔다. 완은 초이에게 조사한 것을 고백했다고 말했다.

"출발하지요."

조수석에 앉은 마담이 손으로 앞을 가리켰다. 완은 차를 몰았다. 서울 밤거리가 언제 저렇게 환해졌는지 완은 어리둥절한 채로 주위를 두리번거렸다. 한 집 건너 음식점이 보였고 손님을 기다리는 택시가 등을 켜고 기다리고 있었다. 완은 마담이 원하는 장소가 어딘지 몰라 진고개 쪽으로 방향을 잡았다. 마담은 담배를 말아 불을 붙이고 차창을 열었다.

"어지러우니까 차 세워요."

완이 차를 세웠다. 마담이 다방에 갈 생각이 아니라는 것을 완은 그제야 알았다.

혜석이 최승구를 잃은 상처로 괴로워할 때, 미순은 미코 야마토, 라는 이름을 얻어 일본 교토로 갔다. 야마토의 소개를 받아 간 곳은 정식으로 허가를 받은 복장 학원이 아닌, 대대로 가업을 이어 기모노를 만드는 곳이었다. 미코는 그곳에서 비단에 수놓는 것부터 배웠다. 그녀가 원하는 것은 기모노를 만드는 것이 아닌 서양 모직으로 양장을 만드는 것이었다. 미코는 고인 물 같은 어둑한 다다미방에서 최대한 빨리 벗어나기 위해 받은 수당을 한 푼도 쓰지 않고 모았다.

미코는 혜석의 동생 지석과 서신을 주고받았다. 혜석이 3·1운동 가담으로 옥고를 치른 소식, 어머니 최씨의 죽음 소식을 서신으로 들었다. 혜석의 결혼 소식을 들었을 때, 미코는 일을 가르쳐주는 할머니에게 부탁했다. 그동안 자신이 모은 돈으로 니시진오리*라

* 니시진오리西陣織는 교토의 니시진에서 생산되는 일본의 대표적 고급 비단이다.

는 고가의 비단을 샀다. 자신이 입을 원피스를 만들기 위해 연하늘색 바탕에 흰 벚꽃이 핀 아즈미노 원단도 구입했다. 할머니의 도움을 받아 니시진오리에 금실과 은실로 나비와 꽃 모양을 수놓았고 새신부가 입는 우치카케를 만들었다.

미코 야마토, 미순은 우치카케를 들고 혜석의 결혼식에 가기 위해 관부연락선을 탔다. 그곳에서 한 남자를 만났다. 그는 김우영과 같은 교토대에서 유학한 사람이었다. 그는 다카시로라는 일본 이름으로 자기를 소개했고, 미순 또한 자신을 미코 야마토라 소개했다. 그는 일본에서 부품으로 버스를 조립, 제작해 한국으로 넘기는 회사를 운영하고 있었다. 그 역시 김우영의 결혼식에 참석하기 위해 조선으로 가는 길이었다.

다카시로는 미코의 경성 방문 목적이 자신과 같다는 것에 반색하며 머물 곳을 정하지 않았다면 철도호텔에서 머물자고 권했다. 그녀는 우치카케를 만드느라 모은 돈을 모두 써버렸다. 야마토의 집에 머물거나 지석에게 연락할 생각이었다. 다카시로는 미코의 호텔 객실료까지 지불했다. 그녀는 호텔 로비에서 혜석의 결혼 청첩장이 실린 신문을 봤다. 마지막으로 본 혜석과는 달리 화려한 모습이었다. 치밀어오르는 질투심에 숨이 막혔다. 무엇으로든 혜석을 이기겠다는 결심이 되살아났다.

다카시로와 미코는 김우영과 혜석의 결혼식 전날, 저녁식사 초대 자리에 참석했다. 혜석은 다카시로와 동행한 미순을 보고 깜짝 놀랐다. 둘이 있게 되었을 때 혜석은 미순에게 다카시로는 조혼한 부인과 자식이 있고 여성에 대한 배려가 없는 사람이라며 깊은 관계로 사귀지 말라고 충고했다.

"그런 충고는 필요 없어. 난 정에 굶주린 처녀애가 아니니까. 그러는 넌 최승구를 다 잊었니? 나와 마지막 만났을 때와 많이 변했구나."

혜석은 미순의 귀에 대고 속삭였다.

"나 신혼여행을 소월의 묘지로 갈 거야. 가서 묘에 비석을 세워줄 거야."

"그게 가능해? 김 선생님이 허락할까?"

"허락이라니. 좋은 뜻에서 가자는 건데. 당연히 가도록 만들어야지."

미순은 혜석의 당당한 모습에 자신이 더욱 초라해지는 것 같았다. 교토의 어두운 다다미방으로 돌아가 하루 종일 비단에 수를 놓기 싫었다. 미순은 그날 밤늦도록 다카시로와 함께 있었다. 다카시로의 눈동자가 풀렸을 때 미순도 취한 척했다. 장곡천정에 있는 호텔로 가는 택시 안에서 그녀는 과감하게 다카시로 허벅지에 손을 올렸다. 미코 야마토, 미순은 그날 밤 다카시로의 객실로 들어갔다.

결혼식이 끝난 후, 미순은 다카시로와 함께 일본으로 갔지만 교토로 가지 않았다. 다카시로가 하라주쿠 근처에 집을 얻어주었다. 그녀는 집을 꾸미고 요리를 했고 서양 천을 사서 옷을 만들어 입고 다카시로를 기다렸다. 다카시로의 부인과 자식은 경성에 살고 있었고, 일본에 따로 첩이 있었다. 미코는 그의 이혼과 결혼을 요구했지만 그는 그녀를 첩으로만 두려 했다.

미코는 닛포리 원단시장에 천과 양장에 관한 책과 옷본을 사러 다녔다. 그녀는 일본으로 건너온 조선 신문을 구해 읽으며 혜석의 근황을 살폈다. 혜석은 활발하게 작품 활동을 하고 있었다. 혜석이 임신한 몸으로 그림을 그리기 위해 일본에 오겠다는 연락이 왔을 때 그녀는 혜석을 만나지 않았다. 그녀의 뱃속에서도 아이가 자라고 있었다. 미코는 닛포리 원단시장에서 떠돌이 생활을 하던 조선인 할멈을 집으로 데리고 왔다. 그녀는 배가 부풀어 오르자 예민한 고양이처럼 다카시로에게 앙칼지게 굴었고 다카시로는 미코를 피했다. 미코는 다카시로의 첩이 사는 집으로 찾아갔다. 그녀 또한 미코와 같은 처지였다. 그녀는 자신의 불룩한 배를 가리키며 임신 사실을 알고부터 다카시로가 발길을 끊었다고 말했다. 미코는 할멈과 함께 간토 북서부의 군마현으로 가 아이를 강제로 떼어냈다. 한 달간 온천에서 몸을 추스른 후, 도쿄로 돌아왔다.

만삭의 혜석이 첫 개인 유화전을 개최해 대성공을 이뤘다는 신문 기사를 읽은 미코는 자신의 앞날에 대한 불안과 혜석에 대한 질투로 잠을 이루지 못했다. 눈뜨자마자 다카시로에게 부탁해 오차노미즈 양장전문학원 입학추천서를 받았다. 미코는 학원을 다니며 다카시로의 마음을 다시 사로잡았다. 그녀는 그에게 학비와 재료값을 요구했고 돈을 빼돌렸다. 다카시로가 오지 않는 날에는 그를 기다리지 않고 고급 술집에 나갔다.

미코는 목적을 숨기고 도도한 척 굴었다. 약간의 우울을 가장했고 약간의 알코올만 필요한 척했다. 한 명의 남자를 바닥까지 끌어당기기 전에는 헤프게 굴지 않았고 서두르지도 않았다. 그에게서 얻어낼 수 있는 만큼의 돈을 얻어내면 자연스럽게 교제를 끊었다. 몇 번의 과정이 반복되자 미코는 얄팍한 정조 관념을 버린 대신 원하는 돈을 모을 수 있었다. 그리고 그곳에서 하시모토를 만났다.

하시모토는 도쿄 지하수로 설계팀에서 일하던 조선인이었다. 진지한 면 없이 농담만을 일삼는 그는 단박에 미코를 사로잡았다. 그는 세계 여러 나라를 여행했고 사람의 마음을 통찰한 후 자신의 생각을 직설적으로 내뱉었다. 무엇보다 다른 남자들과 달리 소유욕이 없었고 욕망을 채우는 데 급급해서 마음에 없는 소리로 아부하지 않았다.

그들은 일 년 정도 만났다. 약속을 따로 정하지 않았다. 단골 술집에서 만나면 합석을 했고 자연스럽게 외곽으로 가 하루 이틀 함께 보냈다. 헤어질 때도 기약 같은 건 없었다. 미코는 그와의 거리가 좁혀지길 바랐고 남은 삶을 함께하기를 원했지만 내색하지 않았다. 그래봤자 결과는 바짝 마른 나무에 불 붙이듯 뻔했다. 미코는 그의 질투를 불러일으키기 위해 술집에서 일부러 다른 남자에게 친밀하게 굴다가 함께 일어나 외박을 했다. 하시모토는 그녀의 행동에 질투하지 않았다. 하시모토도 길에서 만났다며 조선 유학생의 허리를 안고 술집 계단을 내려왔다.

미코는 술집에 나가지 않았다. 통장의 잔고는 넉넉했다. 외국 잡지를 구해 서양 옷을 본격적으로 연구했다. 하시모토는 술집에서만 만났기에 미코를 만날 방법이 없었다. 그녀는 천에 자신이 직접 만든 옷본을 놓고 본을 뜨다가 속엣것을 게웠다. 임신이었다. 태몽으로 산책길에서 흰 곰이 자기에게 달려 들어와 안기는 꿈을 꾸었다. 할멈은 흰 곰은 조선에서는 남자를 상징하지만 미코의 뒤태를 보곤 남자보다 뛰어난 능력을 가진 계집아이일 거라고 했다. 할멈은 미코에게 아기를 낳으라고 했다. 하늘이 내려주는 마지막 아이일지도 모른다는 말에 배가 움찔거렸다.

하시모토가 미코의 집을 찾아왔을 때는 스웨터로도 가리지 못할 정도로 배가 볼록했다. 찻집에 마주 앉자 하시모토는 둘둘 말린 종이를 주었다. 며칠 후 에스파냐로 갈 예정이라고 했다. 그곳에 아직까지 완성을 못한 건물이 있는데 그 건물의 설계도를 그리러 간다고 했다. 미코는 낯선 건축가의 이름과 성당 건축 과정을 들었다. 투박한 찻잔의 바닥에 젖은 찻잎이 가라앉을 즈음 하시모토는 일어나려 했다.

"제 이름은 미순이예요, 윤미순."

"미코보다 훨씬 순한 이름이로군."

"당신의 조선 이름은 무언가요?"

"그게 뭐 중요하오? 나는 조선 이름을 잊었소."

그녀는 앉은 채로 그를 배웅했다. 뱃속에 그의 아이가 있으니

성이라도 가르쳐달라는 말은 하지 않았다. 그가 찻집에서 나가 대로변을 건너고 전차에 오를 때까지 반듯하게 앉아 그를 바라보았다. 그를 태운 전차가 선로만 남기고 사라졌을 때, 그녀는 그가 남기고 간 종이를 펼쳤다. 섬과 육지 사이를 지나가는 도로가 거미줄처럼 엉켜 있었다. 그녀는 종이 위로 떨어지던 눈물이 멈출 즈음에야 그게 미로, 라는 것을 알았다.

마담은 지난한 삶을 독고완에게 말하고 싶지 않았다. 그녀는 독고완이 어디까지 조사했는지 떠볼 심산이었다. 마담은 이혼한 혜석이 수원에서 전시회를 했던 때를 말했다. 그곳에서 자신이 좋아했던 남자를 만났다. 자신의 미색을 내세워 고백했을 때 혜석의 정신과 기품을 연모한다는 말에 망신을 당했다고 여긴 남자였다. 독고완의 아버지 독고휘열이었다.

"알고 있었나요?"

"네, 아버지 공책에서 읽었습니다."

마담은 담배를 꺼내 불을 붙였다. 그렇다면 더 많은 것을 조사했다는 거였다. 방법이 없었다. 그 모든 것을 독고완이 알고 있다고 해도 마음만 접으면 모든 것이 덮어지는 거였다.

"당신이 어디까지 조사했는지 확인하고 싶지 않아요. 분명한 사실은 당신과 초이는 함께할 수 없다는 것입니다. 나와 혜석의 관계는 그녀의 죽음으로 모두 정리되었습니다."

"그렇게 생각하십니까? 마담은 나혜석을 마지막으로 만나셨지요. 아니, 그녀가 누군가를 만나지 못하도록 막았습니다. 그렇지 않습니까?"

마담은 자신의 뺨을 철썩 때렸다. 완은 마담의 돌발적인 행동에 놀라 마담을 쳐다보았다. 눈 화장을 짙게 한 마담은 고개를 돌려 독고완을 바라보며 자신의 뺨을 반복해서 철썩철썩, 때렸다.

"그만하세요."

"초이가 혜석에게 집착하는 것 싫거든요. 당신이 방해하면 내 몸에 해를 입혀서라도 막을 겁니다. 조사했다니 내 말 알아들었겠지요."

마담은 격한 분노를 드러내 완의 말문을 막았다. 완은 모자를 벗어 머리카락을 헝클었다.

"나혜석에 관한 일을 관둔다면 저희를 허락해주실 건가요?"

"아니오. 독고 씨를 만나는 것도 싫어요. 앞으로 잘 행동하리라 믿겠어요."

마담은 완의 차에서 내려 교동 방향으로 걸어갔다. 폭이 좁은 긴 치마를 입고 굽이 높은 구두를 신었는데도 걸음새가 흐트러지지 않았다. 마담이 세워져 있는 택시 문을 열고 올라타기 전, 완을 향해 몸을 틀었다. 그녀는 노골적으로 오랫동안 완을 바라보곤 택시에 올라탔다.

완은 혼란스러웠다. 차를 연화원 쪽으로 몰고 갔다. 연화원에 도착하자마자 쓰러질 것 같은 표정으로 화련의 방으로 들어갔다. 완은 화련에게 모든 사실을 말했다. 마담과 독고휘열의 관계, 마담에 대한 뒷조사, 마담의 남자와 그림자 같은 하수인이 나혜석을 미행했다는 사실, 나혜석이 만나려던 어떤 남자, 그리고 사라진 나혜석. 마담의 불온한 거래. 모든 것을 알고 있는 자신과 그럼에도 초이에게 끌리고 있는 자신. 화련은 허리를 반듯하게 세우고 앉아 완의 얘기를 들었다. 완의 잔이 비워지면 잔을 채워주었다. 주량을 이미 넘겼다는 것을 알면서도 화련은 자꾸 잔을 채웠다.

"독한 술을 마셔 잊어버리기라도 하면 좋겠어."

"상처가 작을 때 도려내."

"나도 아버지의 피를 이어받았나봐. 지울 수 없어. 거, 못된 표정이랑 멋대가리 없는 행동."

"톡톡 쏘는 말투도 매력적이지."

완의 그리움에 기름이라도 붓듯 화련이 덧붙였다.

"초야만적이예요."

완은 초이 말투를 흉내 냈다.

"지울 수 없다면, 상처를 파헤쳐도 된다고 생각하면, 밀고 나가."

"당신 초똑똑하군. 그게 정답이야. 그렇지?"

완은 잔을 비우고 화련의 무릎에 엎어졌다. 화련은 무릎을 꿇고 앉아 완의 머리칼을 쓸어 넘겼다. 넌, 네 아버지와 달라. 그 사람처럼 비겁하지 않아. 화련의 혼잣말에 완은 머리를 들었지만 무슨 말인지 알아듣지는 못했다.

슬픈 서사가 있었다

1

이혼 후 혜석은 다방골 미순의 윗집 사랑채를 얻었다. 미순의 집에서 걸어 올라가면 왼편에 빈 고무공장이 있었고 오른편에는 가꾸지 않은 언덕배기 밭에 두 개의 무덤이 있었다. 혜석이 세 들어 사는 집주인 노파는 밭은 일구지 않고 무덤 주변의 풀만 뽑고 가꾸었다. 하나는 죽은 남편의 무덤이고 그 옆은 자신이 들어갈 빈 무덤이라 했다. 고무공장이 여러 해 전 중림동 고무공장 지대로 옮겨간 후 텅 빈 공장 건물은 그대로 방치되었다. 시멘트 벽에 터진 창으로 바람이 수시로 들락거렸다. 이따금 집 없는 떠돌이들이 며칠씩 머물기도 했지만 빈 공장을 관리하는 자가 노숙자들을 밖으로 내몰았다. 공장터를 부수고 상점 건물을 지을 계획이라는 말을 들은 지 이태가 지났다. 화려한 다방골의 뒷골목이었다.

그곳을 지나칠 때면 혜석은 을씨년스러운 기분이 들어 절로 뚫린 창 안을 들여다보았다. 버려진 회색 건물에선 고무 냄새가 났다. 찢겨진 고무신짝이 한쪽에 쌓여 있었다. 검고 하얀 고무신짝이 뒤엉킨 것을 보면 사람의 잘린 발목이 떠올라 섬뜩했다. 혜석은 이 사랑채를 작업실로 사용하기 위해 세 번 머문 적이 있었다. 그때는 잠시 머물렀던 것이기에 비어 있는 고무공장을 봐도, 무덤을 봐도 무섭지 않았다. 갈 곳 없는 신세가 되어 혼자 버려진 것처럼 방에 웅크리고 있으면 경성 시내를 떠돌다 나쁜 기운을 휩쓸어 묻혀온 바람이 허술한 문손잡이를 덜컥덜컥 쳐대 소스라치게 무섭고 외로웠다. 그녀는 사람들을 만나지 않고 그림에만 파고들었다.

일본에서 돌아오자마자 경성 시내에는 혜석의 이혼 소식이 쫙 퍼졌다. 종로의 끽다점에선 김우영에게 버림받은 나혜석이 최린과 다시 살림을 합칠 거라는 둥 재력가를 몰래 만난다는 둥 소문이 소문과 뒤엉켰다. 며칠 전에는 미순이 나혜석의 남자들, 이라는 딱지책을 가져다주었다. 껌팔이 소년이 판자 밑에 깔아 팔다가 미순이 부리는 사람에게 걸렸다고 했다. 최승구에서 최린까지 만화 형식으로 이야기를 붙인 전단지 만화 소설이었다. 치마만 입은 여자가 가슴을 드러낸 채 양 팔로 남자를 품고 있는 퇴폐적인 그림이 곁들여 있었다.

파리에서 스케치한 것을 펼쳤다. 단발을 하고 빵과 우유를 마시며 스케치를 하던 때와는 전혀 다른 사람이 되어, 다른 기분으로 색을 만들다보니 자연히 색은 두터워졌고 어두워졌다. 마음을 단단히 잡고 파고들어도 파리에서 떠올렸던 색으로 돌아갈 수 없었다. 그것이 가장 비참했다. 그녀는 끼니를 거르고 잠은 이젤 옆에 웅크리고 잤다. 자다가도 자신의 숨소리에 벌떡 일어나 앉아 색을 만들었다. 이삼일에 한 번씩 미순의 심부름을 온 할멈은 혜석의 방을 보고 잔소리를 했다. 혜석을 강제로 끌고 미순의 집으로 데리고 갔다. 따끈한 물을 데워 씻으라고 했고 청계

천 도축장까지 가 구해온 소뼈를 고아주었다.

최은희가 바람 쐬러 나오라고 권했지만 혜석은 아는 얼굴들을 만나기가 싫었다. 10회 선전에서 〈정원〉이 특선의 영예를 얻었다. 혜석은 미약하지만 면목이 섰고 힘을 얻었다. 최은희가 찾아왔다. 최은희는 좁은 방에 널브러진 스케치북과 물감들을 옆으로 밀치고 앉았다. 당장 내다줄 과일 한 조각조차 준비되지 않아 혜석은 흰 사발에 물 한잔을 떠 쟁반에 놓고 마당에서 라일락 한 가지를 꺾어 옆에 두었다. 쟁반을 받은 최은희는 호들갑을 떨며 감탄했다. 물을 한 모금 마시고 내려놓은 최은희는 라일락을 집어 들어 흔들었다. 독한 물감 냄새 사이로 희미하게 향이 번졌다.

"방정환 선생이 경성제대병원에 입원했어요. 구연동화를 들려주다 쓰러졌대."

"아, 그이 늘 손수건이 푹 젖을 정도로 식은땀을 많이 흘리더니. 아까운 인재인데."

"일본 순사 미와라는 자도 방정환이 쓰러졌다니 병문안을 왔다더라. 나도 가봤는데 얼굴이 반쪽인데 간호사들한테 동화를 들려준대."

"그이한테 모질게 굴었던 것 미안하네."

"언니에게 안부 전해달랬어. 자신한테 호통 치던 목소리 얼른 찾으라고."

혜석은 물감을 정리하던 손을 멈추고 허공을 쳐다보았다. 이제 서른을 조금 넘긴 아까운 나이라는 생각이 들었다. 동시에 파리에서 이종우에게 들었던 김복진의 말이 생각났다. 좋아하는 스승에게 서른까지만 살라고 했다는 그 말이 문득 떠올랐다.

"김복진, 그 사람은 아직도 서대문형무소에 있다니?"

"5년 6개월형을 받았잖아. 방정환 선생님과 호형호제하던 사이인데. 형무소에서 방 선생님 소식 들으면 창자가 끊을 텐데."

혜석은 라일락을 들어 작은 꽃 한 송이씩 똑똑 뜯어냈다. 그녀는 꽃이라도 무리지어 있는 것이 두려워졌다고 혼잣말을 했다. 최은희가 가방에서 봉투를 꺼내 내밀었다.

"이게 무어야?"

"내 월급봉투. 〈정원〉 특선을 기념하는 이 아우의 상이라우. 이걸로 금강산에 가 제국미술원전에 출품할 대작을 그려오세요. 언젠가 말하지 않았어? 우리 것을 개발하여 끄집어내는 게 중요하다, 우리 강산의 으뜸인 금강산에 스케치 여행을 가고 싶다고."

혜석은 뭉클한 것이 올라와 말을 못하고 봉투를 매만졌다. 최은희는 일부러 명랑하게 최소 10여 점을 그려오라고 숙제를 내주었다.

"숙제 검사를 해서 다 못 채우면 〈정원〉을 내다팔 거예요, 협박이에요."

금강산으로 갔다. 혜석은 금강산에서 최은희가 내준 숙제보다 훨씬 더 많은 그림을 그렸다. 20여 점의 그림 중 〈금강산 삼선암〉을 〈정원〉과 함께 제국미술원전에 출품했다. 결과는 〈정원〉 입선이었다. 내심 〈금강산 삼선암〉에 무게와 희망을 품었던 터라 썩 만족스럽지 않은 결과였다. 조선 색이 짙은 것이라면 무조건 금지하려 드는 일본의 경향이 못마땅했다.

원전에 참석하기 위해 오른 관부연락선에서 혜석은 김우영과 가깝게 지내는 사람을 만났다. 그에게서 김우영이 일제의 관료로 다시 들어가게 된 계기를 들었다. 제 아내의 바람기도 잡지 못한 사내에게 변호 일을 맡길 수 없다 하여 일거리가 아예 들어오지 않았다는 거였다. 혜석은 그에게 고집을 부려 김우영의 집 주소를 알아냈다. 관부연락선에서 내리기 전에 김우영에게 재결합의 의지가 있고 아이들이 보고 싶다는 편지를 썼다. 자신이 머물 일본 주소를 보내고 답장을 기다리겠다고 덧붙였다. 김우영으로부터 답장은 오지 않았다. 그녀는 도쿄에 머물면서 김우영에게 다시 편지를 보냈다.

'잃어버리고 추락해보니, 밖에 나와 거리를 두고 보니, 내 가정과 아이들이 얼마나 소중한지 혹독하게 공부했습니다. 김우영 씨도 다른 여성들을 접해본 결과 가정과 아이들의 소중함을 알게 되었을 것으로 압니다. 여보, 이제 우리 행복스런 가정으로 돌아갑시다.'

김우영에게서 답장이 왔다.

'다른 여자와 살아보니 나를 받들어주고 왕대접해주니 이제 이것이 나에겐 행복이오. 당신도 당신 길을 찾도록 하시오.'

아이들에 대해선 언급조차 없었다. 혜석은 김우영이 이렇게 쉽게 자신을 버릴 줄은 몰랐다. 교토 오토와 산 앞에서 평범한 사랑, 고통 없는 사랑, 희생 없는 사랑은 참연애가 아니라며 맹세하던 김우영을 떠올렸다. 인생을, 예술을 이해해줄 사람으로 여겼던 자신의 오만한 선택을 후회했다. 그제야 자신이 인생이라는 거대한 함정에 빠졌다는 것을 뼈저리게 깨달았다.

낙랑파라 2층에서 혜석은 이순석이 건네주는 커피잔을 받았다. 마침 금요일이라 빅타 레코드에서 신곡 발표를 하는 날이었다. 일층 다방에는 테이블을 치우고도 자리가 모자라 서 있는 사람도 있었다. 혜석이 인상을 쓰면서 가게 입구에 서 있자 이순석이 그녀를 데리고 이층으로 올라왔다. 우에노 미술학교 출신의 그는 건축에도 조예가 깊었다. 그는 하석진을 따르던 사람이었다.

"창이 커서 햇살이 풍부하게 들어오겠군요. 기발하네요. 건물 위치도 그렇고 해를 받아들이는 창도 그렇고 작업하기에 훌륭한 공간이예요. 지중해에 있는 것 같아요."

혜석의 시선이 창 옆 벽의 커다란 액자에 가 닿았다. 미로였다. 이순석은 그녀의 시선을 따라잡았다.

"떠나기 전에 졸라서 하나 받았어요. 아까워서 풀지는 않고 바라만 봅니다."

"그 사람, 에스파냐에 머물고 있다면서요?"

"저는 나 여사가 형을 만났으리라 여겼어요. 소문도 그렇게 나고."

"이 선생은 아직도 그런 소문에 귀를 열고 계신가요? 이런 끽다점에선 툭, 내던진 말이 소문이 되고, 단순한 만남이 연애가 되고, 소문으로 사람이 죽어도 모르쇠하지 않던가요?"

혜석은 형체도 없고 인간미도 없는 말이, 그 말에 썩은 살과 냄새를 덧붙이는 소문이 지긋지긋했다. 대체로 소문들은 대상 앞에선 제 이름을 밝히지 않았고 대상의 뒤에서만 무성해지는 당당하지 못한 비열한 말이었고 입이었다. 그 말의 출처와 입들을 다 파헤치고 싶었지만 그럴수록 입이 사라진 곳에 말만 보태졌다.

"다니신 곳 중 어디가 제일 인상 깊었습니까?"

그는 서툴게 화제를 돌렸다. 혜석도 따지려들지 않았다. 그럴 기력이 없었다.

"파리가 좋았지만 아시다시피 제게 빨간 딱지를 붙여줬지요. 에스파냐도 매력적이었어요."

혜석이 대답을 하고 피식, 웃었다.

"역시, 그이는 그곳에 있었군요. 알았다면 찾아봤을 거예요. 소문 따위 두려워하는 제가 아니잖아요."

혜석은 창가로 다가가 키보다 더 큰 미로 앞에 섰다. 대충 보기만 해도 미로에는 수십 개의 벽과 함정이 있었다. 하석진이 미로에 집착하는 이유를 알 것 같았다. 고난과 역경을 헤치고 피투성이가 되어 결국 도달하는 것. 그것이 설사 죽음이라 할지라도 미로를 헤매지 않은 사람은 진정한 인생의 비애를 헤아릴 수 없을 것이었다.

"에스파냐 어디가 그렇게 강렬했습니까?"

"아래층에 안 내려가도 되나요?"

"마담이 알아서 잘 합니다만, 제가 불편하시면 혼자 계세요."

"그렇지 않아요. 기자들이나 사람들은 여러 면으로 저에게 상징이 된 파리 시절만 궁금해 하더군요. 물이 보이지도 않는데 신비롭게 이 아틀리에는 에스파냐 해안을 떠올리게 해요."

혜석은 사그라다 파밀리아 성당에서 일본 유학 시절 하석진이 그려주었던 미로를 떠올렸고 그가 성당 전체를 완벽하게 똑같이 그렸다고 감탄했다. 자연과 천재의 영혼이 조화롭게 스며든 구엘공원을 걷는 내내 하석진을 생각했다. 그는 혜석의 결혼 후 연락을 끊었다. 그는 김우영과의 결혼이 아니라 혜석의 결혼 자체를 반대했다. 그는 일본에서 미로로 유명했다. 그가 그린 미로 한 장 없는 귀족은 진정한 귀족이 아니라는 말을 들을 정도로 그의 미로는 일본 귀족들에게 인기였고 고가에 팔렸다. 혜석은 돌기둥을 지나 새로운 타일을 발견할 때마다 걸음을 멈췄다. 그가 설명해주었던 해를 품고 있는 새의 형상 타일 앞에서 저절로 무릎이 꺾여 주저앉았다. 그곳에서 환상처럼 그를, 그의 넋을 느꼈다고 하면 누가 믿어줄까. 혜석이 쓸쓸한 미소를 지으며 미로에서 시선을 거두고 뒤를 돌아보았을 때, 이순석은 없었다. 어둑해져가는 이층의 아틀리에에는 혜석 혼자 남았다. 그녀는 손을 뻗어 하석진의 미로에서 길을 더듬었다.

그녀는 방에 엎드려 그림을 그리다 바늘귀의 틈처럼 숨구멍이 막힐 때면 낙랑파라에 갔다. 금강산으로 출발하기 전날에도 혜석은 낙랑파라에서 최은희와 만나기로 했다. 작년 여름 금강산에 머물렀던 것이 만족스럽지 않아 이번에는 좀 더 오래 머물기로 했다. 최은희는 약속 시간에서 한 시간이나 지났지만 오지 않았다. 혜석은 최은희를 기다리는 동안 이순석을 만나러 이층으로 올라갔다. 거기에 구본웅도 있었다. 그는 혜석을 보고 반가워하며 목에 걸고 있던 카메라로 혜석의 모습을 찍었다. 혜석은 한손으로 어색하게 얼굴을 가리려 했지만 창으로 들이닥친 햇살 아래 우울과 근심 어린 얼굴이 적나라하게 드러났다. 구본웅은 제비다방으로 갈 예정이라며 같이 가기를 권했다. 혜석이 풀이 죽은 얼굴로 사람들을 만나기가 싫다고 대답하자 구본웅은 소년 시절에 춘곡 선생님의 화실에서 혜석을 처음 봤을 때 기억을 꺼냈다. 그는 혜석이 곱추 등에 편견을 갖지 않고 그림만을 봐주고 칭찬해줘서 자신감이 생겼다고 했다. 그때부터 동경했었다는 말을 보탰다.

"개성이 뚜렷한 본웅 씨의 말씀이 오늘은 저에게 큰 위로가 되요. 그게 다 오래전 이야기지요. 이번 선전 결과 못 보셨던가요?"

"아, 무감사 입선 말인가요? 일본서 심사위원을 전원 갈았더군요. 그들이 제대로 된 그림을 보는 눈이나 있는지 모르겠어요. 저는 오래전부터 그런 곳에 작품을 내지 않기로 했어요. 제 그림이 아깝다는 생각이 들었어요. 참, 이 그림 좀 봐주실래요?"

구본웅은 창 아래 돌려 세워두었던 그림을 들고 왔다. 들고 온 그림을 혜석 앞에서 돌려세웠다. 혜석은 그림을 보고 깜짝 놀랐다. 짙은 모자를 쓴 인물화였는데 화폭의 비율은 무시하고 얼굴만 크게 확대해서 그렸다. 파이프를 물고 고개는 비딱하게 기울였고 눈초리는 강렬하고 예리했다. 부분적으로 빛을 주어 코의 윤곽을 뚜렷이 했고 눈초리와 입술은 강렬한 붉은 색을 썼다. 어두운 색채였지만 꿈틀거리며 비통에 젖은 금속성의 목소리가 들리는 듯 살아 있었다. 이순석이 다가와 혜석의 반응을 살폈다.

"이상이래요."

"파리에서 독일 화가 키르히너 그림 앞에 섰을 때 기분이 살아나네요. 이런 그림이 빛을 보지 못하는 조선의 미술계가 안타깝군요."

혜석은 가방을 뒤졌다. 작은 책자 세 권을 꺼내 구본웅에게 줬다. 로트레크의 그림엽서와 키르히너의 전시회 도록과 키스 반 동겐의 화집이었다. 도록 중 한 곳을 펼쳐보였다.

"내면의 창조적 충동의 원천을 왜곡 없이 직접 표현하는 자는 누구든 우리의 일원이다, 이것이 다리파*의 강령이에요."

"키르히너와 키스 반 동겐이라. 이 귀한 것을 저에게 주시다니."

"푸른색을 품고 있는 여인의 강렬한 색채 속에 숨겨진 비통함

---

* 다리파Die Brücke(橋派)는 1905년 드레스덴에서 키르히너, 슈미트로틀루프, 헤켈이 중심이 되어 조직한 미술단체로 독일 표현주의를 대표하는 화파다.

이 어쩐지 본웅 씨와 닿을 것 같아요. 보세요, 저는 외울 정도로 봤어요."

이순석이 생각났다는 듯 테이블 서랍을 뒤적거리다 편지 한 장을 꺼내 혜석에게 줬다. 에스파냐에서 온 것이었다. 그는 바르셀로나에서 머물며 가우디가 죽은 지 4년 되는 해부터 가우디가 설계한 모형에 따라 검증된 결과를 토대로 사그라다 파밀리아 대성당 기본 설계도를 그리는 팀에 합류했다고 썼다. 그런데 보내는 사람의 이름이 하시모토였다. 혜석이 묻자 이순석이 어깨를 으쓱하며 대답했다. 에스파냐에서 하석진의 실력은 인정하는데 조선인을 꺼려해 일본인으로 국적을 써내고 개명했다고 했다.

"에스파냐에 분쟁이 심한가봐요. 정권이 불안한데 권력자가 조선의 무장 독립군에 대해 알고 있었는지 조선인을 두려워하나봐요."

일층에서 최은희가 도착했다는 기별이 왔다. 혜석은 자신은 내일 금강산에 간다는 말을 하고 일층으로 내려갔다. 혜석이 내려가자 이순석은 구본웅에게 창가에 돌려세워진 그림을 돌리며 이것은 왜 안 보여줬는지, 푸른빛의 머리를 한 여인이 누구인지 물었다. 흰 저고리를 입고 한쪽을 날카롭게 쏘아보는 여인은 뻗친 머리칼을 한 갈래로 묶었다. 단정하고 이지적으로 보였지만 푸른색과 보랏빛이 흩어져 차갑고 날카로워 보이는, 그렇지만 자꾸 시선을 머물게 하는 그림이었다. 이순석은 단발했던 머리를 기르는 중인 혜석과 혜석이 그린 자화상을 떠올렸다. 이순석은 모델이 나혜석이냐고 물었다. 구본웅은 아직 미완이라는 애매한 대답을 하곤 키스 반 동겐의 화집을 펼쳤다.

혜석은 최은희를 보자마자 배를 쓰다듬었다. 배가 동그랗게 부풀은 최은희는 법원에 근무하는 이석영과 결혼해 산뜻한 신혼생활 중이었다.

"힘들지 않아? 산모가 워낙 활달해서 아이는 순할 거야."

최은희는 점심을 건너뛰었다며 삶은 달걀을 주문했다.

"어딜 다녀오는데 임산부가 점심도 거른 거니?"

"사표 냈어요. 이달까지만 다니고 나도 양처현모 좀 되어볼까 해서."

"현모는 되겠지만 양처는 내 장담 못하겠어."

최은희는 가방에서 부스럭거리며 뭔가를 꺼냈다. 손수건에 싸여 있는 것을 펼치니 목각부처였다. 접은 팔 크기만 했다. 부처는 일반적인 부처상과 달리 늘씬하게 몸을 늘여놓은 것 같았다. 어찌 보면 아프리카 조각상 같기도 했다.

"이거 누가 만들었어?"

"나 지금 서대문형무소 매점에 다녀오는 길이에요. 김복진 선생님이 거기에서 조각한 거래."

"형무소에서 조각이 가능해?"

"체포되었을 때 진술을 끝내 거부해서 혹독한 고문으로 한 팔을 못 쓸 지경이었는데 밥을 짓이겨 작품을 만들다가 간수의 눈에 띄어 목공소 출입을 허락해주었대. 이달부터 목조불상을 형무소 매점에서 판매하는데 진열되자마자 팔리거든. 그래서 매점 열리는 시간에 맞춰 다녀왔지. 언니 가질래요? 비록 목각부처지만 좋은 기운을 얻을 거야. 언니가 놓고 봐요."

"그이 느낌이 나네. 오늘 걸작을 많이 보게 되네. 너 그이를 존경한다지 않았어? 네가 간직하렴."

"그럴까? 그런데 걸작을 또 봤어?"

최은희는 목각부처를 가제 손수건에 싸서 가방에 넣었다.

"이층 아틀리에에서 구본웅을 만났는데 이상을 독특하게 잘 그렸어. 야수파의 영향에서 벗어나면 손에 움켜쥘 자기만의 화법을 풀어낼 거야. 그런데 남편은 살뜰하게 대해줘?"

"그래야지. 나 배고파. 우리 밥 먹으러 가자. 귀한 작품을 손에 넣었으니 한 턱 낼게."

최은희와 혜석은 인력거를 탔다. 최은희는 인력거꾼에게 남산에 있는 연화원으로 가자고 말했다. 인력거꾼은 요즘 그리로 가는 손님을 많이 태운다고 말했다.

"예전에 언니가 기생들에게 편견 없이 대하는 거 보고 나 좀 놀랐거든요. 그런데 정말 대해보니 그들이 인간의 참정을 알더라고."

"기사 기억나. 네 의견으로 권번 기생 40여 명이 돈 모아서 왕십리구호소에 수용된 이재민 1500여 명에게 쌀밥과 고깃국을 끓여 대접했다며. 하늘도 감동할 기사였어."

인력거꾼이 인력거를 잠시 세우고 땀을 닦으면서 뒤를 돌아봤다.

"아, 그럼 그 유명한 최은희 부인기자 양반이세요?"

그의 말에 최은희는 호쾌하게 웃었다.

"부인기자 양반, 재밌네요. 배가 나와 못 알아보셨지요?"

"아이쿠, 갑자기 인력거 잡은 손에서 땀이 나고 몸에서는 힘이 솟는구먼요. 저도 최은희 부인기자의 활약에 뿌듯해하고 있거든요. 거 왜, 최초로 비행기 타고 인터뷰했잖소."

인력거꾼은 연화원 앞에 도착하자 돈을 받지 않겠다고 고집을 부렸다. 최은희는 한사코 그의 굳은살 박인 손을 잡고 지폐를 쥐어주었다. 그가 거스름돈을 꺼내려 할 때 배를 움켜쥔 최은희는 그에게 거스름돈 대신 중요한 비밀을 지켜달라고 부탁했다.

"제가 지금 임산부로 변장취재 중이거든요. 그러니까 오늘 이 모습은 비밀로 해주세요."

"아, 그럼 제가 그 유명한 변장취재에 도움을 주었다는 말이군요."

그는 알겠다는 듯이 연신 고개를 끄덕였다. 혜석은 명랑하게 까부는 은희의 모습을 보며 오랜만에 손으로 입을 가리며 웃었다. 연화원은 남산 기슭 외교구락부 바로 뒤에 있었다. 정원은 작았지만 작은 연못이 있었고 못에 연꽃이 활짝 피어 있었다. 키 작은 나무와 꽃이 적절하게 조화를 이뤘다. 한 상 가득 차려진 밥상이 들어온 후에 한 여인이 들어왔다. 최은희는 화련, 이라고 소개했다. 그녀가 고개를 들었을 때 혜석은 낯이 익었다.

"우리, 언제 만났던가요?"

"제가 나 여사님을 존경해 전시회와 강연회 때 몇 번 갔어요."

화련은 독고휘열의 작업실에서 혜석을 몇 번 만난 적이 있었다. 당황한 독고휘열은 화련을 심부름아이 취급하며 서둘러 내보냈다. 화련은 문 앞에서 꼭 뒤돌아 혜석을 물끄러미 바라보았다. 혜석의 전시와 강연회라면 따박따박 찾아갔었다. 철없던 시절의 일이었다.

혜석의 눈썰미와 기억으론 낯이 익은 얼굴이었지만 뚜렷하게 기억해낼 수 없었다. 최은희는 조선천지 어디보다 연화원 밥상이 훌륭하다고 말했다. 화련은 잠시 앉아 있다가 자리를 비켜줬다.

"저렇게 조화로운 미인을 기억 못할 리가 없는데 내 머리도 다 되었나보다. 모델 삼았으면 좋겠어."

"내가 부탁해볼까?"

"아니, 난 지금 풍경에 빠져 있어. 이번 선전에서 〈소녀〉가 무감사되고 난 후부터 인물화에 관한 고민이 가득 고였어. 게다가 인물이 애들 얼굴로 보여서 견디기 힘들어. 나열이 저 나이 되면 저렇게 기품 깃들어 아름다울까. 천덕꾸러기처럼 길러지는 건 아닐까. 하루에도 수십 번은 그런 생각이 들어."

"금강산에서 그림에만 전념해요. 예전처럼 숙제 내줄까? 이번에는 길게 가니까 30점 정도 그려오세요."

"에스파냐에서 고야에 푹 빠졌다고 네게도 얘기했었지? 매독에 걸린 고야가 말년에 집을 얻어 귀머거리의 집이라 이름 붙이고 그림에 몰두했거든. 그때 걸작이 나왔어. 그 걸작에 압도되어 숨을 쉴 수가 없었어. 이번이 마지막이라 생각하고 목숨 내걸고 걸작을 그려올게."

최은희는 혜석이 구미 여행을 떠날 때를 떠올렸다. 천재화가의 구미 여행에 온 사회가 들떴고 신문사에서는 최은희에게 곽산까지 따라가 취재해오라고 했다. 파리에서 최린이라는 권력자가 아닌, 평범한 유학생과 연애를 했다면 혜석이 이렇게 내쳐지지는 않았으리라는 생각이 들었다.

최은희와 헤어져 다방골에 돌아온 혜석은 가방 안에서 목조부처를 발견했다. 최은희가 어느 틈에 넣어준 것이었다. 그녀는 언제나 가슴을 일렁이게 만드는 선물을 주곤 했다. 성정 자체가 남을 배려하는 것이 몸에 배었다. 정작 혜석은 그녀에게 엽서 외에 선물을 준 적이 없다는 후회가 생겼다. 혜석은 활달하고 당찬 아우가 곁에 있다는 것이 뿌듯했다. 금강산에서 제일 성공한 그림을 은희에게 주기로 마음먹었다.

해금강에 얻어 놓은 집에 도착하자마자 청소부터 했다. 넓은 방을 작업실로 정하고 책상 위에 김복진의 목각부처를 놓아두었다. 화구 상자를 챙겨 스케치를 하고 돌아올 때면 바닥에 엎드려 작은 들꽃을 관찰했다. 평소 그녀는 꽃에 큰 관심이 없었다. 왠지 꽃은 화려하게 꾸민 것 같은 느낌이었다. 꽃보다는 꽃을 피워 올리는 줄기와 잎, 어둔 흙 속에 파묻혀 있는 뿌리를 더 헤아렸다. 그나마 꽃이라면 집 마당에 있는 나팔꽃, 수국 정도만 스케치했다. 그런데 이곳에서 이름 모를 꽃들이 혜석을 잡아당겼다. 꽃을 들여다보고 난 후 집에 곧바로 돌아와 외벽 돌에 들꽃을 그려놓았다. 사흘 만에 그녀의 집 외벽에 한 무리의 꽃이 피었고 나비가 날아들었다. 주민들은 처음에는 혜석을 경계하다가 얼마 지나지 않아 삶은 감자와 옥수수를 바구니에 한가득 담아 혜석의 집 마루 위에 올려놓았다. 이웃들이 혜석의 집을 꽃무더기 화가집이라 불렀다. 그녀는 스케치에서 돌아오며 동글동글한 돌을 하나씩 주어왔다. 돌을 씻어 말리고는 거기에 꽃과 나비를 그렸다. 옥수수와 감자를 다 먹은 빈 바구니에 그림을 그린 돌을 놓아두었다. 혜석의 마루에는 늘 바구니가 한두 개씩 놓여 있었다. 유화 40여 점을 그리고 슬슬 돌아갈 준비를 하던 어느 날, 화구 상자를 들고 산을 내려오는데 이웃 여인이 혜석에게 손짓을 하며 달려왔다. 불길한 예감에 들고 있던 돌을 집어 던지고 빠른 걸음으로 내려갔다. 매캐한 냄새가 마을 전체를 휘감고 있었고 그녀의 집에 불이 활활 타오르고 있었다. 불은 부엌 쪽에서 시작되었다. 이웃 남자와 아낙들이 물동이를 들고 불을 끄고 있었다. 혜석은 아낙이 들고 있는 양동이의 물을 몸에 끼얹고 작업실로 쓰던 큰 방으로 들어갔다. 그림 네댓 개를 집어 들자 이웃 남자가 수건으로 얼굴을 감싸고 들어와 그림을 받아들었다. 혜석은 그에게 그림을 주고 들어가 그림을 찾아들고 나왔다. 다시 들어가려고 할 때 방안까지 불길이 번졌다. 불은 반나절 만에 꺼졌지만 외벽에 덧댄 목조까지 모조리 태웠다. 조사 나온 경찰이

불의 원인을 물었지만 혜석은 입만 벌리고 앉아 있었다. 이웃 주민들은 혜석이 부엌 아궁이에 불을 뗀 적이 없었다고 증언했다. 음식은 이웃들이 주는 것으로만 먹었다. 혜석은 검게 그을린 손으로 건져낸 그림을 안고 벌벌 떨었다.

　미순은 함께 온 만석에게 그림을 챙기라고 지시했다. 집은 보기 흉할 정도로 타버렸다. 경찰은 화재의 직접적인 원인을 밝혀내지 못했다. 미순은 작업실로 썼다는 큰 방으로 들어갔다. 들어가다 검게 그을린 벽 사이의 돌에 그려진 꽃을 보았다. 보라색과 노란색의 자잘한 꽃들이었다. 방은 불에 탄 물감내로 지독했다. 화구라도 챙겨보려 했지만 물감 하나 남김없이 다 타버렸다. 미순은 혜석이 있다는 이웃집으로 갔다. 혜석은 이웃집 사랑채에서 무릎에 손과 얼굴을 묻고 떨고 있었다. 여름의 더위가 가시지 않았는데 떨고 있었다. 산중이라 바람은 차가웠지만 떨 정도는 아니었다.
　"누군가 와서 불을 냈어. 불을 낸 그 손이 누구의 것인지, 누가 시킨 짓인지 알 것 같아."
　"나중에, 나중에 생각하고 일어나."
　미순은 혜석에게 담요를 걸쳐주었다. 그녀는 담요 속으로 몸을 깊숙이 집어넣고도 몸을 떨었다. 미순은 혜석을 다방골로 데리고 갔다. 병원에서 외상은 치료했지만 의사는 충격 때문에 당분간 손을 떨 것이라 했다. 일시적일 것이라 했다.

"저는 그림을 그려야 해요. 이 손, 그림 그릴 손이예요. 제 손 좀 멈추게 해줘요."

혜석은 의사에게 매달렸다. 미순은 할멈에게 한약을 지어 달여 먹이도록 시켰다. 약사발을 든 혜석의 오른손에 힘이 붙었지만 왼손은 여전히 떨렸다. 혜석은 밤늦게 들어오는 미순에게 누군가 자신을 죽이려 했다고 말했다.

"그 사람일 거야. 내가 애들 앞에 나타나지 못하게 하려고 그랬을 거야. 아니야, 최린 측일 수도 있어. 자기의 치부를 드러내는 글을 발표할까봐 두려워 나를 죽이려 했을 거야. 지난 번 제비다방에서 사람들이 파리 일을 궁금해하기에 곧 글로 발표할 거라 말했거든. 누군가 그걸 전해줬을 거야. 아니, 미술협회 쪽일 수도 있어. 미전에 대해 내가 혹평을 했거든. 아니, 총독부에서 한 짓일 거야. 남산의 조선신궁하고 도리이*하고 계단을 그리라 했는데 거절하고 금강산에 갔거든."

혜석은 떨리는 왼손을 입으로 가져갔다. 입술을 말아 휘휘, 휘파람 소리를 내며 손에 바람을 불었다. 손이 시리다면서도 바람을 불어넣었다. 미순은 그녀의 떨리는 왼손을 잡았다. 미순은 금강산 작업실 화재가 혜석의 인생에서 불행의 끝인 줄 알았지만 그것은 시작에 불과했다.

---

* 도리이鳥居는 전통적인 일본의 문으로 일반적으로 신사의 입구에서 발견된다. 일제강점기 조선총독부는 남산에 남산신궁을 만들고 배전으로 들어가는 입구에 도리이를 세웠다.

미술강사로 나가던 이화여자 전문학교, 보성전문학교, 연희전문학교에서 강사 해고 통지를 받았다. 혜석은 그림을 팔려고 직접 화랑을 돌았지만 혜석의 얼굴을 알고 있는 화랑 주인들은 불경기라는 핑계를 대며 그림은 쳐다보지도 않았다. 선전에서 특선을 받고 제국원전에서도 수상한 〈정원〉을 일본에 있는 지인에게 구입해달라는 편지를 써 보냈다. 일본에서는 자신은 살 형편이 안 되고 사람을 소개시켜 주겠다는 답변이 왔다. 다른 그림들은 혜석의 사인을 지우고 마담을 통해 가격을 낮춰서 팔았고 구미 여행 때 구해온 복제화와 책도 팔았다. 음반은 새로 생기는 다방에 헐값으로 넘겼다. 그림과 책, 음반까지 팔아 만든 돈으로 수송동에 '여자미술학사'를 차렸다. 신문에 대대적으로 알리고 싶었지만 최은희도 《조선일보》를 관두고 집에서 살림을 하는 처지였기에 이광수를 통해 부탁을 했다. 그는 기사로 선택이 안 되었다며 광고비를 받고 신문 구석에 작은 광고 지면을 하나 내주었다.

시작은 한두 명이었지만 금세 열아홉 명, 서른 명이 되었다. 한 달이 채 지나지 않았을 때, 데생 수업을 하는 도중 학부모가 문을 열고 들어와 딸에게 나오라고 소리를 질렀다. 혜석은 다른 학생들도 있으니 다과실로 가자고 했다. 학생의 아버지는 혜석을 서방질한 이혼녀라 비난했다. 당신 같은 사람은 딸을 타락과 탈선으로 부추기는 요녀, 라며 화구 상자를 내던지고 딸의 어깨를 잡아끌었다. 미술학사로 혜석을 비난하는 편지가 왔다. 서른 명이던 학생이 열여덟, 열한 명이 되고, 일곱이 되고, 일곱이 셋이 되는 데는 그리 오랜 시간이 걸리지 않았다. 혜석은 재능 있어 보이는 학생의 수업료를 면제해주었지만 한 명도 남김없이 모두 그만두었다.

그녀는 혼자 미술학사를 지키며 낮에는 그림을 그리고 밤에는 글을 썼다. 오빠 경석의 집과 미순의 집에 뿔뿔이 흩어져 있던 수첩과 자료를 되찾아와 정리했다. 구미 여행 중에 쓴 공책도 챙겼다. 혜석은 구미 여행을 하면서 직접 갱지로 만든 공책에 일정과 지출 목록을 꼼꼼하게 적었다. 여행으로 몸이 고단해도 꾸준히 적어 공책은 이십여 권이나 되었다. 혜석은 자신의 인생 전체를 떠올리며 글을 썼다. 문장이 막히면 펜을 쥔 오른손으로 떨고 있는 왼손을 잡았다. 악이 났지만 눈물을 흘리지는 않았다.

12회 선전에 작품을 출품했지만 입선자 명단에 없었다. 혜석은 선전 심사위원을 만나게 해달라고 요청했다. 심사위원 중 한 명을 만나 혜석은 자신의 그림이 무감사도 되지 않은 이유를 물었다. 그녀는 여러 번 수상을 한 사람에게는 심사위원 자격을 부여할 것을 요구했다. 입가에 주름을 모으며 앉아 있던 그는 그림에 대해서는 아는 바가 없다며 그녀의 생활적인 면을 지적했다. 불미한 작품에 특선 딱지를 붙여서는 안 될 것이다, 라는 투서가 여러 곳에서 날아왔다고 했다. 사생활을 정돈하는 것도 예술가로서의 처세라고 훈계했다. 혜석은 그에게 고야와 피카소 이야기를 했다. 예술가의 사생활과 작품을 각각 따로 떼어내고 인정해주는 외국의 예술계 예를 들며 자신의 요구를 거듭 주장했다. 그는 혜석의 말에 고개를 끄덕였다.

"서양에서는 다들 그리 인정을 해주는군요. 그러나 여긴 총독부 산하에 있는 조선이오. 당신 이름에 붉은 딱지가 붙었다는 것을 아직도 깨닫지 못했소? 총독부에선 당신을 사회체를 오염시킬 염려가 있는 퇴폐와 몰락의 대표인사라더군요. 꼬리 잘린 여우에 비유합디다. 제 정보에 의하면 앞으로 나 여사가 선전에서 수상할 기회는 없을 것이오. 서양을 그리 따라하고 싶으면 하던 것처럼 자유연애나 전문적으로 깊이 파시오."

혜석은 후들거리는 손으로 커피 잔을 움켜쥐었다. 잔이 받침 대에 덜거덕거리며 요란한 소리를 냈다.

"그런 손으로 그림이나 그리겠소? 보아하니 연애도 불가능할 것 같구먼."

그는 꼬았던 다리를 펴며 종아리 아래를 훑어 바지 주름을 펴곤 일어섰다. 혜석이 부들거리며 커피 잔을 들어 그의 바지를 향해 끼얹었으나 커피는 고스란히 혜석의 손 위로 쏟아졌다.

2

"내가 누구를 만나든 누구와 몸을 섞든 그건 내 의지고 자유 예요."

엘리제 마담은 초이의 뺨을 때렸다.

"니 의지와 자유는 나 죽고 난 뒤야. 내가 살아 있는 동안은 내가 니 어미다."

"낳았다고 모든 것을 마음대로 해? 내 의지와는 상관없이?"

"그래, 내 마음대로 할 거야. 앞으로 독고완 만나지 마. 사람 붙여놓기 전에."

"사람을 붙이든지 감금을 시키든지 마음대로 해봐. 엄마가 남자에게 버림받았다고 나 또한 그렇게 될까봐 그래?"

마담은 초이의 뺨을 때리고 머리채를 휘어잡았다.

"터진 입이라고 함부로 말하지 마. 아무리 그래도 독고완은 안 돼."

마담은 초이의 입술에 피가 흩어지자 손을 멈추고 초이를 노려보다 방으로 들어갔다. 방울이가 젖은 수건을 가져왔다. 엘리제 마담의 루비 반지가 할퀴고 지나간 뺨 상처가 부풀어 올랐다. 초이는 엘리제 마담의 방까지 들리도록 큰 소리로 말했다.

"뭐가, 그렇게 두려운데? 뭐가, 겁나는데?"

미코는 할멈과 함께 홋카이도 오누마로 갔다. 겨울에 자신의 운명을 똑같이 이어받은 여자아이를 낳았다. 아비는 씨의 존재도 몰랐고 아기가 태어날 때 곁에 있지도 않았다. 그녀는 아이를 혼자 내버려두진 않을 거라 결심했다. 할멈이 구해온 가물치를 꾸역꾸역 먹고 태열기가 가시지 않은 아기를 안은 채 유황온천 속으로 들어갔다. 아이는 뜨거운 물이 발끝에 닿자 자지러지게 울다 목을 꺾고 잠이 들었다. 미코는 더운 김에 숨이 막혔지만 꼭꼭 삼켰다. 숨을 씹어 삼키고 한숨을 내뱉었다. 숨을 반복해 쉬며 살아갈 묘안을 생각했다. 아이의 이름을 뛰어넘을 초超, 다를 이異를 써서 초이, 라 짓고 자신의 조선 성을 붙였다. 조선에서 건너온 신문에는 혜석이 남편과 함께 구미 여행을 간다는 기사가 대문짝만 하게 실려 있었다.

그녀는 초이의 손을 잡고 도쿄에 있는 다카시로를 찾아갔다. 다카시로는 초이를 보고는 인상을 찌푸렸다.

"이 아이가 내 핏줄이라는 증거가 있소? 그 시절 당신은 자유로운 연애를 했던 것으로 기억하는데."

"아버지 역할을 하라는 게 아니에요. 전 조선으로 돌아갈 계획이에요. 당신 본가로 찾아가는 일이 없도록 살아갈 기반을 마련해달라는 겁니다."

"여전히 당돌하고 뻔뻔하군."

다카시로는 돈을 세 번에 걸쳐 주기로 약속했다. 미코는 미리 작성해놓은 각서를 꺼냈다. 약속을 이행하지 않을 시에는 초이의 존재를 밝히겠다는 내용이었다. 미코는 초이의 호적을 올릴 때 자신의 이름을 엘리제라 개명해 호적을 아예 새로 만들기를 원했다. 동회 직원은 까다롭게 굴다가 그녀가 들이미는 봉투를 열어보곤 원하는 대로 호적을 만들어주었다.

마담은 가게 안쪽에 붙어 있는 작은 방에 초이와 할멈의 잠자리를 마련해놓고 자신은 밤새 닛뽀리 시장에서 헐값에 사 온 나달나달한 중고 미싱 앞에 앉았다. 바늘이 손을 찔러도 아픈 줄 모를 정도로 일했다. 눈꺼풀이 무거워지면 가게 한쪽 바닥에 놓인 양탄자 위 옷감에 파묻혀 잤다. 새벽이면 어김없이 일어나 냉수 한 사발 들이켜고 다시 미싱 앞에 앉았다.

엘리제의복점은 일본인이 찾아오면 기모노를, 카페 여급과 다방 마담이 요구하면 요란한 개량복을, 여학생이 찾아오면 통치마에 저고리를, 신여성이 찾아오면 서양 잡지에서 베껴놓은 양장을 만들어주었다. 엘리제의복점이 카페 여급들에게 입소문이 나면서 일감이 많아지자 엘리제 마담은 기본적인 일은 손바느질하는 여자들에게 맡겼다. 옷값을 올려 불러도 찾아오는 부잣집 여자들이 늘어나자 엘리제 마담은 일본에 가 미싱을 두 개 사가지고 왔다.

긴 복도에 2층으로 올라가는 계단이 있고 복도에 화장실과 욕실까지 딸린 다방골의 왜식 이층집을 샀다. 할멈의 방도 따로 마련해주었다. 그제야 마담은 할멈에게 그동안 한 번도 주지 않은 월급을 주었다. 할멈은 마담이 주는 돈을 거절하지는 않았지만 마담의 방에 놓인 경대 서랍에 돈을 차곡차곡 모아두었다. 엘리제 마담이 돈을 발견하고 할멈에게 고향에라도 찾아가보라고 권했다. 할멈은 모은 돈을 누군가에게 보내달라고 청했다. 할멈은 글을 쓸 줄 몰랐고 돈을 보내는 방법도 몰랐다. 마담이 할멈 대신 매번 바뀌는 주소와 이름으로 돈을 보냈지만 돈은 수취인 불명으로 되돌아왔다. 할멈은 마담에게 월급 대신 고아가 된 방울이를 거둬달라고 부탁했다.

마담은 사람 세 명을 고용했고 그들에게 미싱 다루는 법을 가르쳐주었다. 고무신을 파는 옆집 상회까지 얻어 가게를 확장했고 엘리제양장점으로 간판을 새로 매달았다. 엘리제양장점이라는 글씨 옆에 양장을 입은 세련된 신여성을 그려 넣었다. 신문사 기자가 찍은 사진으로 신문에 커다랗게 광고를 냈다. 지방에서도 부잣집 마님들이 옷을 맞추러 왔다. 치수를 재고 원하는 스타일로 가봉을 하고 내려간 지방 손님들은 한 달이면 엘리제 마담 옷을 입고 지방 유지들 행사에 참석해 뽐낼 수 있었다.

엘리제 마담은 만든 옷을 배달하는 전문 심부름꾼을 고용했다. 처음으로 고용한 사내가 만석이었다. 그는 처음에는 가까운 곳은 전차와 교외전차를, 지방은 기차와 우마차를 타고 최종적으로는 걸어서 옷을 배달했다. 중일전쟁이 시작되어 미국차 수입을 총독부에서 통제하자 부품을 구하지 못해 고장난 채 세워둔 차를 만석이 헐값에 구입해 손수 고쳐 타고 다녔다. 지방에서 엘리제 마담의 옷을 입는 사람은 경성 손님보다 두 배 가격을 지불해야 했다.

요령이 생기자 만석은 배달 일을 다른 사람에게 맡기고 자신은 다른 일을 도모했다. 엘리제 마담의 단골들은 대부분 자유연애주의자였다. 기생과 카페 여급을 제외하고 돈이 필요한 고학력이며 용모 단정한 여성들과 총독부나 고위 관직에 있는 사람들을 연결시켜주었다. 만석이 단독으로 시작한 일이었지만 엘리제 마담이 개입하고부터는 더 대담한 거래가 오갔다. 초이가 여학생이 되었을 때 마담은 그제야 덜컥, 겁이 났다. 초이 또래의 여학생을 호텔 옥상정원으로 데리고 나갈 때마다 죄책감에 시달렸다. 발을 빼고 싶어도 물밑에서 흐르는 소문을 듣고 언락해오는 권력과 돈을 마담은 거절하지 못했다. 소문은 묵직했지만 펼쳐 놓으면 금세 얇게 퍼졌다. 엘리제 마담의 뒷거래를 카페 여급들도 비웃었지만 그녀의 옷에 대한 매력은 쉽게 떨어지지 않았다.

해방 후부터는 마담도 그 일에서 손을 뗐다. 그래도 완이 조사했다면 제일 쉽게 알아챘을 일이었다. 완의 조사원이 치밀하다면 마담이 혜석의 마지막 행보에 개입한 것까지 알아냈을 거였다. 마담은 입이 바짝 말랐다. 마담은 독고완을 어떻게 초이에게서 떨쳐내야 할지 고민했다. 일요일 내내 마담과 초이는 각자의 방에 틀어박혀 나오지 않았다. 방울이가 쟁반에 음식을 똑같이 둘로 나눠 담아 마담과 초이에게 날라주었다. 마담은 초이에게 잡지사 일을 관두고 엘리제양장점에서 일을 배우게 하기로 결정했다. 마담이 거실로 나왔을 때 외출 준비를 한 초이가 계단을 내려왔다. 마담은 계단 아래에서 초이를 기다렸다.

"내일부터 신태양 고만 나가고 양장점에서 일 배워라. 요상한 옷만 만들지 말고."

초이가 계단을 다 내려와 대답 없이 현관으로 나갈 때, 현관문이 벌컥, 열렸다. 독고완이었다. 마담은 완을 보고 도깨비를 본 듯 기겁했다. 완은 마담에게 까닥 고개를 숙이고 초이에게 당분간 집에 있으라고 말했다. 초이가 까칠하고 호된 대답을 하려 할 때 완이 손으로 그녀의 입을 틀어막았다.

"오늘 오전, 백범 선생이 암살당했소."

완의 말에 초이와 마담은 움찔했다. 들고 있던 소쿠리를 바닥에 떨어뜨리고 주저앉은 사람은 할멈이었다. 방울이가 호들갑을 떨며 감자를 주워 담았다.

"어떻게 그런 일이?"

"육군 소위 안두희가 오늘 오전 경교장으로 가 권총으로 사살했답니다."

할멈은 떨어진 감자를 소쿠리에 주워 담다 치마를 끌어당겨 눈물을 닦았다.

"안두희는 붙잡혀 헌병사령부로 연행되었소. 암살자 명단이 떠돈다는 말이 사실이었고, 일주일 전 안두희가 이승만 측근을 비밀리에 만났다는 말도 있소."

할멈이 독고완에게 다가갔다.

"지금 경교장에 가봐도 되나요?"

"저도 지금 가보려고요. 그런데 인산인해일 텐데 괜찮으시겠어요?"

"기다려주세요."

할멈은 급하게 방으로 들어가 보따리까지 챙겨 나왔다. 보따리를 보고 엘리제 마담이 인상을 찌푸리며 보따리를 빼앗았다.

"내가 정리될 때까지 일 좀 거들어주고 올게."

마담은 할멈을 말릴 수 없었다. 입이 무거워 속을 알 수 없는 할멈이었지만 마담은 할멈이 그쪽과 연관이 있으리라는 짐작을 했던 터였다. 할멈의 부탁으로 방울이를 집으로 들였을 때 일본 순사가 찾아와 방울이 부친이 독립운동가이고 최근에 집안 전체가 총살당했다고 전했다. 마담은 방울이에게 따라가 할멈 곁을 지키라고 했다. 초이가 그들을 따라가려 하자 마담은 초이의 팔을 잡았다.

"눈에 불을 켜고 덤벼들어도 안 돼. 여기 있어."

"제정신이야? 나도 기자야."

"기자 관둬. 내일부터 양장점에서 일해. 독고 씨 얼른 가세요."

마담은 한손으로 초이의 팔을 붙잡고 다른 손으로 독고완의 등을 떠밀었다. 할멈이 독고완의 팔을 잡아당겨 밖으로 데리고 나갔다. 초이가 소리를 질러도 마담은 상관없다는 듯이 초이를 강제로 잡아끌고 거실로 데리고 들어갔다.

"이거 놔. 놓고 말해. 초무식이야."

"그래, 나 무식해. 아비 없이 그 추운 겨울에 오누마 호수 소바집에서 네년 낳고 죽어버리려 했어. 신사로 가는 빨간 다리에서 호수 아래로 몇 번이나 뛰어내리려 했는지 알아?"

초이 앞에서 한 번도 과거를 말하지 않았던 마담이었다. 초이는 어떤 풍경 하나를 가위로 오려낸 듯 또렷하게 기억하고 있었다. 얼어붙은 물 위로 길고 가느다란 빨간 다리였다. 우연히 어디서 본 사진을 꿈에서 다시 만났을 때처럼 선명하지 않았지만 익숙했다. 그것은 초이 자신이 만들어낸 환상이 아니었다. 엘리제 마담의 등에 매달려 바라본 풍경이었던 거였다. 그녀는 말없이 계단을 올라 자기 방으로 들어갔다.

할멈은 한때 홋카이도 오누마 호수의 한 섬 소바 집에서 살았다고 했다. 민간 집을 변형시켜 낚시꾼들을 위해 소바 외에도 된장국을 끓여주곤 했다고 했다. 호수에는 크고 작은 섬이 많았는데 섬과 섬을 연결하는 다리가 열 개도 넘는다고 했다. 섬마다 내려오는 독특한 전설을 얘기해줬다. 초이는 잠자리에 누워 엄마를 기다리며 할멈에게서 이야기를 듣는 시간이 좋았다. 초이는 아버지에 대해 물었지만 할멈은 비만 내리면 무지개를 찾아 떠나는 소년 이야기로 말을 돌렸다. 할멈은 그곳에 혼자 살았던 것이 아니라 엄마와 함께 있었다. 그 소바 집에서 자신이 태어났던 거였다.

초이는 자신이 태어났을 때부터 엘리제 마담이 양장점을 했다고 여겼다. 초이 기억에 엄마는 늘 바빴다. 양장점 한쪽에 있는 방에 하루 종일 처박혀 있어도 엄마는 천과 줄자를 가지러 들락날락거리기만 할 뿐 초이를 건성으로 보았다. 엄마는 고장 난 미싱을 보며 말했다.

"언제 한번 시간 내서 분리해 기름칠을 좀 해주면 잘 돌아갈 텐데."

초이는 자신이 고장 난 미싱 같았다. 그럴 때마다 초이는 생각했다. 언제 하루만 시간 내서 나랑 공원에도 가고 맛난 것도 먹으러 가면 토라진 마음이 풀릴 텐데.

혜석이 그곳에서 초이를 안아주었을 때 초이는 상자 안의 신문에서 본 여자라는 것을 대번에 알아봤다. 안방 문갑에 있던 상자에는 신문 기사를 모아놓은 종이로 가득했다. 글을 읽을 수 있던 초이는 이내 그 기사들에 푹 빠져들었다. 천재화가 나혜석이 정동 예배당에서 결혼한다는 청첩 기사, 흰 한복에 면사포를 쓰고 예배당으로 들어가는 결혼 사진, 최초로 서양화 전시회를 한 천재화가 나혜석의 전시회가 대성공이었다, 라는 기사, 구미 여행을 떠나는 나혜석, 나혜석이 단발을 했다는 기사, 그녀를 비방하는 기사 또한 있었다. 상자 가득 나혜석에 관한 기사들이 스크랩되어 있었다. 깔끔하게 잘라진 것이 아닌, 손으로 찢은 듯 거칠게 찢겨져 있었다. 잊어버릴까 귀중한 자료를 보관해둔 것이 아닌, 마치 버리기 직전의 쓰레기들을 한데 모아놓은 것 같았다. 상자를 다시 문갑에 넣었지만 가끔 두려운 마음으로 상자를 꺼내보았다. 열어볼 때마다 양이 조금씩 늘어나 있었다. 초이도 야금야금 기사 내용을 읽었다. 초이는 조선이 낳은 천재 여류화가가 자신과 뭔가 관련이 있다는 결론을 내렸다. 초이는 땅바닥에, 벽에 그림을 그렸다. 여느 엄마들과 달리 벽에 그림을 그려도 마담은 야단을 치지 않았다. 오히려 미제 크레용과 종이를 사다 주었다. 학교와 관공서에서 개최하는 미술대회에는 모두 초이가 대표로 나갔고 어김없이 상을 받아왔다. 초이는 미래를 말할 때도 구체적이었다.

"난 일본으로 유학을 가서 서양화를 그릴 거야. 곧바로 구미 여행을 할 거고, 프랑스 파리에 가서 그림을 연구하고 세계의 모든 화가들과 경쟁해 훌륭한 화가가 될 거야. 루브르 미술관에 내 그림을 전시할 거야."

그렇게 말할 때면 아이들은 기가 질려 했고 어른들이 박수치며 감탄했다. 마담은 초이가 그런 말을 할 때마다 깜짝깜짝 놀랐지만 흡족해했다. 마담은 초이가 그림에 소질이 있는 것과 농담 식으로 말을 툭툭, 내뱉는 것이 뼛속까지 아비의 것을 물려받았다고 생각했다.

그날, 초이가 집으로 돌아왔을 때 안방에서 마담의 웃음소리가 들려왔다. 초이는 손님이 왔겠거니 했지만 마담 혼자였다. 문갑에 있던 상자를 꺼내 신문을 들고 웃고 있는 마담의 얼굴을 본 순간 초이는 자신도 모르게 숨어버렸다. 마담은 신문을 거칠게 찢어 상자에 담고는 상자를 문갑에 집어넣고 방을 나갔다. 마담이 엘리제양장점으로 간 후 초이는 안방으로 들어갔다. 문갑에서 상자를 꺼냈다. 제일 위에 금강산 나혜석 작업실에 화재가 났다는 기사가 놓여 있었다.

3

그녀는 자전적인 소설을 썼다. 직접적이든 간접적이든 인생에 영향을 주었던 사람들과 사건들에 대해 자세히 썼다. 최승구, 이광수, 하석진, 김우영, 최린, 일본인 사토. 그녀와 관계한 모든 남자들에 관해서도 사실대로 썼다. 이름은 바꿨지만 읽으면 누군지 곧바로 알 수 있었다. 그녀는 소설을 쓰고 난 뒤 제일 먼저 엘리제 마담에게 보여줬다. 엘리제양장점에서 사흘에 걸쳐 소설을 읽은 마담은 밤에 미술학사로 찾아왔다.

"내가 소설은 잘 모르지만 이거 책으로 나오면 파격적일 거야. 그런데 남자들이 이기적이고 너무 못나게만 보이더라. 감정이 편파적인 것 같아. 최은희 기자에게 보여 의견을 나눠봐. 아, 춘원 선생한테 신문 연재를 부탁하는 건 어때?"

혜석은 원고뭉치를 들고 최은희 집으로 갔다. 최은희는 겨우 걸음을 걷고 젖을 빨고 있는 아이들을 건사하느라 애를 먹고 있었다. 소설을 읽을 겨를도 없어 보였다. 혜석은 은희 옆에 앉아 소설 내용을 자세하게 설명해주었다. 최은희는 춘원이 아닌 팔봉 김기진에게 원고를 보여주라고 말했다.

"춘원 선생 본인도 등장하는 소설인데 쉽게 지면을 만들어주겠어? 영숙 언니도 읽으면 불쾌하지 않겠어요? 게다가 신문 연재로 나오면 최린 쪽에서 그냥 두고 보진 않을 텐데. 그걸 염려

해서라도 춘원 선생은 도움 안 줄 거야. 연재 욕심 버리고 책으로 내요. 팔봉 선생님은 평소 대중이 책을 읽게 만들려면 작품의 대중화를 전제로 한 문학 형식이 필요하다고 주장했거든. 〈춘향전〉식 가정 통속소설 형식을 이용하자고 하셨어."

"그의 형, 소식은?"

"독감이 심하대. 언니도 알다시피 서대문형무소 습기 찬 돌벽이 얼마나 차."

은희의 작은아이가 자지러지게 울며 뒤로 넘어갔다. 은희는 조용히 누워 아기에게 젖을 물려 재우고 싶어 하는 눈치였다. 혜석은 은희가 내놓은 과일 접시를 비우지도 못하고 일어서야만 했다. 그녀는 최은희의 충고를 따르지 않았다. 그러기엔 팔봉 김기진이 여성 문인들을 조롱하며 폄했던 글이 불만이었고 그의 형이 아직도 형무소에 있다는 사실이 걸렸다. 형의 일로 복잡할 텐데 사회적으로 반향을 일으킬 소설책을 만들어달라고 하기가 민망했다. 아니, 혜석은 화자와 자신의 거리가 밀착되어 있어 그에게 보이기가 부끄러웠다. 혜석은 한성의원에 갔다. 춘원과 약속을 정하고 나오려 할 때 허영숙이 혜석을 불러 세웠다. 자신이 지어놓은 약재인데 달여 먹으라고 줬다.

"왜 이렇게 되었니? 기운 좀 차리렴."

혜석은 한성의원 유리문에 자신을 비춰보았다. 엘리제 마담이 만들어 준 곤색 투피스를 입은 자신의 모습이 낯설어보였다. 생을 지탱하고 있던 기운이 빠져버린 허깨비 같았다. 이광수는 쓰던 원고를 끝내고 나오기로 했다. 제비다방은 길가로 면한 벽이 통유리로 되어 있어 지나가는 신여성을 관람하려는 남자들이 자주 찾는 곳이었다. 그날도 그랬다. 그쪽에 앉은 남자들은 밖으로 고개를 내밀고 있었다. 혜석은 그곳에서 박태원과 김유정, 화가이며 시도 쓰는 여자 후배 고미숙을 만났다. 후배 고미숙은 혜석을 보며 애매하게 고개를 까닥거렸다. 혜석은 최은희로부터 그 후배 화가가 자신의 뒷말을 하고 다닌다는 말을 들은 터라 한마디 쏘아붙이고 싶었지만 애써 고개 인사만 하고 따로 앉았다. 박태원은 혜석이 들고 있는 누런 봉투에 관심을 보이며 혜석의 앞자리로 자리를 옮겼다. 혜석은 새로 쓴 장편소설이라고 말했다. 그가 관심을 보이자 혜석은 조만간 신문에 연재할 것이라 자신만만하게 말했다. 김유정도 《삼천리》에 연재 중인 구미 여행기를 잘 읽고 있다며 서양에서 클래식 음반을 얼마나 구해왔는지 관심을 보이며 자리를 옮겨왔다. 혼자 남은 고미숙도 제 커피잔을 들고 일어나 혜석의 옆 자리에 앉으려고 했다.

"당신, 앉지 마세요."

"네?"

"종로통에서 제가 최린의 품에 안겨 있는 것을 봤다고 말했다지요? 앉지 말고 정확히 언제인지 제 앞에서 똑똑히 말해보세요."

"선생님, 저는 그런 말을 한 기억이 없어요."

"최은희 기자가 당신의 입에서 직접 내뱉는 말을 들었다고 합니다. 당신 자리로 돌아가 곰곰이 떠올려보세요."

고미숙은 찹쌀 반죽처럼 하얀 얼굴에 이질적으로 붉기만 한 입술을 일그러뜨리고 서 있다가 제 자리로 가 핸드백을 들고 밖으로 나가버렸다. 다른 테이블에 앉아 있던 남자가 파리에서의 사건이 궁금하다고 했다.

"네, 차라리 궁금하면 저한테 직접 물어보세요. 뛰어나지도 않은 상상력을 아무 곳에나 발휘하지 말고요. 당신들이 제일로 궁금해 할 파리에서의 생활도 곧 정리해서 발표할 겁니다."

그녀는 비참한 마음을 숨기고 당당한 듯 행동했다. 그녀의 말에 사람들이 언제 발표하는지 기대된다며 빈말들을 했다.

혜석은 허룩하게 살이 빠진 몸에 달라붙게 투피스를 차려입고 굽이 높은 구두도 신었다. 평소엔 하지 않던 화장을 했더니 콧날이 서고 눈썹과 눈이 뚜렷해졌다. 혜석을 알고 있는 허영숙과 최은희는 그런 혜석의 변화를 안쓰럽게 여겼다. 남자들은 혜석에게 예전보다 몸맵시가 세련되고 후리후리해졌다고 속없이 말했다. 혜석은 그들의 알맹이 없는 말에 진저리가 났다. 이광수는 혜석이 내미는 원고뭉치에 인상부터 찌푸렸다.

"인생 전부를 들춰내는 소설이라고?"

"네. 다른 곳에 보내려다 그래도 오빠가 제일 편해서 드려요. 주선해주어요."

춘원은 자신도 자서전을 써볼까 궁리 중이라 말했다. 혜석은 그의 자서전이 궁금하니 얼른 쓰라고 재촉까지 하고 일어났다.

12월에 원고를 주었는데 해가 바뀌고 봄, 여름이 지나가도록 춘원에게 연락이 없었다. 그녀는 예전보다 더 왕성하게 글을 썼다. 사실은 비싼 미술 재료를 감당할 수가 없었다. 엘리제 마담이 간간이 구해다준 물감을 아껴 쓰고 없는 색을 만들어내느라 이젤 앞에서 쩔쩔맸다. 여름까지 매달 한 편씩 글을 발표해 원고비로 생활을 했다. 원고비가 미처 지급되지 않으면 신문사와 출판사로 직접 찾아가 받았다. 상금 때문에 《조선중앙일보》 현상 공모 '우스운 이야기' 부문에 〈떡 먹은 이야기〉를 써서 응모해 물감 재료비도 되지 않는 상금을 받았다.

여름이 끝날 무렵, 최은희의 남편이 죽었다. 이질이었다. 혜석은 징신을 놓고 있는 최은희 집에서 머물며 아이들을 돌보았다. 당당하고 활발했던 최은희는 급작스런 남편의 죽음으로 맥없이 쓰러졌다. 유리창에 그려놓은 물 인형처럼 희미하게 흘러내리는 몸을 겨우 추스르고 있었다.

혜석은 한 달 동안 말랑말랑한 아기들의 온기를 만지고 집으로 돌아가다 충동적으로 김우영이 살고 있는 대전으로 갔다. 진의 얼굴이라도 먼발치에서 보고 오려던 것이 막상 가방을 멘 진이 교문으로 나오자 달려들어 안아버렸다. 진이는 혜석의 등장에 놀라 울며 도망가버렸다. 혜석은 곧바로 김우영에게 편지를 썼다.

내 배에서 각각 아홉 달씩 있었고, 내 배를 갈라 낳은 자식들입니다. 네 명의 자식 모두 자연스레 젖을 뗄 때까지 충분히 젖을 물렸습니다. 어미를 그리워하는 자식이 넷이니 과거의 한 토막, 실수로 어미와 자식을 갈라놓는 일은 하지 않길 바랍니다. 앞으로 일 년에 한 번이라도 아이들 넷을 만나 관광이라도 다닐 수 있도록 해주세요. 그것이 순수한 어미로써 권리이고 희망입니다.

아이들은 무탈하게 잘 자라고 있소. 아이들이 어미를 그리워할 리 없고 지금 당신의 형편 또한 아이들에게 득이 될 것이 없소.

혜석은 김우영의 편지를 종이장이 보이지 않을 때까지 찢었다. 후들거리고 떨리는 왼손으로 창자가 끊어지는 것 같은 가슴을 쳤다. 제 어미를 보고 문둥병 환자를 본 듯 기겁하고 울며 도망가던 진이의 겁먹은 눈망울이 떠올랐다. 아이가 얼마나 주눅이 들어 살고 있을지, 얼마나 어미에 대한 원망을 하고 있을지 짐작이 가는 행동이었다. 이혼을 해도 자식들이 커가면 사정을 얘기해주고 성장에 맞춰 만남을 가져야 한다고 생각했다. 혜석은 깨달았다. 침묵하고 있으면 아이들은 자라서 제 어미를 자유연애에 미쳐 쫓겨나간 여자로 알게 될 것이다. 온갖 소문으로 무성한 세상에 진실을, 어미의 정신을 글로 남겨 반드시 발표해야겠다는 생각이 들었다. 지금은 가시로 가득한 껍질 속에 웅크린 밤톨이지만 가시를 뚫고 나와 언젠가 어미의 진실을 알게 될 날이 있을 것이었다. 그녀는 화구를 밀쳐두고 글을 썼다. 목으로 침 넘어가는 소리만 들렸다. 입이 말라 물을 마시려 해도 몸을 일으킬 시간이 아까웠다. 바늘귀의 틈만 한 시간도 놓칠 수 없었다. 그녀는 왼손을 떨며 오른손으로 글을 썼다.

제비다방에서 김동환을 만난 혜석은 원고지 묶은 것을 펼치지 않고 말했다.

"제가 이혼으로 풀이 죽어 엎어져 있을 때, 파인 선생이 불러내 미쓰 코레아 심사를 보게 했지요. 저녁식사 자리에서 최승희와 김원주, 허영숙 앞에서 어깨를 짓누르고 있던 저를 밖으로 불러내 파인 선생이 말했지요. 당당하게 일어서라고. 기억나세요?"

"암요, 기억나지요, 나 여사님."

"그때, 이런 말씀도 하셨어요. 인쇄된 글은 흔적을 남기는 것이라고, 후대 어느 누구의 손에 닿으면 진실은 밝혀지는 것이라고. 이제 저에게 지면을 주는 곳은 파인 선생의 《삼천리》밖에 없어요. 이 글은 조선 남성에 대한 고발이자 사회를 향한 제 절규입니다."

혜석은 춘원에게 보낸 장편소설 원고를 돌려받지 못했다고 말하며 김동환에게 원고를 앉은 자리에서 읽어보라고 했다. 발표 지면을 확정해주면 원고를 주겠다고 말했다.

조선남성들 보시오. 조선의 남성이란 인간들은 참으로 이상하오. 잘나건 못나건 간에 그네들은 적실, 후실에 몇 집 살림을 하면서도 여성에게는 정조를 요구하고 있구려. 하지만 여자도 사람이외다! 한순간 분출하는 감정에 흩뜨려지기도 하고 실수도 하는 그런 사람들이외다. 남편의 아내가 되기 전에, 내 자식의 어미이기 전에 첫째로 나는 사람인 것이오. 내가 만일 당신네 같은 남성이었다면 오히려 호탕한 성품으로 여겨졌을 거외다.

김동환은 원고를 읽고 한참을 고민하다가 담배에 불을 붙였다.

"세상이 발칵 뒤집힐 것입니다. 각오하셔야 해요."

"각오했어요. 지금은 뒤집히겠지만 십 년, 아니 이십 년이 지나면 제 행보가 틀리지 않았다는 걸 알게 될 거예요. 영국에서도 여성이 참된 인권을 보장받기까지 이십 년이 걸렸다 합디다. 저는 현재가 아닌 미래를 내다보는 사람이예요. 지금은 욕을 먹겠지만 미래에는 그 욕이 가치 있을 겁니다."

"제목은 정하셨나요?"

"〈이혼고백서〉입니다."

"두 번으로 나눠서 발표합시다."

혜석은 원고를 반으로 갈라 앞부분은 김동환에게 주고 나머지는 자신이 가져왔다. 다방골로 돌아와 남은 원고를 다시 정리해 옮겨놓았다.

최은희가 미순네 집으로 왔다. 혜석은 초이의 머리를 빗기고 학교에 데려다주기 위해 대문을 나서던 참이었다. 최은희는 할멈에게 초이를 부탁하고 혜석의 팔을 잡고 마당 한쪽으로 밀어

붙였다.

"애들은 어쩌고. 아침부터 어쩐 일이니?"

"시간 없어요. 길가에 인력거꾼이 기다리고 있으니 지난번 갔던 연화원으로 가요. 며칠 있다 잠잠해지면 가방 꾸려 그리로 갈게. 화련에게는 기별해놓았을 거야."

"누가? 왜 거기 가야 하는데."

"답답한 사람. 《삼천리》가 나왔잖아. 〈이혼고백서〉를 발표했다며? 아침부터 최린 측에서 양장점으로 찾아왔대. 기자들도 몰려들었고. 어떻게든 주소를 알아내 이리로 올 거야. 얼른 가요."

"안 갈 테야. 사실대로 쓴 것뿐이야. 기자들이 만나러 와준다면 좀 만나야겠다."

"그들뿐 아니라 일본 순사도 언니 소재를 파악하고 있대. 부탁이야, 언니. 나 애들 옆집 부인에게 맡기고 왔거든. 소란한 것 잠잠해질 때까지 당분간 거기 있어."

"일본 순사가 왜?"

"풍기문란죄, 라고 가져다 붙이면 그만이지. 서둘러요."

혜석은 은희가 밀치는 바람에 대문 밖으로 나가 길가에 세워진 인력거에 탔다. 연화원에 도착하니 화련이 문 앞에서 기다리고 있었다. 연화원은 깊은 계곡의 물속처럼 고요했다. 화련은 은희와 달리 평온하게 웃으며 혜석을 뒤뜰 쪽으로 안내했다. 산과 맞닿아 있는 곳에 별채가 있었다. 창 바로 밑에 앉은뱅이책상이 있었고 그 위에는 책과 노트로 사용할 수 있도록 만들어놓은 갱지 묶음이 있었다. 책상 옆에는 이불이 펼쳐져 있었다. 문 옆에는 사기요강까지 있었다. 화련은 손에 들고 있던 책을 혜석에게 주었다. 어제 날짜로 인쇄되었지만 오늘부터 배포된 《삼천리》였다. 혜석은 이런 식으로 도망다니는 것이 성격에 맞지 않았다. 그녀는 화련에게 소완규 변호사를 불러달라고 부탁했다.

"변호사요?"

문 밖으로 나갔던 화련이 다시 들어와 책상 앞에 앉은 혜석의 곁에 앉았다.

"올봄에 중추원 참의가 된 최에 대해 소송을 할 계획이거든요."

"그분이라면 권력이 대단하신데. 소송이라면 어떤?"

"정조 유린에 관한 것 말입니다."

"아."

화련은 말없이 앉아 긴 목을 왼쪽으로 꺾었다.

"저, 최은희 기자님이 오시면 먼저, 상의를 하시는 게 어떨까요?"

"부탁이 또 있어요. 작년에 춘원 선생에게 소설을 넘겼는데 소식이 없어요. 원고를 찾으러 가야 하는데."

"꼭 지금 찾아야 하나요?"

"네, 《삼천리》에 발표하기로 했어요. 원고 좀 찾아다 주실 수 있어요? 시간이 없어요, 저를 없애려는 자들과 정면으로 맞서려는 것입니다."

혜석은 금강산에서 머물었던 꽃무더기 화가집의 화재 사건을 말하며 누군가 자기를 죽이려 했다고 말했다. 왼손을 책상 밑에 넣고 연신 떨었다. 그녀의 손과 어깨가 떨리는 것을 화련은 차분하게 바라보았다.

"사람을 보내볼게요. 쉬세요."

화련이 나가자마자 혜석은 이불에 쓰러졌다. 왼손이 저릿해졌고 머리까지 뒤흔들렸다. 그녀는 누워서 《삼천리》에 발표된 〈이혼고백서〉를 읽었다. 〈이혼고백서〉 두 번째 원고는 다방골 방에 있었다. 그녀는 기억을 더듬어 원고를 다시 썼다.

조선의 남성들아, 그대들은 인형을 원하는가, 늙지도 않고 화내지도 않고 당신들이 원할 때만 안아주어도 항상 방긋방긋 웃기만 하는 인형들 말이오! 나는 그대들의 노리개를 거부하오, 내 몸이 불꽃으로 타올라 한줌 재가 될지언정 언젠가 먼 훗날 나의 피와 외침이 이 땅에 뿌려져 우리 후손 여성들은 좀 더 인간다운 삶을 살면서 내 이름을 기억할 것이리라, 그러니 소녀들이여 깨어나 내 뒤를 따라오라. 일어나 힘을 발하라.

최은희가 혜석의 짐을 가지고 왔을 때는 김동환이 《삼천리》에 발표할 〈이혼고백서〉 두 번째 원고를 받아간 후였다. 《삼천리》 8월호는 열흘 만에 매진이라 했다. 이미 팔렸던 것도 다방과 카페에서 두 배 가격으로 되팔렸다. 김동환은 이렇게 파격적으로 잡지가 팔린 적은 미쓰 코레아 삼천리 일색을 뽑는 광고를 내보낸 후, 처음 있는 일이라고 했다.

"언니, 참지 그랬어요. 파인 선생님도 좀 말릴 것이지. 아니면 원고를 좀 수정하던가."

"무슨 소리니? 내 원고를 왜 파인 선생이 고쳐?"

"굳이 드러내지 않아도 될 것까지 다 파낼 필요는 없었어요. 동정과 연민을 가지고 읽던 사람까지 불편하게 만들 수 있다는 것을 왜 생각 못해요? 사회적 물의예요. 신문마다 언니와 파인 선생을 병적이고 노출증적 광태라고 비판의 목소리가 거세지고 있어요."

"예상하고 있어. 성리학자들과 유생들, 모두들 나를 할퀴려 덤벼들겠지. 그렇다고 가만히 있지는 않아. 누구처럼 절에 숨어 지내거나 자살하지 않을 거야. 나는 나를 파헤쳐서 이 미개한 남성 중심 사회를 폭로할 거야."

"때와 방법을 잘 선택해야지. 남자들만이 아니야. 여성들마저 경멸하는 시선은 막아야 하지 않겠어요?

"순순히 인정하면서 겸손 떨면 어느 누가 내 글을 읽겠니? 그전에 나는 밝힐 거야."

"언니 신문도 그렇지만 이거 좀 봐요."

최은희는 8월 10일자 《신가정》을 책상 위에 올렸다. 혜석은 잡지를 펼쳐 평양의 한 여성이 쓴 〈나혜석 씨에게〉라는 글을 읽었다.

"평양의 한 여성이라고? 문장도 없다는 여인이 참 빨리도 《삼천리》를 구해 읽고 앞뒤 각을 맞춘 글을 써서 발표했군. 저널리

즘의 인형이 되지 마시고, 당신의 전문인 그림에 정진하시와 대
성하심이 우리 사회에 더욱 큰 공헌이 아닐까, 라니. 은희야, 그
사람 김복진 씨 지금 어디에서 뭘 하고 있는지 아니?"

"봄에 출소해 금속공장에 다닌다는 얘길 들었어요."

"내 생각인데 이렇게 빠른 시간 내로 이런 글을 쓸 수 있는 사
람은 김복진이야. 나의 미래를 걱정해주고 그림으로 가라고 할
사람은 그 사람뿐이야."

"속단하지 말아요. 그 사람 그리 한가하지 않아요. 혹여 그렇
다면 그의 충고대로 그림에 정진하세요. 저도 같은 마음이야."

"최지 생활노 안 되는데 어떻게 비싼 미술 재료를 감당하니.
예전에는 가난한 화가의 삶이 이렇게 비참할 것이라고 생각해
본 적이 없었어."

혜석은 은희의 물집 잡힌 손을 만졌다. 최은희는 남편의 죽음
이후, 집에서 바느질일을 했다. 일감은 엘리제양장점에서 받았
다. 주변에서는 다시 기자 일을 하라고 제안했지만 최은희는 거
절했다. 그녀는 밖으로 나가 타인의 호기심 가득한 시선과 소문
사이에 있는 것보다 조용히 숨어서 아이들을 키우기로 결정했다.

"언니, 나는 그이의 죽음으로 많은 생각을 했어요. 인생에는
함정이 있어. 내가 피하려고 해도 보이지 않는 함정. 함정에 빠
졌을 때는 몸부림치지 말고 함정을 잘 살펴야 해. 하고 싶은 일,
해야 할 일은 함정에서 빠져나온 뒤에 해도 늦지 않아. 함정이
어떤 것인지 살피지 않아 허우적거리면 늪에 더 깊이 빠질 수밖

에 없어."

"당차던 우리 아우가 많이 약해졌구나."

"그런 말 들어도 상관없어. 희망도 없는 함정에 빠졌을 때, 난 아이들을 생각했어. 구두와 핸드백까지 모두 팔아 치웠어. 내 속의 모든 욕심을 버렸어. 아이들을 키우고 난 후에는 내가 해야 할 일을 반드시 할 거야. 먼 훗날 내 이름으로 뛰어난 여기자에게 주는 상*을 만들 거야. 지금은 그게 소박한 꿈이야."

"그래, 멋진 생각이야. 네 곁에는 아이들이 있어 희망이 되는 거지. 난 아이들을 위해 지금 나 자신을 파헤치는 거야. 어미의 생각을 알아달라고. 오래 전, 영국에서 여성운동을 했던 여사가 너와 비슷한 말을 한 적이 있었어. 함정을 대비하기 위해 돈을 저축하라고. 이제야 그게 내 미래를 예견한 말이었다는 걸 깨달았지만 의연하게 있을 수 없어. 잠을 잘 수도 없어. 그래, 병적이야. 여성들까지 뼛속부터 철저히 남성에 의지하는 이 미개한 사회에서 난 비극이 될 수밖에 없어. 그렇지만 싸워야 재차 이런 비극이 반복되는 걸 막는 거야."

최은희는 혜석에게 더 이상 반박의 글도 발표하지 말라고 당부했다. 혜석은 은희에게 어제, 소완규 변호사를 통해 최린 고소

---

* 조선일보사는 일제강점기인 1924년부터 8년간 조선일보 기자로 활동한 추계 최은희 여사가 맡긴 기금을 바탕으로 1984년 '최은희여기자상'을 제정했다. 해마다 4월 무렵 뛰어난 활동을 한 여기자를 선정해 5월 중 수여한다.

장을 작성했고 방금 전 파인 김동환이 두 번째 〈이혼고백서〉를
가지고 갔다는 말을 하지 못했다.

4

혜석은 연화원에서 나와 오빠 경석의 집으로 갔다. 경석은 혜석을 보자마자 말없이 혜석을 안았다. 천재인 동생이 대중 앞에 발가벗겨진 것 같아 치욕스러웠다. 경석은 혜석에게 더 이상 글을 발표하지 않겠다는 약속을 하게 했다. 9월 19일 변호사 소완규를 통해 최린에게 정조 유린에 대한 위자료 1만 2,000원을 청구하는 소송이 제기되었고, 신문에서는 그것을 기사화했다. 최린의 협박을 받은 《동아일보》가 급하게 기사를 지워 판이 다른 신문은 같은 기사 자리가 공백으로 나왔다. 공백으로 나온 것이 더 호기심을 불러일으켰다. 신문을 파는 아이들은 두 신문을 함께 묶어 세 배 가격에 팔았다. 사실을 알게 된 경석은 혜석에게 언성을 높였다. 경석은 혜석은 집에 두고 소완규 변호사와 함께 최린 측 변호사를 만났다. 소송취하 조건으로 합의금을 받았다. 경석은 변호사 비용을 지급한 후 돈을 봉투에 담아 혜석에게 내밀었다.

"이걸로, 일본이든 파리든 가라, 가서 견딜 만큼 견디다가 돈이 떨어지면 그때 와, 그때면 조선에서 네 뒷말은 가라앉을 거야."

혜석은 경석이 집에 있을 때면 거리로 나갔다. 다방으로 갈 엄두는 내지 못하고 천변을 따라 걸어 다녔다. 천변으로 바짝 내려가 하얗게 얼어붙은 얼음을 뜯어냈다. 얼음 아래, 빠르게 흘러가는 물속에 손을 집어넣었다. 덜덜 떨리던 손이 시퍼렇게 얼어붙었다.

겨울에 얼어붙은 개천 물을 보라. 그 더럽게 흐르던 물이 어떻게 이렇게 희게 아름답게 얼어붙는가. 이것은 확실히 그 본체는 순정과 미를 잃지 않았던 것이다. 이 점으로 보아 진보해 가는 사람에게는 떨어진 물이 더러우면 더러울수록 떨어진 유혹의 길이 깊으면 깊을수록 더 심각한 더 복잡한 현실을 엿보는 고로, 이 의미로 보아 이러한 사람은 미혹에 처하면 처할수록 외면으론 비록 고통스러울지언정 내막은 풍부한 감정으로 살 수 있는 것이다.

그녀는 파리에 가고 싶다는 희망과 함께 인습에 얽매인 조선 사회의 정조 관념 해체를 주장한 글, 〈신생활에 들면서〉를 《삼천리》에 발표했다. 《삼천리》가 나온 날 경석은 잡지를 들고 혜석의 방으로 갔다. 그는 잡지를 벽에 집어 던졌다.

"왜 내 말을 안 들어. 약속했지? 글 발표하지 않기로. 그 사이를 못 참아 또 글을 써서 보냈니? 파인 그 친구, 글을 보내도 싣지 말라고 경고했는데."

"파인 선생은 저를 위해 지면을 내준 거예요."

"정조는 도덕도 법률도 아무 것도 아니고 오직 취미라고? 네 주장이 이 사회에 허용될 것 같으냐? 백 년이 지나도 안 변해.

이 바보 천치야."

"저는 바보 천치가 아니예요. 내가 욕을 먹더라도 할 말은 해야겠어요. 지금은 조선이 아직 미개 사회에서 벗어나지 못해 나를 비난하고 경멸하겠지만 십 년, 이십 년, 아니 백 년 후에라도 여성의 인권을 위해 가치 있는 욕을 먹은 자가 있다는 게 밝혀질 테지요. 그래서 저는 나 혼자만 보는 일기가 아닌 잡지에 흔적을 남기려는 거예요."

"내일 내가 돌아올 때까지 짐을 싸서 나가라. 내가 어리석었어. 애초에 너를 일본에 데려가는 게 아니었는데."

혜석은 짐을 싸서 나왔지만 어디로 가야 할지 몰랐다. 수중에 돈이 있었지만 상처와 혼돈으로 미래를 계획할 명료한 정신이 없었다. 혜석은 춘원 이광수를 비롯한 지인들을 찾아가 교사 자리를 주선해달라고 부탁했다. 춘원은 〈이혼고백서〉에 자신을 희화시켜 쓴 글에 분노를 표했다. 혜석은 이혼 상황을 사실 그대로 적다보니 그렇게 썼다고 했지만 춘원의 분노를 풀지 못하고 나왔다. 지인들은 혜석의 앞날을 걱정하며 안타까워했지만 혜석을 위해 선뜻 나서주지 않았다. 혜석은 무작정 경성의 모든 학교 교장을 찾아가 교원으로 채용해줄 것을 부탁했다. 혜석은 자신의 살아온 이력을 내밀었다. 어디에 내놓아도 교원 자리로 과한 이력이었지만 약속 없이 찾아온 혜석에게 누구 하나 차 한 잔 권하지 않았다. 정신여학교 교장은 옷 속에 감췄지만 떨고 있는 혜석의 손을 묵묵히 바라보았다. 교장은 총독부에서 나혜석 교원

채용불가, 라는 지시가 있었다며 헛수고하지 말라고 했다. 머물 곳이 없으면 당분간 기숙사에 머물라고 했다. 기숙사에서 이틀을 머물렀을 때, 기숙사 현관문에 벽보가 붙었다. '학생도 아닌, 불미한 여성이 이곳에 머무는 것을 용납할 수 없습니다.' 혜석은 벽보를 뜯어내고 짐을 싸서 나왔다. 그녀는 경성 역에서 남산으로 올라가다가 움집을 발견했다. 움집의 거적을 열어 안을 들여다보았다. 움집 안에는 한 어미가 다섯 명 아이들과 모여 앉아 한 이불을 덮고 있었다. 혜석이 그 자리에 서서 그들을 바라보자 누군가 그녀의 어깨를 잡았다.

"누구요? 뭣 때문에 서 있소?"

한 남자가 감자 죽이 담긴 양푼을 들고 서 있었다. 그들의 아비로 보이는 남자는 혜석이 자기 가족을 해치기나 한 듯 으르렁거렸다. 혜석은 그의 윽박지름에 놀라 뒷걸음질 쳤다. 내리막길을 내려오다 되올라 움집 앞에 섰다. 봉투에서 지전을 한 장 꺼내 움집의 거적을 열고 안에 던졌다. 누구요, 라는 남자의 목소리가 들렸다. 그녀는 후들거리는 걸음으로 내리막길을 내달렸다. 그래, 너희는 나보다 행복스럽다. 움집이라도 집이 있고 가족이 한데 모여 있고 무엇보다 제 가족을 지키려고 여자인 나에게도 눈을 부라리는 아비가 있다. 그녀는 내리막길을 다 내려와 바닥에 주저앉았다. 무디고 녹슨 칼이라도 있다면 슬픔의 감정을, 외로움을 느끼는 심장을, 창자를 도려내고 싶었다.

"파리로 가자, 살러 가지 말고 죽으러 가자. 나를 죽인 곳은 파리다. 나는 파리에 가 죽으련다. 아이들아! 어미를 원망치 말고 사회 제도와 도덕과 법률과 인습을 원망하라. 네 어미는 과도기에 선각자로 그 운명의 줄에 희생된 자였더니라."

그녀는 거리를 헤매다 엘리제 마담 집으로 갔다. 그곳에 머물면서 수원 서호 근처에 집을 마련했다. 최린에게서 받은 돈으로 파리로 가려고 했지만 일본 외무성에서 허가가 나오지 않았다. 무엇보다 아이들이 걸렸다. 미순은 가까이서 가끔이라도 아이들을 만나라고 제안했다. 지금은 아이들이 어려서 어미를 찾고 싶어도 외압에 의해 견디고 있지만 좀 더 자라면 피에 이끌릴 것이 분명했다. 10월에 〈독신 여성의 정조론〉를 써서 《삼천리》에 발표했다. 《삼천리》 잡지사로 혜석에게 보내는 항의 편지가 왔고, 신문사로도 혜석의 글에 반박하는 글이 투고되었다. 신문사에서는 투고 글을 발표하지 않았다. 신문사 측에선 나혜석을 극 경멸하는 자 외에 일반 대중들은 이제 나혜석에 무관심하다는 판단으로 더 이상 혜석에게 글을 청탁하지 않았고 기사화하지도 않았다.

화방에서 그림 재료를 사서 수원 집으로 가다가 골목 모퉁이에 서 있던 남자들 세 명이 다가오는 것을 보았다. 그들은 혜석을 확인하자마자 달려들었다. 그림 재료가 담긴 상자가 땅에 떨어졌고 안경이 벗겨졌다. 얼굴과 허리, 등을 사정없이 마구 두들겨 패던 남자들은 골목에서 인기척이 들리자 달아났다. 혜석은 치마를 들어 보자기를 만들어 뭉개진 물감을 집어 담았다. 대문을 열자 마당에서 고약한 내가 났다. 마당에는 동물의 내장과 피가 뒤엉켜 있었고 쪽마루에는 인분이 나무 골 사이로 흘러 떨어지고 있었다. 쪽마루에 물을 퍼붓고 씻어내 냄새가 가실 즈음이면 같은 일이 벌어졌다. 혜석이 집을 비운 사이 침입자가 닭털과 도살장에서 버려지는 가축 껍질과 생선 내장들을 마당에 쏟아놓고 마루에 인분을 던져놓는 일이 반복되었다. 혜석은 짐을 꾸려 다방골 미순네 윗집 사랑채로 갔다.

가을, 서울 진고개에 있는 조선관 전시장에서 '소품전'을 개최했다. 200여 점을 전시했으나 관심을 끌지 못했다. 신문사에서는 서너 줄로 짤막하게 전시 기사를 썼다. 《조선일보》 기사에서는 전시 날짜도 틀리게 썼다. 숫자 하나 틀렸을 뿐이었지만 혜석은 직접 취재도 오지 않았고 하다못해 작품 하나 소개하지 않았다는 것을, 조선 사회 전체가 자신을 외면한다는 것을 씁쓸하게 재확인했다. 혜석은 전시했던 그림들을 모두 경석의 집으로 보냈다. 전시 일정을 늦추라고 충고했던 경석은 화가 풀리지 않아 그림을 들여다보지도 않고 다락에 올려두었다.

첫아들 선이 열두 살 나이에 폐렴으로 사망했다는 소식을 들었다. 그녀는 혼이 빠진 상태로 김우영이 일하는 곳으로 찾아갔지만 그는 혜석을 만나주지 않았다. 혜석은 전화국에서 김우영에게 전화를 했다. 겨우 연결이 되었고 김우영의 목소리가 들리자 말문이 막혔다.

"김우영입니다. 누구세요?"

굵은 소금을 한 움큼 삼킨 것처럼 목이 따가웠다.

"죄송합니다. 묘라도, 선이의 묘라도 알려주세요."

저쪽에서는 침묵을 지키다 전화 연결 소리가 들렸고 곧 서기라는 사람이 묘는 따로 쓰지 않았고 화장을 했다고 대답했다.

혜석이 선을 잃은 후 넋을 놓고 지낸다는 소식을 접한 김동환이 엘리제 마담의 집으로 찾아왔다. 혜석은 마루에 멍하니 앉아 있었다. 그녀는 나비처럼 팔랑거리는 초이를 넋을 놓고 쳐다보다 그를 맞이했다. 김동환은 혜석 옆에 앉았다. 나비와 소녀, 나비의 그림자와 소녀의 그림자가 마당을 어지럽게 뒤흔들고 있는 모습을 김동환과 혜석은 홀린 듯 보고 있었다. 나비를 놓쳐버린 초이는 스케치북을 무릎에 놓고 종이 가득 길을 그렸다.

"저 소녀, 여사님 똑 빼닮았군요."

"데리고 나가면 모르는 사람들은 딸인지 물어보곤 해요."

혜석은 말끝에 왈칵, 울음을 토했다. 폐렴으로 고생했을 선의 이마에 수건 한 번 얹어주지 못한 어미라는 생각이 들었다. 파인이 최근 첫째에 이어 둘째아이도 병으로 잃었다는 생각이 퍼뜩 나서 울음이 더 커졌다.

"아저씨, 누군데 우리 이모 울려요?"

소녀가 고개를 돌려 김동환을 흘겨보았다.

"거, 참 야멸차게 귀엽네요."

그들은 초이를 바라보며 쓸쓸하게 웃었다.

"뭐라 위로를 해야 할지 모르겠군요."

"어떻게 제가 파인 선생에게 위로를 받겠습니까. 오히려 제가 위로를 해야지요. 제가 넋이 빠져서 예의도 사라졌어요."

"시간이 지나면 마음의 형편이 좀 나아지더군요. 첫째와 둘째 아들 먼저 보내고 염치없이 최근에 다시 셋째를 얻었습니다. 시간이 위로입니다."

"축하드릴 일이군요. 시간이 위로가 될까요? 그렇게 쾌활하고 명랑하던 제가 소금에 푹 전 사람이 되고 말았어요. 얼이 빠지고 어릿어릿하고 기운이 없고 탄력도 없어요."

"약한 말씀 마세요. 슬픔을 걷어내고 예전의 냉정했던 모습을 꺼내세요."

"제가 일견 엄격하게 보이나 그건 냉정한 까닭이 아니라 가슴에 피가 지글지글 끓는 까닭이었어요. 저는 영적인 동시에 육적인 이가 되고 싶었어요. 자존심이 강한 동시에 진실하고 싶었어요. 남의 사랑을 요구하는 것이 아니라 도리어 큰 사랑을 남에게 주려고 했어요."

"알지요, 여사님의 글을 무수히 많이 《삼천리》에 발표했는데. 그 생각을 알지요, 지글거리는 열정이 가득하니 뭐든 해보세요. 동경여자미술학교 시절에 관한 글을 써보실래요?"

"저 때문에 파인 선생도 욕 많이 먹었어요."

소녀가 다가와 스케치북을 내밀었다. 길을 가득 그려놓고 미로라면서 혜석에게 길을 찾아보라며 손을 잡아끌었다. 김동환은 씁쓸하게 일어나 혜석에게 목례를 하고 마당으로 나가다 뒤를 돌아보았다. 혜석은 겨울나무 같았다. 적정한 햇살과 물을 빨아 당기면 잎을 새로 피울, 지금은 그저 잎을 떨어뜨린 채 기다리는, 나무 같다고 그는 생각했다. 뒤따라 나선 혜석이 김동환을 대로까지 배웅하고 돌아오다 전보를 들고 문 앞에서 기웃거리는 아이를 만났다. 전보는 김우영의 아내 신정숙에게서 온 시어머니의 부고였다. 혜석은 경성 역으로 갔다. 동래에 도착한 혜석이 대문을 들어서자 시누이가 혜석이 왔음을 상청에 알렸다. 김우영이 곧바로 나와 혜석을 끌어냈다. 조문객들이 수군거렸고 그 와중에도 혜석은 아이들을 찾아 두리번거렸다. 김우영이 돌아가라며 혜석을 밀쳤고 시누이에게 왜 알렸느냐고 소리를 질렀다. 혜석은 시어머니 빈소에 향이라도 피우고 절을 올리는 것이 며느리의 의무이고 권리라고 주장했다. 시누이는 기왕 왔으니 절이라도 하게 하자고 했지만 김우영은 단호하게 밀쳐냈다. 시누이는 혜석의 팔을 잡고 대문 밖으로 나갔다. 시누이는 시어머니가 병석에 눕자마자 혜석을 이리로 불러 아이들과 함께 살게 하라고 했다고 전했다. 〈이혼고백서〉 발표에 분개한 김우영의 반대가 심해 임종 때까지 알리지 못했다며 울먹였다. 부고를 보낸 신정숙은 아이들을 맡게 되는 것이 싫어 혜석에게 연락을 한 것 같다고 말했다. 혜석은 시누이의 어깨에 허물어져 통곡을 했다.

"그러게, 이 사람아. 조신하게 있지. 부부 사이의 일을 조선 천지에 그렇게 까발렸어."

혜석은 다방골로 돌아가 짐을 정리했다. 짐은 버리고 덜어내도 남았다. 그녀에게 짐은 거추장스러웠다. 책과 화집을 잡화상에 내다 팔도록 할멈에게 부탁했다. 화구 상자를 정리하고 최근에 발표한 글의 초고를 챙겼다. 옷과 신발, 가방 등은 할멈을 통해 이웃에게 나눠주라고 줬다. 혜석은 간소하게 챙긴 화구 상자와 가방 한 개를 들고 수덕사 초입에 있는 여관에 짐을 풀었다. 소식을 들은 일엽이 내려왔다. 일엽의 얼굴은 세상의 더러운 때를 모두 씻어내 계곡 속에 담긴 바위처럼 맑고 단단해보였다. 표정은 없었지만 눈은 예전처럼 반짝거렸고 억지가 아닌 자연스런 웃음이 입가에 머물렀다. 일엽은 혜석에게 절 근처에서 머뭇거리지 말고 스님이 되라고 권했다.

"현자는 세상을 피하고, 그 다음 단계의 사람은 있지 않아야 할 자리를 피하고, 그 다음 단계의 사람은 휩쓸리지 않아야 할 분위기를 피하고, 그 다음 단계의 사람은 듣지 않아야 할 말을 피한대. 자꾸 헤아려보니 맞는 말 같아."

혜석은 물이 아래로 흐른다는 식의 하나마나한 말을 하고 있다고 생각했다.

"일엽은 그 단계까지 갔나보구나. 나는 그런 현자를 거부해. 내 체신을 위해 더러운 것 피하고 싶지 않아. 내 체신이 뭐가 그리 중요해? 체신이 더러워지고 땅에 떨어져도 틀린 건 틀리다고 말할 거야. 그리고 나마저 중이 되면 일엽까지 둘이 싸잡아 야유를 퍼부을 테지."

"아직도 세상 이목에 신경을 쓰는구나."

혜석은 머리를 짧게 깎고 여관에 머물며 어디에 응모하지 못하고 팔 수도 없는 그림을 그렸다. 김동환은 혜석이 발표한 글이 없어도 《삼천리》를 수덕여관으로 보내줬다. 한창 아래 아우 되는 모윤숙의 〈나의 연애관〉을 읽었다. 연애하는 고상한 대상이 있거든 그를 마음속으로만 사랑할 것이고 결혼까지는 이르지 않도록 해야 한다는 주장이었다. 참고 있으려 했지만 혜석은 저도 모르게 반박의 글을 썼다. 형의 연애관은 신비의 나라를 노래하는 시인의 연애관이요, 사람을 연애하는 것이 아닌 연애를 연애하는 것이요, 실질적인 사람의 연애는 '영육일치'여야 한다는 연애관을 담은 글 〈영이냐, 육이냐, 영육이냐〉를 발표했다. 몇몇 여성 독자가 혜석을 사회적으로 물의를 일으키고 퇴폐적이고 향락적인 삶을 살아가다 추락한 음란 여성이라 비하하는 글을 써 《삼천리》에 투고했지만 김동환은 싣지 않았다.

후배 화가 고미숙이 욕망을 드러내다 추락하는 삶은 실패자의 것이며 금욕과 절제의 삶이 끝까지 아름다운 것이라는 글을 《동아일보》에 발표했다. 그 아래 《삼천리》에 투고했던 여성 독자들이 혜석을 비방하는 글이 실렸다. 고미숙은 고정적으로 칼럼을 발표했는데 미래를 계획하는 화가의 삶, 예술가도 노동을 해봐야 한다, 자유로운 삶 등이 주 내용이었다. 화가는 다른 예술과 달리 값비싼 재료비를 감당하려면 절약해야 하고, 절약을 몸에 익히려면 스스로 노동을 해서 돈을 벌어봐야 한다고 했다. 그러면서 든든한 남편만을 믿고 해외여행을 가 자유로운 생활을 살다가 시궁창 같은 조선에서 생활하려니 적응을 못해 실패한 어떤 화가는 좋은 예가 된다, 자유를 추구하고 싶으면 먼저, 스스로 독립을 해야 한다, 독립과 자유를 자유연애로만 실천하려는 어설픈 신여성이 안타깝고 답답하다, 그들이 진정한 예술을 생각해보길 바란다, 라는 글을 썼다. 혜석은 고미숙의 글에 대한 답 글을 써서 신문사에 보냈지만 글의 내용이 논리적이지 않다, 며 지면을 주지 않았다.

일엽은 속세에서 벗어나지 못하는 혜석에게 세상을 향한 미움과 미움을 버리라고 충고했다. 김동환은 혜석에게 《삼천리》가 힘겨워 종간될지도 모른다며 마지막으로 글을 청탁했다. 혜석은 견성암에서 살아가는 일엽에 관한 글을 썼다. 초고를 일엽에게 보였을 때 일엽은 말없이 원고를 촛불에 붙여 태웠다. 온화하게 웃으며 자신을 속세에 내비치는 것이 싫다고 거절하는 일엽이 혜석은 못마땅해 수덕여관에서 나와 해인사로 갔다. 혜석은 불교와 입산수도의 진리를 해박하고 긍정적으로 드러내는 〈해인사의 풍광〉이라는 글을 마지막으로 발표했다. 혜석은 마지막 글로 세상 모든 사람들의 비웃음에 일침을 가했다고 여겼다. 혜석은 《삼천리》 잡지를 일엽의 선방에 놓아두었다. 그러나 일엽은 혜석의 글을 읽지 않았다. 김동환은 그 이후, 혜석에게 《삼천리》를 보내지 않았다. 최은희에게 듣기로는 《삼천리》 또한 일본 찬양의 글을 신게 되었다고 했다.

수덕여관에 머물고 있을 때, 일엽의 아들이라며 일본에서 소년 태신이 찾아왔다. 일엽은 소년을 끝끝내 만나주지 않았다. 혜석은 그를 자신이 머무는 방으로 데려갔다. 아이는 다음 날 아침 일찍 일본으로 가는 관부연락선을 타야 했다. 혜석은 밤이 깊도록 앉아 제 어미를 기다리는 아이를 곁에 재웠다. 어떤 어미가 자식이 눈앞에 와 있는데 안고 싶지 않으랴, 일엽은 이제 너의 어미가 아니라 스님이라 했지만 속으로 눈물을 꿀떡꿀떡 삼키고 있을 거야, 분명. 혜석은 진정으로 일엽이 세상의 모든 것을 끊어버리고 깊은 산에 박힌 돌 같다는 생각을 했다. 제 어미처럼 머리를 박박 깎은 태신은 새벽이 되도록 잠에 빠지지 못하고 소리 없이 이불을 적셨다. 혜석은 태신을 끌어당겨 안았다.

"어머니 젖을 먹어보지도 만져보지도 못했지?"

그 말에 태신이 소리 내어 울었다. 혜석은 태신의 손을 잡아 제 젖을 만지게 하고 노래를 불러주었다.

"푸른 하늘 은하수, 하얀 쪽배에, 계수나무 한 나무 토끼 한 마리, 돛대도 아니 달고 삿대도 없이, 가기도 잘도 간다, 서쪽 나라로."

혜석의 노래는 울음이 뒤섞였고 눈물이 귓속으로 타고 흘러들었다.

"왜 우세요?"

혜석은 태신의 까슬까슬한 머리만 계속 쓰다듬었다. 나에게도 너만 한 애들이 있어. 한 명이 폐렴으로 죽었는데 앓는 동안 병수발도 못 해줬고 남은 세 명의 아이도 만날 수 없어. 내 자식들도 너처럼 이렇게 어미 품이 그리워 밤마다 울고 있을 생각을 하니 속이 미어지는구나. 그녀는 태신이 다녀간 후 며칠 밤을 새우다 새벽에 산을 내려갔다. 대전으로 가 진과 건의 학교 앞에서 서성거렸다. 아이를 발견하자 저도 모르게 달려가 와락 안았다. 아이들은 차림새가 좋지 않은 제 어미를 보고 놀랐다. 혜석은 건의 손을 붙잡고 학교 앞 상점에 들어갔다.

"뭐, 먹고 싶니? 사고 싶은 게 무어야?"

혜석은 상점에서 물건을 되는 대로 집어 건의 팔에 한아름 안겼다. 건은 이를 악물고 서 있었다. 곧이어 상점 안으로 경찰이 들어왔다. 아이의 보호자가 경찰에 신고를 했고 혜석은 물건 값도 치르지 못하고 경찰서에 가 조사를 받았다. 김우영과 통화를 끝낸 경찰이 다신 이곳을 얼씬거리지 말라는 엄포와 함께 각서를 쓰게 하고 난 후 혜석을 보내줬다. 경찰서에서 나온 그녀는 두어 걸음 걷다가 주저앉았다. 몸에서 한 겹 살갗을 벗겨내듯 쓰라린 아픔이 밀려왔다. 아픔은 이내 분노로 변했다. 분노를 표출할 방법이 없어 창자가 새카맣게 타들어갔다.

돌고 돌아와 다시 만나지는

1

대문을 열자마자 완이 초이를 잡아끌어 강제로 키스를 했다. 그녀가 완의 뺨을 때렸다. 초이는 채소밭에서 오이를 따고 있는 방울이 볼까봐 일단 대문을 닫았다. 빠른 걸음으로 완을 앞질러 대로로 나갔다. 대로로 나서자마자 초이는 다방으로 들어갔다. 뒤따라 들어온 완은 초이의 맞은편에 앉았다.

"당신의 쌀쌀함은 하늘을 찌르겠소. 날 사랑한다며? 나도 그렇소. 그럼 됐지 뭐가 문제요?"

"초바보로군요. 누가 당신을 사랑한다는 거예요?"

"화련도 그러고, 방울이도 그럽디다. 나도 느끼는 바이고, 오늘 집에 들어가지 마시오."

"미쳤어요? 오늘도 황해도 쪽에서 싸움이 일어났다는데. 전쟁이예요, 전쟁."

"내일 전쟁이 난다고 해도 난 오늘 반드시 당신과 밤을 지새워야겠소."

"초, 초동물적이로군요."

"인간은 원래 동물이오."

마담이 커피를 내오자 초이가 잔을 들어 한 모금 마셨다.

"소설 말이에요. 이혼 후부터는 지나치게 감정에 치우쳤어요. 지인들을 만나 신세한탄하고 다녔을 나혜석이 아니에요. 〈이혼고백서〉를 쓰게 된 경위와 최린 고소사건도 다뤘으면 해요. 원고에 표시해 연화원에 보냈어요. 먼저 일어날게요."

초이가 일어나자 완도 재빨리 일어나 찻값을 계산한 후 밖으로 나가 전차 정거장으로 가는 초이의 팔을 잡아 당겼다. 그리고 인력거꾼들이 모여 구경하고 있는 차로 가 문을 열고 조수석에 태웠다.

"할 얘기도 많고 들어야 할 얘기도 있소. 갇힌 성에서 마녀 몰래 빼내온 당신을 그냥 돌려보낼 수 없소."

완은 초이에게 내릴 틈을 주지 않고 재빨리 시동을 걸고 차를 출발시켰다. 무작정 제일 먼 곳으로 가고 싶은 마음에 수원 쪽으로 차를 몰았다.

"아버지가 나혜석의 그림 한 점을 구했더군."

"먼저, 당신 소설에 보면 진고개 조선관에서 소품전을 했을 때, 대중과 매체가 냉랭하게 반응했다고 했잖아요. 독고휘열 씨가 그림을 두 점 구입했다는 기록을 읽었는데."

"맞소. 〈무희 캉캉〉과 〈스페인항구〉 두 작품이오."

"그런데 왜 지금 그림이 없나요?"

"아버지가 나혜석에게 다시 줬다고 들었소. 당시 조선에서는 관심이 없었지만 미국, 프랑스, 영국의 미술 애호가들이 전시회를 보러 왔었소. 물론 중국과 일본에서도. 전시가 끝난 후에 일본인이 아버지가 산 그림에 관심을 표했다는 말에 돌려줬다고 들었소. 물론, 일본인에게 받은 그림 값이 얼마인지도 모르고 그림 값을 다시 받지 않았소."

"이번에 구입한 그림은 무언가요?"

"〈수원서호〉라는 제목이오."

"그림을 보고 싶군요."

"먼저, 그림의 배경인 수원 서호에 가보고 싶지 않소?"

"나쁘지 않군요."

"나는 무척 좋소."

완은 그제야 느긋하게 담배를 피우며 운전했다. 완은 초이에게 혜석이 〈이혼고백서〉를 발표하던 시절에 몇 살이었는지 물었다. 열 살 정도였다고 대답하자 기억나는 것이 없는지 물었다.

"미술학사를 정리하고 저희 집 근처에 세 들어 살았지만 거의 저희 집에 머물렀어요. 그때, 제가 한참 미로를 그리는 것에 빠졌는데. 그날도 미로를 그리는데 한 남자가 찾아왔어요. 몇 번 본 적이 있는데 그 남자가 혜석 이모를 울렸어요. 생각해보면 그가 〈이혼고백서〉가 실린 《삼천리》의 파인 선생이셨어요."

"잠깐, 미로라고 했소? 아버지 기록에 미로를 그리던 도쿄대학 건축학과 학생 생각나오?"

"그런 기록은 못 봤어요."

"내 생각에는 아버지가 그를 굉장히, 질투했소. 최승구보다 더. 뭐랄까. 그의 이름을 휘갈겨 쓴 후 여성 편력이 심했고 일본 여대생까지 울렸다더군. 아, 또 생각나오. 어릴 때, 아버지의 지인이 미로 찾는 것이 두뇌에 좋은 영향을 준다며 일본판 미로 찾기 책을 준 적이 있소. 아버지가 책을 빼앗아 책의 뒤를 살펴보곤 집어 던졌소. 내가 집에 가 확인해보겠소. 오늘 집에 갈 수 있다면."

독고완은 마지막 말은 낮은 목소리로 혼자 중얼거렸다. 차가 호수 근처에 다가갔을 때, 수면 위로 노랗고 붉어진 물이 찰랑거렸다. 초이는 눈이 부셔 이마를 찡그리며 차에서 내렸다. 완은 중심을 못 잡고 휘청거리는 초이의 어깨를 잡아주었다.

"이곳이 항미정이오. 여기 두 여인이 있소. 나란히 회색 치마에 흰 저고리를 입었소. 한 명은 이곳에 앉아 있고, 한 명은 이곳에 서 있소."

완은 초이를 항미정의 돌계단에 앉혔다. 그리고 자신은 오른쪽으로 몇 걸음 움직였다.

"저 산이 여기산이고 수면에는 여기산 그림자와 노란 빛이 가득하오. 그림을 그린 위치는 저쪽 정도로 짐작되오. 두 여인은 가깝지도 않고 그리 멀지도 않은 거리에서 각자 낙조를 보고 있소. 수다스런 분위기는 아니고 단정한 어깨는 수심이 꾹꾹 누르고 있소. 들끓는 감정이 아닌 간결한 슬픔이오. 두 여인이 나혜석과 엘리제 마담일 것 같은데, 당신 의견은 어떻소?"

"그림을 봐야 알 것 같아요. 엄마는 한복을 안 입었거든요."

"지금은 그냥 앉아 있어 봅시다."

완은 초이 곁에 앉았다. 수면을 흐르던 노란 빛이 어둠과 뒤엉켰다가 어둠만 짙어질 때까지 둘은 말없이 앉아 있었다. 말이 없어지자 꾹꾹 눌러뒀던 서로에 대한 그리움과 생각이 산만하게 펼쳐졌다. 그러다 마침내 생각도 사라졌다. 그들은 어둠 속에 말 없이, 생각 없이 앉아 있었다.

엘리제 마담은 초이 방에서 밤새 서랍을 뒤졌다. 방울이 말에 의하면 초이가 집에 있는 동안 원고지에 뭔가를 쓰고 있었는데 양이 나무도마 두 개를 포개놓은 것처럼 많았다고 했다.

"말하고는, 누가 부엌데기 아니랄까봐."

그 정도면 분명 책을 펴낼 생각인 거였다. 나혜석의 뒷조사만 하고 있는 것이 아니었다. 일엽 스님이 숨겨놓은 자신의 아들을 라홀라, 라고 표현했다더니 초이가 바로 라홀라였다. 마담은 소파 위에 아무렇게 벗어놓은 옷을 들었다. 초이가 만든 반바지였다. 미싱도 없이 손바느질을 했는데 옷본도 없이 만든 것을 보고 마담은 쓸쓸하게 웃었다. 싯다르타가 붓다가 되어 고향으로 돌아왔을 때 라홀라는 아버지인 붓다에게 가 뒤를 잇겠다고 말했다. 라홀라는 싯다르타가 자신의 앞을 막는다고 해서 지어준 이름이다. 붓다는 라홀라에게 사미계沙彌戒*를 내리도록 했다. 라홀라도 결국 출가를 했다. 그 소식을 들은 라홀라의 할아버지가

---

* 사미沙彌(출가는 했지만 아직 스님이 되지 않은 남자 수행자들)가 지켜야 할 열 가지 계율. 첫째, 중생을 죽이지 말라. 둘째, 훔치지 말라. 셋째, 음란한 짓을 하지 말라. 넷째, 거짓말 하지 말라. 다섯째, 술 마시지 말라. 여섯째, 향유를 바르거나 머리를 꾸미지 말라. 일곱째, 노래하고 춤추는 것을 보지도 듣지도 말라. 여덟째, 높고 넓은 큰 평상에 앉지 말라. 아홉째, 때가 아니면 먹지 말라. 열째, 금은보화를 지니지 말라.

자신의 아들인 붓다를 찾아갔다. 아들에 이어 손자까지 출가를 하는 것에 대해 하소연했다. 때문에 이후부터는 수계식을 행하기 전 반드시 부모의 동의를 받아야 했다. 그렇다, 부모는 이름만 있는 것이 아니다. 마담은 초이가 엉터리로 만든 반바지를 뜯어냈다.

혜석이 머물던 다방골 집은 엘리제 마담 집에서 오 분 정도 걸어서 올라가면 있었다. 두 집 사이에는 골목만 있었고 다른 집은 없었다. 혜석은 바깥채에 머물렀다. 세 들 사람 찾기도 힘든 낡아빠진 기와집이었다. 집주인은 늙은 부채, 라는 별명을 가진 노파였다. 일 년 내내 얼굴에 부채질을 한다 해서 붙은 별명이었다. 노파는 툭하면 짐을 빼서 다른 곳으로 가버리는 혜석을 못마땅해했지만 엘리제 마담의 부탁으로 바깥채를 내주곤 했다.

노파는 피붙이 자식 하나 없는 처지라 엘리제 마담에게 부탁을 했다. 자신이 죽을 때가 되면 집과 텃밭을 헐값에 사서 그 값으로 자신을 영감 옆에 묻어달라고 했다. 마담에게 장례를 치러주면 집과 텃밭을 주겠다는 거였다. 늙은 부채는 그 정도로 마담을 좋아했다. 노파는 텃밭을 일구지도 않았고 종일 영감의 무덤에 기대 앉아 아래로 내려다보이는 경성 시내를 향해 욕을 해댔다. 파고들면 피맺힌 사연은 어느 누구의 가슴에도 있던 때였으므로 마담은 노파의 사연을 묻지 않았다. 노파의 사연을 파헤치려들면 자신도 그 만큼의 사연을 뱉어내야 한다는 사실이 몸서리치게 싫었다. 죽어 들어갈 제 묏자리만 지키고 있는 노파는 엘리제 마담에게 집과 텃밭을 거저 주기 전에 자기 사연을 말하고 싶어 했지만 마담은 틈을 주지 않았다. 그래서 그날, 늙은 부채가 부를 때에도 마담은 못 들은 척 골목을 내려갔다. 늙은 부채는 어디에서 그런 목청이 나왔는지 비어 있는 고무공장 안까지 들리도록 큰 목소리로 말했다.

"거, 화간지 뭔지, 정신 나간 여자는 왜 안 와, 외국서 뭐가 온 것 같은데."

무엇이 발길을 돌리게 했는지 마담은 생각할 겨를이 없었다. 그냥 몸이 움직였고 늙은 부채는 뭔가 대단한 비밀을 거머쥐고 있는 듯 우편국에서 온 편지를 웅크려 앉은 무릎과 가슴 사이에 끼워놓고 마담이 골목을 올라오는 것을 보며 키득거렸다. 마담은 구두에 흙을 묻히기 싫어 텃밭 앞에 멈춰 섰다. 노파는 움직일 기미가 없어 보였다. 노파는 자신의 옆을 손바닥으로 쓸었다. 마담의 구두가 잡풀이 자라난 흙 사이로 푹푹 빠졌다. 실크 스타킹을 신은 종아리를 억센 풀이 긁었다. 마담이 늙은 부채의 옆에 앉았을 때, 늙은 부채는 천천히 손을 들어 아래쪽을 손짓했다. 늙은 부채는 손끝이 가리키는 곳곳이 영감의 땅이었는데 토지조사를 하는 과정에서 모두 빼앗겼다고 했다. 듣기 싫었다. 빼앗겼으면 빼앗긴 거였다. 그게 싫었으면 빼앗기지 않으려고 창자까지 내놓고 싸웠어야지. 살기 위해 몸을 사렸으면서 빼앗겼다고 한탄만 해대는 모양새가 한심했다.

마담은 독립운동하는 사람 몇을 만난 적이 있었다. 마담은 그들이 망국민이 아껴서 모아준 돈으로 외국으로 쏘다니기만 하고 입으로만 독립운동한다고 생각했다. 망국민이 제 입에 들어갈 것을 아껴 준 돈으로 세계로 나갔으면 이준처럼 자신의 배를 가르고 독립을 외쳐야 했다. 그래야 세계가 조선을 거들떠볼 거였다. 이준이, 이봉창이, 윤봉길이 계속 이어져야 했다. 열 명, 백 명이 목숨을 내놓고 덤벼들었어야 했다. 세계약소민족대회에 참가했을 때 연설할 기회가 없었다면 최린은 할복을 해서라도 관심을 끌었어야 했다. 그렇게 하지 못했다면 입 다물어야 했다.

중추원 참의까지 올라간 최린의 권력을 떠올리자 짜증이 밀려왔다. 마담은 늙은 부채의 무릎과 가슴 사이에 있는 편지 귀퉁이를 보았다. 보낸 사람 이름이 눈에 들어왔다. 하시모토였다. 늙은 부채는 입을 오물거리며 영감이 죽게 된 내력을 말했다. 마담은 벌떡 일어났다. 놀라 입을 벌리고 자기를 올려다보는 늙은 부채의 무릎에서 편지를 낚아챘다. 뺏기지 않으려는 늙은 부채의 어깨를 밀쳤다. 늙은 부채는 봉분에 기대 누운 것처럼 뒤로 나동그라졌다.

"혜석에게 해가 되는 것일 수도 있으니 제가 살펴보고 직접 전해주든지 결정하겠어요. 혜석에겐 이 편지에 대해 말하진 마세요. 저 아니면 누가 할머님을 여기에 편안히 모시겠어요. 바람이 차니 들어가세요."

"영악한 년, 그래서 마음에 들었지. 약속 꼭 지켜."

마담은 늙은 부채가 키득거리며 웃는 소리를 뒤로 떨쳐버리고 빠른 걸음으로 골목을 내려왔다. 집으로 들어가며 혜석과 그와의 연관성을 떠올려보았다. 혜석은 자신의 생활을 감춰두는 성정이 아닌데, 하시모토 얘기를 한 적이 없었다. 편지는 스페인마드리드에서 석 달 전에 보낸 것이었다. 봉투 안에는 착착 접힌종이가 있었다. 종이를 펼쳐든 마담은 숨이 턱, 막혔다. 그 사람이었다. 미로였다. 구불구불한 길이 그려져 있었고 길에는 화려한 색이 칠해져 있었다.

애독하는 신문의 기자인 구본웅으로부터 당신 소식을 전해 들었소. 모든 것을 떨쳐버리고 파리로 오시오. 이곳도 프랑코 장군이 쿠데타를 일으켜 내전이 시작되었소. 스페인 전 지역이 전쟁통이오. 가우디 건축물 설계도 중단되었소. 나는 파리로 갈 계획이오. 동봉한 미로는 구엘공원이오. 관찰력이 뛰어난 당신은 금방 알아보리라 믿소. 구엘공원을 나보다 더 똑같이 그리는 사람은 세계 어디에도 없을 것이오. 파리에서 만납시다.

마담은 편지를 태우려고 성냥을 찾았다. 놋그릇에 넣고 불을붙이려 할 때 누군가 대문 안으로 들어서 현관문을 열고 곧바로복도를 뛰어왔다. 마담은 당황해 편지를 구겨 가슴 속에 집어넣고 방문을 열었다. 혜석이었다. 안경알에 습기가 찰 때까지 뛰어왔는지 연신 헐떡였다.

"냉수 좀 줘."

마담은 부엌으로 나가 가슴에 끼워둔 편지를 쌀독의 쌀 속에 파묻었다. 대접의 물을 들이켠 혜석은 치마를 당겨 안경알을 닦았다.

"부립 남부병원 문을 나서는데 총독부의 하수인으로 보이는 자가 따라붙었어. 같은 전차를 탔어. 그이는 전에도 자주 내 뒤를 밟았거든. 늘 내 눈을 피해 딴청을 피웠는데 오늘은 노골적으로 나를 훑어봤어."

"당분간 외출은 금하래도. 얼마 동안 네 방에 올라가지 말고 여기서 지내."

엘리제 마담은 편지의 충격이 가시기도 전이었지만 애써 냉정을 되찾았다.

"오늘 윤치호 씨가 올라와 만났어."

"목포에서 공생원 한다는?"

"공생원의 방이 비좁을 정도로 고아들이 몰려든대. 그가 큰돈을 만들어줬어. 그 돈으로 파리에 가려고."

"뭐라고? 안 돼."

마담은 필요이상 언성을 높였다.

"훌훌 털고 가려고. 왜? 지난번엔 가라고 몰아붙이더니."

"총독부에서 허가증을 안 만들어 준다며?"

"윤치호 씨가 조언을 해주었어. 총독부로 가 여성전문 잡지를 만들 거라면 귀찮아서 내보낼 거래."

"애들은? 애들은 어쩌고? 이제 애들 자라면 너를 찾아 헤맬 텐데. 나열이는 한창 어미 손이 필요할 때인데. 김우영 씨 두 번째 부인이 애들한테 살갑게 굴지도 않는다며?"

혜석은 말없이 멍하니 앉아 있었다. 마담의 계획대로 혜석은 파리에 가지 않고 주저앉았다. 혜석은 윤치호에게 받은 돈을 공생원에 돌려보냈다. 마담은 혜석의 도쿄 생활부터 거슬러 올라가며 사람들을 거론했고 김복진과 하석진이라는 남자에 대해 들었다. 그러나 김복진은 조각가였고 서대문형무소에 갇힌 사람이었다. 혜석은 하석진, 이라는 사람이 미로를 개성 있게 그려 일본에서 어린이의 두뇌를 위한 미로 책자까지 펴냈다고 말했다. 지금은 스페인에서 가우디 건축물의 설계도 그리는 작업을 하는 중이라고 말했다. 엘리제 마담은 혜석이 그를 어떻게 생각하는지 물었다.

"이상하게 그의 넋과 내 넋이 뒤엉키는 것 같은 기분을 여러 번 느꼈어. 에스파냐에서 구엘공원에 갔었는데 곁에 그가 있는 것 같았어. 언젠가는 만나게 될 것도 같아."

마담은 초이의 아비가 그라는 사실을 말하지 않았다. 혜석에 대한 새로운 질투심이 가슴 바닥에서 차곡차곡 차올랐다. 거부하기 어려운 감정이었다. 편지를 보여줄 마음도 없었지만 앞으로 올 편지도 관리해야겠다는 생각이 들었다.

"네 모습을 좀 봐, 허깨비 같아. 정신 차리고 병부터 고치자."

마담은 자신의 죄를 면책받기 위해 한약을 지어왔고 할멈에게 달여 먹이라고 했다.

초이가 돌아왔다는 방울이의 목소리가 들렸다. 마담은 그대로 초이 방의 소파에 앉아 있었다. 방으로 들어온 초이는 초췌한 모습이었지만 눈빛은 차분했고 흔들림이 없었다. 마담은 지난밤에 초이가 완과 함께 있었을 시간을 떠올리자 화기가 치밀어 올랐다.

"할 말 있으면 해 봐."

초이는 친부가 누구인지부터 물었다. 성격대로라면 에두르지 않고 곧장 덤벼들 터였다. 마담은 속으로 마음을 놓았다. 아직 친부를 모른다는 거였다. 완의 조사원이 아무리 날고 기어도 그것은 알아낼 수 없을 거였다. 할멈도 몰랐고, 친부조차 몰랐다.

"일본인이야. 무사계급 집안이어서 받아주지 않았어. 조혼한 부인도 있었고 니가 태어난 이듬해 죽었어. 다른 피붙이는 없고."

"그게 뭐, 비밀이라고 그동안 꽁꽁 숨겼어?"

"니가 거기 찾아갈까봐 그랬어. 그 집안이 얼마나 무서운 집안인지 알아? 남편이 죽은 지 오 년이 지났을 때, 미망인이 다른 남자를 만났어. 집안의 명예를 더럽혔다고 여자를 죽였어."

"혜석 이모를 미행시켰다는데 왜 그랬어? 누군가를 만나지 못하게 하라고 했다는데. 그 사람이 누구야?"

엘리제 마담은 초이를 쏘아보았다. 만석 밑에 있던 사람의 입이 싼 것도 울화통 터졌지만 독고완의 말만 듣고 제 어미를 몰아붙이는 태도가 따귀를 후려치고 싶을 정도였다.

"밤새 내 뒤를 캐낸 놈과 뒹굴며 궁리해낸 게 고작 그따위 질문이냐?"

"어. 정말 궁금해, 엄마가 혜석 이모를 왜 미행시켰는지. 혜석 이모는 정말 죽었는지. 혹시 아직도 엄마가 어딘가에 감금시켜 놓은 건 아닌지."

초이는 거기까지 말하고 비명을 질렀다. 방울이를 불렀다. 마담이 과도로 자신의 팔뚝을 그었다. 두 번, 세 번. 피가 튀었고 방울이 달려들어 허리를 안을 때까지 칼로 팔을 그었다.

2

초이는 엄마의 얼굴을 이렇게 오래 바라본 적이 처음이라는 것을 깨달았다. 얼굴선은 얇팍했고 코끝이 조금 휘었지만 흉할 정도는 아니었다. 오히려 비밀을 품고 있는 듯 매력적이었다. 감은 눈에 뚜렷하게 쌍꺼풀 선이 그어졌고 눈가에 희미하게 주름이 자글자글했다. 짙은 화장이 지워져서인지 기미는 보였지만 나이에 비해 피부는 건강하고 깨끗했다. 눈썹은 정리하느라 밀었는지 거의 없었다. 평상시 그녀가 날카롭게 보이는 것은 짙고 날카롭게 그린 눈썹 때문이었다는 것도 알게 되었다. 눈 화장을 안 한 엄마의 눈썹은 모래에 그린 선처럼 희미했다. 초이는 거울 속의 제 모습을 보듯 가까이서 그녀의 얼굴을 들여다보았다. 무엇이 이렇게 순하고 연해 보이는 그녀를 날카롭게 벼려 놨을까. 어떤 인생을 살아왔기에, 어떤 사연을 숨기고 싶었기에, 딸 앞에서 제 팔을 그었을까.

어렸을 때는 언제나 바쁜 사람이었다. 잠을 자다 깨면 어느 결에 곁에 누워 있었다. 초이의 손이 가슴팍을 더듬으면 이내 몸을 반듯하게 돌렸다. 손을 내치지 않고 가슴을 만지도록 허락은 했지만 남은 팔로 초이를 쓰다듬거나 안아주지는 않았다. 사랑을 주는 것에 익숙하지 않았던 거였다. 딸에게조차 사랑을 베푸는 것에 인색한 삶을 살았다. 초이는 엘리제 마담이 안쓰러웠다. 그러나 눈물이 나진 않았다. 인색한 애정을 받고 자란 초이 또한 표현하는 것에 서툴렀고 어색했다. 독고완과 함께 밤을 지새워 보니 알 것 같았다. 완에게 사랑이란 밀고 당기는 것이 아니었다. 자신에게 있는 모든 것을 퍼주는 것, 무모하게 덤벼드는 것, 상대의 깊숙이까지 파고드는 것, 그것 외에는 방법이 없다고 독고완은 말했다. 사랑을 받아본 사람의 사랑은 그랬다. 계산도 없고 경직도 없었다. 흘러넘치는 물처럼 서서히 초이를 허물어버렸다. 그녀는 그 물속에 고요하게 몸을 담갔다. 엄마의 자궁에서 빠져나와 처음으로 부드러운 물속을 경험했다.

엘리세 마담이 눈을 떴다. 그녀는 병실을 둘러보고, 붕대로 감긴 자신의 팔을 보았다. 의자에 앉아 자기를 내려다보는 초이를 확인하고 눈을 감았다. 초이는 화장품을 꺼내 그녀의 눈썹을 진하게 그려주고 싶었다. 지금부터 자신이 내뱉을 독한 말을 저 연약한 얼굴은 견뎌낼 것 같지 않았다.

"일주일은 왼손 쓰지 말래. 주의해."

초이는 병실 한쪽 의자에 앉아 졸고 있는 방울이를 깨워 차부에 가서 택시를 불러오라고 시켰다. 방울이는 병원에서 전화를 넣으면 되는데 굳이 자기를 보낸다고 투덜거리며 복도를 걸어 나갔다.

"오늘 하루는 병원에 더 있어야 한대. 방울이가 있을 거야. 그리고."

초이는 의자에서 일어나 창가로 가 섰다. 방울이가 병원 밖으로 나가다 화단에 핀 꽃을 발견하고 무릎을 접고 꽃을 들여다보았다.

"집에서 나갈 거야. 할 일도 있고 만나야 할 사람들도 있어. 엄마가 반대해도 나는 성인이니까 뜻대로 할 거야."

"기어이 독고 씨 집으로 간다는 말이냐?"

엘리제 마담은 힘이 빠진 목소리로 말했다. 초이는 돌아보지 않았다. 눈썹이 지워진 눈을 보기 싫었다.

"엄마가 그렇게 숨기고 싶었던 게 뭔지 얘기할 마음 있으면 연락해."

"지금이 어느 시국인데."

"제주도 섬에서는 하루에 수십 명씩 죽고 있어. 독고 씨 선배도 들어간 지 한 달이 지났는데 소식이 없대. 어제는 철원 쪽에서 무장한 군인들끼리 서로 전투가 있었어. 그런데 말이야. 이 피 흘리는 전투 속에서도 밝혀내야 하는 건 밝혀내야 하지 않겠어? 왜냐면 진실은 언젠가 파헤쳐질 거니까. 결과뿐만 아니라 과정까지도."

"나혜석은 죽었어. 그건 확실해."

초이는 표정 없이 마담을 바라보았다. 엄마가 나혜석의 죽음을 확신하는 것은 그녀의 죽음에 관여했거나 목격했다는 거였다. 나고근이 나혜석이라고 자제원에 연락한 제보자는 엄마였을 거였다. 그런데 왜 숨겼을까.

"더 할 얘기 없어?"

"없어, 그게 다야."

택시 한 대가 병원 입구에 멈춰 섰다. 택시에서 방울이가 내렸다. 방울이는 총총걸음으로 병원을 들어서다 화단 앞에 멈춰서 주위를 두리번거리다 냅다 꽃을 꺾었다. 꺾은 꽃을 가슴에 품고 팔짱을 껴 가렸다. 그리 예쁘지도 않는 닭 볏 같은 맨드라미였다. 방울이가 병실로 들어왔다. 초이가 문으로 갔다.

"쌀쌀맞은 년, 방울아 거기 문을 막아라."

맨드라미를 들여다보고 있던 방울이 놀라 양 팔을 벌려 병실 문을 막았다.

"어디로 가는지 말하고 가."

"연화원."

초이는 방울이 팔을 밀치고 병실을 나갔다. 마담이 침대에서 벌떡 일어나 앉았다. 방울이는 놀라 침대로 다가갔다. 마담은 팔에 붙여놓은 반창고를 뜯어내고 주사바늘을 뽑았다. 방울이 말려도 소용없었다.

"옷 가져오고 택시 불러와."

초이가 간소하게 짐을 꾸려 대문 밖으로 나왔을 때, 누군가 부르는 소리가 들렸다. 무덤 앞에 앉아 있는 늙은 부채였다. 초이에게 올라오라는 손짓을 했다. 초이는 짐 가방을 대문 앞에 내려놓고 골목을 올라갔다. 늙은 부채, 라는 별명은 방울이가 지었다. 화기가 올라온 얼굴에 부채질을 하는데 십 년도 더 된 부채라고 했다. 기미 독립 만세를 기념하는 부채를 제작했는데 그때의 것이라고 했다. 종이부채는 끝이 나달나달해졌고 가운데 대나무 살이 훤히 들여다보였다. 초이가 텃밭의 잡초를 눌러 밟으며 가까이 가자 늙은 부채는 자신의 옆자리를 쓸었다. 혜석이 세들어 살던 바깥채를 숱하게 오가며 봤던 무덤이었지만 가까이 와보긴 처음이었다. 늙은 부채는 늘 봉분에 기대 앉아 있었다. 자신이 들어갈 빈 묘인지, 남편의 묘인지는 알 수 없었다. 늙은 부채는 손을 들어 아랫마을 곳곳을 짚었다. 할머니의 땅이었다고 했다. 이미 방울이에게 들어서 초이도 알고 있었다. 방울이는 늙은 부채의 말을 꽤 잘 들어 주었고 또박또박 말대꾸도 하곤 했다. 늙은 부채는 바깥채에 드나드는 할멈과 친해지려고 했지만 할멈은 늘 본체만체했다. 할멈은 늙은 부채를 빈 무덤 대하듯 지나치곤 했다. 할멈은 백범의 장례를 도와주러 갔다가 돌아오지 않았다. 경교장에서 오랫동안 헤어져 있던 친정조카를 만나 그를 따라 지리산 쪽으로 내려갔다고 했다.

"니 어미가 얼마나 흉악한 년인지 알지?"

초이는 듣기 싫었다. 방울이 말론 그 무덤에 기대앉으면 서울 시내가 훤히 보인다고 해서 언제 한번 올라가봐야지 했던 것뿐이었다. 엄마 흉을 듣는 것은 지긋지긋했다.

"이 집을 자기한테 팔라고 얼마나 협박을 해대는지."

초이가 일어나 엉덩이를 털었다.

"너, 똑똑히 잘 들어라. 나 죽으면 니 엄마가 집은 처분하더라도 이 무덤과 밭은 고대로 두게 말리란 말이야, 알아들었어?"

늙은 부채는 일어나 시내를 내려다보고 있는 초이에게 숨도 쉬지 않고 시시콜콜 말을 했다. 듣는 것만으로 기운이 빠졌다. 초이가 무덤 앞에 다져놓은 잔디를 지나 텃밭에 발을 내딛을 때 늙은 부채가 말했다.

"니 어미란 년, 화간지 정신병자인지 앞으로 온 돈도 빼돌렸어."

초이는 걸음을 멈추고 돌아보았다. 초이가 관심을 보이자 늙은 부채는 앞니가 벌어진 이빨을 드러내며 웃었다.

"돈은 아니고 편지였던가. 외국서 왔지, 아마."

"언제요? 혜석 이모가 이 집에 들락날락한 게 몇 번인데."

"거야, 제일 마지막이지. 그 후론 미치미치한 화가 못 봤으니까. 편지를 한 세 번은 빼돌렸어. 모르지, 그 안에 돈이 들었는지 내가 여기 앉아서 해에 비춰보니 알록달록한 게 달러가 들어 있는 것 같더구먼."

초이는 골목을 내려갔다. 원인 모를 기묘한 감각으로 몸이 떨렸다. 외국에서 왔다는 편지 때문인지 돈을 빼돌렸다는 말 때문인지 알 순 없었다. 직감과 맞닿아 있는 어떤 것이 다리를 후들거리게 만들었다.

대문 앞에 가방을 두고 집으로 들어갔다. 안방으로 가 화장대 서랍, 장롱, 이불 밑을 모두 뒤져도 의심되는 물건이 없었다. 어렸을 때 봤던 나혜석에 관한 기사를 모아놓은 상자도 사라졌다. 초이는 파헤쳐놓은 방을 정리하지 않고 나왔다. 뛰다시피 해 양장점으로 갔다. 양장점에는 실장이 혼자 소파에 앉아 디자인 북을 살펴보고 있었다. 초이가 들어가자 실장이 마담의 병세를 물었다. 초이는 건성으로 대답하고 디자인실로 들어갔다. 마담의 자리에 앉았다. 가운데 서랍에는 자물쇠가 달려 있었다. 번호 네 자리를 맞추는 거였다. 초이는 자신의 생일을 눌렀다. 단번에 자물쇠가 풀렸고 서랍이 열렸다. 서랍에는 양담배, 만년필, 수첩, 예닐곱 살 되어 보이는 초이 사진이 담긴 액자가 있었다. 액자를 들자 봉투가 있었다. 일본에서 온 것이었다. 봉투 안에는 신문 기사가 접혀 있었다. 삼십대 중반 여성이 살해 당했다는 기사였다. 여자는 미망인이고 살해 당하기 5년 전 죽은 남편은 일본에서 알아주는 무사집안인 귀족이었다. 초이는 기사를 들고 있는 자신의 손을 내려다보았다. 이상했다. 엄마의 말에 의하면 무사집안은 초이의 핏줄인 셈이었다. 그런데 손조차 떨리지 않았다. 늙은 부채의 말을 들었을 때는 다리까지 후들거렸다. 초이는 신문을 접어 주머니에 넣고 디자인실을 나왔다. 남산 밑 골목을 올라 외교구락부를 지나니 연화원으로 들어가는 골목 입구에 독고완이 기다리고 있었다.

독고휘열 집 앞에 차를 세운 완은 초이에게 짐 가방을 들고 내릴 것인지 물었다. 초이는 연화원에 머물겠다고 대답했다. 그들이 서재에 들어갔을 때 독고휘열은 소파에 앉아 책장에 기대 세워놓은 그림을 보고 있었다. 나혜석의 그림이었다. 초이는 그림을 보면서 독고완이 설명해주었던 것을 떠올렸다. 그의 말대로

〈수원서호〉에 그려진 인물은 엘리제 마담과 나혜석 같았다. 수면으로 흐르는 노란 빛이 그들의 뒷모습을 더 적적하게 했다.

"나 여사가 요코하마에서 최승구를 고국으로 보낼 때, 우연히 만난 적이 있어요. 그때 여사의 손목에 노란 물감으로 색을 입힌 끈이 매달려 있었어요. 물론, 최 형의 손에도 똑같이 매달려 있었지요. 제 생각이지만 노랑 물감은 소월과 연관이 깊은 것으로 생각됩니다. 아마, 저 그림은 그의 죽음 후, 수원에 머물 때 그렸을 것 같네요."

"저는 그림에 관해서는 아는 바가 없습니다."

초이가 무심하게 대답했다. 완이 초이의 양팔을 붙잡고 얼굴을 가까이 들여다보았다.

"무슨 일이오. 마담이 단순히 아픈 것 같지 않은데. 그림을 보고도 건성으로 대하고, 갑자기 연화원에 머물고 싶다니."

초이는 주머니에서 신문 기사를 꺼내 독고휘열에게 보였다. 독고휘열은 기사를 읽고 난 후 완에게 주었다. 기사에 대해 알아봐달라고 부탁했다.

"이건 어디서 났소? 십 년 전 신문 아니오. 이 기사와 어떤 관련이 있소?"

"제 생부가 그 무사집안이래요. 아."

초이는 늙은 부채의 이야기를 하려다 말고 입을 다물었다. 분명, 늙은 부채는 외국이라 했다. 조선에서 일어를 모르는 사람이 없었다. 일본이 아닌 외국이라면, 일본이 아닌 다른 나라인 거였다. 게다가 편지를 해에 비춰봤을 때 알록달록했다고 했다.

"아, 조사할 필요가 없을 것 같네요."

초이는 완에게 연화원으로 가겠다고 말했다. 완이 할 얘기가 있다며 따라나왔다. 차에 올라타자 완이 말했다.

"할 얘기가 무언지 궁금하지 않소? 결혼합시다."

초이가 피식 웃자 완이 말했다.

"내 말을 좀 그대로 따라하겠소?"

초이가 독고완을 바라보았다.

"서로 아껴줍시다, 따라해보시오."

"초유치해요."

"비밀을 만들지 맙시다."

"속았어요, 엄마한테."

완은 차를 세웠다. 완의 차 바로 뒤에 오던 인력거꾼이 웩 소리를 지르며 옆으로 비켜갔다. 의문 가득한 완을 외면한 채 초이는 창가에 얼굴을 댔다. 엘리제 마담은 만약을 위해 초이가 서랍을 뒤질 것을 예상하고 그럴듯한 기사를 서랍에 놔둔 거였다. 그들을 찾아갈 것이 두려워 여태 숨겼다던 사람이 뻔히 알 수 있는 비밀번호를 만들어놓고 서랍에 넣어두었다. 정말 두려웠으면 그런 기사를 보란 듯이 놔두지 않을 거였다. 나혜석에 관한 기사를 모아둔 상자도 외국에서 왔다는 편지와 함께 없앴을 것이다. 위장으로 일본에서 온 기사를 서랍에 둘 정도로, 팔에 칼을 그을 정도로 숨기려던 것이 무엇이었을까.

누군가 완의 차장을 두드렸다. 완이 창문을 내리니 인력거꾼이 움직이지 않으려면 거리 한복판에 있지 말고 차를 옆으로 빼라고 했다. 호텔로 가야 할지 연화원으로 가야 하는지 결정을 못한 완이 차의 시동을 걸었다. 진고개를 지나 남산 밑 길로 가면 바로 연화원이지만 일부러 종로 쪽으로 차를 몰았다. 종로 거리에는 손님을 기다리는 택시와 우마차, 인력거꾼들이 모여 말뚝차기를 하고 있었다. 동그란 선 안에 십 전짜리 동전을 던져놓고 말뚝을 차서 동전을 맞추는 사람이 동전을 가져가는 단순한 놀이인데 여럿이 모여 함성까지 지르며 길을 비켜주지 않았다. 독고완이 클랙슨을 울리자 인력거꾼들이 뒤를 돌아보며 느릿느릿하게 길을 내주었다.

"제 생각인데. 왜 혜석 이모를 미행시켰는지 알 것 같아요. 그녀가 마지막에 만나려 했던 사람이 답이죠."

"뭐 짚이는 것이 있소?"

초이는 늙은 부채의 텃밭을 내려올 때의 흥분을 떠올렸다.

"그냥, 직감이에요."

"나도 직감이 있소."

"어떤?"

"오늘 당신과 조선호텔에서 밤을 보낼 거라는."

"지금 그런 생각이 드나요?"

"그런 생각이 어떤 거요? 우린 피 끓는 젊은 애인 사이 아니던가? 사흘 전 당신 입김이 아직도 생생한데."

"정신 차리세요. 연화원으로 가세요. 그리고 내일 안양보육원에 같이 가요."

"기어이 연화원으로 가야겠다면 같이 갑시다."

완은 차를 명동에서 올라가는 길이 아닌 남산 뒷길로 몰았다. 비좁은 산기슭의 샛길에 주차하고는 초이의 가방을 들고 차에서 내렸다. 완은 지금 손님이 많을 때이니 화련 신경 쓰이게 하지 말고 곧바로 뒷방으로 가자 했다. 경사진 산비탈을 따라 **빽빽**한 벚나무 숲을 헤치며 내려갔다. 완의 말대로 험한 산기슭을 지나니 연화원 뒷마당이 나왔다. 완의 손을 잡고 어둠 속을 더듬어 방으로 들어갔을 때 빗방울이 후드득 떨어지는 소리가 들렸다. 얼마 지나지 않아 산 어딘가에 고여 있던 물이 넘쳐 줄기를 만들어 타고 흘러내리는 소리가 들렸다.

3

만해 한용운의 몸이 가망 없이 쇠약해졌다는 최은희의 편지를
받은 혜석은 성북동 심우장으로 갔다. 북향인 심우장은 햇살 한
조각 들어오지 않아 냉기가 흘렀다. 북향의 심우장을 놓고 사람
들은 조선총독부를 등졌다고 했다. 만해 선생의 입에서 쓰린 창
자 내가 났지만 신통한 약을 써보지 않았고 병원에 가는 것도 거
부했다. 만해는 온몸을 떨었다. 혜석은 만해 앞에서 자신의 떨리
는 왼손을 감췄다. 만해는 중일전쟁이 시작되면서 총독부에서
유혹과 협박이 많았을 터인데 응하지 않은 것이 고맙다며 떨리
는 손으로 그녀의 떨리는 왼손을 잡았다.

"개성과 생각이 분명하다면 그걸 지키는 것이 인간의 도리지
요."

"그 단순한 도리를 내던져버리는 인간이 많으니. 간단치 않았
을 결심이 험난한 생을 할퀴어도 꿋꿋하게 이겨내세요."

비록 쇠잔하고 떨리는 손이지만 만해 선생은 숨을 놓지 않고
있었다. 그런 선생이 같은 하늘 아래 견디고 있다는 사실만으로
혜석에게 큰 위무가 되었다. 혜석은 만해와 딱딱한 보리밥을 한
그릇 천천히 먹은 후 큰절을 하고 일어났다. 만해의 병문안을 끝
낸 혜석은 효자정 허영숙 산원으로 갔다. 영숙은 개성 출신 의사
와 동업을 하다 이름을 개명하고 같은 자리에 산부인과 전문 병

원을 개원했다. 혜석은 뺨이 야위고 거뭇해진 영숙에게 만해를 위해 약을 지어줄 것을 부탁했다. 영숙은 그러고 싶어도 그렇게 할 수 없다 했다.

"만해 선생은 춘원 집에서 온 약이라면 거절할 거야."

"오라버니는 지금 어디에 계셔?"

영숙은 춘원이 홍지동에 있는 춘원헌에 머물고 있다고 알려줬다. 영숙은 춘원을 향한 욕설이 가득한 편지를 천 통 넘게 받았다 했다. 그녀는 춘원과 헤어질 생각을 미리 해두고 있었다. 춘원에게서 마음이 떠난 것이 아니라 아이들을 위해서라고 말하며 결국, 눈물을 흘렸다. 혜석은 춘원의 집에서 나와 대문에 기대 섰다. 춘원은 늘 앞에 넓은 공터가 있는 집을 얻었다. 군중이 수백 명이 모일 수 있는 터였다. 소설 〈무정〉을 《매일신보》에 연재할 때부터 청년들이 공터로 몰려왔다. 애호가라며 사인을 요구했고 소설의 진행 방향을 궁금해했다. 그를 만나기 위해 근처 여관에서 숙식을 하며 기다리는 청년도 있었고 시골에서 올라와 돌아갈 여비가 없다며 집에서 재워달라고 조르는 청년도 있었다. 부도덕한 작품이라고 비난하는 성리학자의 규탄집회가 벌어지면 그에 반박하는 즉흥 연설회가 펼쳐졌다. 〈무정〉은 출간 당시 일만 부가 넘게 팔렸다. 혜석은 〈무정〉의 영채를 그리 신통하게 여기지 않았기에 광적으로 독자가 몰리는 것이 수상했다. 그렇지만 한국 문학에서는 이례적이었고 무엇보다 성리학자들의 거센 반발이 말도 안 되는 것이라 혜석은 이광수를 응

원했다.

 이광수를 광적으로 좋아하던 청년들은 2년이 채 지나지 않아 돌아섰다. 돌아서는 것으로 모자라 돌을 던지고 개벽사의 기물을 파괴했다. 칼을 들고 찾아와 이광수를 죽이겠다고 협박했다. 어떤 청년은 그를 열렬하게 좋아했기에 더 배신감을 느꼈다며 이광수 앞에서 제 손목을 그었다. 허영숙의 베이징 방문으로 도산과 결별하고 경성으로 돌아와 무탈하게 자리 잡은 것에 대한 의구심, 뒤이어 《개벽》에 발표한 〈민족개조론〉이라는 글 때문이었다. 사기, 협잡, 위선, 만연한 사치, 신의가 없고, 이조 당쟁의 악습을 답습하여 끼리끼리 파벌을 개선하지 않고서는 독립이 불가하다, 독립을 하더라도 유혈사태나 큰 갈등이 수시로 발생할 것이라 전망했다. 일제에 대항하는 독립투쟁이 아니고, 독립을 쟁취하고 유지할 만한 국민 실력을 먼저 기르는 민족개조운동, 자치운동을 주장했다. 이광수는 비난을 받자 〈민족개조론〉이 도산 안창호의 뜻을 이어받은 것이라 피력했다.

 혜석은 그때까지 춘원의 생각이 틀렸다고 생각하지 않았다. 그녀는 어떤 대상을 광적으로 환호하는 것과 광적으로 혐오하는 것 모두 신뢰할 수 없었다. 춘원이 《동아일보》 편집국장이 되었을 때, 김동인은 비상한 노력 끝에 위선적 탈을 썼다며 작가가 기자가 되는 것에 혐오감을 표했다. 《동아일보》 기자가 된 주요한에게도 시인으로서 파멸이라고 말했던 김동인은 몇 년 후 기자가 되었다. 지금은 김동인과 이광수가 나란히 신사참배를 하고 일본군을 찬양하고 징용을 권하고 제국의 홍보를 위해 다닌다는 소식이 들려왔다.

광적으로 지지하던 애호가가 하루아침에 칼을 들고 찾아오는 것은 춘원을 너무 크게 우상화한 탓이라고, 그의 사상에 실망한 탓이라고 억지로 헤아릴 수는 있다. 그렇다 하더라도 김동인과 마찬가지로 자신의 한 말을 집어 삼키고 다른 말을 내뱉는 것은 도저히 이해가 가지 않는다. 그런 춘원을 혜석은 납득할 수 없었다. 유년 시절 고아로 혹독한 가난을 통과한 춘원의 삶을 통으로 이해하려고 마음을 열어보아도 근래의 춘원은 이해할 수 없었다.

새해 첫날 《매일신보》에 실었던 시를 읽고 혜석은 신문을 구겨버렸다.

씩씩한 우리 아들들은 총을 메고 전장으로 나가고
어여쁜 우리 딸들은 몸뻬를 입고 공장으로 농장으로 나서네.
이 날 설날에 반도 삼천리도 기쁨의 일장기 바다
무한한 영광과 희만의 위대한 새해여.

영숙은 춘원의 창씨개명으로 열혈청년들이 몰려와 그의 집에 돌과 쓰레기도 모자라 인분까지 쏟아부었다고 했다. 혜석은 미적 감각이 뛰어나고 명민했던 젊은 날의 춘원을 떠올리고는 한숨을 쉬며 춘원헌 대문 안으로 들어갔다. 춘원은 서재에서 《백범일지》 원고를 다듬고 있었다. 그는 《백범일지》 윤문을 끝낸 후

도산 안창호의 전기를 쓸 것이라 말했다. 혜석은 의지와 행동을 달리하는 그의 태도에 갑갑증이 났다. 춘원은 수덕사에서의 생활과 일엽의 안부를 물었다. 그녀는 한때 일엽과 춘원이 불붙었던 것이 기억나 건성으로 대답했다. 건성으로 이어지던 대화가 끊겼다. 혜석은 청년과 민족의 마음을 할퀴어놓고선 태연히 책상에 앉아 《백범일지》를 다듬으며 자신을 합리화시키고 있는 춘원이 미워졌다. 간신히 힘을 주고 무릎 사이에 감춰뒀던 왼손이 극렬하게 떨렸다.

"벽초와 만해 선생을 나 대신 좀 만나주게."

"안 그래도 만해 선생 건강이 안 좋아 엊그제 심우장에 다녀왔어요. 만해, 당신 마음으로 춘원과 최남선을 장례했기에 이미 죽은 사람들이라 말하시더군요."

"내가 서대문형무소에서 분명히 봤어. 조선 지식인들에 대한 살생부가 조직되었는데 그 명단 첫 번째가 만해와 벽초였어."

"오라버니는 몇 번째던가요? 그래 그게 겁이 나 개명을 하고 조선인 학병 지원을 호소했어요? 그것도 모자라 지원병 행가를 작사하고. 듣기 싫어요. 저도 오고 싶지 않았지만 소설을 찾으러 왔어요."

"죽음의 두려움 앞에선 한 가지 선택만 남더라. 목 앞에서 칼을 뽑아드는데 당장 누구라도 행동을 해야 더 큰 유혈을 막는 거야."

"조선 전체가 저를 욕해도 가치 있는 욕을 먹는다면 좋다고 생각해요. 생각이나 실천행동이 바뀌지 않으니까. 어떻게 독립선언서를 작성했던 사람이 제국 밑으로 들어가 아양을 떨어요?"

"너는 어찌 나한테 이럴 수 있니?"

"총독부에서 저에게 제안했어요. 학병 지원에 협조하면 미술학사도 차려주고, 전문학교 교수 자리도 주고, 선전 수상의 영예도 주겠다고."

"그래 뭐라 대답했는데?"

"그걸 질문이라고 해요? 길에서 찢겨 죽는 한이 있어도 저는 틀리다고 생각하는 길은 가지 않을 테예요."

"네 가난과 고독이 아직 뼛속까지 이르지 않았구나."

"유아기 적부터 뼛속 가난과 고독을 아는 사람이 뭐 잃을 것이 두려워 제 양심과 셈을 하나요? 민족과 조국으로부터 버림받은 고아적 심리를 이해해주길 바라나요? 소설 원고 내놔요."

"그런 자기 배설 같은 소설을 누가 책으로 내주겠니?"

"가야마 미츠오, 제 소설 원고 주세요."

"잃어버렸어, 아니 버렸어. 그건 소설이 아니었어."

왼손의 떨림이 몸 전체로 전해졌다. 떨리는 왼손을 불었다. 분노와 흥분으로 입에서 바람 소리가 났다.

"도쿄에서 오라버니에 관해 쓴 것이 걸리든가요? 아시다시피 저는 진실만을 썼어요."

"내 얘기가 아니야. 지금 이 사회는 나혜석에 관심이 없어. 네 시시콜콜한 얘기를 들어줄 귀가 없어."

"제 소설에 아무도 흥미를 안 가져도 저는 남겨야겠어요. 원고 내놔요."

"서재를 이쪽으로 옮기다 분실했어. 충고하겠는데 그런 배설 같은 글 발표하지 말게."

"다시 쓰지요, 암요, 어차피 제 머리에서 나온 것이니 다시 쓰겠어요. 이참에 오빠의 변절에 대해서도 자세히 써드리겠어요. 부유하게 오래 사세요."

혜석은 춘원에게 반절을 하고 나왔다. 누구보다 믿고 따르던 선배였고 예술에 대한 기운이 같다고 여겼던 동지이기에 미움이 더 컸다. 파인 김동환마저 일본이여, 일본이여 나의 조국 일본이여, 라고 썼다. 그 글을 읽었을 때, 혜석은 분노를 지나 슬펐다. 《삼천리》는 통권 150호를 마지막으로 종간했다. 파인은 자신은 글을 써도 혜석에게는 청탁하지 않았다. 속사정을 듣고 싶어 집까지 갔지만 파인은 얼굴을 대할 수 없다며 만남을 거절했다.

혜석이 수덕여관에 장기간 머문다는 소식을 듣고 젊은 화가 이응노가 찾아왔다. 혜석은 뒤뜰 동산 자락 끝에 앉아 색을 만들고 있었다. 작은 접시에 만들어놓은 물감으로 산에 박힌 돌에 꽃을 그렸다. 돌에 꽃이 한 송이 피어났다. 그녀는 천천히 몸을 움직여 옆의 돌 앞에 앉았다. 말없이 그녀를 바라보던 이응노는 책자를 한 권 내밀었다. 나혜석의 첫 전람회 도록이었다.

"어렸을 때 여기 그림들을 죄 따라 그렸어요. 집에서 그림 반대가 심해 열아홉 살에 도망 나왔어요."

"김규식 선생 문하생이었지요. 10회 선전에 출품했던 작품이 〈묵죽〉이었던가요?"

"기억하시는군요? 〈정원〉과 제 졸작이 한 공간에 걸렸다는 것 때문에 잠을 이루지 못했어요."

"기억보다 먼저 손을 보고 화가인 줄 알았어요. 그 다음에 기억이 났지요."

"제 손이요?"

"얼룩덜룩하잖아요. 물감 내도 났어요. 이제 먹을 쓰진 않나 보네요?"

"요즘은 유화물감을 만져요. 선전 때마다 선생님 그림을 기다렸어요. 12회 선전부터 선생님 작품이 없어 얼마나 실망했는지. 여기 계신다는 말을 듣고 뵈러 왔어요."

이응노는 혜석이 한 송이 꽃을 그려놓은 바위 앞에 앉았다.

"그런데 선생님께선 커다란 돌 한구석에 꽃 한 송이만 그리시네요. 꽃무리가 아닌."

"저는 무리가 싫어요, 대중이 무서워요. 정상이건 비정상이건 여럿이 함께 덤벼드는 것이 야만처럼 느껴져요. 꽃도 하나만 있으면 보게 되는데 무리지어 있으면 겁부터 나요. 대중에게 상처를 받아서인가봐요."

"선생님, 제 생각은 좀 다른데요. 대중이어야만 살아갈 수 있는 것이 있어요. 무리 짓지 않으면 맹수의 공격에 대항할 수 없거든요. 대중의 몸짓, 자유, 절망, 희망, 모든 것이 어우러진 것이 세상을 변화시켜요. 아마, 선생님께 상처를 준 것은 순수한 대중이 아니라 대중 속에 뒤엉켜 대중을 조정하는 맹수였을 것입니다."

"그 말 잘 새겨놓고 혼자인 날 다시 끄집어내 생각해보겠어요. 파리로 가세요, 그림은 기술이 아닙니다. 그림 공부를 하려면 파리로 가셔야 해요."

혜석은 화구 재료를 사들고 이응노가 찾아올 때마다 똑같은 말을 반복했다.

"네, 선생님의 충고대로 언젠가는 파리로 갈 계획입니다. 선생님, 어디 가시지 마세요. 이 바위에 꽃을 가득 그려놓으세요."

혜석은 고개를 끄덕였다.

"꼭 이 선생만의 세계를 완성하세요."

"이번에는 공부하러 가는 게 아니고 잠깐 여행 가요, 지중해로요. 곧 돌아올 거예요."

혜석은 배와 접힌 무릎 사이에 숨겨놓았던 떨리는 왼손을 내밀어 두 손으로 이응노의 손을 잡았다. 잡힌 이응노의 손까지 떨렸다.

"지중해로 간다면 부탁이 있는데. 에스파냐에 가면 하석진, 이라는 사람 좀 찾아봐줘요."

"하 선생님은 바르셀로나 건축설계팀에 합류했다는 말을 들었는데요. 친분이 깊으신가요?"

"여기 주소로 미로를, 미로를 한 장 보내달라고 전해주세요."

혜석은 다방골에 머물던 주소를 적었다. 혜석이 그곳에 안 가더라도 미순에게 전달될 거라 여겼다. 이응노는 바르셀로나로 가 꼭 전해주겠다고 대답했다. 혜석은 만족한 듯 고개를 끄덕이고 산을 향해 몸을 웅크리고 앉았다. 왼손을 배와 무릎 사이에 숨기고 오른손에 젖은 걸레를 잡고 돌에 묻은 흙을 닦아냈다.

이응노가 여행을 떠난 후 수덕여관을 찾아오는 사람은 없었다. 적요한 뒤뜰에 햇살이 내리비치는 정오의 시간이면 혜석은 산으로 이어지는 뒷마당에서 흙 사이에 솟아나온 바위를 닦아내고 바위에 꽃을 그렸다. 이따금 서울에서 편지가 왔다. 최은희는 수덕여관 뒤뜰에 찾아드는 노루처럼 잊을 만하면 편지를 보내왔다. 최은희는 미순을 통해 얻은 바느질 일감이 많다는 내용과 김우영이 총독부의 농지개발영단 이사역인 중추원 참의가 되어 넷째부인 양한나와 함께 돈암동으로 이사했다는 소식을 전했다. 혜석은 최은희의 편지를 읽은 다음 날 새벽 서울로 올라갔다. 동료화가 이승만을 찾아가 예전에 맡겨두었던 판화 석 점을 찾아 화랑에 헐값에 팔았다. 그 돈으로 남대문에 가 아이들 옷을 샀다. 돈암동의 집에 도착했을 때 마침 김우영은 집에 없었다. 양한나는 혜석의 손을 잡으며 다정하게 맞아주었다. 혜석은 아이들을 위해 남대문 시장에서 산 옷을 꺼냈다. 양한나는 혜석이 내미는 옷을 펼쳐보곤 한숨을 내쉬다가 진이와 건이를 불렀다. 아이들은 혜석을 보고는 눈치를 보며 양한나 곁에 앉았다.

혜석이 진에게 다가앉아 손을 잡아 일으키고 자신이 사온 옷을 대보았다. 혜석의 짐작보다 아이들 키가 훌쩍 자라 있었다. 진이를 위해 사온 옷이 막내에게조차 맞지 않을 정도로 작았다. 혜석은 당황해서 옷소매를 늘여보고 소매를 늘릴 생각에 소매 안을 까뒤집어보았다. 어색해진 아이들은 할 일이 있다며 제 방으로 갔다. 양한나는 고구마와 커피를 내놓으며 김우영이 올 시간이라고 알려주었다. 양한나의 배려를 진심으로 받아들이지 못했다. 그녀의 너그러움까지 아니꼽게 느껴졌다. 아이들을 저렇게 훌쩍 자라게 해준 것이 고마웠지만 자기의 자리를 빼앗은 듯해 흘겨보았다. 손이 떨렸다. 양한나가 혜석의 곁으로 다가와 앉았다. 흰 봉투를 혜석의 손에 들려주었다. 혜석은 떨리는 손으로 봉투를 열어보았다.

"병원에 가보세요. 약도 지어 잡수시고요."

"아시다시피 이혼 때 제 몫의 돈을 못 받았어요. 내가 벌어들인 돈으로 기반을 잡아 이렇게 큰 집에서 살게 되었으면서 요만큼으로 면책하려고?"

양한나는 혜석의 말에 고개를 숙였다. 싱싱하고 긴 목이 수그러지자 더욱 분노가 솟구쳤다. 맥없이 앉은 그녀를 보며 혜석은 자신이 분노에 떨고 있는 노파처럼 여겨졌다. 떨리는 왼손을 오른손으로 잡고 일어섰다.

"아이들이 보고 싶으시면 언제든 오세요."

"진심으로 아이들을 만나도 된다고 생각하나요?"

혜석은 뒤를 돌아보았다. 양한나가 고개를 들어 혜석을 올려다보았다.

"그럼요, 저는 선생님을 존경해요."

"그렇다면 나열이 어디 있는지 알려줘요."

양한나는 나열이 개성에서 교사생활을 하고 있다며 종이에 나열의 하숙집 주소를 적어주었다. 혜석은 봉투를 들고 서 있는 그녀에게서 주소가 적힌 종이만 받아가지고 나왔다. 아이들은 양한나의 재촉에 마지못해 복도로 나와 혜석에게 꾸벅 인사를 했다. 내켜하지 않는 인사였다. 여러 어머니를 거친 후 이제야 좋은 어머니를 만난 듯 불만이 없어 보였다. 나긋하고 다정한 새어머니 양한나와의 평온함을 깨고 싶지 않은 듯했다. 아이들에게 혜석은 반갑지 않은, 아버지에게 들키면 큰 일이 날, 상처로 떼어낸 종양 같은 존재밖에 안 되었다. 비록 저희들을 낳은 생모일지라도. 생각이 거기에 미치자 혜석은 걸음을 멈추고 땅에 쪼그리고 앉아 손을 떨었다. 손이 마음껏 떨게 내버려두었다.

4

대문 앞에서 나혜석을 발견한 배숙경은 그녀의 손을 잡아 당겨 복도 끝의 방으로 안내했다. 혜석은 화구 상자를 소중한 보물처럼 가슴에 안고 있었다.

"고모, 어디에서 오는 길이예요? 해방 날에는 어디 있었어요?"

"개성, 나열에게서. 그 사람 김우영 씨가 반민특위 조사 받는다는 소식, 내가 김우영 씨를 비난했거든, 총독부 밑에서 일하지 말라고 그만큼 충고를 했건만, 친일한 것 맞으니까 조사 받아야 한다고 했더니, 나열이가 그렇게 화를 낼 줄은, 그 아이가 그렇게 커서 선생이래요."

"고모, 오빠가 보면 화를 낼 거예요. 요즘 하루하루가 또다시 전쟁이에요. 오빠가 운영하는 고무공장도 문 닫기 직전이에요. 그이가 온 후에는 이 방에서 나오지 말아요."

배숙경은 혜석을 더운 물에 씻기고 옷을 갈아입혔다. 옷을 갈아입은 나혜석은 밖으로 뛰쳐나갈 사람처럼 화구 상자를 가슴에 끌어안았다. 배숙경이 화구 상자를 빼 안을 열어보았다. 말라비틀어진 물감과 종이 뭉치가 뒤섞여 있었다. 혜석은 배숙경을 밀치고 종이 뭉치를 잡았다.

"그건 뭐예요? 오빠가 글 쓰지 말라고 했잖아요."

"이건 내 소설이야. 아무도 못 건드려, 암."

혜석은 화구 상자를 안고 밥을 먹고 잠을 잤다. 혜석은 배숙경의 눈을 피해 외출을 했다가 하루 혹은 이틀 후에 돌아오곤 했다. 누구를 만났으며 어디서 잤는지 물어도 대답을 안 했다. 세상 모든 사람들에게 저주를 퍼부었고 누군가를 만나기로 했는데 약속을 안 지킨다고 했다.

"고모, 이제 날도 추워질 텐데. 외출하지 마세요."

"이것 봐요. 그 사람이 날 만나러 올 거야. 난 파리로 가서 치료하고 그림도 그릴 거야. 모두가 나에게 등을 돌려도 그는 나를 만나러 와줄 거야."

혜석은 배숙경에게 나달나달해진 종이를 보여주었다. 배숙경은 종이를 펼쳤다. 형태를 알 수 없는 구불구불한 길들이 빼곡하게 그려져 있었다. 혜석이 길을 스케치한 것이라 여긴 배숙경은 한숨을 쉬고 종이를 돌려주었다. 나경석이 손님과 함께 집에 왔을 때, 혜석이 응접실로 나왔다. 혜석은 나경석의 손님을 김우영으로 착각하고 손님에게 소리를 질렀다가 아이들이 보고 싶다며 울며 매달렸다. 나경석은 혜석이 집에 머물고 있는 사실을 몰랐기에 부인 배숙경에게까지 화를 냈다. 다음 날, 배숙경은 혜석의 몸을 씻겼다. 옷을 갈아입히고 함께 집을 나섰다. 혜석은 화구 상자를 가슴에 품고 배숙경의 뒤를 따라왔다. 배숙경은 서울 인왕산 청운양로원에 갔다. 이름을 심영덕이라 썼다가 나중에 혹시, 행방불명이 되면 못 찾게 될 것을 걱정해 나고근으로 고쳤다. 고근은 수덕사의 만공 스님이 혜석에게 내려준 법명이었다.

평정을 찾은 혜석은 자신은 노인이 아니니 다른 곳으로 보내달라고 부탁했다. 원장은 그녀를 안양의 보육원으로 보냈다.

이화여대 미대 2학년인 박인경이 안양의 경성보육원에 찾아갔다. 원장인 친척으로부터 화가로 보이는 사람이 있다는 말을 들었다. 그녀는 하루 종일 방에서 글을 쓰다가 뜰에 나가 흙바닥에 그림을 그린다고 했다. 원장에게만 말한다며 자신이 화가라고 고백했고 원장은 그림 솜씨로 봐선 화가인 것 같다고 말했다.

박인경은 보육원에 봉사활동을 갔다. 화가로 보이는 여인이 뜰에 있다는 말을 듣고 뜰로 갔다. 박인경이 뜰에 들어섰을 때, 후줄근한 옷차림의 한 여인이 햇살이 촘촘히 떨어지는 꽃을 들여다보다 고개를 돌렸다. 무표정했지만 이지적인 모습이었다. 둘은 말없이 서로를 바라보았다. 박인경은 원장에게 그녀를 정식으로 소개시켜달라고 했다. 원장과 함께 방에 들어섰을 때 혜석은 책상에서 뭔가를 쓰고 있었다. 벽에 스케치와 드로잉한 그림을 붙여놓았는데 한눈에 봐도 꿈틀거리는 예술혼이 느껴지는 대가의 선이었다. 박인경이 자신을 미대생이라 소개하자 혜석은 머리와 몸을 떨며 흥분했다. 두서없이 누군가를 저주하는 말을 하며 책상 위의 종이 뭉치를 주었다. 종이에는 순서도 없이 휘갈겨 쓴 글이 빼곡했다. 혜석은 박인경에게 소설 원고라며 정서해달라고 부탁했다. 박인경은 흐릿하고 힘없는 글씨를 읽어보았다. 내용이 어수선하고 파리의 화려했던 시절이 뒤죽박죽 뒤섞였다. 박인경이 난처한 표정으로 서 있자 혜석은 그녀의 손을 억세게 잡았다.

"혹시 이응노 선생이 당신 대학에 나가지 않아요? 나를 만나게 해줘요. 아니, 독고휘열이라는 사람에게 연락 좀 해줘요. 아니, 하석진이라는 사람이 경성에 왔는지 좀 알아봐줘요."

억세게 잡고 떨리는 손이 박인경의 손까지 떨리게 했다. 박인경은 두려운 마음에 원고 뭉치를 들고 밖으로 나왔다.

"꼭 다시 와줘요. 나를 만나러 와줘요."

박인경은 원장에게 이름을 물었다. 원장은 나고근, 이라 대답하고 위탁한 사람이 그녀의 신분이 밝혀지길 꺼려하기에 비밀로 해달라는 부탁을 했다. 박인경은 흐릿하고 불분명한 글을 읽기도 힘들었고 정서할 시간도 없어 원장에게 돌려주었다. 수덕여관을 매입해 아내와 함께 나혜석을 기다리던 이응노가 안양보육원에 갔을 때는 이미 누군가 다녀간 후였다. 원장은 신사로보이는 남자가 방문한 다음 날, 혜석이 사라졌다고 말했다. 이응노는 수덕여관의 주소를 주고 돌아오면 그리로 연락을 달라고 부탁했다.

대문 두드리는 소리에 최은희는 마루로 나갔다. 아무도 없었다. 대문 밖으로 나가자 낡은 화구 상자를 안은 혜석이 서 있었다. 말복더위였는데 긴 소매를 입은 혜석은 떨고 있었다.

"언니, 들어오지 않고 왜 서 계세요."

최은희는 혜석을 안방에 들여보내고 부엌으로 가 미숫가루를 찬물에 타서 들어갔다. 혜석은 화구 상자를 품에서 내려놓지 않고 방바닥에 펼쳐져 있는 우표를 들여다보고 있었다. 최은희가 내미는 대접을 받아 마셨지만 손이 떨려 미숫가루 물이 무릎에 쏟아졌다. 혜석은 무릎에 흘린 것을 닦지도 않고 우표를 한 장씩 들어 눈앞에 놓고 자세히 보았다. 비행기와 지구가 그려진 항공 우표, 독립문, 거북선, 첨성대, 이순신 장군, 정부 수립를 기념해서 발행된 갈색 무궁화 우표를 들여다보았다.

"나 우표가게를 차릴까 궁리 중이에요. 외국에선 꽤 활발하더라. 미군들도 많이 찾을 테고. 이것 봐, 잘 만들었지?"

"무궁화를 보니 남궁억 선생님이 생각나네. 선생님께선 나에게 무궁화를 많이 그리라고 당부하셨어. 무궁화만 한 대표적인 상징물이 없다고 하셨어."

혜석은 눈을 빛내며 분명하게 발음했고 정확하게 기억했다.

"응, 옥처럼 맑고 눈처럼 희디흰 분이셨어. 고문 후유증으로 돌아가시기 전까지 무궁화 밭을 일궈 엄청나게 나눠줬대요."

"그분이 돌아가셨니?"

"언니, 무궁화사건 후에 돌아가셨잖아. 언니 수덕사 있을 때 내가 서신으로 보냈잖아. 답장도 하구서는."

"그랬니? 난, 너무 많은 사람들이 죽고 그래서 누가 죽었는지 살았는지 헷갈려."

최은희는 총명하던 혜석이 그 정도 기억을 못하는 것에 내심 놀랐지만 하루하루가 뒤엎어지는 세상이었기에 크게 문제 삼지 않았다.

"하루에도 수십 번 변절과 보복으로 뒤집어지는 무서운 세상이야. 반민특위법 초안이 작성되었다던데."

"김우영이고, 최린, 김동인, 이광수, 선전 화가들, 친일한 사람들은 다들 벌벌 떨고 있겠구나. 그 꼴들을 좀 보면 꽤 유쾌하겠어. 방정환은 어떻게 지내?"

"언니도 참, 소파 선생이 돌아가신 지가 언제인데. 요즘은 어디서 지내요?"

"어, 그이도 결국 죽었구나. 나 진고개. 커다란 이층집에 화실을 얻었어. 거기서 작업을 하고 있어."

"그래요? 돈을 어디서 구했어?"

최은희는 자연스럽게 혜석의 품에서 화구 상자를 꺼내 상자를 열어보았다. 상자 안에는 끝이 꾸덕꾸덕 굳은 물감과 종이 뭉치가 있었다.

"어, 독고휘열 씨가 얻어줬어. 왜식집인데 고급이야."

최은희는 봄에 독고휘열을 만난 것을 기억했다. 그때 독고휘열은 부인의 수술을 위해 미국으로 갈 예정이라고 했다.

"독고 씨가 결국 언니를 찾아냈구나. 그이는 미국에 간다고 했는데. 그 전에는 어디 있었어? 수덕사에서도 모르던데."

"그이가 미국에 갔니?"

"언니, 독고 씨가 집을 얻어줬다며?"

혜석은 최은희의 손에서 화구 상자를 빼앗아 나무문에 달린 걸쇠를 잠갔다. 그리고 방바닥에 펼쳐져 있는 우표 중에서 이준의 초상이 그려진 우표를 집어 들었다. 이준이 나비넥타이를 메고 있는 오 원짜리 우표였다.

"이 우표 나 줘, 헤이그에 갔을 때 이준 씨 묘를 찾아봤는데 못 찾았어. 이상하게 묘 앞에 앉아 있으면 그 넋이 내 곁에 와 머무는 것 같거든. 내가 최승구 묘에 갔었다는 얘기 했니?"

"최근에 또 갔어?"

"아니, 신혼여행을 거기로 갔잖아."

"언니, 그걸 내가 왜 모르겠어?"

"고미숙이, 그이도 반민특위에 불려가 조사 받을 거야, 그렇지?"

"그럴 거야."

"욕망을 억제하고 예술가도 노동을 해야 한다며 나를 비난하더니 일제 찬양에도 앞장섰더라. 우리 마음에 새겨진 밝고 큰 태양, 일장기를 가슴에 품으면 행복하다더라."

"언니, 왜 그렇게 꼬였어? 김우영 불려가면 언니도 안심할 수 없을 텐데."

"나 좀 불러주지. 내가 본 것, 당한 것, 다 까발릴 수 있는데."

"언니, 제발 말조심하세요. 아직도 정신 못 차렸어요?"

최은희의 지적에 시무룩해진 혜석은 입을 다물고 아무 말도 하지 않았다. 최은희가 나열을 만났는지, 수덕사에서 그림은 많이 그렸는지 물어도 대답을 안 했고 고개를 숙인 채 손과 머리를 떨었다.

"언니, 좀 누울래? 한잠 자고 더위 가시면 저녁 먹고 가요. 진고개 어디야?"

"뭐가?"

"독고 씨가 얻어줬다는 작업실 말이야."

"어, 빨리 가야겠다."

혜석은 갑자기 서둘렀다. 최은희가 저녁 먹고 가라고 팔을 잡으니 억세게 팔을 뿌리치고 마루로 나갔다. 신발을 신기 위해 몸을 숙였는데 행동이 굼떴다. 신발을 다 신고도 몸을 일으키지 않았다. 한참 후에 몸을 일으킨 혜석은 최은희를 곁눈질했다. 단 한 번도 보지 못한 혜석의 표정과 몸짓에 최은희는 화가 났다.

"언니, 말해봐요. 진고개 어디에서 머물고 있어요? 나랑 같이 가보자."

"아니, 그전에, 엘리제양장점에 가야 하는데. 은희야, 지갑을, 안 가지고 왔어, 돈을, 좀 변통해줘."

"언니 독고 씨에게 도움 받은 거 맞아?"

혜석이 대답을 하지 않자 최은희는 한숨을 내쉬고 지갑을 가지러 방으로 들어갔다. 최은희가 지갑을 가지고 나왔을 때 혜석은 마당에 없었다. 최은희는 대문 밖으로 뛰어나갔다. 골목 아랫길까지 내려가도 혜석은 보이지 않았다. 굼뜨게 행동하던 혜석이 그렇게 순식간에 가버려 은희는 믿기지 않았고 속이 상해 제 가슴을 쳤다. 최은희는 내친김에 엘리제양장점에 갔다. 엘리제 마담은 마침 손님을 배웅하는 중이었다. 손님은 최은희가 기자 시절 알고 지내던 부인이었다. 부인은 수수하게 차려입은 최은 희를 보고도 알은체를 하지 않고 대기 중이던 택시에 올라탔다. 엘리제 마담은 미군을 통해 유럽에서 들여온 화려한 소파에 앉 았다. 다리를 꼬고 물부리에 담배를 끼우고 불을 붙였다. 최은희 가 혜석에 관해 말하자 엘리제 마담은 거짓말이라고 했다.

"독고 씨는 봄에 미국으로 갔잖아요. 작업실을 얻어줬다면 나 한테 말했을 겁니다."

"그렇지요? 저도 의심스러웠어요."

엘리제 마담은 혜석이 나경석의 집에 없었다는 사실도 확인했 고 수덕여관에도 이 년 동안 가지 않아 이응노도 찾는 중이라고 했다.

"아, 붙잡았어야 했어요."

최은희가 자책하자 엘리제 마담은 꿰뚫어 보는 것 같은 눈빛 으로 연기를 뿜으며 말했다.

"걱정 마세요. 결국은 이리로 올 테니까."

"네, 양장점으로 간다고 했어요. 오면 꼭 좀 알려주세요."

최은희는 전차에서 내려 집으로 가는 골목을 올라갔다. 골목 꼭대기에서 멈춰 섰다. 뒤를 돌아 굽이굽이 내리막길인 골목을 보았다. 의심스러운 것이 한두 개가 아니었다. 삼복더위에도 긴 소매 옷을 입었고 보물단지처럼 안고 있던 화구 상자에는 말라 비틀어진 물감과 종이 뭉치뿐이었다. 돈을 달라고 했다. 수중에 한 푼도 없을 것이 분명했다. 최은희는 골목을 뛰어 내려갔다. 쓰러져가는 흙담을 짚고 담장 안쪽을 살폈다. 혜석이 어딘가 화구 상자를 안고 그늘에 웅크리고 있을 것 같았다. 화구 상자를 안고 온몸을 떨며 침울한 표정을 짓던 모습, 그것이 최은희가 마지막으로 본 그녀의 모습이었다. 이후, 나혜석을 봤다는 사람은 아무도 없었다.

5

원장은 마당에서 여름 잡초를 뽑고 있었다. 비가 내린 후라 잡
초가 반나절 만에 훌쩍 자랐다며 목장갑을 벗어 이마의 땀을 닦
았다. 그는 초이와 완을 뜰의 한쪽으로 데리고 갔다. 보육원 뜰
에는 돌로 둘러쳐진 작은 화단이 있었다. 원장은 작년 봄, 나혜
석이 꾸며놓은 화단이라고 말했다.

"꽃씨 받아놓았던 것을 모두 뿌렸어요. 아침에 일어나면 제일
먼저 화단에 물부터 주었어요. 여름 꽃이 올라오는 것도 못 보셨
어요. 수국을 기다렸는데 수국 꽃봉오리도 못 보셨으니."

"지난번에 말씀하셨던, 마지막으로 찾아왔던 분 기억나세요?"

완은 양복저고리 주머니에게 독고휘열의 사진을 꺼내 보여주
었다.

"이분은 그전에도 가끔 오셨어요."

원장은 사진을 돌려주었다. 초이는 손가락으로 화구 상자 크
기 됨직한 사각형을 그렸다.

"화구 상자에 대해 설명 좀 해주시겠어요?"

"나무 상자였어요. 파리에서 구입한 거라 했는데 묵직했어요.
닳아서 반질반질했고 물감이 묻어 얼룩덜룩했어요. 식사를 할
때에도 식당까지 들고 와 무릎에 올려놨어요."

"혹시, 안에 무엇이 들었는지 아시나요?"

"네, 저도 그 안을 구경한 적 있어요. 알루미늄 끝을 말아놓은 물감과 나 여사가 아끼던 원고 뭉치와 지도 한 장이 있었어요."

"원고 뭉치라면 지난번에 말씀하셨던 것 말입니까?"

"네, 친척 조카가 미대생인데 나 여사가 원고를 정서해달라고 부탁했어요. 글씨체를 알아보기도 힘들고 본인이 바쁘고 해서 저한테 맡겨놓은 원고를 제가 다시 나 여사에게 전해줬어요."

"지도는 혹시 파리 지도였을까요?"

"지도라기보다는 어떤 건물 설계도 같기도 했고 길만 잔뜩 그린 거였어요."

"아, 그거 혹시 미로 아니었나요?"

초이가 깜짝 놀라 물었다.

"미로요? 아, 그러고 보니 건물 사이에 난 길을 따라 줄을 그어놓은 것도 같았어요."

초이와 독고완이 서로 눈을 마주쳤다.

"혹시, 미로에 채색이 되어 있었나요?"

"그냥 펜으로 그린 거였어요. 펼치면 창호지만 했는데 접혀진 부분이 거의 뜯겨질 정도로 나달거렸어요."

초이와 완은 마지막까지 나혜석이 머물던 방으로 갔다. 원장은 그녀에게 독방을 주었다고 했다. 좁은 방에 앉은뱅이책상, 이불과 베개, 벽에 뚫어놓은 못에 걸린 옷만 있었다. 초이가 벽에 걸린 검정 통치마를 뚫어지게 쳐다보자 원장은 지금은 보육원 식당에서 일을 하는 사람이 머문다고 말했다. 복도를 나와 보육원 정문으로 갈 때 원장은 한 시대에 이름을 떨쳤던 천재화가의 말년이 너무 안타깝다는 말을 했다. 혹시 나 여사에 관해 궁금한 것이 있으면 언제든 찾아오라고 했다. 초이는 원장을 똑바로 서서 바라보았다.

"혹시, 원장님과 박인경 씨는 나고근이 나혜석이었다는 거 짐작 못 하셨나요? 한때, 숱하게 신문을 장식했는데."

독고완은 초이의 질문에 원장의 안색을 살폈다. 표정의 변화가 없었다.

"네, 못 했어요."

초이는 연화원의 뒷방으로 갈 때까지 말이 없었다. 완이 연화원 입구에 차를 세우자 초이가 내렸다.

"혹시 밤에 내가 보고 싶으면 초능력을 발휘하시오. 달려오겠소."

초이는 대답 없이 뒤도 돌아보지 않고 연화원으로 들어갔다. 연화원의 뒷방으로 가 벽을 쳐다보았다. 벽에 못이 박혀 있었다. 스카프를 못에 걸었다. 스카프가 못 아래로 흘러내렸다. 무언가 솟구치는 감정이 따라 흘러내렸다.

너무나도 초라한 방이었다. 다방골에서 머물던 바깥채 방도 크지는 않았지만 화구를 어지럽혀 놔서인지 초라한 기색을 느낀 적이 없었다. 오히려 그 방에는 예술적인 것이 꿈틀거렸고 생생하게 살아 있었다. 초이는 못에서 흘러내리는 스카프를 붙잡고 웅크리고 앉았다. 안에서부터 흘러넘친 눈물이 쏟아졌다. 누군가, 보이지 않는 손이 나혜석의 마지막 삶을 함부로 휘젓고, 그녀의 죽음에 가담했을 것 같다는 예감이 들었다. 어쩌면 그 사람이 엘리제 마담일지도 몰랐다. 초이에게 나혜석은 영원히 슬픈 상태로 남았다.

화련이 소쿠리에 막걸리와 파전을 담아 연화원 뒷방에 왔을 때는 비가 자작자작 내리고 있었다. 옥색 저고리와 남색 치마 차림이었다. 화련은 소쿠리를 덮었던 베 보자기를 벗겨 머리를 닦았다. 그제야 초이는 화련이 우산 없이 비를 맞으며 왔다는 걸 알아차리고 수건을 건넸다. 화련은 수건을 받아 어깨를 눌렀다. 빗물에 젖어 어깨는 웅덩이처럼 갈앉아 보였다. 화련이 소쿠리에서 노릇한 파전이 담긴 나무 쟁반을 꺼냈다. 잔은 마른 행주로 닦았다. 초이는 독고완이 쓴 소설을 읽던 중이었다. 나혜석이 춘원을 찾아가는 대목이었다. 독고완은 춘원이 창씨개명을 하고, 태평양전쟁을 위한 학병 지원을 호소하고, 지원병 행가를 작사했던 때를 선택했다. 나혜석은 수덕사에 머물던 때였다. 나혜석이 춘원을 방문해서 자신의 소설 원고를 돌려달라고 부탁하는 장면이 초이는 못마땅했다. 초이가 타자용지를 홱 집어 던지고 몸을 돌려 소쿠리 앞에 앉으니 화련이 닦아 놓은 잔을 건네고 막걸리를 따라주었다. 초이는 화련의 잔에 막걸리를 따라주고 난 뒤 받은 잔을 들어 단숨에 들이켰다.

"독고 씨는 오늘 안 오나요?"

"후후, 저보다 초이 양이 더 잘 알지 않나요? 산을 타넘으며 드나드는 것 같던데."

막걸리 기운이 초이의 뺨으로 확 달아올랐다.

"완의 행동이 참 활달해 보여요. 초이 양과 얘기를 하고 싶었는데 밤마다 완의 그림자가 어른거려 때를 기다렸어요. 오늘은 못 온다고 전해달라는 기별이 왔어요."

초이는 그 말을 듣자 어쩐지 조금 쓸쓸한 기분이 들었다. 오지 말래도 산 밑이 어두워지기가 무섭게 완은 바짓단에 흙을 묻혀 방안으로 들어오곤 했었다. 화련은 빈 잔을 채웠다. 초이는 받아든 잔을 비웠다. 두 여자는 서로 잔을 채워주고 비웠다. 화련이 일어나 산을 향해 나 있는 창을 열었다. 소리로만 들리던 비가 눈으로 들어왔다. 비는 어둠 속에서 소리보다 느리게 촘촘한 선을 그으며 떨어졌다. 화련이 잠시 창에 기대 어둠 속을 내다보다가 다시 초이 앞에 앉았다. 하얀 얼굴이 붉어졌다. 화련이 소쿠리에서 막걸리가 담긴 주전자를 하나 더 꺼냈다.

"제가 이렇게 긴장을 풀고 마시면 얼굴이 달아올라요. 오늘은 작정했어요."

초이는 잔을 받아 들이켰다.

화련은 열네 살에 한성권번에 들어갔다. 엄마의 손을 잡고 가던 날이 또렷하게 기억난다고 했다. 심부름을 갔던 집 주인 아들에게 붙잡혀 저고리가 벗겨진 일이 있고 난 후였다. 화련의 엄마

는 어려서부터 양반집 부엌일을 하는 여자였다. 물림 받은 부엌
일을 하는 여자치곤 얼굴이 곱고 태도가 아련했다. 빛에 그슬렸
던 얼굴은 찬바람만 돌면 금세 도라지꽃처럼 흰 빛으로 돌아왔
다. 몸은 가느다랬는데 가슴은 저고리가 미어터질 듯 탱탱했고
엉덩이는 허리끈을 묶어놓아도 실팍했다. 주인 양반에게 몸을
내맡긴 다음 날 아침이면 부엌에서 딸 셋을 낳은 마님에게 봉변
을 당했다. 몸에 아이가 들어서자 사내아기를 낳을까 걱정한 마
님은 양잿물을 마시게 하는 것을 빼곤 다 시켰다. 해산날까지도
마님은 악착같이 일을 시켰다. 화련의 엄마는 겨울 냇가에서 얼
음을 깨고 이불호청을 빨아 넌 후 한데나 다름없는 냉골방에
서 화련을 낳았다. 여자아이라는 사실에 지레 겁먹어 가슴이 덜
컥, 내려앉았다. 사내아이였다면 큰할머니와 주인 양반의 보살
핌을 받았겠지만 그 집에서 딸은 봄 들판의 민들레처럼 흔해빠
진 존재였다.

　마님은 화련이 걸음을 떼기 시작했을 때부터 꼬집고 볼을 잡
아당겨 울렸다. 마님에게는 딸이 셋 있었는데 천하의 박색이었
다. 화련은 일곱 살이 되면서부터 분칠을 한 듯 얼굴이 뽀얗게
피어올랐고 애굣살이 눈꼬리를 잡아당겼다. 야들야들한 목에서
나오는 목청이 간드러져 부엌일을 하는 여자들은 화련을 부엌
에 세워놓고 잡가를 부르게 했다. 함께 부엌일을 하는 이가 화련
이 남자들 손을 타기 전에 머슴이라도 짝을 지어주라고 했다. 화
련의 엄마는 어차피 남자들 손을 탈 팔자라면 험악한 일이라도

벗어나게 해야겠다며 이리저리 궁리하다 하일규가 낸 기생 모집 광고를 보았다.

화련은 가장 행복했던 때가 악기, 창가, 승무와 검무를 배우던 권번 시절이라고 말했다. 미색이 돋보였던 화련은 예능을 익혀 《조선미인보감》에 실리기도 했다. 당시 일본에서는 조선 기생의 일상을 다룬 엽서를 제작해 판매하는 일이 인기였다. 권번에서 나와 연화원을 차린 연화를 따라 독립했을 때, 화련의 사진을 찍겠다고 찾아온 사람이 독고휘열이었다. 처음으로 마음을 사로잡고 싶은 남자였다. 타고난 교태와 갈고 닦은 솜씨로 화련은 독고휘열에게 접근했다. 기생 서방제도가 없어진 터였지만 화련은 독고휘열 한 사람만을 가슴에 품었다. 그러다 연화원을 찾아온 독고휘열의 부인과 마주 앉게 되었다. 얼굴을 마주하니 독고휘열의 부인은 화련의 이복자매였다. 화련의 배는 숨길 수 없이 부풀어 있었다. 독고휘열은 그때부터 연화원에 오지 않았다. 화련은 연화원 뒷방에서 혼자 사내아이를 낳았다. 아이는 아비의 얼굴 한번 보지 못한 채 두 번째 맞이하던 겨울에 죽었다. 화련의 이복자매이자 독고휘열의 부인이 위급한 병에 걸렸다는 말을 듣고 찾아갔다. 문을 열어주지 않아 되돌아 나오던 화련은 독고완이 네댓 명의 아이들에게 몰매를 당하고 있는 것을 봤다. 화련이 아이들을 몰아내고 상처투성이 완을 연화원에 데리고 갔다. 그때부터 화련과 완의 만남이 시작되었다.

"고백하면 저는 화련을 질투했었어요."

"시들어 바닥에 떨어진 꽃을 누가 부러워하겠어요? 빈말이래도 고마워요."

"그런 사연이 있을 거라곤 생각 못했어요."

"조혼 악습 때문이지요. 조선의 집안을 파헤쳐보면 그런 일 수두룩해요."

초이는 화련이 사내아이를 낳았다고 말할 때부터 속이 매스꺼웠다. 막걸리 사발을 들었을 때 시큼한 냄새에 속이 울렁거렸다. 초이는 헛구역질을 하며 방 밖으로 나가 속엣것을 게워내려 했으나 시원하게 토해지지도 않았다. 초이가 방으로 들어와 앉아 화련과 얼굴을 마주보았다. 둘은 말 없이 서로 바라보기만 했다. 초이의 짧은 소매 밖으로 드러난 팔에 소름이 돋았다. 화련이 창문을 닫고 초이 곁으로 바짝 당겨 앉았다. 초이의 손을 잡고 팔을 쓸었다.

"축하할 일 생긴 것 같네요."

"당분간 독고 씨에게 비밀로 해주세요."

"왜요? 완이 무척 기뻐할 것 같은데요. 부탁할 일 있으면 저에게 말해줘요. 저는 초이 양을 피붙이 같이 여겨요."

피붙이, 라는 말에 초이의 가슴이 울컥, 했다. 엘리제 마담이 이 사실을 알게 되면 어떤 반응을 보일까. 아마, 피붙이이기 때문에 끝까지 가기 위해 수단과 방법을 가리지 않을 것이 분명했다.

차가운 감촉이 초이의 뺨에 닿았을 때 빗소리가 들렸다. 창문을 열어놨던가. 초이가 눈을 뜨자 푸르스름한 형체가 초이 앞에 있었다. 초이가 화들짝 놀라며 몸을 일으키려할 때 완이 손으로 초이의 어깨를 누르고 뺨을 쓰다듬었다. 완은 초이 곁에 누워 검지로 입술을 가리고 작은 목소리로 말했다.

"어떻게 된 일이오?"

초이는 옆을 돌아봤다. 초이와 한 이불 속에 누운 화련은 숨소리도 내지 않고 반듯하게 누워 있었다. 초이의 입덧을 확인한 후 화련은 혼자 막걸리 한 주전자를 더 마셨다. 화련은 남자의 마음을 휘어잡는 법, 마음을 잡은 후 몸을 탐닉하는 법, 한 여자의 몸에 싫증내는 남자를 오랫동안 사로잡는 법 등을 연설했다. 화련은 남성에 관한 여우독본, 같은 책을 낼 수도 있다고 말했다. 그래서, 성공했나요, 라는 초이의 질문에 화련은 웃었다.

"실패했지요, 전 성공했다고 여겼는데 그 비겁한 남자는 도망갔어요. 세월이 지나 그가 도망간 이유가 이복언니 때문이 아니라 나혜석 때문이라는 것을 알게 되었어요. 그는 나혜석, 이라는 화가에게 혼이 빠져 있었던 거예요."

초이와 화련은 꽤 늦은 밤까지 수다를 떨었다. 화련은 어린 소녀 같기도 했고 경험 많은 여인 같기도 했다. 초이는 지금 하는 작업을 끝내고 화련의 여우독본을 대필해주겠다고 약속했다. 어느 결에 이불을 깔고 나란히 누웠다. 화련이 피붙이처럼 여겨지는 사람 곁에 누운 적이 처음이라고 했다.

독고완은 바닥이 차갑다며 초이 곁으로 그림자처럼 달라붙었다. 초이는 화련 쪽으로 몸을 밀었다. 화련은 미동도 없고 숨소리도 내지 않았다. 완은 초이의 머리를 들어 베개를 빼 자신이 베고 초이 머리 밑에 제 팔을 댔다. 완이 팔을 휘감자 초이의 얼굴이 완의 코앞으로 다가왔다. 오므린 꽃봉오리처럼 몸이 포개졌다. 완은 검지로 초이 입술을 더듬어 벌렸다. 벌어진 입술에 자신의 입술을 끼워 맞추듯 밀착시켰다. 초이가 입술을 떼려고 하자 완은 왼손으로는 초이의 머리를 잡아당기고 오른손으로는 옷의 단추를 풀었다. 단추를 풀고는 블라우스 앞섶을 헤쳤다. 완은 숨을 멈추고 앞이 헤쳐진 흰 가슴살을 내려다보았다. 초이가 발버둥을 치려할 때, 화련이 몸을 뒤척였다. 화련이 등을 돌리고 옆으로 돌아누웠다. 완이 멈췄던 손을 움직여 대담하게 초이의 가슴을 만졌다.

"아."

초이와 화련이 동시에 낮은 신음 소리를 냈다.

"미안한데 잠이 깼네. 참고 있으려 했는데 오줌이 마려워서. 자리 비켜줄게 편하게들 해요."

화련이 몸을 일으키며 재빨리 말하고 방 밖으로 나갔다. 화련이 나가자 초이는 완을 밀쳤다. 한창 달아올라 있을 때, 밀쳐내라. 남자의 성욕을 조절하는 능력을 갖춰라. 화련에게 배운 여우 독본 중의 하나였다.

"이 부분 말이에요. 나혜석이 춘원을 방문해 소설을 돌려달라고 하는 부분."

초이는 완에게 타자용지를 내밀었다. 완은 필요 이상 초이와 거리를 두며 건성으로 쳐다보았다. 완은 새벽부터 지금까지 성욕을 참아내고 있던 터라 현기증에 짜증까지 생겼다.

"춘원은 당시 창씨개명을 했어요. 태평양전쟁에 나가야 한다며 학병 지원을 호소했어요. 지원병 행가 작사까지 했어요. 그런 시절이었는데 나혜석이 춘원에게 부탁을 했을까요?"

"춘원이 선배이고 의지하던 사이였지 않소."

"제 생각은 달라요. 나혜석은 창씨개명을 요구받았을 때, 끝끝내 거절했어요. 총독부에서 창씨개명을 하면 미술연구소를 차려준다고 했는데도요. 태평양전쟁 때에도 학병 지원 홍보글을 청탁 받았지만 거절했지요. 전시회를 주선해주겠다는 제의까지 거절했어요. 그런 나혜석이 춘원에게 찾아가 이런 식으로 부탁하며 원고를 달라고 하진 않았을 것 같아요. 다시 수정하세요."

"지금 제정신으로 하는 말이오?"

"네, 아무리 소설이래도 맞지 않는 상황을 그대로 쓸 수는 없잖아요."

독고완은 초이가 들고 있는 용지를 획 빼앗아 찢어버렸다. 타자기 앞에 앉아 필요 이상 손가락에 힘을 주며 타자를 쳤다.

"타자 치는 게 힘들면 종이에 써주세요. 제가 쳐줄게요."

"거 괜찮은 생각이오. 옆에 앉아보시오. 그 당시 춘원은 춘원헌에 머물고 있었소."

초이가 옆에 앉자 완은 초이 곁에 바짝 다가앉았다. 완이 한 문장을 써주면 초이가 한 문장을 타자로 쳤다. 완은 종이에 글을 쓰다 말고 초이의 목덜미에 코를 가져다 댔다. 초이에게서 이상하게 풀 냄새 같은 것이 났다. 뼛골이 다 찌릿해졌다.

"거, 새벽부터 비 오는 풀밭에서 뒹굴다 왔소?"

"네?"

"당신한테서 풀 비린내가 나오."

그 말에 초이는 얼굴이 화끈거렸지만 모른 척하고 다음 문장을 기다렸다. 완은 종이에 문장을 써서 초이에게 주었다. '우리 그만하고 좀 놉시다.' 초이는 완이 준 종이를 못 읽은 척하고 창을 바라보았다. 열어놓은 창으로 비에 젖은 녹색 잎이 가득했다. 젖은 녹색 잎은 젖은 여자처럼 도발적으로 보였다. 초이는 젖어드는 목소리로 말했다.

"그, 미로 책을 만들었다는 사람, 알아봤어요?"

"아, 그 사람 이름이 하석진이었소. 아버지의 기록을 봤소. 나혜석을 쫓아다녔고 가끔 미로를 그려주었다고 적혀 있더군."

"하석진."

초이는 무엇인가 생각난 듯 자리에서 일어나 가방을 챙겨 들었다.

"엄마 좀 만나야겠어요."

완이 일어나 초이의 팔을 잡았다.

"마담이 붙잡으면 도망 나올 수 있겠소?"

"밤에 초러브씬을 할 작정이라면 미리 많이 써두세요. 검사해

보고 마음에 안 들면 밤새 쓰게 할 거예요."

초이는 완을 책상 앞에 앉혀놓고 방을 나왔다. 화련에게 사정을 얘기하고 택시를 불러달라고 했다. 초이는 화련에게 배를 보이며 엄마가 알아차리지 못하도록 방법을 알려달라고 했다. 화련은 아직 배가 납작하니까 음식 냄새만 맡지 않으면 된다고 말하면서 감색 스웨터를 찾아주었다. 초이가 스웨터 단추를 채우자 화련은 그녀의 머리칼을 귀 뒤로 넘겨주었다.

초이가 택시에서 내려 엘리제양장점 안으로 들어갔을 때, 세 명의 손님이 옷을 가봉하고 있었다. 제물포에서 온 이들이었다. 엘리제 마담은 초이를 싸늘하게 쳐다보고 기다리라고 말했다. 손님들은 이주일 후에 있을 제물포구락부 파티 때, 입을 옷이라며 하루 빨리 배달해달라고 웃돈을 주고 있었다.

"옹진반도에서 총격전이 한창인데 근처 제물포구락부에선 파티라니."

초이는 큰 목소리로 말하고 안쪽에 있는 디자이너실로 들어갔다. 소파에 앉아 커다란 백을 무릎에 올려놨다. 양장점에서 떠들썩한 인사 소리가 들렸다. 손님을 배웅하는 엘리제 마담의 목소리가 흘러들어왔다. 잠시 후 조용해졌다. 혼자 남은 마담은 초이가 기다리는 것을 알면서도 디자이너실로 들어오지 않았다. 초이는 속으로 백까지 세려 했지만 삼십을 넘기지 못하고 일어섰다. 마담은 비엔나에서 온 소파에 앉아 긴 물부리에 담배를 끼워 피우고 있었다. 초이는 마담의 건너편에 앉았다. 담배 연기에 속이 메스꺼웠다.

"하석진이라는 분 알아요?"

"내가 알아야 할 사람이냐?"

마담은 끝을 올려 그린 눈썹을 치켜들며 초이를 바라보았다. 사나워보였지만 마담다웠다.

"미로를 그렸던 사람이라더군요. 일본 이름은 하시모토, 조선 인이지만 일본인 신분을 얻어 에스파냐에 갔다가 내전이 시작되어 프랑스를 거쳐 최근 일본으로 돌아왔다는 얘기를 들었어요."

물부리 끝까지 타고 들어간 담배를 꺼내 재를 털던 마담의 손이 떨렸다. 초이는 손의 떨림을 놓치지 않았다. 마담은 물부리에 새로운 담배를 끼워놓고 불을 붙였다. 매캐한 연기에 초이는 기침을 하며 헛구역질을 참았다. 칠 부 소매 투피스를 입은 마담의 왼쪽 팔에는 우둘투둘한 상처자국이 나 있었다. 초이는 시선을 마담의 팔에서 입으로, 눈으로 가져갔다.

"그 사람이 아버지인가요?"

마담의 붉게 칠한 입술이 바람 앞에 떨어지기 직전의 꽃처럼 화르륵 떨렸다. 마담은 길게 담배 연기를 내뱉었다. 짙은 화장을 한 눈은 조선간장처럼 검었고 묵직한 비밀을 숨겨놓기에 좋은 장소처럼 깊었다.

하시모토가 엘리제양장점으로 전보를 보낸 날, 마담은 안양의 보육원에 연락을 취했다. 보육원에서는 한 달 전, 한 신사가 방문한 다음 날 혜석이 곱게 단장을 하고 나갔다가 돌아오지 않았다고 대수롭지 않게 대답했다. 혜석은 보육원을 빠져나가 연락 없이 일주일, 길게는 열흘 정도 나열이 있는 곳과 절 집을 떠돌다 돌아오는 경우가 종종 있었다. 마담은 만석에게 혜석을 찾으라고 시켰다. 만석과 그의 패거리들이 혜석 지인과 절 집을 훑고 다니는 동안 마담은 잠을 잘 수 없었다. 혜석은 하석진에게 엘리제양장점의 주소를 알려주었다. 그 정도로 정신이 명료하다는 거였다. 하시모토는 조선에 남은 자신의 출생 흔적을 아예 지워버렸다. 그는 일본인이었기에 반민특위 조사 명단에서 빠졌고 친일 문제는 거론조차 되지 않았다. 마담은 시간을 벌기 위해 부산에 머물고 있는 하시모토에게 전보를 보내 약속을 두세 번 미뤘다. 파인 선생의 집으로 가던 혜석을 붙잡아두었다고 만석에게 연락을 받은 후에야 하시모토에게 혜석이 행방불명이 되었다고 전보를 보냈다. 만석은 그녀에게 재갈을 물려 만리동 공마당 바로 아래 한갓진 꼭대기 집으로 데려갔다. 혜석을 양쪽에서 잡고 가파른 골목의 돌계단으로 끌고 갔다. 혜석은 빈집의 냉골에 떠밀리자마자 피를 토했다.

하시모토가 엘리제양장점을 찾아온 날은 갈색으로 변한 플라타너스 잎이 가을비에 젖어 툭툭, 소리를 내며 떨어지던, 그런 날 저녁이었다. 그는 약속을 정한 날보다 이틀이나 늦게 양장점을 찾아왔다. 마담은 소파에 앉아 유리창 밖을 내다보았다. 젖은 플라타너스 잎이 무겁게 떨어져 내렸다. 잎이 죄 떨어진 젖은 빈 가지 끝에는 금세 빗방울이 매달렸다. 그녀는 젖은 나뭇가지를 타고 모여든 빗방울이 아래로 떨어지는 것을 바라보았다. 검정색 지프차가 섰다. 커다란 검정색 우산을 받쳐 든 남자가 차에서 내렸다. 갈색 바바리코트를 입고 있었다. 남자는 양장점 문을 열고 들어와 회갈색 맥고모자를 벗었다. 벨벳으로 샤넬풍의 투피스를 만들어 입고 목에 진주목걸이를 한 마담은 물부리에 끼워 둔 담배에 불을 붙였다. 소파에 앉아 맥고모자를 무릎에 내려놓은 하시모토는 그제야 마담의 얼굴을 바라보았다.

"아."

둘은 서로를 바라보았다. 마담의 눈이 더욱 짙어졌다. 젖은 가지 끝에 매달린 빗방울처럼 물이 몰려들었다. 물의 출렁거림에 하시모토의 현재 모습을 볼 수가 없었다. 마담의 앞에 앉은 하시모토는 지금의 하시모토가 아닌, 도쿄 니혼바시의 단골 술집에 마주 앉아 있던 청년, 하시모토였다.

"미코 야마토."

"이름을 잊지 않았군요."

하시모토는 양복저고리 주머니에서 시가를 꺼내 불을 붙였다. 시가 특유의 향과 함께 연기가 피어오르자 마담은 눈을 깜박거렸다. 눈에서 찰랑거리던 물이 떨어졌다. 자리에서 일어났다.

"커피를 드시나요?"

하시모토는 고개를 끄덕이며 양장점 안을 들여다보았다. 마담은 전기 포트에 물을 받았다. 포트의 전원을 켜고 커피 잔에 분

말 커피를 두 스푼 넣고 쟁반에 프림 통과 조각설탕을 놓았다. 쟁반을 손으로 잡고 석상처럼 굳은 채 서 있었다. 수없이 결심했던 것이 흔들렸다. 초이를 불러내 당신의 딸이라고 어깨를 떠밀고 싶었다. 어렸을 때는 희한하게 누가 가르쳐주지 않아도 건물을 그리고 미로를 만들었다. 지금은 잡지사에서 기자로 일하고 있다. 남자를 진지하게 사귄 적은 없지만 자석처럼 사람을 끌어당기는 기운이 있는 것도 당신을 닮았다. 그렇게 말하고 싶었다.

전기 포트에서 물이 끓어오르는 소리가 났다. 전기 포트를 들어 커피 잔에 물을 따랐다. 끓인 물이 검은 커피를 녹여내며 검게 뒤섞이자 끓어오르던 감정이 가라앉았다. 그녀는 쟁반에서 커피 잔을 들어 하시모토 앞에 내려놓고 맞은편 소파에 앉았다.

"양장점이 훌륭하오. 예상한 대로 멋진 여성이 되었군."

마담은 건성으로 예를 갖추는 그의 태도가 마음에 들지 않았다.

"혜석과 여기에서 만나기로 했다고요?"

"당신이 혜석의 친구라니, 조선은 정말 좁소. 여름에 그녀를 만났소. 많이 상했더군. 화가의 자리만이라도 되찾아주고 싶소. 그녀도 간절히 원했고 그런데 연락 없이 사라졌다니 대체 어떻게 된 일이오?"

"종종 있던 일이었어요. 원장과 통화했는데 당신을 만난 다음 날 외출했다더군요. 딸과 지인들의 집, 수덕사와 해인사를 바람처럼 눈처럼 떠돌곤 했어요. 여기로 연락하기로 했다면 분명, 이리로 올 거예요. 숙소는 어디인가요?"

"반도호텔이오. 김진욱이라는 사람을 만나러 왔소. 그가 미술 작품을 모으고 있다는 말을 전해 들었소. 그를 통해 흩어져 있는 그녀의 작품을 찾아볼 계획이오."

하시모토는 바바리코트에서 종이와 만년필을 꺼냈다. 접어놓은 종이를 펼치니 제법 커다란 종이였다. 그는 종이에 오래된 성을 그렸다. 그리고 그 아래 일본 집주소를 적었다.

"오사카 근교에 있는 히메지에 살고 있소. 히메지 성은 일본에서 가장 오래된 성이오. 당신에게 안내해주고 싶소."

마담은 그가 내미는 종이를 받아 들었다. 종이를 디자인실 책상 서랍에 넣어두고 나왔다. 그 사이 하시모토는 코트를 입고 있었다.

"차를 가져왔소. 당신과 술을 하려면 반도호텔로 가야 할 것 같소."

마담은 반도호텔의 바에서 술을 마셨지만 하시모토를 따라 객실로 올라가지는 않았다. 하시모토는 욕망이 아닌 따뜻한 체온이 필요하다고 말하며 그녀의 어깨를 잡았지만 마담은 체온을 나눠주고 싶은 마음은 추호도 없었다. 그의 행동에 따라 마담은 그에게 잘 벼려놓은 초이라는, 칼을 내밀 작정이었다. 마담은 자기에게 성인이 된 딸이 있다고 말했다. 취기가 오른 하시모토는 마담의 딸에 대해 잠깐 호기심을 드러냈지만 이내 거두었다. 그러고는 곧바로 실언을 내뱉었다.

"딸이라, 나도 말이오. 오래전에 잠깐 욕망을 키웠소. 나와 그녀를 절반씩 닮은 딸 하나를 얻기를 욕심냈었소."

마담은 냉정하게 칼을 거둬들였다. 시간을 두고 지켜보기로 했다. 그녀는 하시모토를 객실로 올려 보내고 호텔 로비로 가 단골 객실 키를 받아 들었다. 하시모토가 머무는 바로 위의 객실이었다. 그녀는 만석을 불러냈다. 혜석을 잘 감시하라고 지시한 후 그의 거칠고 젊은 몸으로 파고들었다. 세월에 굴복당해 늙어버린 하시모토의 몸과는 비교도 안 되게 젊었지만 만석의 몸에는 향이 없었다. 탄탄했지만 매력이 떨어졌고 무엇보다 비애가 없었다.

마담은 혜석을 만리동 공마당 아래의 집에 한 달, 아니 일 년이라도 머물게 할 계획이었다. 시간이 지나 만나야 할 때가 되면 만나질 것이다. 하지만 당장은 하시모토와 풀어야 할 것이 있다. 그가 혜석을 만나는 것은 그 후가 되어야 한다고 마담은 생각했다. 만석은 혜석의 폐렴 증세가 심해지자 약을 구해주었고 화구들도 구해주었다. 그녀는 음식을 사다줘도 손바닥에 덜어 올린만큼만 먹었다. 작고 흰 알약을 떨리는 손으로 부여잡고 그 알약 안에 붓끝으로 작은 꽃을 그려 넣었다. 꽃이 아니라 색색의 점을 찍어놓은 듯했지만 그녀는 들꽃이라 했다. 볕이 좋을 때를 제외하고는 방 밖으로 나오지 못할 정도로 몸이 쇠잔해졌다. 혜석을 지키던 청년이 물지게를 들고 박우물에 물을 길러 갔을 때, 그녀는 그곳을 빠져나갔다. 그 와중에도 그녀는 화구 상자를 챙겨나갔다고 했다.

강제로 감금하지 않았다면, 하시모토를 만났다면, 혜석은 원

효로 시장거리에서, 그렇게 순식간에 죽지 않았을 것이다. 죄책감에서 마담은 자유로울 수 없었다. 만리동에서 나간 후 보름 만에 시립자제원에서 혜석이 죽었다는 것을 확인한 만석은 혜석을 놓친 청년을 구타했고 자신의 밑에서 내보냈다. 아마, 독고완에게 정보가 들어갔다면 구타를 당하고 내침을 당한 청년의 입에서 나왔을 거였다. 나혜석의 죽음을 알리는 관보를 들고 엘리제양장점을 찾아온 하시모토는 그녀의 죽음과 상관없이 나혜석연구소를 차릴 거라고 했다. 그는 나혜석이 머물렀던 금강산 입구에 땅을 구입하고 건물을 짓는 중이라 했다. 설계도와 흙만 다져놓은 벌판을 찍은 사진을 보여주었다.

엘리제 마담은 손에서 벗어난 칼의 방향이라도 정해주기로 했다. 그녀가 담배에 불을 붙였을 때, 초이가 기침을 했다. 마담은 기침 속에 묻힌 헛구역질을 캐냈다.

"그래, 물불 안 가리고 덤비더니 그새 뱃속에 씨앗을 받았냐?"

초이는 고개를 숙였다. 축하를 받을 것이라 기대는 안했지만 씨앗, 이라 표현한 마담이 부끄러웠다. 그녀의 뱃속에 들어가 있던 씨앗이 엄마 인생을 망쳤다고 여길지도 몰랐다.

"나도 씨앗일 때 떼어버리지 그랬어. 내가 원해 태어난 것도 아니잖아."

엘리제 마담은 화를 내지 않았다. 담뱃불을 껐다. 긴 물부리를 재떨이에 두드려 안에 쌓인 재를 털어냈다.

"니가 나를 용서하지 않는 것과 마찬가지로 나도 너를 용서하지 않아. 거기서 니 생부와 함께 살든지 돌아와도 나한테 찾아오지 마."

엘리제 마담은 터를 다지고 있는 나혜석연구소 주소를 적어주었다. 하시모토가 두고 간 사진도 탁자 위에 던졌다.

"금강산 표훈사 근처라더라. 만나보면 끌리는 게 있겠지. 혼자 움직이지 마라. 그곳으로 갈 때는 방울이를 달고 가. 이건 니뱃속에 있는 씨앗의 할미로 하는 말이다."

초이는 사진과 주소가 적힌 종이를 집어 들었다. 강원도 금강군 내강리 만폭동이라 적혀 있었다. 자리에서 일어났다. 마담이 고개를 들어 초이를 올려다봤다. 백지에 가느다란 붓으로 그린 듯 가늘고 짙게 그린 눈썹 끝이 올라갔다. 여러 겹 덧칠된 붉은 입술이 무의식중으로 약간 벌어졌다. 그 입술 바깥으로 자잘한 주름이 보였다. 소파에 다리를 꼬고 앉아 붓 끝을 뾰족하게 만들어 입술에 붉은 색을 덧칠하고 덧칠하던 모습이 겹쳐져 보였다. 그 모습에 찐득한 슬픔의 감정이 몰려왔다. 초이는 말없이 목례를 하고 나왔다.

초이가 엘리제 마담을 만나는 동안 완은 김진욱을 만나고 왔다. 김진욱에게 나혜석의 작품을 수집하려는 자가 나혜석연구소를 계획하고 있다는 이야기를 들었다고 했다. 초이는 엘리제 마담에게 받은 사진을 보여주었다. 그들은 독고완의 소설 원고를 끝내고 함께 그곳으로 가기로 했다. 완은 신문사에 휴가를 신청했다. 국장은 너 같은 엉터리 햇병아리는 영원한 휴가를 줄 테니 돌아오지 말라고 했다. 그러면서 혹시, 홍명희 선생님을 만나면 근황을 적은 산문과 임꺽정 마지막 원고를 받아오라고 했다. 완과 초이는 각자 글을 정리했다. 완이 타이핑하는 동안 초이는 원고지에 글을 썼다. 완이 보는 것이 싫어 원고지를 들고 화련의 방으로 갔다. 독고완이 '이후, 아무도 나혜석을 봤다는 사람은 없었다' 라는 마지막 문장을 썼다. 소설 원고를 독고휘열에게 가져다주었다. 독고휘열은 완과 초이가 하석진을 만나러 간다는 말을 하자 곧 뒤따라가겠다고 했다.

"왜 하필 거기에다 연구소를 설립하지? 분단이 굳어질지도 모르는데. 수원이라면 모를까."

"김진욱 씨 말로는 금강산 화재 사건 후, 그 근처에서 나혜석 작품이 몇 점 거래되었대요. 화재 당시 주민들이 나혜석 몰래 챙겨놓았을 거라 추측하더라구요. 또, 하석진이라는 분은 분단이 아닌, 통일을 확신한다더군요."

그는 자신이 모아놓은 그림과 사진을 나혜석연구소에 기증하겠다고 했다. 화신백화점 건너편 영광사진관 주인에게 김복진의 작품 사진을 찍은 원판이 서른 장 넘게 있었다며 인화된 사진을 완에게 주면서 김진욱에게 전해달라고 했다. 완은 독고휘열에게 김진욱을 만났을 때 의심되는 부분이 있었다고 말했다.

"마지막 전시에서 〈캉캉의 무희〉라는 작품을 구입하셨다 하지 않았나요?"

"구입했다가 일본 사람이 원한다고 해서 다시 돌려줬지. 그런데 왜?"

"김진욱 선생님께서 그 작품을 구입했는데 이상하다는 생각이 든다고 하셔서. 나혜석 작품과는 다르게 묘사가 건성이랬어요. 무희들 얼굴과 손 묘사를 대충 했고 옷 주름도 기본이 없다고 하셨어요. 〈캉캉의 무희〉에 대해 알고 계신 것 있으면 말씀해주세요."

"〈무희 캉캉〉이야. 〈캉캉의 무희〉가 아니라. 나 여사 말로 '캉캉'은 프랑스어로 '스캔들'을 뜻한대. 파리에 있을 때 스케치를 했고 본격적인 그림은 이혼 후에 그린 것으로 알고 있어. 그래서 색채가 좀 어둡지. 묘사에 자신감이 대단한 여사였는데. 옷의 주름이라면 비슷한 모피를 입혀 동작을 취하게 해서 주름을 묘사했던 것으로 기억되는데. 좀 이상하군."

"그림이 생각납니까?"

"잠깐, 사진을 찍어 놨을 텐데. 어딘가 필름이라도 있을 거야. 인화해서 가지고 올라갈게."

"김진욱 선생님께서도 작품을 가지고 올라오기로 했으니 비교해보면 되겠군요."

초이가 마지막까지 쓴 원고지는 화련에게 맡겼다. 다음 날 아침, 완의 자동차에 짐을 옮겨 싣고 있을 때, 보따리를 든 방울이가 왔다. 일주일 있다가 돌아올 것이니 돌아가라고 해도 방울이는 고집을 부렸다. 독고완은 방울이에게 일주일간 연화원에서 기다리라고 말했지만 방울이는 완의 차 뒷좌석에 날름 올라탔다. 화련은 음식을 담은 소쿠리 바구니를 가져와 방울이 옆에 놓았다. 화련은 그들의 월북을 막고 싶었다. 꿈자리도 사나웠지만 실제 산발적인 국지전으로 어수선한 시국이었다. 이상하게 화련은 걱정이 되었다. 화련은 완을 연화원 마당 안으로 데리고 들어갔다.

"초이 양이 비밀로 해달라고 했는데 걱정이 되어서. 완이는 모르는 것투성이니까."

"거, 무슨 말을 하려고, 나 없는 동안 독고 영감이나 감시해줘요. 술 못 마시게."

"초이 양 많이 예민할 거야."

"그 사람 까칠한 거 누가 몰라요. 하루 이틀 본 것도 아닌데."

"그게 아니라 뱃속에 네 아기를 품고 있어."

"뭐요? 임신을 했다고? 그럼 차는 탈 수 있는 거요? 여기서 기다릴 것이지."

화련은 마당을 나서려는 완의 팔을 잡았다.

"차 좀 탄다고 문제될 때는 이미 아니야, 입덧도 끝났고. 무엇보다 완에게 비밀로 해달래. 고백하기 전까지 기다리고 다정하게 보살펴줘."

"거, 까칠하게 왜 아기 아빠한테 비밀이래. 희한한 사람이네."

완은 그렇게 말하면서도 싱글거리며 웃었다. 완이 운전하는 지프차가 출발해 좁은 골목을 내려가도록 화련은 연화원 앞에서 있었다. 그들은 차로 갈 수 있는 곳까지 간 뒤, 동해의 안인진 항에서 새벽 어선을 탈 계획이었다.

차의 소리조차 들리지 않을 때가 되어서야 화련은 연화원 마당으로 갔다. 토요일이라 일찍 단장을 마친 옥빈이 물옥잠을 바라보고 앉아 있었다. 화련은 선월에게 몸이 아프다며 예약된 세 팀의 손님 접대를 맡기고 뒷방으로 갔다. 완이 탈고했다는 소설을 읽다가 잠이 들었다. 선월이 흔들어 깨워 일어나 저녁을 먹고 다시 이불 위로 쓰러졌다. 꿈에 완과 초이가 작은 목선에 자동차를 실었다. 저렇게 작은 배에 자동차까지 실으면 배가 힘겨울 텐데. 꿈속에서 화련이 혼잣말을 했다. 바다 한가운데에서 완이 탄 목선은 비를 만났다. 배의 갑판에 비가 찰랑거릴 정도로 물이 가득 찼다. 지하 선실에 누워 있던 완은 목까지 차오른 물에 놀라 잠에서 일어나 초이를 깨웠다. 초이의 불러온 배를 물이 죄었다. 갑판으로 올라갔지만 우왕좌왕하는 선원들은 초이와 완을 챙길 겨를이 없어 보였다. 꿈에서 그들을 보고 있던 화련은 소리를 질렀다. 완아 피해. 안전한 곳으로, 비가, 물이 없는 곳으로.

물에 흠뻑 젖는 꿈에 빠져 있을 때 선월이 흔들어 깨웠다. 몸을 일으키니 화련의 방에 기생과 일하는 사람들이 모두 모여 앉아 있었다. 화련이 무슨 일인지 물으며 창밖을 내다보았다. 밖이 번쩍거렸고 굉장한 굉음과 함께 가까이서 뭔가 터지는 소리가 들렸다. 완을 통해 옹진반도와 강원도에서 국지전이 벌어졌다는 말을 들었지만 이렇게 가까이에서 공습이 된 적은 없었다. 화련은 선월에게 라디오를 틀어보라고 시켰다. 라디오에서 잡음만 잡힐 때 화련은 깨달았다. 완과 초이가 지금 공습의 현장에 있구나.

화련은 몸을 일으켰다. 공습경보가 울렸다. 비행기가 저공으로 날아다니고 그리 멀지 않은 곳에서 대포와 총소리가 들렸다. 화련이 잡음이 가득한 라디오 주파수를 맞췄다. 라디오에선 괴뢰군의 공습이 있지만 국군이 온 힘을 다해 막아내는 중이라며 안심하라는 방송이 흘러나왔다. 화련은 단파 방송을 들었다. 휴가, 외출 중인 군인들은 즉시 부대로 돌아오라는 방송이 나왔다. 불길한 예감이 솟구쳤다. 화련은 흰 봉투에 돈을 담아 기생들과 일하는 사람들에게 고향으로 가라며 하나씩 내밀었다. 선월이를 제외한 기생들이 차례로 화련에게 큰절을 하고 방을 나갔다. 화련은 선월에게도 갈 곳으로 가라고 말했다.

"갈 곳이 없어요. 제 고향은 이북이잖아요."

화련은 선월에게 인력거를 불러오라고 시키고 만약을 대비해 귀중품을 뒷방으로 옮겼다. 화련이 외출 준비를 마치고 대나무 도시락에 반찬을 담아 보자기에 싸고 있을 때야 선월이 힘없이 들어왔다.

"정신이 없어요. 인력거꾼은 값을 두 배를 줘도 골목 안까지 들어오지 않을 거래요."

"그럼 내가 나가야지. 저녁까지 돌아올게. 손님을 모셔올지 모르니 방을 소제해줘."

화련이 골목길을 내려가자 거리는 아수라장이었다. 하늘에서 떨어진 삐라를 줍기 위해 어린 소년들이 뛰어다녔고 경찰들은 호각을 불며 삐라를 줍지 못하도록 막았다. 인력거꾼과 택시와 짐을 든 사람들이 길을 가득 메웠다. 그 틈을 무가지 신문을 나누어주는 소년들이 돌아다녔다. 화련은 소년을 불러 무가지 한 장을 받아들고 가까이에 서 있는 인력거에 올라탔다. 인력거꾼이 집으로 돌아갈 거라는 말에 도로 내렸다. 연화원의 단골 인력거꾼이 화련을 보자마자 인력거의 방향을 돌렸다.

"과천 방배동에 가야 하는데, 가능하겠어요?"

"가봐야지요."

그는 합피 자락을 끌어올려 얼굴의 땀을 닦았다. 한강대교를 지나는데 다리에 사람들이 틈 없이 줄지어 건너고 있었다. 보따리를 이고 지고, 아이를 업고 걸리고, 피란민들이 한강 남단을 위해 부지런히 걸음을 옮겼다. 반대편에도 거슬러 건너는 이 없이 모두들 남으로 건넜다.

"아씨, 북에서 동두천과 포천까지 밀고 내려왔대요. 라디오 방송은 다 엉터리예요. 국군이 잘 싸우고 있다고? 수도를 사수한다고요? 저도 오늘 밤 아래로 내려갈 거예요. 아씨도 얼른 볼일 끝내고 피란가세요."

화련은 독고휘열의 집 앞에서 반시간만 기다려달라는 부탁을 했다. 인력거꾼은 대포가 떨어져도 아씨 부탁은 들어드린다며 인력거를 세우고 허리춤에 찼던 수건을 빼 붉은 목덜미를 문질렀다. 화련이 독고휘열의 집 대문을 한참 두드리다 돌아서려 할 때 마당에서 인기척이 들렸다. 누구인지 묻지도 않고 느릿느릿 대문을 연 사람은 독고휘열이었다. 그는 화련을 보자 귀신을 본 것처럼 눈을 깜박거리며 서 있었다.

"들어가도 될까요?"

화련이 고요한 목소리로 말하자 그제야 정신을 차린 독고휘열은 몸을 비켜 길을 내주었다. 독고휘열에게선 술내가 났다. 화련이 옥외 계단을 밟고 오를 때, 재빨리 화련을 앞질러 계단을 오른 독고휘열이 여수댁을 불렀다. 필요 이상 신경질적인 목소리였고 고함지르듯 큰 목청이었다. 현관으로 들어가 복도 끝에 있는 입식부엌과 곁방을 모두 열어봤지만 여수댁은 없었다. 그는 화련을 서재로 안내했다. 서재 탁자에는 양주병과 마른안주를 담은 접시가 너저분하게 놓여 있었다. 재떨이에는 담배가 연기를 내뱉으며 타들어가고 있었다.

"이 여자 또 어디 간 거야. 어제 저녁도 굶기더니. 이봐, 여수댁."

그는 슬리퍼 소리를 내며 나무 계단을 올라 위층으로 올라갔다. 방방마다 문을 열어보고 여수댁이 없다는 것을 확인한 그는 그제야 계단 앞에서 벽을 짚고 섰다. 이렇게 급작스럽게 화련을 맞이하게 될 줄은 상상조차 해본 적이 없었던 그였다. 화련은 독고휘열이 우왕좌왕하며 술에 취한 모습을 보이는 것이 안쓰러웠다. 그녀는 타고 있는 담배를 비벼 끄고 술병과 잔을 쟁반에 담아 방금 봐둔 부엌에 내놓았다. 부엌에 들어간 김에 솥을 열어보았다. 바닥에 누룽지가 눌러 붙어 있었다. 쉰내 나는 밥 가운

데는 삭아 물기가 잘박했다. 끝에는 푸릇한 곰팡이가 피기 시작했다. 적어도 사나흘은 솥을 열어보지 않은 것 같았다. 서재로 돌아와 손수건을 꺼내 탁자 위에 떨어진 담뱃재를 닦았다. 부엌에서 한참을 달그락거리던 독고휘열이 쟁반에서 커피 잔을 내려놓았다.

"소식 들으셨나요?"

독고휘열은 대답 없이 커피 잔을 들어 후룩, 마셨다. 부엌의 물통에는 물도 바닥났다. 겨우 커피 두 잔을 끓여올 정도만 있었다.

"북이 의정부까지 밀고 내려왔다네요. 오늘 내일 서울까지 내려올 거라고 모두들 피란을 준비하고 있어요."

"아."

독고휘열은 그제야 술이 깬 듯, 화련을 쳐다보았다.

"오늘이 며칠이오? 애들은, 애들은 어디까지 갔을 것 같소?"

"27일이에요. 계획대로라면 동해안 안인진에 도착해 배를 탔을 거예요. 배를 탔는지 알아보라고 사람을 보냈어요. 아직 타지 않았으면 돌아오라는 전갈과 함께. 윤초이 양은 임신 중입니다."

"이를 어찌해야 하는지. 무탈해야 할 텐데. 화련은 피란 안 가오?"

"저는 소식을 기다렸다 내려가려고요. 저와 함께 연화원으로 가시는 것이 어떤지."

독고휘열은 연거푸 커피를 마셨다.

"소식 기다릴 필요 없소. 내가 올라가보리다. 곧바로 사람 한

명 보내겠소. 짐 정리해 보관할 물건을 화련에게 맡기리다. 거긴 서울 한복판이라 공격 대상이 될 것이니 화련도 남으로 피하시오."

"제가 말려도 애들을 찾아 올라갈 것이지요?"

화련이 고개를 들어 독고휘열을 바라보았다. 사기 항아리 옆면처럼 튀어나온 이마 아래 크고 외겹인 눈에 물이 가득 고여 찰랑거렸다. 한번 내려감으면 주르륵 물이 떨어질 거였다. 독고휘열은 그 눈을 오래전에도 외면했었다. 휘열의 손에 들고 있던 카메라 렌즈 안에 잡혔던 눈이었다. 세상과 사람에 대해 샛별 같은 희망만 가득 품은 눈이었다. 그 눈에서 눈물이 떨어졌을 때, 휘열은 화련을 안았다. 사랑이 아닌 한순간 외로움을 위로 받은 여자였다. 그러나 화련은 한순간이 아닌 일생을 바쳤다. 아내의 이복동생, 이라는 사실을 알고 난 뒤 그 핑계로 휘열은 화련을 찾지 않았다. 종로통 사진관에 인화지와 필름을 사러 갔다가 우연히 만나도 알은체를 하지 않았다. 화련은 수염을 깎지 않아 덥수룩한 휘열의 얼굴을 돌처럼 굳은 가슴에 새기듯 쳐다보았다. 그의 얼굴 윤곽이 흐릿해졌을 때 그녀는 눈을 내려감았다. 뚝. 물이 화련의 손등 위로 떨어졌다.

"물을 마실 때마다, 물 마시 듯, 물 마시 듯, 보고 싶었어요."

그녀는 자리에서 일어나 이마 앞에 가지런히 손을 모으고 절을 했다. 어깨가 미세하게 떨렸지만 울음을 키우지는 않았다. 이를 악물고 단정하게 절을 했다. 화련이 현관을 나서도 독고휘열은 뒤돌아보지 않았다. 그 가녀린 어깨를 힘껏 안아주지 못했다. 독고휘열은 어금니로 볼 안쪽 살을 깨물었다. 한 번, 두 번. 입 안으로 속죄할 수 없는 그녀에 대한 죄가, 비릿한 피 맛이 고였다. 화련을 떠올리면 미처 꽃을 피우지 않은 연꽃을 강제로 벌리고 억센 발로 밟은 기분이었다. 독고휘열은 진열장에서 위스키를 꺼내 숨을 참을 수 있을 때까지 벌컥 들이켜고 서재에서 짐을 정리하기 시작했다.

대포가 떨어져도 화련을 기다려주겠다던 인력거꾼은 안 보였다. 화련은 우면산의 긴 여름 그림자가 과천 상북면 방배리를 다덮을 때까지 걸었지만 인력거꾼을 만나지 못했다. 주위가 어둑해졌을 때야 화련은 평소의 세 배를 치르고 인력거를 얻어 탈 수 있었다. 인력거꾼은 한강대교를 역방향으로 지날 수 없다며 다리 입구에서 멈췄다. 화련은 마음이 급해서 빠른 걸음으로 다리로 접어들었다. 모든 사람들이 한 방향으로 길을 막으며 걸어왔다. 웅크린 몸은 떠밀려졌고 단정하게 틀어 올렸던 머리칼이 헤쳐졌다. 화련이 잠시 숨을 돌리기 위해 다리 난간으로 다가갔을 때, 무장한 군인들이 다리에 무언가를 설치하고 있었다. 세 명이한 조가 된 군인들 중 두 명이 총을 메고 서서 피란민들을 바라보며 서 있었다. 직사각형 쇠찬합 같은 것을 든 군인이 몸을 웅크려 다리 난간 아래에서 전선을 연결했다. 화련은 그와 같은 행동을 하는 군인 무리를 다리 중간에서 한 번 더 만났다. 피란민들은 앞만 보고 걸어갔다. 서 있는 군인들과 쇠찬합에서 무언가를 꺼내고 있는 군인들을 아무도 신경 쓰지 않았다. 쇠찬합을 든 군인의 손놀림은 불길한 예감을 불러 일으켰다. 폭탄 터지듯 가슴이 터질 듯 했고 화약 냄새가 풍겨왔다. 분명, 전쟁이 본격화되고 있다는 생각이 들었다. 화련은 사람의 파도를 손으로 헤치며 다리를 건넜다. 서울역을 지나 남산으로 오르는 좁은 골목을 걸을 때, 사이렌 소리가 들렸다. 골목 초입에서 만난 치안대원들이 날렵한 동작으로 총을 겨냥했다. 평소 통금 시간을 맞추지 못한 화련의 손님들을 눈감아주고 화련을 만나면 기생들의 소식을 묻던 그들은 냉랭한 목소리로 빨리 귀가하라고 했다. 화련은 후들거리는 걸음을 재빠르게 놀렸다. 연화원에 도착했을 때 얼굴이 새파랗게 질린 선월이 기다리고 있었다. 화련은 선월의 손을 잡고 방으로 들어갔다. 선월이가 쪄놓은 감자 하나로 허기를 떼우자 선월의 표정이 보였다. 화련은 무슨 일이 있었는지 물었다. 선월은 군복 입은 군인 다섯 명이 왔다고 말을 전했다. 그중 직위가 높아 보이는 군인이 연화원에서 당분간 머물 거라고 일방적으로 명령했다고 했다. 내일 저녁 열다섯 명의 군인들이 도착할 터이니 주먹밥을 만들어놓고 도망가지 말라고 했다며 오열했다.

"아씨는 피란가세요, 어차피 저 혼자 남았다고 했어요."

감자가 화련의 가슴에 탁, 걸렸다.

"그게 다가 아니잖아, 또 무슨 일이 있었니?"

주먹을 쥐고 가슴을 치며 화련은 선월에게 다가가 앉았다. 선월이 울음을 멈추고 두 손으로 양어깨를 감쌌다.

"어차피 여러 남정네 받은 몸, 아껴 뭐하겠어요."

화련은 아랫목에 이불을 깔았다. 선월이를 이불에 눕혔다. 선월이는 밥을 지어야 한다고 몸을 일으키려 했다. 화련은 선월이를 도로 눕혔다. 경대에서 부채표 활명수를 한 병 꺼내 마셨다. 가슴에 꽉 막혔던 감자가 쑤욱 내려갔다. 화련은 부엌으로 가 일본식 풍로에 불을 지피고 솥을 올렸다. 욱신거리는 발에서 버선을 벗고 발을 주물렀다. 선월이 해쓱한 얼굴로 부엌으로 나왔다. 화련은 선월의 눈을 쳐다볼 수 없었다. 기껏해야 스무 셋인 선월이 당했을 험한 일을 떠올리면 몸이 부글거렸다. 선월이 밥솥을 보곤 15인분은커녕 5인분도 안 된다며 쌀독으로 갔다. 화련은 선월의 팔을 잡았다.

"기운 있으면 짐 챙겨, 우리도 피란가자."

그때, 엄청나게 큰 폭발음 소리가 들렸다. 소리는 연속적으로 두 번 울렸고 희미하게 땅이 흔들렸다. 화련은 마당으로 나가 소리가 들리는 방향으로 고개를 돌렸다. 한강대교 근처 하늘 위로 흰 연기가 피어올랐다. 화련은 마음이 급해졌다. 라디오를 켰다. 라디오에선 다 함께 수도를 사수하자, 군인을 믿으라, 는 이승만 대통령의 육성이 들려왔다. 화련은 라디오를 집어던졌다. 선월이 화련의 방으로 후다닥 뛰어 들어왔다. 선월이는 작은 보따리를 손에 든 채였다.

"인기척이 들려서."

화련은 선월을 등 뒤로 돌려놓고 밖을 향해 귀를 모았다. 타닥, 조심스럽게 누군가 걸어오는 발걸음 소리가 들렸다. 화련은 일부러 큰 목소리로 소리를 질렀다.

"누구요?"

"방배동에서 왔시요."

방배동이라는 말에 화련은 반가운 마음에 문을 열었다. 사내는 펼쳐놓은 보자기 크기만 한 보따리를 들고 있었다. 화련이 그를 안으로 들였다. 독고휘열이 보낸 사내는 한강대교가 무너졌다고 말했다.

"사람이 너무 많이 몰려서인지 갑자기 굉음이 나다가 무너졌어요. 자동차건 인력거건 사람이건 모조리 모아놓은 빨랫감처럼 강으로 떨어졌어요. 괴뢰군이 그랬다는 말도 있고. 저는 출발하는 나룻배에 냅다 올라탔시요."

"아까 제가 다리를 건너올 때 수상한 군인들을 봤어요. 그런데 그분은."

"저와 함께 나선 독고 선생님은 강원도 쪽으로 방향을 잡았시요. 말을 타고 우면산길로 들어 강원도 쪽으로 방향을 정했지만 어디까지 갈 수 있을지 장담 못 하지유."

"저기, 저희도 피란을 가야 할 입장인데. 기다려주시겠어요?"

"안 그래도 부탁을 받았어요. 가는 곳까지 같이 가십시다요."

화련은 부엌에서 제일 커다란 무쇠솥을 꺼내 그 안에 독고완의 소설 초고와 윤초이의 원고 뭉치, 독고휘열에게서 받은 서류

봉투를 넣었다. 독고휘열이 보낸 그림의 액자 나무틀이 커 솥에 들어가지 않았다. 화련은 하는 수 없이 그림의 나무틀을 뜯어내고 그림만 돌돌 말아 넣었다. 그에게 솥을 들고 뒤뜰로 가자고 했다. 산기슭과 맞닿은 뒷방의 왼쪽 땅을 파게 했다. 솥의 뚜껑을 닫은 뒤, 무쇠 솥을 땅에 파묻었다.

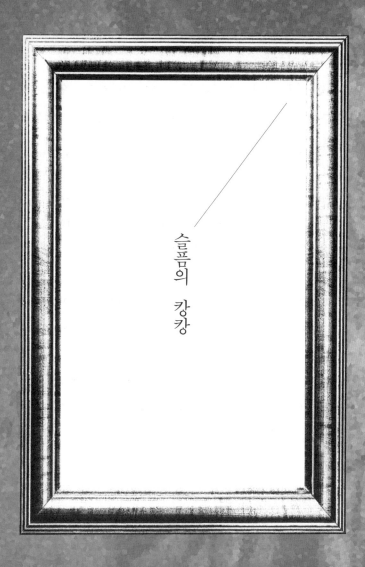

슬픔의

캉캉

1

언덕을 구르다시피 뛰어내려온 그녀는 무너진 담장 안으로 들어갔다. 빈집인 그곳의 부엌을 지나 뒤란으로 갔다. 조상에게 비손하기 위해 놓아둔 놋그릇과 촛대가 보였다. 석단에 기대 앉았다. 검게 마른 풀숲에서 놀라 튀어 오른 풀벌레들이 그녀의 발목을 타넘었다. 등줄기를 흐르던 땀이 응달진 곳의 음습한 바람에 냉기를 불러일으켜 등골에 소름이 돋았다. 그제야 그녀는 스웨터도 걸치지 않았다는 것을 깨달았다. 자신을 감금했던 사내들이 누구의 하수인이었는지 그녀는 알 수 없었다. 확실한 것은 총독부 학무국 쪽은 아니었다. 해방과 동시에 그녀 뒤를 쫓던 총독부의 미행자들은 사라졌다. 이제와 누가, 왜, 자신을 감금했을까. 알 수 없었다. 떨리는 손으로 단풍나무로 만든 낡은 화구 상자를 열었다. 소설 김명애를 읽었다. 그녀에게 똑똑하게 보이는 글자들이 사람들은 희미하게 보인다고 했다. 사람들은 그녀를 병신 취급했다. 성공한 사람의 말은 거짓도 옳게 받아들이면서 실패한 자의 말은 들으려 하지 않았다. 그녀는 치마를 끌어당겨 안경알을 닦고 일어나 행인이 많은 길을 골라 걸었다. 을지로 1가 우편국으로 가 전보를 부탁했다. 수취인은 엘리제 마담이었다.

'나는 쫓기고 있어. 나를 만나러 와 줘.'

직원은 인상을 쓰며 그녀의 말을 받아 적고 전보 요금을 말했다. 그녀가 머뭇거리며 주머니도 없는 윗옷을 잡아당겼다가 화구 상자를 열어 종이 뭉치를 꺼냈다가 다시 집어넣고 우물거리자 직원은 그녀를 문 밖으로 밀쳐냈다. 그녀는 재빠르게 걸어 남대문 잡화점 골목에 있는 전당국으로 들어갔다. 주인에게 펜을 빌려달라고 하고선 육필 원고에 사인을 했다. 전당국 주인에게 자신이 여류화가 나혜석이며 중요한 소설 원고이니 열흘만 맡기겠다 했다. 화롯불에서 구운 감자를 꺼내던 남자는 그녀의 행색을 위, 아래로 훑어보고는 종이 뭉치는 거들떠보지 않고 당신이 나혜석이면 난 최린이오, 라며 화구 상자를 가리켰다.

"그거라면 오 원 주겠소."

그녀는 원고를 화구 상자에 집어넣고 잠시 망설이다 꼭 되찾으러 올 테니 그때까지 잘 간직하라고 부탁했다. 전당국 주인이 피식 웃으며 오 원을 주곤 화구 상자 밑을 살폈다. 낡았지만 나무는 짱짱했고 알아볼 수 없는 영어가 적혀 있었다. 그녀는 오 원을 받자마자 전당국을 빠져나왔다. 목이 돌아갈 정도로 주위를 두리번거렸다. 잡화점 상인들과 행인이 수두룩한 대로에 나와서야 그녀는 안도의 숨을 내쉬었다. 전화국에 가서 전화를 신청했다. 독고휘열의 집은 두 번을 걸었지만 아무도 전화를 받지 않았다. 엘리제양장점은 계속 통화 중이었다. 연결을 대기하다가 전화국 직원이 돈이 다 떨어졌다며 상냥한 목소리로 말했다. 그녀는 남대문 전차정류소 앞에 쭈그리고 앉았다. 어느 시절, 대중이, 사람의 무리가 무서웠는데 이제는 사람의 숲에서 안전함을 느꼈다. 그녀는 굽이 높은 검은 구두에 하얀 양말을 신고 무릎까지 내려온 모직 코트를 입고 속닥거리며 전차를 기다리는 여학생 무리를 물끄러미 바라보았다. 그녀는 몸을 일으켜 여학생 무리 곁으로 다가갔다.

"조선에서 여성은 심한 취급을 당합니다. 연애에 있어서는 창녀 취급을 하고, 부부 관계에 있어서는 하녀 취급을 합니다. 지식이 깊은 여성이래도 남성의 발밑에 엎드리지 않으면 밟힙니다. 여성이 독하게 일어서야 합니다."

그녀의 말에 여학생들이 옆걸음을 해 멀찌감치 떨어져서는 저들끼리 눈짓을 하며 웃었다. 그녀는 제 말을 새겨듣지 않는 어린 학생들이 안타까웠다.

"여성이 일어서려면 먹는 것을 아끼고, 입는 것을 아끼고, 돈을 따로 챙겨놔야 합니다. 경제적으로 독립해야 합니다, 명백합니다."

그녀들의 손을 잡으려고 떨리는 손을 내밀자 여학생들이 꺅, 비명을 지르며 달아났다. 대로를 걸으며 그녀는 스쳐 지나가는 여학생들을 측은한 시선으로 바라보았다. 눈이 마주치면 명확한 발음으로 말했다. 나는 사람으로 태어난 것을 후회합니다. 나는 사람으로 태어나고 싶어 태어난 것이 아니라, 사람이 어떠한 것인지 이 세상이 어떠한 곳인지 모르고 태어난 것 같사외다. 그녀는 끊임없이 중얼거리며 걸었다. 어둑해진 명동의 화랑골목에 들어서자 눈이 빛났다. 단골 화랑 가게 앞에 섰다. 유리문을 당겼지만 문은 잠겨 있었다. 그녀는 유리에 손을 대고 안을 들여다보았다. 그녀는 다급하게 지나가는 행인을 붙잡았다. 행인이 그녀를 피해 빠른 걸음으로 걷자 큰 소리로 말했다. 저 그림 보이나요? 제가 그린 것이에요. 프랑스 파리 몽파르나스에서 스케치한 것이에요. 네, 제가 저 그림을 그린 나혜석입니다. 그녀의 말을 들은 행인이 무심히 유리에 바짝 다가가 안을 들여다보았다. 그녀가 그의 팔을 붙잡자 뭔가 불길한 것을 털어내듯 그녀의 팔을 뿌리치고 빠른 걸음으로 걸어갔다. 엘리제양장점 근처에 도착해 길을 건너려 할 때 낯익은 차가 양장점 앞에 섰다. 차 안에서 남자 한 명이 내려 양장점 안으로 들어갔다. 그녀는 사내의 얼굴을 보고 새파랗게 질렸다. 자신을 감금했던 남자였다. 자신을 찾아 엘리제양장점으로 온 것이라 여긴 그녀는 뒷걸음질 치다가 뒤를 돌아보았다. 그리고 유리문을 통해 보았다. 엘리제 마담이 가게 안으로 들어간 사내의 뺨을 후려치는 것을.

언제부터 입 속으로 음식을 넘기지 않았는지 알 수 없었다. 내장이 말라비틀어진 듯 깊은 곳에서 통증이 느껴졌지만 정신은 맑고 또렷했다. 그녀는 굳은 결의로 가득 차 있었지만 희망은 품지 않았고 내던졌다. 분명치 않은 희망을 버리고 단단한 적의를 품었다. 적의를 품고라도 살아야 했다. 바람이 세차게 불었다. 바람이, 사회가 그녀의 살과 내장을 발라먹고 하얗게 부서지는 뼈만 광장에 내던져놓은 것 같았다. 온몸이 뻣뻣하고 쑤시고 아팠다. 찬바람이 스며들어 뼛속까지 시려왔다. 뺨은 살이 터서 빨갛게 핏줄이 드러났고 바람에 긁혀 얽혔다. 그녀는 광장을 지나쳤다. 골목을 피해 대로변을 걸었다. 어느 집 앞 담벼락 밑에 버려진 이불을 들춰 몸에 걸쳤다. 이불 속으로 몸을 웅크렸다. 무엇을 보았는지 알 수가 없었다. 가혹한 어떤 것을 감당할 겨를 없이 봤다. 의문이 되는 것은 밝혀내야 했다. 그런데 왜? 그녀는 아무나 붙잡고 묻고 싶었다. 엘리제 마담의 원래 이름은 윤미순입니다. 참 예쁜 아이였어요. 이름처럼 순한 아이였지요. 그런데 왜? 헛것인 양 진눈깨비가 눈앞에서 흩날렸다. 진눈깨비에 젖은 이불이 어깨를 짓눌렀다. 등골에 축축한 냉기가 달라붙었다. 떨어지자마자 녹는 눈이 흙을 적시다가 마침내 흙을 다 덮고 희게 쌓이는 것을 그녀는 홀린 듯 바라보았다.

그녀는 지금이 어느 때인지 몰랐다. 햇빛이, 깨끗한 빛이 얼굴에 닿았다. 이불 속에서 웅크린 채 눈을 떴다. 얼어붙은 공기 속에서도 빛은 눈이 부셨다. 연약한 겨울 빛 사이로 화려한 네온사인 빛이 쏟아졌다. 햇빛인지, 달빛인지, 여기가 어디인지 그녀는 알 수 없었다. 샹제리제 거리 리도 클럽에서 땀으로 이마가 젖은 사람들이 쏟아져 나왔다. 단발에 어울리는 모자를 쓰고 남성용 화이트셔츠 깃을 세워 입고 굵은 허리 벨트를 조여 맨 그녀가 화구 상자를 들고 리도 아케이드를 경쾌한 걸음으로 걸었다. 그녀는 자신이 어디에 서 있는지 몰랐다. 햇빛이 사라지고 어둠 속에서 네온사인 빛이 축축한 안개에 젖어 흐려졌다. 리도 클럽

간판이 조명 빛을 바꾸자 모피 코트를 입은 캉캉의 무희들이 나왔다. 그녀들은 다른 클럽으로 가기 위해 대기하고 있던 승합차에 올라탔다. 그녀들이 사라지자 어둠 속에 인적이 끊겨 아무도 없었다. 추위가 텅 빈 내장을 훑고 안쪽 벽을 긁었다. 알 수 없는 강력한 힘이 그녀를 일으켰다. 그녀가 바람을 가르며 움직일 때마다 뜯겨진 이불 귀퉁이에서 빠져나온 솜이 눈처럼 흩어졌다. 그녀는 남대문 전차정류소 앞에 앉아 쇳소리를 내며 지나가는 바퀴를 바라보았다. 전차가 지나가며 일으킨 바람으로 솜이 하늘로 솟구쳐 올라갔다. 그녀는 커다란 새가 양 날개를 펼쳤다가 접듯이 양 팔을 들어 이불을 펼쳤다가 오므렸다. 세상은 그녀를 외면했다. 질시하고 냉대했다. 그가 누구였었지? 화가 청년이었는데. 그녀는 곁에 있는 누군가와 대화하듯 질문을 던지고 답을 기다렸다. 상처를 준 것은 순수한 대중이 아니라 대중 속에 뒤엉켜 대중을 조정하는 맹수일 것입니다. 그렇게 말한 사람이 누구였지? 그이 말이 맞았어. 그녀는 그렇게 말하고 주위를 두리번거렸다. 어둠 속에서 마지막 전차를 타기 위해 사람들이 몰려왔다. 그녀는 이불 속으로 몸을 더욱 웅크리고 걸었다. 대중을 조정하는 맹수가 있었다. 폐쇄적이고 미개한 사회와 대중은 맹수의 의도대로 휘둘렸다. 사악한 의도를 가진 맹수는 무지한 대중을 사로잡았다. 그리고 그녀에게 고통을 주지 못해 안달이 난, 양심이 말라버린 사람들이 있었다. 마지막 전차가 달려왔다. 그녀는 이불 속에서 떨리는 온몸을 앞뒤로 흔들며 걸었다. 듣는 사람도 없는 텅 빈 도로에서 혼잣말을 크게 했다. 저는 길거리에서 찢겨 죽는 한이 있어도 틀린 길을 가지 않았습니다. 조선의 여성들마저도 저를 외면하고 거울 앞에서 정신을 치장하며 웃고 있을 때, 억세고 줄기찬 저는 아무도 가지 않은 길을 걸었습니다. 제 삶은 실패했지만 정신은 실패하지 않았고, 저는 실천했습니다. 네, 삶은 실패했지만 정신은 실패하지 않았습니다. 전차에서 불빛이 정면으로 눈을 쏘며 달려왔다. 그녀는 걸음을 멈추고 이불을 펼쳤다. 젖은 이불 위에 반듯하게 가부좌를 틀고 앉아 최후의 기력을 모아 노래를 불렀다. 전차가 다가와 그녀 앞에 멈추자 소음에 노랫소리가 파묻혔다. 전차를 향해 몰려간 사람들 무리가 전차에 올라탔고 사내 한 명이 내리자마자 전차는 곧바로 출발했다. 전차에서 내린 사내가 그녀가 부르는 노랫소리에 잠시 발걸음을 멈췄다. 사내도 알고 있는 노래였다. 통금을 알리는 사이렌 소리가 울렸다. 사내는 허밍으로 노래를 따라 부르며 발걸음을 재게 놀렸다. 사내는 골목의 어둠 안으로 사라졌다. 그녀가 부르는 노랫소리만 바람이 할퀴고 지나가는 광장에 울렸다.

내가 인형을 가지고 놀 때 기뻐하듯
아버지의 딸인 인형으로 남편의 아내 인형으로
그들을 기쁘게 하는 위안물 되도다

노라를 놓아라 최후로 순순하게 엄밀히 막아논

장벽에서 견고히 닫혔던 문을 열고 노라를 놓아주게

남편과 자식들에게 대한 의무같이
내게는 신성한 의무 있네 나를 사람으로 만드는
사명의 길로 밟아서 사람이 되고저

노라를 놓아라 최후로 순순하게 엄밀히 막아논
장벽에서 견고히 닫혔던 문을 열고 노라를 놓아주게

아아 사랑하는 소녀들아 나를 보아
정성으로 몸을 바쳐다오 맑은 암흑 횡행橫行할지나
다른 날, 폭풍우 뒤에 사람은 너와 나

노라를 놓아라 최후로 순순하게 엄밀히 막아논
장벽에서 견고히 닫혔던 문을 열고 노라를 놓아주게

2

화련은 십오 개월 만에 연화원으로 돌아왔다. 선월과 피란길에서 만난 옥빈과 함께였다. 연화원은 폭격은 피했지만 숱한 이들이 드나든 흔적으로 온 구석까지 파헤쳐져 있었다. 노랗게 다져놓았던 흙은 억센 군홧발자국이 가득했다. 벽은 쇠로 긁은 듯 날카로운 자국 투성이었다. 마당은 여름 잡풀이 자랐다가 시들어 갈색 줄기가 뒤엉켰다. 곳곳에 불을 지핀 흔적이 고스란히 남아 있었다. 타다 만 검은 목재가 하얀 재를 뒤집어쓰고 뒹굴었다. 방방마다 나무 문짝까지 뜯겨져 쏟아진 산 흙이 문지방에 소복히 쌓였고 창마다 창호지가 뜯겼고 틀만 덜렁거렸다. 우물에는 정체를 알 수 없는 끈적거리는 검은 물이 푸른빛을 내며 엉겨 있었다. 방방마다 옷 시렁이 뜯겨졌고 여름 한복이 찢겨 흩어져 있었다. 사지가 뜯긴 시체 같았다. 이불 호청은 죄 뜯겼고 솜은 솜대로 겨울옷을 만드느라 써먹었는지 흩어졌고 비단보는 사라졌다. 부엌에는 풍로와 밥그릇, 칼과 놋수저, 쌀과 구황작물을 담아두던 항아리마저 남아나지 않았다. 쥐들이 문지방을 갉아 댄 흔적도 보였다. 지금은 소리도 없는 것을 보니 쥐조차 먹이가 없어 떠나버린 듯했다.

여자 셋이 사흘 내내 쓸고 닦았다. 정리와 청소를 끝내고 나서야 산 밑의 무쇠 솥을 파내 볼 겨를이 났다. 번갈아 삽질을 했다.

삽 끝이 무쇠에 닿아 소름 끼치는 소리가 들렸다. 솥은 묻었던 당시 그대로 있었다. 내용물을 확인하고 기운이 빠져 솥을 가운데 두고 땅에 퍼질러 앉아 앞으로 살아갈 일을 의논했다. 옥빈이 솥을 가리키며 국밥집을 하자고 제안했다. 남쪽 지방을 떠돌며 험한 일에 단련이 된 셋은 새롭게 결심했다.

　남대문시장에 한 칸 점방을 얻고 양은 탁자 두 개를 놓고 나무 판때기에 페인트로 서울 국밥집, 이라 써서 간판을 걸었다. 돼지 부속물을 푹 고아 새우젓으로 간을 하고 양념장을 따로 마련해 두었다. 부추무침을 국밥에 얹어 먹을 수 있게 양은 대접에 수북하게 담아 놨다. 셈이 어수룩한 화련은 제대로 받는 돈보다 떼이는 돈이 더 많았다. 일단 국밥부터 먹고 도망할 궁리를 하는 사람들을 당해낼 수가 없었다. 국밥을 먹고 난 뒤 돈이 없다고 배를 까뒤집어 쇠고리 달린 손으로 배를 찌르라고 협박하는 사람들이 여럿이었다. 화련 혼자라면 엄두도 못 낼 일이었지만 여자 셋이 뭉치니 국밥 값을 받기 위해 억세졌다. 비렁뱅이 술꾼과 깡패까지 홀딱 벗겨 꼬불쳐놓은 돈을 찾아낼 정도였다. 국밥집을 차린 지 일 년이 되어서야 슬슬 자리가 잡혔다. 화련은 가끔 명동에 있는 엘리제양장점에 갔다. 폭격을 맞아 가게 한쪽이 주저앉았고 검게 타버린 간판이 삐딱하게 매달려 있었다. 갈 때마다 폐허에서 사람이 발견되었는데 집 없는 사람들이 어디서들 구했는지 이불을 깔고 자고 있었다.

　은행나무마저 배곯아 바짝 마른 창자처럼 은행 알과 잎을 죄 떨어뜨리고 빈 가지만 앙상하던 초겨울 저녁, 검은 포대기로 아기를 업은 꾀죄죄하고 비루한 여인이 가게 안으로 들어왔다. 여인은 국밥부터 한 그릇 시키고 앉았다. 숱하게 당한 터라 선월이 굶주려 쓰러질 것 같은 여인 앞에 국밥을 내려놓으며 값을 먼저 내놓으라고 윽박질렀다.

"화련, 화련 아씨를 만나게 해주세요."

여인은 그 와중에도 국밥을 입에 퍼 넣느라 정신이 없었다. 등에 업힌 아이는 울 목청도 안 남았는지 목을 꺾고 잠들어 있었다.

"누구신데, 저를 찾으세요."

국밥을 입에 퍼 넣던 여인이 화련을 보자마자 울음을 터뜨렸다. 그 울음에 여인의 등에서 깬 아이가 크게 울지도 못하고 멀뚱한 눈으로 여자들을 쳐다보았다. 여인은 포대기를 끄르고 등에서 아이를 안아 화련에게 넘겨주었다.

"초이 아가씨가 낳은 사내애예요."

화련은 아이를 받아 안았다. 방울이는 이 년 전에 떠날 때와는 판이하게 달랐다. 통통했던 볼 살 대신 뾰족한 뺨에 흰 버짐이 피었고 이마에는 굵은 주름과 더러운 때가 깊이 자리 잡았다. 서캐가 하얗게 핀 머리칼은 되는 대로 묶었는데 헝클어져 고무줄 없이도 묶인 상태를 유지하고 있었다. 피란 중에 만났다면 알아보지도 못할 것 같았다. 방울이는 아이를 무사히 넘겼다는 안도감에 더욱 큰 소리로 울었다. 화련은 아이에게 말간 국밥 국물을 입에 흘려 넣어주었다. 방울이는 북으로 간 독고완 일행이 우여

곡절 끝에 하석진을 만나 지인의 집에서 거처를 정해 겨울에 아이를 낳을 때까지 머물렀다 했다. 상황이 안 좋아 다시 거처를 여러 번 옮겼다고 했다. 봄까지 아이에게 물젖을 물렸는데 옮긴 거처가 발각되었다고 했다. 홍명희 선생님과 연락이 닿아 간신히 부탁해 초이와 독고완은 남고 아이와 방울이만 중국으로 넘어왔다고 했다. 중국에서 이곳까지 오는 6개월 동안 숱하게 죽어버리고 싶었지만 아이 때문에 이를 악물었다고 했다.

"초이 아가씨와 독고 도련님은 사살되었을 거예요."

방울이는 쉰 목청을 높여 울었다. 아이는 방울이의 울음소리에 주눅 든 표정으로 방울이를 물끄러미 바라보기만 했다. 태어나자마자 험한 것을 본 아이의 눈은 두려움을 아는 어른의 그것처럼 무표정했고 깊었다. 화련은 독고휘열의 소식을 물어보았지만 방울이는 고개를 젓기만 했다. 남대문시장에 분유를 구하러 간 선월이 미제 분유를 한 통 들고 들어왔다. 어른 한 달 국밥값보다 비싸다며 선월이는 국밥국물에 찬물을 섞어 미지근한 물에 분유를 넣고 흔들며 아이를 받아 안고 분유를 먹였다. 아이는 분유를 반도 못 먹고 토해냈다. 선월이 아이를 품에 안고 앞장 서 나갔다.

연꽃등을 떼어버리고 일반 가정집이 된 연화원에 도착하자 화련은 방울이에게 몸을 씻으라고 했다. 방울에게선 괴괴한 냄새가 났다. 국밥집에서는 국밥 냄새에 뒤섞여 잘 몰랐는데 여자 넷이 골목길을 걸어 올라올 때 방울이에게서 냄새가 난다는 것을 눈치챘다. 화련이 목욕물을 데워준다고 했지만 방울이는 잠부터 원 없이 잤으면 좋겠다고 했다. 더러운 몸을 씻지도 않은 방울이는 그렇게 잠이 들어 다음 날 아침에도 깨지 않았다. 의원의 말에 의하면 위가 곪은 것 같다고 했다. 못 먹을 것을 섭취해 위에서부터 썩었다고 했다. 통증이 심했을 텐데 이 상태로 살아 있었다는 것이 믿기지 않는다고 했다. 방울이를 화장해 뿌릴 때까지 아이는 병원에 있었다. 아이도 사흘 넘게 고열에 시달리다 겨우 열이 떨어졌다. 화련은 아이를 업고 병원을 나서 명동으로 갔다. 엘리제양장점은 여전히 간판이 떨어져 있었고 폐허에 추위를 피해 사람들이 모여 잠을 자고 있었다. 화련은 아이를 등에 업고 국밥집에서 일을 했다. 아이는 텁텁한 국밥 훈김에도 칭얼거리지 않았다. 화련의 좁은 어깨에 얼굴을 묻고 엄지를 빠는 아이는 독고완의 곱슬머리와 윤초이의 톡 튀어나온 이마와 머루 포도 알 같은 새카만 눈을 닮았다.

에필로그

무쇠솥에 담겨져 있던 것을 화련의 손이 끄집어내 H은행에
위탁했다. 화련이 일기식으로 적은 종이가 한 장 더 발견되었
다. 그것을 통해 아버지를 북에서 데리고 온 방울이라는 여인이
아이를 전하자마자 죽었다는 것을 알게 되었다.

그 후, 화련의 행방에 대해서는 알 수 없었다. 나는 화련이라
는 존재와 나의 고조부 독고휘열의 존재를 은행 금고에 보관되
어 있던 원고를 통해 알았다. 아버지는 자신의 뿌리에 대해 아는
바가 없었고 캐내기를 두려워했다. 엘리제 마담은 휴전협정이
확정된 후에야 서울로 올라왔다. 어차피 여름 폭격으로 엘리제
양장점은 고스란히 주저앉았다는 소식을 들었기에 마담은 부산
에서 양장점을 차렸다. 부산에서 벌어들인 돈으로 다방골로 올
라왔다. 늙은 부채의 집터와 무덤은 산 흙과 뒤엉켜 있었다. 고
무공장도 굴뚝 기둥만 덩그러니 남아 있었다. 다방골의 얕은 언
덕배기에는 판자로 덧대어 만든 집이 촘촘히 생겼다.

언제 화련이 엘리제 마담을 찾아왔고 아버지를 맡겼는지 알

수 없었다. 몇 가지 의문은 남았다. 윤초이의 기록에 의하면 독고완의 초고를 화련에게 맡겼는데 내가 받은 것은 타자용지에 타이핑된 것이 전부였다. 화련은 무쇠 솥에 나혜석의 그림이 들어가지 않아 액자 틀을 떼어내고 그림을 둘둘 말아 넣었다고 했는데 나무 상자에 보관된 그림은 나무틀이 제작된 상태였다. 화련이 다시 틀을 제작한 것인지 확인할 길은 없었다. 〈무희 캉캉〉이라는 작품을 유심히 들여다봤다. 한 미술 연구가는 〈무희 캉캉〉이 나혜석 그림과 다른 분위기이며 데생 기법 수준도 미달이라며 위작도 아니다, 라 언급했다. 독고완이 독고휘열과 만났을 때, 김진욱이라는 자에게 전달하라며 김복진의 조각품을 찍은 사진을 주었을 때 기록을 다시 찾아 읽었다. 분명, 거기에는 〈무희 캉캉〉에 관한 언급이 있었다. 그들의 대화를 봐서 나혜석이 파리에서 무희 캉캉을 스케치했고 마지막 전시회에 작품을 걸었다. 독고휘열이 그림을 찍은 사진을 찾아보겠다는 말이 있었다. 녹색 공단 보자기 안에 있던 나혜석의 사진들 중에서 〈무희 캉캉〉을 찍은 사진을 찾았다. 흑백 사진이었지만 분명 〈무희 캉캉〉이 맞았다.

원고를 모두 정리하고 난 후 아버지에게 줬다. 아버지는 스테이플러로 찍어놓은 A4용지를 재봉틀 옆에 툭, 던져놓았다. 하루가 지나자 A4용지 위에 수선해야 할 옷이 쌓였다. 아버지는 부모가 자신을 낳은 후에 월북을 한 것으로 알고 있었다. 어릴 때 크레파스를 사면 빨강 색부터 빼버렸다. 월북, 대남간첩, 무장

공비, 라는 단어가 적힌 기사만 읽어도 고열로 시달렸다. 아버지는 군대에서도 관심 사병이었다. 규칙적으로 중앙정보부의 조사와 관리를 받아야 했다. 아버지는 규칙적인 조사에 맞춰 인생이 진행되었기에 문민정부로 들어서 조사가 없어졌을 때는 오히려 불안해했다. 귀순한 이들의 인터뷰가 보도되면 아버지는 움찔하며 텔레비전 볼륨을 줄였다. 남북한 이산가족을 찾아준다는 공개방송을 할 때도 아예 보지 않았다. 나는 아버지가 이 글을 읽기를 바랐다. 윤초이와 독고완의 월북은 정치적 목적이 아닌, 나혜석미술관 건립 추진을 위해 잠시 방문한 것이고, 그 사이 본격화된 전쟁으로 운명의 발이 묶인 것이었다. 윤초이가 북에서 낳은 아이에게 마지막까지 젖을 먹이고 방울이라는 여자의 품에 넘겨 남으로 가게 했다, 방울이라는 여자가 아기였던 아버지를 살리기 위해 신기 어린 정신으로 병든 몸을 버텨 험한 길을 건너왔다, 는 사실을 읽기를 원했다. 동시에 아버지가 글을 읽지 않는 것이 나을지도 모르겠다는 생각을 했다. 늘 축축한 좌절과 암담한 슬픔을 몸에 두르고 살아왔던 아버지에 비하면 아버지의 부모는 너무나 밝았다. 그것이 아버지에게 오히려 역효과를 불러올 수 있었다. 아무 것도 모르고 바닥에 있을 때는 그것이 바닥인 줄 모른다. 한 층, 한 층씩 계단을 올랐던 사람은 계단 아래의 바닥으로 떨어지는 무서움을 안다. 모르고 있는 것과 알고 있는 것은 다를 것이었다. 그럼에도 내 속마음은 아버지가 읽기를 원했다. 아버지는 뼛속까지 피해의식으로 똘똘 뭉친 사람이었다. 언어를 배우기 전에 끔찍한 공포부터 보고 익혔던 아버지는, 인간이 기억할 수 없는 시기에 참담한 현장에 있었던 그는, 달팽이처럼 몸과 기억을 단단한 껍질에 가두고 무대응을 했다. 그것이 아버지가 살아가는 방식이었다.

아버지는 대체로 말이 없었다. 어느 순간, 독주로 인해 몸의 긴장이 풀렸을 때는 쌓아놓았던 것을 다른 방식으로 쏟아냈다. 늘 당하는 사람은 엄마였다. 아버지는 엄마의 사소한 사건 하나를 꼬투리로 잡아 여러 가지 방식으로 조목조목 따지고 다그쳤다. 옷 수선한 남자 양복을 배달하러 다녀온 엄마에게 아버지는 남자의 나이부터 물었고, 남자의 직업과 퇴근 시간과 엄마가 시장을 갔던 시간을 교묘하게 연결시켰다. 그 시각, 엄마의 장바구니 안에 들었던 물건을 사는 데 소요했어야 할 시간보다 시장을 헤맨 시간이 두 배가량 된다는 시간 계산을 통해 양복 수선을 맡겼던 남자와 엄마의 관계를 의혹이 아닌 확신을 가지고 조사했다. 의혹이 아닌 확신을 가진 조사였기에 엄마는 빠져나갈 수 없었다. 치밀하고 집요한 아버지는 몸에 익은 조사 방식을 엄마에게 고스란히 적용했다. 엄마의 몸에 나 있는 구멍을 모두 박음질하겠다고 윽박지르다 말로 조사가 진전되지 않으면 재봉틀 주변에 널린 재료를 사용했다. 쇠로 된 암홀측도자, 녹슨 가위, 스팀다리미는 엄마의 몸에 녹색 멍과 번들거리는 희고 붉은 살갗을 만들었다. 엄마가 얼마 되지도 않는 현금과 수선된 손님들의 옷을 챙겨 이곳을 떠난 것은 당연한 수순이었다. 엄마가 떠난 후, 아버지는 껍질을 더욱 단단하게 만들고 그 안에 스스로를 가뒀다. 아버지의 껍질은 허점이 많은 수선해야 할 옷이었기에 나는 언젠가 껍질을 허물어줘야겠다는 생각을 해왔던 터였다. 내가 정리한 이 글을 아버지가 읽는다면 글을 읽은 후, 그의 반응이 궁금했다.

교복을 입은 여고생 두 명이 들어왔다. 여고생들은 가을 체육대회 때 입을 티셔츠 가슴께에 붉은 천으로 3반이라 덧댄 단체복을 찾아갔다. 그들의 단체복이 스르륵 빠지자 붉은 천 조각 사이로 내가 정리한 A4용지가 보였다. 아버지가 붉은 천 조각을 집어내고 A4용지를 집어 들었다. 첫 페이지를 펼쳤다.

작가의 말

  열세 살부터 언니들 책장에 손대기 시작했다. 그곳에서 그녀에 관한 얇은 책을 읽었다. 대번에 그녀의 자유로운 삶과 비극적인 운명에 덜컥, 발목 잡혔다. 이 나라에서 여성으로, 특히 예술가로 살아가는 여성이라면 나혜석에게서 자유로울 수 없고 그녀를 알게 된다면 콤플렉스가 생길 수밖에 없을 것이다.

  6년 동안 나혜석, 이라는 인물과 처절한 싸움을 했다. 솜을 뭉쳐놓은 것처럼 막연하게 매료되었던 때와 달리 그녀의 삶은 파헤치면 파헤칠수록 넓고 깊었다. 모래사장에 앉아 있는 나를 덮치는 해일 같았고, 천 배도 넘은 수를 뒤집어쓰고 있는 가분수처럼 나를 짓눌렀다. 나혜석에 관한 자료는 너무 많았고, 잘 정리되어 있어 내 상상이 끼어들 틈이 없었다. 무엇보다 그녀의 정신을 해칠까봐 겁이 났다. 겁이 났고 외로웠지만 멈추고 싶다는 생각은 하지 않았다. 끝까지 밀고 나가야 내 숨통이 트일 것 같았다.

  삼백 매가량 썼던 것을 버리고 다시 시작하면서 그녀의 글과 생활, 일제강점기의 문학과 미술계 상황을 따로 떼어내 살펴보는 과정을 거쳤다. 나 혼자서는 감당할 수 없어 독고완과 윤초이의 도움을 받았다. 두 인물의 등 뒤에서 거리를 두고 그녀를 바라보았더니 뚜렷해지는 부분이 있었다. 그들의 도움을 받아 빈 공간에 마음껏 상상을 펼쳤다. 나혜석과 밀착되어, 나혜석의 정신으로는 당연했던 행동들에 거리를 두었더니 남들은 절대 하지 않았고, 할 수 없는, 파국의 길을 걸어가는 그녀가 보였다. 그림 한 장 값을 받고 이혼을 당한 철빈鐵貧의 상황에서 내선일체에 협력하면 편의를 봐주겠다는 총독부의 제안을 거절하는 신념이 빛나보였다. 만약, 고분고분 협력했거나 납작 엎드려 자신을 죽이며 시간을 보냈다면 당대의 대접과 평가는 달라졌을 것이다. 그랬다면, 나는 그녀의 삶을 파헤치며 머리카락을 쥐어뜯어 철수세미로 만들지는 않았을 것이 분명하다.

처음에 비극적인 삶에 연민으로 끌렸지만 중간에는 미움과 애증으로 마음이 끓어올랐다. 마지막에는 슬픔이 지속되었다. 오랫동안 나혜석은 나에게 슬픔으로 남았다. 나는 내가 할 수 있는 만큼 그녀의 비극적인 운명을 파헤쳤다. 그러자 비로소 슬픔이 평온한 저녁처럼 단정해졌다.

이 작업은 나혜석 연구자들의 앞선 노력이 없었다면 진행할 수 없었다. 특히, 이상경, 이구열, 윤범모 선생님의 책을 여러 번 읽고 참고했다는 것을 밝히고 싶다. 더불어 김복진 조각가를 알게 된 것도 소중했다. 신문자료, 잡지, 사진집 등을 복사해 읽었는데 3년 전, 이사 도중 자료를 담은 상자를 분실했다. 읽어서 머릿속에 담긴 것도 있을 것이라 여겨진다.

곁에 고마운 사람들이 많다. 늘 초고를 읽어주는 유미, 완성되지 않은 원고를 읽고 독려해준 이금림 선생님, 문수보살, 삐삐, 류와 류류. 2009년 초겨울, 옥외 테라스에서 앉아 덜덜 떨며 나혜석에 폭 빠져 얘기했던 주현 씨, 원고가 끝나기를 기다려준 윤정 씨, 교정지에서 원고에 대한 애정을 고스란히 읽을 수 있었던 정호영 편집자님, 나혜석의 성격과 딱, 어울리는 도서출판 푸른역사 박혜숙 대표님, 고맙습니다.

참고문헌

김윤식, 《이광수와 그의 시대 1, 2》, 솔출판사, 1999.

김진, 《그땐 그 길이 왜 그리 좁았던고》, 해누리, 2009.

김진송, 《서울에 딴스홀을 許하라》, 현실문화연구, 1999.

김태신, 《라홀라의 사모곡 1, 2》, 한길사, 1991.

김흥식, 《1면으로 보는 근현대사》, 서해문집, 2009.

나혜석, 《경희(외)》, 범우, 2006.

나혜석, 《신여성, 길 위에 서다》, 호미, 2007.

박영택 외, 《나혜석, 한국 근대사를 거닐다》, 푸른사상, 2011.

부산근대역사관, 《사진 엽서로 떠나는 근대기행》, 민속원, 2009.

서동수, 《한국여성작가연구: 나혜석》, 한국학술정보, 2010.

서지영, 《경성의 모던걸》, 여이연, 2013.

선우진, 《백범 선생과 함께한 나날들》, 푸른역사, 2009.

연구공간 수유 너머 근대매체연구팀, 《신여성: 매체로 본 근대여성 풍속사》, 한겨레,
　　2005.

윤범모, 《김복진 연구》, 동국대학교출판부, 2010.

윤범모, 《첫사랑 무덤으로 신혼여행을 가다》, 다홀미디어, 2007.

윤범모, 《화가 나혜석》, 현암사, 2005.

이경민, 《경성, 사진에 박히다》, 산책자, 2008.

이구열, 《나혜석》, 서해문집, 2011.

이배용 외, 《우리나라 여성들은 어떻게 살았을까 2》, 청년사, 1999.

이상경, 《나는 인간으로 살고 싶다》, 한길사, 2009.

이순우, 《손탁호텔》, 하늘재, 2012.

이영아, 《예쁜 여자 만들기》, 푸른역사, 2011.

최병택·예지숙, 《경성 리포트》, 시공사, 2009.

최열, 《김복진, 힘의 미학》, 재원, 1995.

나혜석, 운명의 캉캉

⊙ 2016년 4월 19일 초판 1쇄 발행
⊙ 2016년 12월 7일 초판 3쇄 발행
⊙ 글쓴이   박정윤
⊙ 펴낸이   박혜숙
⊙ 영업 · 제작   변재원
⊙ 펴낸곳 도서출판 푸른역사
　우) 03044 서울시 종로구 자하문로8길 13
　전화: 02)720 – 8921(편집부) 02)720 – 8920(영업부)
　팩스: 02)720 – 9887
　전자우편: 2013history@naver.com
　등록: 1997년 2월 14일 제13 – 483호
ⓒ 박정윤, 2016

ISBN   979 – 11 – 5612 – 070 – 4   03810

* 이 책은 2013년 한국문화예술위원회 아르코창작문학기금의 지원을 받아
　간행되었다.